北野恒富「茶々殿」
大正十年
大阪府立中之島図書館蔵

中公文庫

盲目物語 他三篇

谷崎潤一郎

中央公論新社

目次

盲目物語 他三篇

デザイン❖ミルキィ・イソベ

盲目物語

他三篇

盲目物語

昭和六年（一九三一）九月
「中央公論」
挿画　久里道柳子

わたくし生国《しょうごく》は近江《おうみ》のくに長浜《ながはま》*在《ざい》でござりまして、たんじょう《誕生》は天文にじゅう一ねん、*みづのえねのとしでござりますから、当年*は幾つになりまするやら。左様、左様、六十五さい、いいえ、六さい、に相成りましょうか。左様でござります、両眼をうしないましたのは四つのときと申すことでござります。はじめは物のかたちなどほの〴〵見えておりまして、おうみの湖《うみ》*の水の色が晴れた日などにひとみに明《あこ》う映《うつ》りましたのを今に覚えておりまするくらい。なれどもそのゝち一ねんとたゝぬあいだにまったくめしいになりまして、かみしんじんもいたしましたがなんのきゝめもござりませなんだ。おやは百姓でござりましたが、十のとしに父をうしない、十三のとしに母をうしのうてしまいまして、もうそれからと申すものは所の衆《しゅう》のなさけにすがり、人のあしこしを揉むすべをおぼえて、かつ〴〵世過ぎをいたしておりました。とこうするうち、たしか十八か九のとしでござりました、ふとしたことから小谷《おだに》のお城*へ御奉公を取り持ってくれるお人がござりまして、そのおかたの肝《きも》いりであの御城中へ住み込むようになったのでござります。わたくしが申す迄もない、旦那さまはよう御存知でござりましょうが、小谷の城と申しましたら、浅井備前守長

*政公のお城でございまして、ほんとうにあのお方は、お歳は若うてもおりっぱな大将でございました。おんちゝ下野守《しもつけのかみ》久政公も御存生でいらっしゃいまして、とかくお父子の間柄がよくないと申す噂も厶《ござ》りましたけれど、それももと〳〵は久政公がお悪いのだと申すことで、御家老がたをはじめおおぜいの御家来衆もたいがいは備前どのゝ方へ服しておられたようでございました。なんでも事のおこりというのは、長政公が十五におなりになったとし、えいろく二ねん*しょうがつと云うのに元服をなされて、それまでは新九郎と申し上げたのが、そのときに備前のかみながまさとお名のりなされ、江南《こうなん》の佐々木抜関斎《ばつかんさい》*の老臣平井加賀守どのゝ姫君をお迎えなされました。ところが此の御縁組みは長政公の御本意でのうて、久政公が云わば理不尽におしつけられたのだと申すことでございます。下野どのゝお考《かんがえ》では、江南と江北とは昔からたび〳〵いくさをする、今はおさまっているようなれどもいつまた合戦がおこらないとも限らないから、和議のしるしに江南とこんいんを取りむすんだら、ゆくすえ国の乱れるうれいがないであろうと、左様に申されるので厶りましたけれど、備前守どのは佐々木の家臣の聟《むこ》となると云うことをどうしてもおよろこびになりませなんだ。しかし父御《てゝご》のおいいつけでございますから是非なく承引なされまして、ひらい殿のひめぎみを一たんはおもらいになりましたものゝ、そのゝち江南へ出むいて加賀守と父子の盃をしてまいれと云う久政公の仰せがありましたとき、これはいかにもむねんだ、父のめいをそむきかねて平井ふぜいのむこになるさえくちおしいのに、こちらから

出かけて行っておやこのけいやくをするなどゝは以てのほかだ、弓馬の家にうまれたからは治乱の首尾をうかゞって天下に旗をあげ、やがては武門の棟梁《とうりょう》ともなるように心がけてこそ武士たるものゝ本懐《ほんかい》だのにと仰《お》っしゃって、とう〳〵その姫ぎみを、久政公へは御そう談もなしに里へかえしておしまいになりました。* それはまあ、あまりと申せば乱暴な仕方で、てゝごの御腹立《ごふくりゅう》なされましたのも御尤もではございますけれども、まだ十五六のおとしごろでそういう大きなこゝろざしを持っていらっしゃると云うのは、いかにも尋常なお方でない、浅井の家をおこされた先代の亮政公に似かようて、うまれながらに豪傑の気象をそなえていらっしゃる、こういう主君をいたゞけばお家の御運は万々代《ばんばんだい》であろう、まことにあっぱれなお方だと、御家来しゅうがみな備前どのゝ御器量をおしたい申して、てゝごの方へは出仕《しゅっし》するものもないようになりましたので、ひさまさ公もよんどころなく家督をびぜんどのへおゆずりになりまして、ごじしんは奥方の井の口殿をおつれになって、竹生島《ちくぶしま》*へこもっていらしったこともあるそうでござります。

けれどもこれはわたくしが御奉公にあがりました以前のことでござりまして、当時は父子のおんなかもいくぶんか和ぼくなされ、下野どのもいのくちどのもちくぶ島からおかえりになりまして、お城でくらしていらっしゃいました。長政公は二十五六さいのおとしでござりましたろうか、もうそのときは二度めの奥方をおむかえになっていらっしゃいましたが、そのおくがたと申されますのが、もったいなくも信長*公のおん妹君、お市*どのでござります。この御えんぐみは信長公が美濃のくにより御上洛のみぎり、いま江州できりょうのすぐれた武将と申せば、歳はわかくてもあさいびぜんのかみに越すものはあるまじ、ひとえに味方にたのみたいとおぼしめされて、なにとぞわが縁者となってくれぬか、それを承引あるうえは浅井と織田とちからをあわせて観音寺城にたてこもる佐々木六角を攻めほろぼして都へ上り、ゆく〳〵は天下の仕置き*も両人で取りおこなおう、みの丶くにも欲しくばそちらへ進ぜよう、またえちぜん《越前》の朝倉は浅井家とふかい義理のある仲だから、決して勝手に取りか丶るようなことはしませぬ、越前一国はそちらの指図通りと申す誓紙を入れようなど丶、それは〳〵御ていねいなお言葉がござりましたので、その儀ならばと申すことで、御縁がまとまったのでござります。それにつけても佐々木の家臣の姫君をおもらいなされて抜関斎の下風にお立ちなさるところを、きつくおことわりなされたばかりに、当時しょこくを切りなびけてとぶとりをおとす信長公からさほどまでにお望まれなされ、織田家のむこにおなりなさろうとは。それもまあ、武略がすぐれていらしった故とは申しながら、人は出来るだけ大きな望みを持つべきものでござります。不縁におなりなされました前のおくがたは、もの丶半年と御一緒におくらしはなかったそうで、そのおかたのことは存じませぬが、お市御料人《ごりょうにん》*はまだお輿入《こしい》れにならぬうちから世にも稀なる美人のきこえの高かったお方でござります。御夫婦なかもいたっておむつまじゅうござりまして、お子たちも年子《としご》のようにお生れなされて、もうそのときに、若君、姫君、とりまぜて二三にんはいらっしゃいましたかと存じます。いちばんうえの姫君はお茶々*どのと申し上げて、まだいたいけなお児でござりましたが、このお児が後に太閤*殿下の御ちょうあいをおうけなされ、かたじけなくも右だいじん秀頼*公のおふくろさまとおなりなされた淀のおん方であらせられりょうとは、まことに人のゆくすえはわからぬものでござります。でもお茶々どのはその時分からすぐれてみめかたちがおうつくしく、お顔だち、鼻のかっこう、めつきくちつきなど奥方に瓜二つだと申すことで、それは盲もくのわたくしにもおぼろげながらわかるような気がいたしました。

ほんとうにわたくしふぜいのいやしいものが、なんの冥加《みようが》であゝ云うとうと《貴》いお女中がたのおそばちこう仕えますことができましたのやら。はい、はい、左様でござります、まえにちょっと申し上げるのをわすれましたが、最初はわたくし、さむらい衆の揉みりょうじをいたすということでござりましたけれども、城中たいくつのおりなどに、「これ、これ、坊主、三味せん*をひけ」と、みなの衆に所望されまして、世間のはやりうたなどをうとうたことがござりますので、そんな噂が御簾中《ごれんちゆう》*へきこえたのでござりましょう、唄の上手なおもしろい坊主がいるそうなが、いっぺんその者をよこすようにとのお使いがござりまして、それから二三ど御前へうかゞいましたのがはじまりだったのでござります。はい、はい、いえ、それはもう、あれだけのお城でござりますから、武士の外にもいろ〳〵のひとが御奉公にあがっておりまして、猿楽《さるがく》の太夫*なども召しかゝえられておりましたので、わたくしなどが御きげんを取りむすぶまでもございませぬけれども、あゝ云う高貴なお方には却ってしもざまのはやりうたのようなものがお耳あたらしいのでございましょう。それにそのころはまだ三味線がいまのようにひろまってはおりませんで、ものずきな人がぽつ〳〵けいこをするというくらいでございましたから、そのめずらしい糸のねいろがお気に召したのでございましょう。さようでございます、わたくし、このみちをおぼえましたのは、べつにさだまった師しょうについたのではございませぬ。どういうものか生来おんぎょくをきくことをこのみ、きけばじきにそのふしを取って、おそわらずともしぜんにうたいかなでるという風でございまして、しゃみせんなぞもたゞおり〳〵のなぐさみにもてあそんでおりましたのが、いつしか身についた能となったのでございます。なれどもゝとよりしろうとの手すさびでございまして、人にきいていたゞくほどの藝ではございませなんだのに、つたないところがあいきょうになりましたものか、いつもおほめにあずかりまして、お前へ出ますたびごとにけっこうなかずけ物*を下されました。まあその時分は、戦国のことゝて彼方此方《あちらこちら》にかっせんのたえまはございませなんだが、いくさがあればそれだけにたのしいこともございまして、殿様が遠く御出陣あそばしていらっしゃいますと、お女中がたはなんの御用もないものですから、つい憂さはらしに琴などを遊ばしますし、それから又、ながの籠城のおりなどは気がめいってはならぬと云うので、表でも奥でも、とき〴〵にぎやかな催しがあったりいたしまして、そう今のひとが考えるほどおそろしいことばかりでもございませなんだ。とりわけおくがたは琴をたんのうにあそばしまして、つれ〴〵のあまりに掻きならしていらっしゃいましたが、そう云うおりにふとわたくしが三味線をとって、どのような曲にでもそくざにあわせて弾きますと、それがたいそう御意《ぎょい》にかなったとみえまして、器用なものじゃと云うおことばで、それからずっと奥むきの方へつとめるようになりました。お茶々どのも「坊主、坊主」とまわらぬ舌でお呼びになって、あけくれわたくしを遊び相手になされまして、「坊主、瓢簞のうたをうたっておくれ」と、よくそんなことを仰《お》っしゃって下さりました。あゝ、そのひょうたんのうたと申しますのは、

忍ぶ軒端に
瓢たんはうゑてな
おいてな
這はせてならすな
こゝろにつれてひよ〳〵ら
ひよ〳〵めくに*

と、こう唄うのでござります。

あら美しの塗壺笠《ぬりつぼがさ》や
これこそ河内陣みやげ

えいころえいと
えいとろえとな
傷口がわれた
心得て蹈《ふ》まへて
と丶ら
えいとろえいと
えいとろえとな＊

まだこのほかにもいろ〳〵あったのでござりますが、ふしはおぼえておりましても詞《ことば》をわすれてしまいまして、いやもう年をとりますとたわいのないものでござります。

そうするうちに信長公と長政公と仲たがいをなされまして、両家のあいだにいくさがはじまりましたのは、あれはいつごろでござりましたか。あゝ、姉川《あねがわ》の合戦＊が、元亀がんねんでござりますか。こういうことは旦那さまのようにものゝ本を読んでいらっしゃるおかたの方がよく御存知でござります。なんでも御奉公に出ましてから間もないことでござりまして、不和のおこりと申しますのは、のぶながこうが浅井どのへおことわりもなしに、えちぜんの朝倉どのゝ領分へおとりかけなされたのでござります。いったい浅井のお家と申すのは、先々代すけまさ公のとき、あさくらどのゝ加勢によって御運をおひらきなされまして、それ以来あさくらどのには恩ぎをうけておられます。さればこそ織田家と御えんぐみのときにも越前のくにゝは手をつけぬと、信長公よりかたいせいしをおとりになったのでござりましたが、わずか三ねんとたゝないうちにたちまち誓紙をほごにして、当家へいちごんのあいさつもなく手入れをするとはけしからぬ、信長という奴は軽薄ものだと、だい一に御隠居の下野どのが御りっぷくで、長政公の御殿へおいでになりまして、近習《きんじゅう》と《外》ざま《様》*の者までもおあつめになって、のぶながの奴、いまにえちぜんをほろぼして此のしろへ攻めてくるであろう、えちぜんのくにの堅固なあいだに、朝倉と一味して信長を討ちとってしまわねばならぬと、えらいけんまくでござりましたところが、長政公もごけらいしゅうも、しばらくはことばもござりませなんだ。それはまあ、やくそくをほごにすると云うのは信長公もわるうござりますけれども、あさくらどのも両家のあいだにやくそくのあるのをよいことにして、織田家へぶれいなしうちをしている。ことに信長公たび〱の御上洛にもかゝわらず、一ども使節をさし上げられたこともないので、それでは禁裏《きんり》さま*や公方《くぼう》さま*にも恐れ多い。しょせん織田どのを敵にまわしてはたとい朝倉と一つになっても打ちかつ見込みはござりませぬから、いまの場合はえちぜんの方へ申しわけに千人ばかりも加せいを出して、織田家の方はなんとか巧《うま》くつくろっておいたらいかゞでござりますと、そう申す人たちが多いのでござりましたが、それをきかれると御いんきょはなお怒《おこ》られて、おのれら、末座のさむらいとして何を申す、いかに信長が鬼神*なればとて、親の代からの恩をわすれ、あさくら家の難儀をみすてゝよいとおもうか、そんなことをしたら末代までの弓矢の名折れ、あさい一門の恥辱ではないか、わしはたった一人になってもさような義理しらずのおくびょうものゝ真似はせぬと、まんざをねめつけて威丈《いたけ》だかになられますので、まあ〱、そう御たんりょに仰せられずによく〱御分別なされましてはと、老臣どもが取りつきましても、おのれら、みなが此の年寄りを邪魔にして、皺腹を切らせるつもりじゃなと、身をふるわせて歯がみをなされます。総じて老人と云う者は義理がたいものでござりますから、そう仰《お》っしゃるのも一往はきこえておりますけれども、まえ〱から家来どもがじぶんをばかにするという僻《ひが》みをもっていらっしゃるところへ、長政公がせっかく自分の世話してやった嫁をきらってお市どのを迎えられたということを、いまだにふくんでいらしって、それみたことか、おやのいいつけをそむいたればこそこんな仕儀になったではないか、この期《ご》におよんであのうそつきの信長になんの遠慮をすることがある、こうまであなどられながらだまって引っ込んでいるというのは、おおかた女房のかあいさにほだされて、織田家へ弓がひけぬとみえた、と、いくぶんか長政公へあてつける気味もあったのでござります。びぜんのかみどのは御いんきょと御けらいしゅうとのあらそいを無言できいていらしって、そのときにほっとためいきをなされ、なるほど、ちゝうえの仰せはお道理じゃ、自分はのぶながの聟だけれども先祖以来の恩にはかえられぬ、こちらへ取ってある誓紙は明日《あした》さっそく使者にもたせて織田家へかえしてしまいましょう、信長いかに虎狼《ころう》*のいきおいにほこっておってもえちぜんぜいと力をあわせて無二の一戦をいたすならば、やわか*彼を討ち取れぬことがござろうぞと、きっぱりと仰せになりましたので、そのうえは仕方なく、みなが決心をかためたのでござります。しかしその丶ちも、いくさ評定《ひょうじょう》のたびごとに御いんきょとながまさ公との御《ご》料簡《りょうけん》がちごうて、とかくしっくりいかなんだようでござりました。ながまさ公は名将のうつわ《器》でいらっしゃいますし、ゆうきりん〳〵たる日ごろの御きしょうでござりますから、出足《であし》のはやい信長をてきに廻してこうゆる〳〵としていてはならぬ、こちらから逆にせめのぼって一とかっせんした方がよいと、そう云うおかんがえでござりましたけれども、御いんきょは年よりのくせで、なにごとにも大事をとろうとなされますので、かえって不利をまねくようになりました。信長公がえちぜんから都へ引きとられましたときにも、此のあいだに朝倉ぜいと一手になって、美濃へきり込んで、岐阜をせめおとしてしまおう。さすれば信長さっそくに馳せくだろうとするであろうが、江南には佐々木ろっかく《六角》の一族がいるからやす〳〵通すはずはあるまいし、そのまに岐阜から取ってかえして、佐和山おもてにまちかまえてかっせんすれば、のぶながのくびはわがものになると、長まさ公がごふんべつをめぐらされ、あさくらどのへ使者をおつかわしになりましたけれども、一乗の谷の館《やかた》にもやはり気ながな人たちがそろっていまして、はる〴〵みのへ出かけていってあとさきを敵につ丶まれたら難儀になろうと、義景公をはじめだれも同心するものがござりませなんだ。それで御返事には、いや、それよりも、いずれ信長が小谷のお城へおしよせてまいりましょうから、そのとき当国のにんずをもよおしてお味方に参じましょうと、そういうごあいさつでございましたので、あたら《可惜》*ごけいりゃくがむやくになったのでございます。長政公はそのへんじをきかれると、あゝ、朝倉もそんな悠長なことを申しておるのか、それで義景のじんぶつもわかった、そのようなのろまなことであのすばしっこい信長に勝つみこみなど、十に一つもあろうとはおもわれぬ、父上の仰せがあったばかりによしない人に組みしたのが運のつきだと、しみ〴〵述懐あそばしたそうでございますが、もうそのときから浅井の家もわがいのちも長いことはあるまいと、かくごをきめられたらしゅうございます。それから姉川、さかもとの合戦*がございまして、いちどは扱い*になりましたけれども、たちまち和議もやぶれてしまいまして、織田ぜいのためにじり〳〵と御りょうぶんを削《けず》られてゆきました。まことに名将の仰《お》っしゃったことにまちがいはなく、長政公のおことばがおもいあたるのでございます。わずか二三ねんのあいだに、佐和やま、よこやま、大尾、あさづま、宮部、山本、大嵩の城々をおい〳〵にせめ抜かれて、小谷の本城ははだか城にされ、その麓まで敵がひし〳〵と取りつめてまいったのでございます。よせては六万余騎のぐんぜいをもって蟻のはいでるすきまもなく十重《とえ》二十重《はたえ》に打ちかこみ、のぶなが公をそうだいしょうとして、柴田しゅりのすけ*、にわ五郎ざえもん、佐久間うえもんのじょうなど、きこゆるゆうしが加わっておりました。太閤でんかも当時は木のした藤きちろう《吉郎》と申されて、おしろから八丁ばかりの虎御前山にとりでをきずいて、城内のようすをうかゞっておられました。あさいどのゝ御けらいにもずいぶんりっぱな大将たちがおられましたけれども、これはとたのみきったる者もこゝろがわりがいたしまして、だん〳〵織田どのへ降人*に出まして、味方のいきおいは日にまし弱るばかりでござります。おしろの中は、人質のおんな子供をとりこめてありますし、ほう〳〵の小城から落ちてまいった侍どもがおりますし、つねよりもおおぜいの人数《にんず》でござりましたから、さいしょはなか〳〵気が立っておりまして、「憂きも一と時うれしさも思ひさませば夢候《ぞろ》よ」*と、小唄まじりに日ごと夜ごとのせりあいをつゞけておりましたが、そのうちに、御いん居ひさまさ公の丸《まる》と長政公の丸のあいだの、中の丸をあずかっておられた浅井七郎どの、おなじく玄蕃のすけどのなどが、藤吉郎どのにないつうしまして、てきをその丸の中へ引き入れましたので、俄かにじょうちゅうが火のきえたようになりました。そのときのぶながが公のお使者がみえて申されますのに、その方と仲たがいをしたというのも元はといえば朝倉のことからだ、しかしこちらはすでに越前をきりなびけ、義景をうちとってしまったから、その方にたいしなんの意趣《いしゅ》をもいだかぬし、又そのほうもこのうえ義理をたてるところもないであろう。しろをあけわたして立ちのくならば、えんじゃのよしみもあることだからこちらも如在《じょさい》*には存ぜぬ、このゝち織田家のきか《麾下》にぞくして忠節をぬきんでゝくれるなら、大和一国をあておこのうてもよいとおもうがと、ねんごろな御諚《ごじょう》*でござりました。おしろの中ではよいところへ扱いがはいったと云ってよろこぶ者もあり、いや〳〵、これは織田どのゝほんしんではあるまい、妹御《いもうとご》のおいちどのを助けだしておいてから、殿にお腹をめさせようと云う所存であろうと申す者もあり、評議はまち〳〵でござりましたが、ながまさ公は使者にたいめんあそばして、おこゝろざしのほど忝く存じますけれども、かようになりはてゝ何を花香《かこう》*と世にながらえましょう、たゞ討死をとげるつもりでござりますから、御前《ごぜん》へよきなにお伝え下されと仰っしゃって、いっこうに承引なされませなんだ。のぶなが公は、さては自分を疑うとみえる、こちらはしんじつに申すのだから、ぜひ討死をおもいとまって、こゝろやすく立ちのくようにと、さいさん使者をよこされましたが、いったん覚悟をきわめたうえはと、いかに申されてもおきゝ入れがござりませなんだ。それで、八月二じゆうろくにちの宵に、御菩提《ぼだい》寺の雄山わじょう《和尚》*をおまねきになりまして、小谷のおくの曲谷のいしきりに石塔をお切らせになり、徳勝寺*殿天英宗清大居士とかいみょうをえりつけられ、その石とう《塔》のうしろをくぼめて御自筆の願書をおこめになりました。それから二十七日のあさはやくろうじょうの侍どもをおあつめになり、ゆうざんわじょうを導師にたゝせて、長政公はせきとうのそばにおすわりなされ、御けらいしゅうの焼香をおうけになりました。みなのしゅうはさすがに辞退されましたけれども、たってのおことばゆえ焼香したのでござります。さてその石塔は、しのんで城からはこび出しまして、みずうみのそこふかく、竹生しまから八丁ばかりひがしの沖へしずめましたので、それを見ました城中のものどもは一途《いちず》に討ちじにを心がけるようになったのでござります。

おくがたはちょうどそのとしの五月に若君*をおうみなされ、さんごのおつかれで一と月あまりひきこもっていらっしゃいましたので、わたくしがしゞゅうごかいほう申し上げ、お肩やお腰をさすりましたり、せけんばなしのお相手をつとめましたりいたしまして、おなぐさめ申しておりました。左様でござります、ながまさ公は御きしょうはたけくいらっしゃいましたが、おくがたにはいたっておやさしゅうござりまして、ひるはいちにち命をまとにはげしい働きをなさりながら、おくごてんへおこしになりますと御きげんよく御酒《ごしゅ》をきこしめされ、何くれとおくがたをいたわってお上げなされて、お女中がたやわたくしどもへまでじょうだんを仰《お》っしゃったりしまして、いくまんの敵がしろのぐるりをかこんでいることもとんとお心にとまらぬようでござりました。なにぶん大名がたの御夫婦仲のことは、おそばにつかえております者にもなか〳〵わかりかねますけれども、おくがたはおん兄君と殿さまのなかにはさまれて胸をいためていらしったのでござりましょうし、ながまさ公の方はまた、それをいとおしゅう、いじらしゅうおぼしめされ、かたみのせまいおもいをせぬようにと、つとめておくがたの気をひきたてゝいらしったのではござりますまいか。そう云えばあのじぶん、御前にひかえておりますと、「これ坊主、三味*せんもゝう面白うない、酒のさかなにもっとうき〳〵したことはないか、あの棒しばりを舞ってみせぬか」などゝ、殿のおこえがかゝりまして、

十七八は

竿にほした細布
とりよりや
いとし
たぐりよりや
いとし
糸よりほそい
腰をしむれば
たんとなほいとし＊

と、つたないまいをごらんにいれては御座興をつとめたものでござります。それはわたくし、じぶんでかんがえ出しました道化《どうけ》たまいでござりまして、「糸よりほそい腰をしむれば」と、所作《しょさ》をしておめにかけますと、たいていのかたは腹をかゝえてわらわれますので、めくらのくせに妙なてつきで舞いますところがおかしみなのでござりましたが、なみいるかた〲の賑やかなおこえにまじって、おくがたのおわらいなさるおこえがきこえますときは、「あゝ、すこしはごきげんがよいのだな」とおもいまして、どんなにわたくしも勤めがいがありましたことか。なれどもたいへん悲しいことには、おい〲日がたつにつれまして、いくらわたくしが新しい手をかんがえましておもしろおかしくまってごらんにいれましても、「ほゝ」とかすかにえまれるばかりで、やがてそれさえもきこえないことがおおくなってまいりました。

あるひのこと、あまり肩がこってならぬから、すこしりょうじをしてほしいと仰っしゃいますので、おせなかの方へまわりまして揉んでおりますと、おくがたはしとねのうえにおすわりなされ、脇息《きょうそく》におよりあそばして、うつら〳〵まどろんでいらっしゃるのかと思われましたが、そうではなくて、とき〴〵ほっとといきをついていらっしゃいます。こういうおりに、いぜんにはよくお話相手をいたしましたのに、ちかごろはめったにお言葉のさがることなどもござりませんので、たゞかしこまってりょうじをいたしておりましたけれども、それがわたくしにはなんとのう気づまりでなりませなんだ。ぜんたいめしいと申すものは、ひといちばいかんのよいものでござります。ましてわたくしは、ひごとよごと奥がたのあんまを仰せつかりまして、おからだの様子がおおよそ分っておりますので、おむねのなかのことまでがしぜんと手先へつたわってまいりますせいか、だまって揉んでおりますうちに、やるせないおもいがいっぱいにこみあげてまいるのでござります。当時おくがたは二十をふたつみつおこえなされ、四人にあまるお子たちの母御《ははご》でいらっしゃいましたけれども、根がおうつくしいおかたのうえに、ついぞいまゝでは苦労という苦労もなされず、あらいかぜにもおあたりなされたことがないのでござりますから、もったいないことながら、そのにくづきのふっくらとしてやわらかなことゝ申したら、りんず*のおめしものをへだてゝ揉んでおりましても、手ざわりのぐあいがほかのお女中とはまるきりちがっておりました。もっともこんどは五たびめのお産でございましたから、さすがにいくらか窶《やつ》れていらっしゃいましたものゝ、おやせになればおやせになるで、その骨ぐみの世にたぐいもなくきゃしゃでいらっしゃることはおどろくばかりでございました。わたくし、じつに、このとしになりますまで、ながねんのあいだもみりょうじを渡世《とせい》にいたし、おわかいお女中さまがたをかずしれず手がけてまいりましたが、あれほどしなやかなからだのおかたをいろうた*ことがございませぬ。それに、おんはだえのなめらかさ、こまかさ、お手でもおみあしでもしっとり露をふくんだようなねばりを持っていらしったのは、あれこそまことに玉の肌《はだえ》と申すものでございましょうか。おぐしなども、お産をしてからめっきりと薄うなったと、ごじゝんでは仰っしゃっていらっしゃいましたが、それでもふさ〱とうしろに垂らしていらっしゃるのが、普通のひとにくらべたらうっとう《鬱陶》しいくらいたくさんにおありになって、一本々々きぬいとをならべたような、細い、くせのない、どっしりとおもい毛のたばが、さら〱と衣《きぬ》にすれながらお背なかいちめんにひろがっておりまして、お肩を揉むのにじゃまになるほどでございました。なれども、このとうとい上臈《じょうろう》のおみのうえもおしろがらくじょうするときはどうなるだろうか。このたまのおんはだえも、たけなすくろかみも、かぼそいほねをつゝんでいるやわらかい肉づきも、みんなおしろのやぐらといっしょにけぶりになってしまうのだろうか。ひとのいのちをうばうことがせんごくの世のならいなればとて、こんないたいけなおうつくしいかたをころすという法があるものだろうか。のぶなが公もげんざい*血をわけたいもうと御《ご》を、たすけておあげなさろうというおぼしめしはないものか。まあわたくしのようなものが、そんなしんぱいをしましたからとておよばぬことでござりますけれども、えんあっておそばにおつかえ申し、なんのしあわせかめしいと生れましたばかりにこのようなおかたのおんみに手をふれ、あさゆうおこしをもませていたゞいておりまして、たゞそれのみをいきがいのある仕事とぞんじておりましたのに、もうその御奉公もいつまでだろうかとかんがえましたら、このさきなんのたのしみもなくなりまして、にわかに胸がくるしゅうなってまいりました。するとおくがたが又ほっとためいきをあそばして、

「弥市」

と、およびになるのです。わたくし、おしろの中では、「坊主、坊主」といわれておりましたが、「たゞ坊主ではいけぬ」と仰っしゃって、おくがたから「弥市」という名をいたゞいておったのでござります。

「弥市、どうしたのだえ」

と、そのときかさねてのお言葉に、

「はっ」

と申して、おど〳〵いたしておりますと、

「いっこう力がはいらぬではないか、もそっときつうもんでおくれ」

と仰っしゃるのでござります。わたくしは、

「おそれいりました」

と申しあげて、さてはいらざる取りこしくろうに手の方がおろそかになったかと、気を入れかえてせっせともんでおりました。なれどもきょうはとくべつにお肩がこっていらしって、おんえりくびのりょうがわに手毬ほどのまるいしこりがおできになっておりまして、もみほごすのがなか〳〵なのでござります。まあ、ほんとうに、これではさぞかしおつらかろう、こんなにおこ《凝》りになるというのは、きっといろ〳〵なものあんじをあそばして、よるもろく〳〵おやすみにならぬせいではないか、おいたわしいことだわいと、お察し申しあげておりますと、

「弥市」

と仰っしゃって、

「お前、いつまでこのしろのなかにいるつもりなのだえ」

と、仰っしゃるのでした。

「はい、わたくしは、いつまでゞも御奉公をいたしておりとうござります。ふつゝかなものでござりますから、おやくにはたちませぬが、ふびんにおぼし下されまして召しつかっていたゞけましたら有りがたいことでござります」

そう申しあげましたら、

「そうかえ」

と仰っしゃったなり、しばらくしずんでいらしって、

「それでもお前、知ってのとおりおおぜいの者がいつのまにか一人へり二人へりして、もうおしろにはいくにんも残っていないのですよ。りっぱな武士でさえ主《しゅう》をみすてゝおちてゆくのに、さむらいでもないものがたれにえんりょをすることがあろう。ましておまえは眼がふじゆう《不自由》なのだから、まご〳〵しているとけがをしますよ」

と仰っしゃるのです。

「おおせはありがとうございますが、おしろを捨てるのもふみとゞまるのも、それはひと〳〵のこゝろまかせでございます。まなこさえあいておりましたら、夜《よる》にまぎれておちのびることもできましょうけれども、このように四方をかこまれておりましてはたといおいとまをいたゞきましてもわたくしには逃げるみちがございませぬ。どうせ数ならぬめくら法師ではございますが、なまなかてきにとらえられてなさけを受けるのはいやでございます」

すると、なんともおことばはなくて、そっとおんなみだをおふきになったらしゅう、ふところからたとうがみをお出しになるおとがさら〳〵ときこえました。わたくし、じぶんの身よりもおくがたはどうあそばすおつもりか、いずこ迄もながまさ公とごいっしょにおいであそばすのか、五人のお子たちをいとおしゅうおぼしめしたら、また御りょうけんもお

ありになりはしないかと、こゝろではやきもきいたしましたが、そんなことをさしでがましゅう伺うわけにもまいりませぬし、それきりおこえもかゝりませぬので、ついつぎほがなくて、ひかえてしまったのでござりました。

それが、あのせきとうの御供養のありました二日ほどまえのことでござりまして、八がつ二十七日のあけがた、さむらいがたの焼香をおうけになりますと、こんどはおくがたや、お子たちや、腰元衆や、わたくしどもまでをそこへおめしになりまして、「さあ、おまえたちも回向《えこう》をしておくれ」と仰っしゃるのでござりました。なれどもいざとなりますと、お女中がたのかなしみは又かくべつでござりまして、あゝ、それではいよ〳〵お城のうんめいがきわまって、とのさまはうちじにあそばすのかとどなたも途方にくれるばかりで、一人もしょうこうの席へすゝもうとはなさりませぬ。このにさんにち寄せ手は一そうはげしくせめてまいりまして、ひるもよるも合戦のたえまはござりませなんだが、けさはさすがに敵もいくらか手をゆるめたとみえまして、お城のうちもそともしんとして、大ひろまの中は水をうったようにしずかでござります。おりふし秋もなかばのことでござりまして、おうみの国もほっこくにちかい山の上の、夜もあけきらぬほどの時こくでござりますから、まつざにひかえておりますと、肌さむいかぜがひえ〳〵と身にしみ、お庭の方でくさばにすだくむしのねばかりがじい〳〵ときこえるのでござります。と、ふいに広間のすみの方で、どなたか一人しく〳〵とすゝりなきをはじめましたら、それまでじっとこらえていらしったおおぜいの衆が、あちらでもこちらでも、いちどにしく〳〵と泣き出されましたので、がんぜないお子たちまでがこえをあげてお泣きになりました。「これ、これ、そなたはいちばんとしかさのくせに泣くということがありますか、かね〴〵云うてきかせたのはこゝのことではありませぬか」と、おくがたはこんなときにも取りみだした御様子がなく、しっかりしたおこえでお茶々どのをお叱りになって、嫡男《ちゃくなん》萬福丸*どのゝ乳母《うば》をお呼びになりまして、「さあ、和子《わこ》から先にしょうこうをするのですよ」と仰っしゃるのです。それでいちばんに萬福丸どの、二ばんには当歳の若《わか》*が御焼香をすまされますと、「お茶々、そなたの番ですよ」と仰せられましたが、

「いや、姫よりもそなたはなぜしないのだ」と、ながまさ公がきっとなって仰せられるのでした。おくがたはたゞ「はい〳〵」と口のうちで仰っしゃるばかりで、なか〳〵承引なされませぬので、

「あれほど申しきかせたことがなぜ分らぬ。この期《ご》におよんで云いつけにそむくつもりか」と、つね〴〵おくがたにはおやさしいおかたが、ことさらあら〳〵しく仰っしゃるのでござりますけれども、

「おぼしめしはかたじけのうござりますが」

と、かたくけっしんをあそばして、座を立とうとはなさりませなんだ。そのときながまさ公はだいおんをおあげになって、

「やあ、その方おんなのみちを忘れたか。わがなきあとの菩提をとぶらい、子どものせいじんをみとゞけるこそ、つまたるものゝ勤めではないか。そこの道理がわからぬようではみらいえい《永》ごう《劫》妻とはおもわぬ、夫とも思ってもらわぬぞ」と、するどくお叱りになりました。そのおこえがひろまのすみ〴〵へりん〳〵とひゞきわたりましたので、いちどうはっといたしまして、どうなることかといきをころしておりますと、しばらくなんのものおともございませなんだが、やがてさや〳〵と畳のうえにお召しものゝすれるけはいがいたしましたのは、こゝろならずも奥がたがごしょう香をなされたのでございました。それから一のひめぎみのお茶々どの、二の姫ぎみのおはつ*どの、三のひめ君の小督《こごう》*どのと、しだいに御えこうをなされましたので、そのよのかた〴〵もとゞこおりなく済まされたのでございます。

さてその石とうをはこび出してこすいにしずめましたことは、せんこく申し上げたとおりでございます。おくがたはひと〴〵の手まえ、いったんはおきゝいれになりましたものゝ、殿が御しょうがいあそばすのに、わがみひとり世にながらえてなんとしょうぞ、あれこそ浅井のにょうぼうよと人にうしろゆびをさゝれるのはくちおしゅうございます、ぜひ死出のみちづれをさせて下されと、よもすがら掻きくどかれて、いっかな御しょういんなさるけしきもなかったそうにございます。するとあくる二十八にちの巳《み》の刻ごろに、織田どのゝおんつかい不破河内《かわち》のかみどのが三度目におこしになりまして、いま一ぺんかんがえなおして降人に出る気はないかと、のぶなが公のおことばをつたえましたのでござります。ながまさ公はかさね〴〵のおぼしめし、しょう〴〵世々*わすれがたくは存じますが、じぶんはどうあってもこのしろにおいてはらを切ります、たゞし妻とむすめどもはおんなのことなり、のぶなが公にちすじのつながるものどもでござれば、申しふくめてあとより送りとゞけます、せっかくのおなさけにあのものたちのいのちをゆるして、あと〳〵のせわを見てやって下されればありがとう存じますと、いんぎんにおたのみなされまして、一とまずかわちの守どのをおかえしになり、それから又おくがたへだん〳〵と御いけんをなされたらしゅうござります。もとよりながまさ公とても、あれほどおむつまじいおん語らいでござりましたから、死なばもろともと覚悟をなされたおくがたのおんこゝろねを何しに憎く思しめしましょう。おもえばおふたりが御えんぐみをあそばしてから、ことしで足かけ六ねんと申すみじかいおんちぎりでござります。そのあいだしゞゅう世の中がさわがしく、あるときはとおく都や江南の御陣へお出かけになったりしまして、いちにちとしてあんらくにおすごしあそばしたこともないのでござりますから、おなじはちすのうてなの上でいつまでも仲ようくらしたいとおのぞみになるのも、決してごむりではござりませぬ。なれどもながまさ公は勇あるおかたのつねとしてひとしおおん憐れみがふこうござりまして、おとしのわかいおくがたをむざ〳〵ころしてしまうことがあまりおいたわしく、なんとかしていのちをたすけてあげたいとおぼしめされ、ことにはお子たちのゆくすえなども御あんじあそばしたのでござりましょう。まあいろ〳〵にしなをかえて道理をおときになったものとみえまして、よう〳〵おくがたも御とくしんあそばし、ひめぎみばかりをおつれになっておさとへお帰りあそばすことにきまったのでござります。おとこのお子たちはまだいとけのうござりましたけれども、敵の手におちてはあやういと申されて、総りょうのまんぷく丸どのはえちぜんのくに敦賀郡《つるがごおり》のしるべをたよりに、二十八日の夜《よる》おそく、きむら喜内之介と申す小姓をつけてそっとおしろからお出しになり、すえの若ぎみ*は、当国の福田寺へあずけられることになりまして、これもその夜《よ》のうちに、小川伝四郎中島左近と申すさむらい二人に乳母がつきそうて、ふくでん寺のちかくの湖水のきしに船をよせられ、しばらく蘆のしげみのあいだにひそんでおられたと申すことでござります。

おくがたは二じゅうはち日の夜ひとよ、ながまさ公とおんわかれの盃をおかわしになりましたが、つきぬおん名残りにさま〴〵のおんものがたりをあそばすうちに、秋の夜ながもいつのまにかあけてしまいましたので、それではと申されて、ひがしの方がもうしら〳〵とあかるい時分、おしろの門からおのりものにおめしになりました。つゞく三つのお乗りものにはさんにんの姫たちが乳母とごいっしょにお召しになりまして、藤掛三河守と申す、お輿入れのおり織田家からついてまいりました奥向きの御けらいが、てぜいをつれて前後をおまもり申し上げ、そのほかに二三十人のお女中がたがおともをいたして小谷をあとになされました。ながまさ公は御のりものゝきわまでおみおくりに出られまして、そのあさはもうこれを最後の御しょうぞくで、くろいとおどしのおんよろいにきんらんの袈裟《けさ》をかけていらしったそうでござります。いよ〳〵おのりものをかき上げますとき、「ではあとをたのんだぞ、たっしゃでくらせよ」とおことばをおかけになりましたのがゆうきのはりきったさわやかなおこえでござりました。おくがたも「おこゝろおきのう御りっぱなおはたらきを」と、気じょうにおっしゃって、おんなみだをおみせにならずに、じっとがまんをなされましたのはさすがでござります。すえのおふたりのひめぎみたちは西もひがしもおわかりにならぬほどでござりましたから、お乳《ち》の人の手におだかれになって、なんのことゝも夢中でいらっしゃいましたけれども、おちゃ〳〵どのはてゝご《父御》の方をふりかえり〳〵、いやじゃ〳〵ときつうおむずかりになりまして、なか〳〵なだめすかしてもお泣きやみになりませんので、お供のひと〴〵はそれをみるのが何よりつろうござりました。この姫たちが三人ながらのちに出世をあそばして、お茶々どのが淀のおん方、おはつどのが京極さいしょうどのゝおん奥方常高院どの、いちばんすえの小督《こごう》どのが忝くもいま将軍家のみだいでおわしますことを、だれがそのときおもいましたでござりましょう。かえす〴〵も御運の末はわからぬものでござります。

のぶなが公はおいちどのや姪御たちをお受けとりになりますと、たいそうおよろこびになりまして「ようふんべつして出て来てくれた」と、ねんごろに仰っしゃって、「あさいにもあれほどことばをつくして降参をすゝめたのに、どこまでもきゝ入れないのは、あっぱれ名をおしむ武士とみえた、あれを死なすのはじぶんのほんいでないけれども、ゆみやとる身の意地であるからかんにんしてもらいたい、そなたもながのろうじょうでさぞくろうをしたことだろう」と、そこは骨肉のおんあいだがらゆえ御じょうあいもかくべつで、わけへだてないおものがたりがござりまして、すぐに織田こうずけの守*どのへおあずけなされて、よくいたわってとらせるようにとの御諚《ごじょう》でござりました。

いくさの方は二十七にちのあさからやんでおりましたが、おいちどのをわたしたうえはもはや猶予することはない、しろをひといきにもみつぶして浅井おやこに腹をきらせるばかりだと、のぶなが公おんみずから京極つぶら尾というところへおのぼりになってそうぐんぜいに下知《げじ》をなされ、ひらぜめ*にせめおとせとおっしゃいましたので、えい、えい、おう、と、寄せ手はすさまじい鬨《とき》のこえをあげて責めにかゝったのでござります。このとき御いんきょ久政公の丸にはぞうへい八百ばかりこもっておりまして、四方の持ちくちをかためておりましたけれども、てきは眼にあまる大軍のうえに、しばた修理《しゅり》のすけどのがさきにたって塀に手をかけ、ひた〳〵と乗りこんで来られましたので、ごいんきょもいまはこれまでとおぼしめされ、いのくちえちぜんの守どのにしばらく寄せ手をさゝえさせて、そのまに御しょうがいなされました。御かいしゃくは福寿庵どのでござります。鶴松太夫と申す舞のじょうずもおりましたが、いつもお供をおおせつかっておりましたおなさけにこんども御しょうばんをさせていたゞきますと申して、おさかずきをいたゞいて、ごさいごをみとゞけてから、ふくじゅ庵どのゝ介錯をつとめ、じぶんはお座敷よりいちだん下の板じきへさがって腹をきりましたそうにござります。そのほか井口どの、赤尾与四郎どの、千田うねめのしょうどの、脇坂久ざえもんどの、みなさま自害なされました。この御いんきょはおとしをめしていらしったのにお気のどくなてんまつでござりましたけれども、かんがえてみればすべて御自分がわるいのでござります。こう云うはめにならないうちに、はやく長政公のおことばにしたがわれて朝倉どのをおみかぎりなされたらようござりましたのに、おだどのゝ御うんせいをみぬく御がんりきもなく、よしないぎりをおたてになってあえなくおはてになりましたのは、たれをうらむことがござりましょう。そればかりか、かっせんの駈けひき、出陣のしおどきについても、御いんきょらしく引っこんでいらっしゃればよいものを、いち〳〵出しゃばって長政公のごけいりゃくをじゃまなされ、勝つべきいくさにおくれをとって、みす〳〵御運をにがしたこともいくたびだったでござりましょう。おだどのがてんまはじゅん《天魔波旬》*のいきおいを持っておられたからとて、ながまさ公のさいはいにおまかせになっていらしったら、これほどのことはござりませなんだ。されば浅井のお家は、一代のすけまさ公、三代のながまさ公、ともにぶそうのめいしょうでいらっしゃいましたのに、二代の久政公の御りょうけんがつたなく、御思慮があさかったばっかりにめつぼうをまねきました。それをおもえば長政公こそおいたわしゅうござります。あわよくば信長公にとってかわりてんがのしおきをなさる御器量をもちながら、おやごのいいつけをおまもりなされて、御じぶんで御じぶんのうんせいをおちゞめなされました。わたくしどもが考えましてさえ歯がゆうて歯がゆうて、あきらめきれないのでございますものを、おくがたのおむねのなかはどれほどでござりましたことか。なれどもそれも御孝心のおふかいせいでござりましたので、まことにぜひがござりませぬ。

御隠居のまるのおちましたのは二十九にちの午《うま》のこくごろでござりまして、それからは、柴田、木下、前田*、佐々の手のものどもが一つになって御ほんまるへおしよせました。ながまさ公はお手まわりの小姓五ひゃくばかりできってゞられさん〴〵にてきをなやましてさっとお引きになりましたので、よせてはくろけむりをたて、無二むさんにせめましたけれども、塀へとりつこうとするものを突きおとしはねおとし、てきを一人も丸のなかへ入れませなんだ。それで二十九にちのよるは寄せ手もせめあぐんできゅうそくいたしまして、あくる九月ついたちにまたせめてまいりました。ながまさ公はそのときまで父の御さいごを御存じなく、「下野守どのはどうなされた」と小姓におたずねなされましたところに、「ごいんきょはさくじつ御しょうがいでござります」と申しあげるものがおりましたので、「そうとはゆめにも知らなんだ、それをきくからは此の世になんのみれんがあろう、ちゝうえの弔《とむら》いがっせんをしていさぎよくおあとを追うばかりだ」と、巳の刻ごろに二ひゃくばかりで切って出られ、むらがるてきをきりふせ〳〵一とあしもひかずたゝかわれましたが、柴田木下のぐんぜいがとうまちくい《稲麻竹葦》*と取りかこみ、味方はわずか五六十人になりましたので、一文字にかけちらし、御ほんまるへ馳せいろうとなされますうちに、敵は御ほんまるをのっとって中から門をかためてしまいましたので、御門の左わきにある赤尾美作《みまさかの》守《かみ》どのゝ屋形《やかた》へおのがれになりまして、やがてお腹を召されました。御かいしゃくは浅井日向守《ひゅうがのかみ》。お供をいたしたひと〴〵は、日向のかみをはじめとして、なかじましん兵衛、なかじま九郎次郎、きむらたろじろう、木むら与次、浅井おきく、わきざかさすけ、などのかた〴〵でござります。てきは信長公のおおせをうけて、なんとかしてながまさ公を生けどりにしようとしたのだそうでござりますけれども、きこゆる剛将がひっしのはたらきのゆえにそんなすきはござりませなんだので、あとから屋形へふみこんでおん首ばかりを戴いたのでござります。

いけどりと云えば、あさい石見守《いわみのかみ》、赤尾みまさかのかみ、おなじく新兵衛、この三人のかた〴〵は武運つたなく縄目のはじをおうけになって御前へひきすえられました。そのときのぶなが公が、「そのほう共、しゅじん長政にぎゃくしんをおこさせ、としごろひごろようも己をくるしめたな」とおっしゃりましたので、石見どのは強情な仁《じん》でござりますから、「わたくし主人あさいながまさは織田どのゝような表裏ある大将ではござりませぬ」と申しあげますと、のぶなが公かっと御りっぷくあそばされ、「おのれ、ふかくにも生けどりになるほどの侍として、ものゝひょうりが分るか」と、鑓《やり》のいしづき*で石見どのゝあたまを三度おつきになりました。なれどもひるむけしきもなく、「手足をしばられているものをちょうちゃくなされてお腹がいえますか、おん大将のこゝろがけはちがったものでござりますな」とにくまれぐちをたゝかれましたので、ついにお手うちになりました。美作どのはおとなしくしておられましたところが、「その方じゃくねんのみぎりより武勇のほまれたかく、おにがみのようにうたわれながらなんとしておくれを取ったるぞ」との仰せに、「とかく老もういたしまして此の通りのしまつでござります」と申され、「いちめいを許して取りたて、つかわそう」という御諚《ごじょう》でござりましたけれども、「このうえはなんの望みもござりませぬ」と申されてひたすらおいとまをねがわれました。「しからばせがれの新兵衛を世話してやろう」とかさねて御じょうがござりましたときに、美作どの御子息しんべえどのをかえりみられ、「いや〳〵、御辞退申した方がよいぞ、殿にだまされてわるびれ*てはならぬぞ」と申されましたので、から〳〵とおわらいなされ、「老いぼれめ、己をうたがっているな、そんなに己がうそつきに見えるか」と仰っしゃって、そのゝちほんとうに新兵衛どのをお取りたてになりました。

小谷のおくがたは夫《おっと》ながまさ公御しょうがいとおきゝあそばしてから、一とまにとじこもられたきりにち〳〵御回向をあそばしていらっしゃいますと、或る日のぶなが公がお見まいにおいでなされ、「たしかそなたには男の子が一人あったはずだ、その子がたっしゃならわたしが引きとってよういく《養育》をしてやりたいが」と仰っしゃるのでござりました。おくがたは最初、兄ぎみのこゝろをはかりかねて、「若《わか》はどうなりましたことやら存じませぬ」と申されましたが、「ながまさこそかたきだけれども子どもになんの罪があろう、わたしには甥《おい》になるのだからいとおしゅうてたずねるのだ」と仰っしゃりますので、さてはそれほどにおもって下さるのかとだん〴〵御あんどあそばされ、これ〳〵のところにおりますと、萬福丸どのゝかくれがをおもらしになりました。それでえちぜんの国つるがごおりへお使者が立ちまして、木村喜《き》内介《ないのすけ》へ、わかぎみをつれてまいるように仰せつかわされましたけれども、きないのすけは思案をいたし、わかぎみは自分いちぞんを以て斬ってすてましたとおこたえ申しましたところが、その後もさい〳〵おつかいがござりまして、兄うえがあゝまで云われるものをなまじかくしては折角のなさけにそむく、わがみも和子《わこ》のぶじな顔をみたいほどに一日もはやくつれてきておくれと、しきりにおくがたがせつかれるものでござりますから、きないのすけもこゝろえがたくおもいながら、とてもありかを知られたうえはと、萬福丸どのゝお供をして、九がつ三日にごうしゅう木之本へまいりました。すると木下藤きちろうどのがむかえに出られて若君をうけとられ、のぶなが公へそのむねを言上いたされますと、「その方その子を討ちはたし、くびを串ざしにしてさらしものにしろ」と仰っしゃりますので、さすが藤吉郎どのもとうわくいたされ、「それまでのことは」と云われましたなれども、かえってお叱りを蒙《こうむ》りまして、よんどころなく御諚のとおりになされました。ながまさ公のお首も、あさくら義景どのゝお首といっしょに、肉をさらし取って朱塗りにあそばされ、よくねんの正月、それを折敷《おしき》*

にすえてさんがの大名しゅうへおさかなに出されました。のぶなが公も浅井どのゝためにはたび〳〵あやうい目におあいなされ、よほどおにくしみが深かったのでござりましょうけれども、もとはと云えば御じぶんの方がせいしを反古《ほご》になされたのでござります。せめて妹御のおんなげきをさっしておあげなされたら、えんじゃのよしみもあるおかたをあれほどになさらないでもようござりましたろうに。とりわけにくしんのなさけをかりてお市どのをあざむかれ、がんぜないお子をくしざしになさるとは、あまりむごたらしいなされかたでござります。されば天正じゅうねんの夏、ほんのう寺においてひごうにおはてなされましたのも、あけちがぎゃくしんばかりではなく、おおくのひとのつもるうらみでござりましょう。いんがのほどはおそろしゅうござります。

のちの太閤殿下、きのした藤吉郎どのがりっしんなされましたのも此のころからでござりました。こんどの城ぜめには柴田どのはじめみな〳〵手柄をきそわれましたなれども、なかについて藤吉郎どのはばつぐんの功をおたてなされ、のぶなが公もなゝめならずおよろこびになりまして、小谷のおしろと、あさい郡《ごおり》と、坂田ごおりのはんぶんと、いぬがみ郡とを所領にくだされ、江北のしゅごとなされました。そのおり藤吉郎どのは、小谷のおしろは小ぜいにてはまもりがたいと仰せられ、わたくしのこきょう長浜へうつられまして、当時あそこは今浜と申しておりましたのを、このとき長浜とおあらためになったのでござります。

それはとにかく、ひでよし公が小谷のおくがたに懸想《けそう》なされましたのはいつごろからでござりましたか。わたくしはおくがたがお城をおたちのきなされましたとき、「いっしょにつれて行ってやりたいが、いったんこゝをおちのびてからたよっておいで」と、有りがたい仰せがござりましたものですから、この身はすでになきものとかくごいたしておりましたのがまよいのこゝろをしょうじまして、おのりものゝあとからまぎれ出で、かっせんのしゞゅうを見とゞける迄いちにちふつかは町かたにかくれておりましたけれども、またおそばをしとうて上野守どのゝ御陣へあがりましたところ、気にいりの座頭であるからとおこえがゝりがござりましたので、さいわいにきびしいおとがめもござりませんで、ふたゝび御用をつとめておったのでござります。されば秀吉公がおこしなされましたおりにもたび〳〵お次にひかえておったのでござりますが、はじめて御たいめんのときは、御前へ出られますとはるかにへいふくされまして、「わたくしが藤吉郎にござります」とうや〳〵しい御あいさつでござりましたので、おくがたもつゝましやかに御えしゃくを返され、せんじんの骨折をおねぎらいなされました。ひでよし公は、「わたくし、このたびさせる軍功もござりませぬのに御褒美としてあさいどのゝ所領をたまわり、もったいなくも長政公のおんあとをつぎますことは弓矢とってのめんぼくでござります、たゞこのうえは何事も古きおしおきにしたがって江北をとりしずめ、亡きおん大将の武ゆうにあやかりとうぞんじます」と申され、「陣中のことゆえさぞ御不じゆうでござりましょう、なんぞお手まわりのしなにても御不足のものはござりませぬか、おこゝろおきのうお申しつけくださりませ」などゝ、それは〳〵如在《じょさい》のないおことばで、おどろくばかりあいそのよいお方でござりました。ことにひめぎみたちにまで何くれと御あいきょうを振りまかれ、御きげんをとられまして、「お姫《ひい》さまがいちばんの姉《あね》さまでいらっしゃいますか、どれ〳〵、わたくしに抱《だ》っこなさりませ」と、お茶々どのをひざの上へおのせなされおぐしをかいておあげなされて、「おとしはいくつ、おなまえは」などゝおたずねになるのでござりました。お茶々どのははか〴〵しい御へんじもなさらずにしぶ〳〵抱かれていらっしゃいましたが、このひとが父御《ててご》のしろをせめおとした一方の旗がしらかと、おさなごゝろにもにくゝおぼしめしましたものか、ふと秀吉公のかおをおさしなされ、「そなたは猿に似ているのかえ」とおっしゃりましたものですから、ひでよし公もすこし持てあまされまして、「さようでござります、わたくしは猿に似ておりますが、お姫さまはお袋さまにそっくりでいらっしゃいますな」と申され、はっ、はっ、はっと、わらいにまぎらされました。その後もおいそがしいなかをぬけめなくおみまいにおいでなされ、何やかやとひめぎみたちにまで御しんもつをなされまして、ひとかたならぬおこゝろぞえでござりましたから、おくがたも、「藤きちろうはたのもしいものじゃ」と仰っしゃって、気をゆるしていらっしゃいましたけれども、わたくし、いまからかんがえますのに、お市どのゝ世にたぐいない御きりょうにはやくも眼をおつけなされ、ひとしれず思いをよせていらしったのではござりますまいか。もっとも主人のぶなが公のいもうと御《ご》であらせられ、けらいの身ではおよびもつかぬ高嶺《たかね》の花でござりましたからまさかそのときにどうというおつもりもござりますまいが、なにぶん此のみちにかけましたらゆだんのならぬ秀吉公でござります。みぶんのちがいと申しましても、ういてんぺんは世のつねのこと、とり分けえいこせいすいのはげしいのは戦国のならわしでござります。さればながい月日のうちにいつかは此のおくがたをと、ひそかにのぞみをおかけなされましたやら、なされませなんだやら、えいゆうごうけつのこゝろのうちは凡夫《ぼんぷ》にはかりかねますけれども、あながちこれはわたくしの邪推ばかりでもないような気がいたします。

そう云えば萬福丸どのを討ちはたすように仰せがござりましたとき、ひでよし公のとうわくなされかたは尋常でなかったと申します。あればかりのわかぎみ一人おゆるされになりましたとて何ほどの事がござりましょうや、それより浅井どのゝみょうせきをおつがせなされ、おんをおきせになりました方がかえって天下せいひつ*のもとい、仁あり義あるなされかたかとぞんじますと、さま〴〵におとりなしあそばされましたが、おきゝ入れがござりませなんだので、「しからばなにとぞ此のやくを余人におおせつけくださりますよう」と、いつになくさからわれましたところ、のぶなが公ははなはだしく御きげんを損ぜられ、「その方こんどの功にほこってまんしんいたしたか、いらざるかんげんだて*をなし、あまつさえわがいいつけをしりぞけて余人にたのめとは何ごとだ」と、きびしくおとがめなされましたものですから、しお〱と退出されまして、けっきょく若君を御せいばいなされたのだときいております。かれこれおもいあわせますのに、ひでよし公はまんぷくまるどのを害されて、のち〱までもおくがたのうらみをお受けなさることがおつらかったのでござりましょう。それもなみ〱のころしかたでなく、くしざしにしてさらしものにせよとの御じょうとありましては、なおさらのことでござります。この役まわりがえりにえって秀吉公にわりあてられましたのは、笑止《しょうし》*と申しましょうか、おきのどくと申しましょうか。こうねん柴田どのとこのおくがたの取りあいをなされ、こいにはおやぶれになりましたけれども、ついに勝家公御夫婦をせめほろぼされ、生々よゝのかたきとなられましたのもこのときからのいんねんでがなござりましょう。

当時わかぎみの御さいごのことはおくがたのお耳へいれぬようにと、のぶなが公のおこゝろづかいがござりましたので、たれいちにんも申しあげたものはないはずでござりますけれども、さらしくびにまでなりまして、しょにんのまなこにふれましたことゆえ、うす〱世上《せじょう》のとりさたをおきゝこみになりましたか、またはむしがしらせたと申しますものか、いつからともなくけはいをおさとりあそばしてきっと御しあんなされたらしゅう、それからは秀吉公がおこしになりますとかえってみけしきがすぐれぬようでござりました。なれども或る日、「えちぜんからはあれきりなんのたよりもないが、若《わか》はどうしたことかしらん、とかく夢みがわるいので気になります」と、ひでよし公へおたずねになりましたので、「さあ、いっこうに承知いたしませぬが、いまいちどおつかいをお出しなされましては」と、さあらぬていで申されますと、「でも、そなたが若をうけとりに行ったというではないか」と仰っしゃりましたのが、しずかなうちにもするどいおこえでござりました。こしもと衆のはなしでは、そのときばかりはお顔のいろまでがまっさおにかわって、ひでよし公をはったとおねめつけなされたそうにござります。そんなことから秀よし公は御前のしゅびがわるくなりまして、だん〳〵遠のかれましたのでござります。

さて信長公はわずかのあいだに数箇国をきりなびけられ、こと〴〵くわがりょうぶんにくわえられまして、しょうし*への御ほうび、こうにんのおしおきなど、それ〴〵御さたあそばされ、九がつ九日にはもはや岐阜のおしろにおいて菊の節句をおいわいあそばされました。重陽《ちょうよう》のえんはまいねんのことでござりますけれども、べっしてそのみぎりは大小名がよそおいをこらしてお礼にまいられ、ごんごどうだん*のぎしきのありさま、めをおどろかすばかりであったともっぱらのうわさでござりました。おくがたはしょろう*と申しふれられてしばらく江北におとゞまりなされまして、どなたにもたいめんあそばされず引きこもっておられましたが、おなじ月のとおかごろ、いよ〳〵尾州清洲《びしゅうきよす》のおさとかたへおかえりあそばすことになりました。当時信長公はぎふの稲葉やまを本城になすっていらっしゃいましたので、おくがたには閑静なきよすのおしろのほうが御つごうがよかったのでござります。もっとも途中ちくぶしまへさんけいなさりたいと云う仰せでござりましたから、お女中がたやわたくしどもゝおつきそい申しあげまして、長浜よりお船にめされました。おりふし、伊吹《いぶき》やまにはもう雪がつもっておりまして、みずうみのうえはひとしおさむうござりましたけれども、さえわたった朝のことでござりましたので、とおくちかくの山々まではっきり見えたのでござりましょう、お女中がたはみな〳〵ふなばたにとりついて、ながねんすみなれた土地にわかれを惜しまれ、そらをわたるかりがねのこえ、かもめの羽ばたきにもなみだをながされ、かぜにそよぐあしの葉のおと、なみまにおどる魚のかげにもあわれをもよおされましたことでござります。ふねが竹生《ちくぶ》しまの沖あいへまいりましたとき、「しばらくこゝでとめておくれ」というおことばでござりまして、いちどう何事かと不しんにぞんじておりますと、やがて舳《へさき》に経づくえをおなおしなされ、水のおもてにむかってたなごゝろを合わされしずかに御ねんじゅあそばされましたのは、おおかたそのあたりのみなぞこにかの石塔がしずめてあったのでござりましょう。さてはちくぶしまへまいりたいと御意《ぎょい》なされたのもそういう仔細がおありになったのかと、そのときわれ〳〵もおもいあたりましたのでござります。ふねが波のまに〳〵ゆられて一つところにたゞようておりますあいだ、おくがたは香をおたきあそばして南無徳しょう《勝》寺殿天英宗清大居士と、いっしんにおんまなこを閉じられ、あまりながいこと合掌なされていらっしゃいますので、もしやこのまゝ、ふなばたよりおん身をひるがえし、おなじみなぞこのもくずにおなりあそばすのではないかと、おそばのかた〳〵はしんぱいしまして、そっとおめしものゝすそをとらえていたそうでござりますが、わたくしにはたゞ、おくがたのお手のうちで鳴るじゆずのおとがきこえ、たえなる香のかおりがにおってまいったばかりでござります。それよりしまへおあがりなされて一と夜参籠《さんろう》あそばされ、あくる日佐和《さわ》やまへおわたりになりまして、いちにちふつか御きゅうそくなされましてから御ほっそくあそばし、どうちゅうつゝがなく清洲《きよす》のおしろへ御あんちゃくになりました。おさとかたではけっこうな御殿をしつらえてお迎え申し、「小谷のおん方」＊とおよび申しあげて至極たいせつなおとりあつかいでござりましたから、なに御不自由のないおみのうえでござりましたけれども、姫ぎみたちの御せいじんをたのしみにあさゆう看経《かんきん》をあそばすほかにはこれと申すお仕事もなく、おとなうお方もござりませんので、もうまったくの世すてびとのような侘びしいおくらしでござりました。それにつけても、いまゝではおおぜいの人目もござりますし、なにやかやとおまぎれになることもござりましたのに、ひねもすうすぐらいお部屋のおくにとじこもっていらしってしょざいなくおくらしなされましては、みじかい冬の日あしでさえもなか〳〵長うござります。しぜんおむねのなかには亡き殿さまのおすがたがおもいうかべられ、あゝいうこともあった、こういうこともあったと、かえらぬむかしをおしのびなされて悲歎にくれていらっしゃいました。いったいおくがたは武門のおうまれでいらっしゃいますから、なにごとにも御辛抱づようござりまして、めったと人にふかくのなみだをおみせになることはござりませなんだが、もはやその頃はおそばの衆と申しましてもわたくしどもばかりでござりましたので、はりつめたおこゝろもいっときにおゆるみなされたのでござりましょう。いまこそほんとうのかなしみにおん身をゆだねられ、ひとけのない奥の間で何をおもい出されましてかしのびねに泣いていらっしゃるのが、ふとお廊下を通りますときに耳についたりいたしまして、とかくお袖のしめりがちな日がおおいようでござりました。

そういう風にして一とゝせ二たとせはゆめのようにすぎましたなれども、そのあいだ、春は花見、あきはもみじがりのお催しなど、お気ばらしにおすゝめいたしましても、「わたしはやめます、おまえたちで行っておいで」と仰っしゃいまして、御じぶんは浮世のほかのくらしをなされ、たゞひめぎみたちをお相手になされますのがせめてものお心やりと見えまして、御きげんのよいおわらいごえのきかれますのはそんなときばかりでござりました。さいわい三人のお子たちはどなたもおたっしゃにおそだちなされ、おんみのたけも日ましにおのびになりまして、いちばんおちいさい小督《こごう》どのなども最早やおひとりであんよをなされたり、かたことまぜりにものを仰っしゃったりなされましたので、それをごらんあそばすにつけても亡き夫《おっと》が御ぞんしょうであられたならばと、またおんなげきのたねでござりました。べっしておふくろさまとしましては、まんぷく丸どのゝ御さいごのことをお忘れなく、いつまでもおいたみなされていらっしゃいましたが、なにぶん御自分のあさはかさから現在のお子を敵におわたしなされまして、あゝいうおかあいそうなことになったのでござりますから、だました人もうらめしく、だまされたわが身もくちおしく、なか〱おあきらめになれなかったらしゅうござります。それに福田寺へおあずけなされた末の若君もいまはどうしていらっしゃるやら。よいあんばいに信長公は此のお子のことを御存知なされませんでしたので、いったんはおのがれになりましたもの丶、乳《ち》のみ児のおりにおわかれなされましたきりその後《ご》の安否をおき丶にならないのでござりますから、口に出しては仰っしゃりませんでも、雨につけ風につけ、いちにちとしておあんじあそばさないときはなかったでござりましょう。そんなことから一そうひめぎみたちを世にないものにおぼしめしまして、ふたりの若君の分までもかあいがってお上げなされました。

京極さいしょう《宰相》殿高次*公は、ちょうどそのじぶん十三四さいでいらっしゃいましたでしょうか。のちには信長公の小姓をつとめられましたけれども、お元服まえはきよすにあずけられていらっしゃいまして、とき〲おくがたの御殿へおこしなされたことがござりました。申すまでもござりませぬが、もと此のお児は浅井どの丶お家にとっては御主筋《おしゅうすじ》にあたられる江北のおん屋形、佐々木高秀公のおわすれがたみでござります。さればがんらいはこのお児こそ近江はんごくのおんあるじでござりますけれども、御先祖高清入道*のとき伊ぶきやまのふもとに御いんたいなされましてから、御りょうないは浅井どの丶御威勢になびいてしまいまして、御じぶんたちはほそ〲とくらしていらっしゃいましたところ、せんねん小谷らくじょうのみぎり、のぶなが公が江北に恩をきせようとの御けいりゃくからわざ〱此のお児をおよび出しになりまして、小姓におとりたてなされたのでござります。こうねん、天正十年のろくがつ惟任《これとう》ひゅうがのかみ*のはんぎゃくにくみして安土《あづち》萬五郎のともがらと長浜のしろをおせめなされ、*まった慶ちょう五年の九月関ケ原かっせんのおりには、大坂がたに裏ぎりをなされて大津にろうじょうあそばされ、わずか三千人をもって一まん五千の寄せ手をひきうけられましたのは此のお方でござりますが、まだそのころは、そういう横紙やぶり*の御きしょうともみえませなんだ。おとしから云えばわんぱくざかりの時分でござりましたけれども、貴人のおうまれでありながら幼いときよりひかげ《日陰》もの《者》ゝようにおそだちなされ、どこかにこゝろぼそそうなあわれな御様子がおありになって、御前へ出られてもおくちかずがすくなく神妙にしていらっしゃいましたので、わたくしなどには、いらっしゃるのかいらっしゃらないのか分らないくらいでござりました。もっとも此のお児のおふくろさまは長政公のいもうと御《ご》でござりましたから、ひめぎみたちとはいとこ同士、おくがたは義理の伯母御におなりなされます。それで萬ぷく丸どのゝことをしのばれるにつけても此のお児をいとしがられまして、「わたしが母御のかわりになって上げますよ、用のないときはいつでもこゝへあそびにおいで」と仰っしゃって、なさけをかけてお上げなされ、「あの児はだまっているけれども腹にしっかりしたところがある、きっと利発ものにちがいない」とおほめになっていらっしゃいました。さようでござります、おはつ御料人《ごりょうにん》と御えんぐみをなされましたのは、それよりずっとのち、七八ねんもさきのことでござりまして、当時は姫ぎみもおちいそうござりましたから、そんなおはなしはござりませなんだ。なれども此のお児は、おはつどのよりもお茶々どのに人知れずのぞみをかけておいでなされ、それとなくお顔をぬすみ見にいらしったのではござりますまいか。もちろんどなたもそう気がついたかたはござりませなんだが、子供のくせに大人のようにおちついていらしって、むっつりとおだまりなされ、いつまでゞも御前にかしこまっておいでなされたのは、何かいわくがおありになったのかとおもわれます。そうでなければ、かくべつおもしろいこともないのにしば〳〵御殿へおこしなされて、窮屈なおもいをあそばしながらじっとすわっていらっしゃる訳もござりますまい。わたくしだけはなんとなく無気味なようにかんじまして、うす〳〵嗅ぎつけておりましたので、「あのお児はお茶々さまに眼をつけているらしい」と、こしもとしゅうに耳うちをしたことがござりましたけれども、めくらのひがみだと申されましてみなさまがおわらいなされ、まじめにきいて下すったかたはござりませなんだ。

さあ、おくがたが清洲にいらっしゃいましたあいだは、小谷のおしろのおちましたのが天しょうがんねん*の秋のこと、それよりのぶなが公御逝去のとしの秋ごろまでゞござりますから、あしかけ十年、ざっとまる九ねんの月日になります。まことに光陰は矢のごとしとやら、すぎ去ってみればなるほどそうでござりますけれども、天下のみだれをよそにおながめあそばされ、いつどこに合戦があったとも御存知ないようなひっそりとしたくらしをなされましては、九年というものはずいぶんなごうございます。さればおくがたもいつとはなしに次第にかなしみをおわすれなされ、つれ〴〵のおりにはまた琴などのおなぐさみをあそばすようになりました。それにつれましてわたくしも、すきなみちではございますし、お気散《きさん》じにもなりますことゆえ、御ほうこうのあいまには唱歌《しょうが》*やしゃみせんのけいこをはげみ、わざをみがきまして、いよ〳〵御意にかないますように出精《しゅっせい》いたしましたことでございます。唱歌と申せば、あの隆達節《りゅうたつぶし》*という小唄のはやり出しはたしかそのころでございまして、

　さてもそなたは
しもかあられか初ゆきか
しめてぬる夜の
きえ〴〵となる*

などゝ申すのや、それからまた、

りんきごゝろに
枕な投げそ
なげそまくらに
とがはよもあらじ*

と申すうた、もっとおかしな文句のものでは、

帯をやりたれば
しならしの帯とて
非難をしやる
帯がしならしなら
そなたの肌もしならし*

などゝ、よくみなさまにうたってきかせたことがござります。ちかごろは此のりゅうたつぶしもすたれましたけれども、一時はあれが今の弄斎節《ろうさいぶし》*のように大はやりをいたしまして、きせん上下のへだてなくうたわれたものでござります。太閤でんかゞ伏見のおしろでお能を御らんなされましたときは、隆達どのをおめしになって舞台でうたわせられまして、幽斎*公がそれにあわせて小つゞみをお打ちになりました。わたくしがきよすにおります時分は、よう〳〵流行しはじめたころでござりましたから、最初はほんの腰元しゅうの憂さはらしに、扇で拍子をとりながら小ごえでそっとうたいまして、節をおしえて上げたりしたのでござりますが、お女中がたは今申し上げたおかしな文句のうたがおすきで、あれをうたわせてはころ〳〵とおわらいになるものですから、いつしかおくがたのお耳にとまりまして、「わたしにもうたってきかせておくれ」と仰っしゃるのでござりました。「なか〳〵、あなたがたにおきかせ申しますようなものでは」と、御じたい申し上げましても、「ぜひにうたえ」と御意《ぎょい》なされますので、それからはたび〳〵御前へ出ましてうたったことがございます。「おもしろの春雨や、花のちらぬほどふれ」*と申す、あの文句をたいそうおこのみなされ、あれをいつでも御所望あそばされまして、いったいにうき〳〵としたものよりは、しんみりとした、あわれみのふかいもの丶方がおすきのようでございました。よくわたくしがおきかせ申しましたのは、

しぐれも雪も
をり〳〵にふる
君故なみだは
いつもこぼる丶*

とか、

おもふとも
そのいろ人に
しらすなよ
おもはぬふりで
わするなよ*

というような唄でございます。この二つのうたの文句は何かしらわたくしの胸のおもいにかよいますせいか、これをいっしんにうたいますときは、腹のそこより不思議なちからがあふれいで、おのずから節まわしもこまやかになりこえさえ一そうのつやを発しましたの

で、おきゝになるかたもつねにかんどうあそばされ、又自分でも自分のうたのたくみさにきゝほれまして、こゝろの中のわだかまりがいっときに晴れるのでござりました。それにわたくしはしゃみせんの曲をかんがえまして、文句のあいだにおもしろい合いの手などをくわえて、いちだんと情《じょう》のふかいものにいたしました。こんなことを申しますと何やら自慢めきますけれども、こういう小唄に三味せんを合わせますのは、*わたくしなどのいたずらが始めなのでござりまして、まえにも申しましたように、当時は鼓で拍子をとりますのが普通だったのでござります。

とかくはなしが遊藝のことにわたりますようでござりますが、わたくしいつもかんがえますのに、うまれつきおんせいがうつくしく、唄をきようにうたうことが出来ますものは此のうえもなく仕合わせかとぞんじます。隆達どのも元は堺《さかい》のくすりあきうど*でござりましたのに、うたが上手なればこそ太こう殿下のお召しにもあずかり、ゆうさい公につゞみを打たせていちだいの面目をほどこされました。もっともあのかたはみずから一流をはつめいなされましたほどの名人、それにくらべたらわたくしなどはものゝかずでもござりませぬが、清洲のおしろで十年《じゅうねん》の春秋《はるあき》をすごしまするあいだ、あけくれおくがたのおそばをはなれず、月ゆき花のおりにふれて風流のお相手をつとめまして、ひとかたならぬ御恩をこうむりましたのも、いさゝかおんぎょくをたしなみましたがゆえでござります。人の望みはいろ〳〵でござりまして、何がいちばんの果報とも申されませぬから、わたくしのようなきょうがいをあわれとおぼしめすかたもございましょうなれども、じぶんの身にとり此の十ねんのあいだほどたのしいときはございませなんだ。さればなか〳〵隆達どのをうらやましいともおもいませぬ。それを何ゆえかと申しますのに、おくがたのおことにあわせて三味線のひじゅつをつくし、または御しょもうの唄をおきゝに入れて御しんちゅうのうれいをやわらげ、いつも〳〵おほめのおことばをいたゞいていたのでございますから、たいこうでんかのぎょかんにあずかりましたよりもずっとほんもうでございます。これもめしいにうまれましたおかげかとおもえば、このとしになりますまで自分のかたわをくやんだことは一ぺんもございませぬ。

世のことわざに、蟻のおもいも天までとゞくと*申します。はかない盲法師《めくらほうし》でもちゅうぎは人とかわりませぬから、すこしでも御しんろうが癒《い》えますように、せい〳〵御きげんうるわしゅうおくらしなされますようにと、こゝろをこめておつかえ申し、しんぶつにきがんをかけましたせいか、いや、あながちに、そのせいばかりでもございますまいが、そのころおくがたはおい〳〵にお肥《こ》えあそばされ、いちじはずいぶんやつれていらっしゃいましたのに、又いつのまにかむかしのようにみず〳〵しゅうおなりなされました。おさとへおかえりになりました当座は、お肩のほねといちばんうえのあばらとのあいだに凹みが出来、それがだん〳〵ふかくなりまして、おくびのまわりなどひとしきりの半分ほどにおなりなされ、やせほそられるばかりでございましたので、りょうじを仰せつかりますたびになみだにくれておりましたところ、三年目、四ねんめあたりから、うれしや日に月にわずかずつ肉がおつきなされ、七八ねん目には小谷のころよりもなまめかしゅうつや〳〵とおなりなされて、これが五人のお子たちをお産みあそばしたおかたとはおもえぬほどでござりました。こしもとしゅうにきゝましても、丸顔のおかおがひところほそおもてになられましたのに、このころはまた頰のあたりがふっくらとしもぶくれにおなりあそばし、それにおくれ毛のひとすじふたすじかゝりました風情《ふぜい》はたとえようもなくあだめいて、おんなでさえもほれ〴〵したと申します。お肌のいろがまっしろでいらっしゃいましたのはもとより天品でござりますけれども、ながのとしつき日の眼のとゞかぬおくのまに寝雪《ねゆき》のようにとじこもっておくらしなされ、すきとおるばかりにおなりあそばして、たそがれどきにくらいところでものおもいにしずんでいらっしゃるお顔のいろの白さなど、ぞうっと総毛《そうけ》だつようにおぼえたそうでござります。もっとも物のあやめは、かんのよいめくらにはおおよそ手ざわりで分るものでござりまして、わたくしなども、どんなにいろじろでいらっしゃいますかはひとのうわさをきくまでもなくしょうちいたしておりましたが、おなじ白いと申しましても御身分のあるおかたのしろさは又かくべつでござります。ましておくがたは三十路《みそじ》にちかくおなりあそばし、お年をめすにしたがっていよ〳〵御きりょうがみずぎわ立たれ、ようがんます〳〵おんうるわしく、つゆもしたゝるばかりのくろかみ、芙蓉のはなのおんよそおい、そのうえふくよかなお肥えなされたおからだのなよ〳〵としてえん《艶》なることゝ申したら、やわらかなきぬのおめしものがする〳〵すべりおちるようでございまして、きめのこまかさなめらかさはお若いときよりまたひとしおでございました。それにしてもこれほどのおかたが早くから不縁におなりなされ、つゝむにあまる色香をかくしてあじきないひとりねのゆめをかさねていらっしゃるとは、なんということか。しん《深》ざん《山》の花は野のはなよりもかおりがたかいと申しますが、春はお庭にきて啼くうぐいす、あきは山の端《は》にかたぶく月のひかりよりほかにうかゞうものゝない玉簾《たまだれ》のおくのおすがたを、もし知るひとがありましたら、ひでよし公ならずとも煩悩のほのおをもやしたことでございましょうに、とかくよのなかの廻りあわせはこうしたものでございます。

そんなぐあいで、そのころのおくがたは、花さく春のふたゝびめぐりくるときをお待ちあそばす御様子も見えましたが、やはりむかしのおつらかったこと、くやしかったことを、きれいにお忘れにはならなかったらしゅうございます。それと申しますのは、わたくし、あんなことはあとにもさきにもたった一遍でございますけれども、ある日御りょうじをつとめながらお話のお相手をしておりましたとき、何かのはずみで、おもいがけないおことばを伺ったことがあるのでございます。その日は最初れいになく御きげんのていでござりまして、小谷のころのこと、長政公のおんこと、そのほかいろ〳〵古いことをおもい出されておきかせ下さいましたついでに、ひとゝせ佐和やまのおしろにおいてのぶなが公とながまさ公と初めて御たいめんなされたおりのおものがたりがござりました。なんでもそれはおくがたが御えんぐみなされましてから間もなくのこと、おおかた永ろく年中でござりましたろう、当時さわやまは浅井どの丶御りょうぶんでござりましたから、のぶなが公はみの丶くによりおこしなされ、ながまさ公はすりはり峠までお出むかえあそばされ、やがておしろへ御あんないなされまして、しょたいめんの御あいさつの丶ち、善をつくし美をつくしたるおもてなしがござりました。さてあくる日は、たゞいま天下の大事をひかえてあなたこなたと日をついやすもいかゞであるから、今度はそれがしがこのしろをお借り申し、自分が主人役となって御へんれいをいたそうと、のぶなが公より仰せいだされ、ながまさ公と御いんきょとをおなじしろにおいておふるまいにおよばれまして、おだどのよりの引出物《ひきでもの》には、一文字宗吉のおん太刀をはじめおびたゞしき金子《きんす》銀子《ぎんす》馬代《うまだい》を御けらいしゅうへまでくだしおかれ、あさいどのよりの御かえしには、おいえ重代《じゅうだい》の備前かねみつ、定家《さだいえ》卿の藤川にてあそばされました近江名所づくしの歌書、そのほかつきげの駒、おうみ綿などけっこうなしな〴〵をと丶のえられ、お供のかた〴〵にも御めい〳〵へあらみの太刀やわきざしをおくられました。またおくがたも久々にておん兄ぎみに御たいめんのため小谷よりおこしなされましたので、のぶなが公のおんよろこびひとかたならず、あさいどの丶老臣がたを御前へおめしになりまして、みな〳〵きかれよ、その方どもの主人びぜんのかみが斯くそれがしの聟になるうえは、にほんこくちゅうは両家の旗になびくであろう、さればそのつもりでずいぶん粉骨《ふんこつ》をぬきんで丶くれたら、きっとおの〳〵を大名にとりたて、つかわすぞと仰せられ、ひねもす御しゅえんがござりまして、夜《よる》は御きょうだい三人にてむつまじくおくのまへおん入りあそばし、ひきつゞいて十日あまりも御たいりゅうなされました。そのあいだの御ちそうには、さわ山の浦に大あみをおろしまして、鯉やら、ふなやら、湖水のうおを数しれずとってさしあげましたところ、これもこと〴〵く御意にかない、美濃のくにではとても見られぬ名物である故、ぜひかえりにはみやげに持ってゆきたいとおおせられ、いよ〳〵御帰じょうのまえの日にふたゝびおんなごりの御しゅえんなどがござりまして、上々《じょうじょう》のしゅびにて御ほっそくなされましたとのこと。「あのときは内大臣*どのも徳勝寺殿《とくしょうじでん》*さまもほんとうに仲がよさそうににこ〳〵していらしって、わたしもどんなにうれしかったことか」などゝ、そんなおはなしをこま〴〵とあそばされまして、「おもえばあの十日ばかりのあいだがわたしのいちばんしあわせなときでした。それにつけても一生のうちにたのしいおりというものはそうたくさんはないものだね」と仰っしゃるのでござりました。さればそのときはおくがたは申すまでもなく、御けらいたちも両家が不和になろうなどゝは考えてもみませぬことで、みな〳〵せんしゅうばんぜい*を祝われたのでござりますが、ながまさ公が兼光のおん太刀を引出物になされましたについて、のちに兎や角申すものがありましたそうにござります。それはなぜかと申しますのに、右のおん太刀は御せんぞ亮政公御ひぞうのお打ち物でござりました由にて、いかにたいせつな御しゅうぎのばあいとはいえ、あゝいう重代のたからを他家へつかわされる法はないのに、そういうことをあそばしたのが、あさいのお家の織田どのにほろぼされる前表《ぜんぴょう》*だったのだと申すのでございます。なれども理窟はつけようでございます。長政公がそれほどの品をおゆずりなされましたのも、つまりはおくがたや義理の兄上をなみ〳〵ならずおぼしめしたからでございましょう。そのためにお家がほろびたのなんのと、それは世間のなまものしり*がたま〳〵事のなりゆきを見てそういう風に云いたがるのではございますまいか。わたくしがさように申し上げましたら、

「それはおまえのいう通りです」

と、おくがたもおうなずきあそばして、

「舅《しゅうと》となり聟となりながら、ほろぼすのほろぼされるのと、そんなことを気にするほうがまちがっています。内大臣どのにしたところで、そのじぶん敵か味方かわからない土地をお通りなされて、わずかのにんずでみのゝくにからはる〴〵おこしになるというのは、容易のことではなかったのです。そのこゝろざしにたいしても、徳勝寺殿さまがあれだけのことをしてあげるのは、ひごろの御きしょうとしてあたりまえだとおもいます」

と仰っしゃって、それからまた仰っしゃいますのに、

「でもおおぜいのけらいの中《なか》には不こゝろえなものもいました。たしか遠藤喜右衛門尉《きえもんのじょう》という者だったか、あのときわたしたちが小谷へかえると、あとから馬でおいかけて来て、こよい織田どのはかしわばらで御一宿なされます、よいついでゞございますから討ち果た

しておしまいなされませと、わたしには内證で、そっと殿さまにみゝうちをしたことがありました。おろかなことをいう奴だととのさまはお笑いなされて、おとりあげにはならなかったけれど」

と、そんなおはなしがござりました。

そのみぎり、長政公はすりはり峠までお送りなされ、そこでお別れになりまして、えんどう喜えもんのじょう、あさい縫殿助、なかじま九郎次郎の三人をもって、柏原までのぶなが公のお供をおさせなされたよしにござります。おだどのはかしわばらへおつきになりますと、常《じょう》菩《ぼ》提院《だいいん》のおんやどへお入りなされ、こゝはながまさの領分だからすこしも心配はないと仰っしゃって、御馬廻りのさむらいたちを町かたへおあずけになり、お近習《きんじゅう》の小姓しゅうと当番役のものだけをおそばへお置きなされました。えんどう殿はそのありさまを見てとって急にひきかえし、馬にむち打ちもろあぶみにて小谷へはせつき、人をとおざけてながまさ公へ申されますように、それがしつく〴〵信長公の御ようだいをうかゞいますのに、ものごとにお気をつけられることは猿猴《えんこう》のこずえをつたうがごとく、*御はつめい*なことは鏡にかげのうつるがごとく、すえおそろしいおん大将でござりますゆえとても此のゝち殿さまとの折り合いがうまく行くはずはござりませぬ、こよいのぶなが公はいかにも打ちとけておいでなされ、お宿にはほんの十四五人がつめているだけでござりますから、しょせん今のまにお討ちとりなされるのが上分別《じょうふんべつ》かとぞんじます、いそぎ御決心なされて御にんずをお出しあそばされ、おだどの主従をこと〴〵く討ち取って岐阜へらんにゅうなされましたなら、濃州尾州はさっそくお手にはいります、そのいきおいにて江南の佐々木をおいはらい、都に旗をおあげなされて三好をせいばつあそばされるものならば、てんがを御しはいなされますのはまたゝくうちでござりましょうと、しきりに説かれましたそうでござります。そのときにながまさ公の仰せに、およそ武将となる身にはこゝろえがある、はかりごとをもって討つのはよいが、こちらを信じて来たものをだまし討ちにするのは道でない、のぶながゞ今こゝろをゆるしてわが領内にとゞまっているのに、そのゆだんにつけ入って攻めほろぼしては、たとい一たんの利を得てもついには天のとがめをこうむる、討とうとおもえば此のあいだじゅう佐和山においても討てたけれども、おれはそんな義理にはずれたことはきらいだと仰っしゃって、どうしてもおもちいになりませなんだので、遠藤どのもそれならいたし方がござりませぬが、あとでかならず後悔あそばされるときがござりますぞと申されて、またかしわばらへおもどりなされ、なにげないていで御馳走申しあげまして、あくる日無事にせきがはらまでお見おくりなされましたとやら。

おくがたは此のいきさつをくわしくおきかせくださりまして、

「しかし遠藤の云ったことにも、いまかんがえれば尤もなふしがあるようにおもわれる」

と、そうおっしゃるのでござりましたが、そのときふいにおこえがふるえて、異様にきこえましたので、なにかわたくしもはっといたしてうろたえておりますと、

「一方がいくら義理をたてゝも、一方がたてゝくれなかったらなんにもならない。てんがを取るにはちくしょうにもおとったまねをしなければならないのかしら」

と、ひとりごとのように仰っしゃって、それきりじっといきをこらえていらっしゃるではございませんか。わたくし、これはとおもいまして、お肩をもんでおりました手をやすめて、

「はゞかりながら、おさっし申しあげております」

と、おぼえずへいふくいたしました。するとおくがたはもう何事もなかったように、

「御苦ろうでした」

と仰っしゃって、

「よいからあちらへ行っておくれ」

というおことばでございますので、いそいでおつぎへさがりましたけれども、そのときはやくはなをすゝっていらっしゃるおとがふすまをへだてゝきこえたのでございます。それにしてもついさっきまでは御きげんがようございましたのに、いつのまにかみけしきがおかわりなされ、いまのようなことを仰っしゃったのはどうしたわけか。はじめはたゞ、なつかしいむかしがたりをあそばしていらっしゃるうちに、だん〳〵お話に身がいりすぎて、おもい出さずともよいことまでおもい出されたのでございましょうか。はしたない奉公人なぞに御心中をおもらしなされますようなおかたではございませなんだのに、しゞゅうお

むねのおくふかくこらえてばかりおすごしなされましたのが、御自分でもおもいもうけぬときにはからずお口へ出たのかもしれませぬ。なれども小谷のころのことを十とせにちかい今となってもおわすれなさらず、これほどつよく根にもっておいでなされ、とりわけおん兄のぶなが公へそれまでのおにくしみをかけていらっしゃいましたとは。夫をうばわれ子をうばわれた母御のうらみはなるほどこういうものだったかと、わたくしそれをはじめて知りまして、もったいなさとおそろしさとにそのあとしばらくからだのふるえが止まなかったくらいでござります。

まだこのほかにもきよすにいらしった時分のことはおもいでばなしがかず〳〵ござりますけれども、あまりくだ〳〵しゅうござりますからこれほどにいたしておきまして、それよりのぶなが公のふりょの御さいごをきっかけに、このおくがたがふたゝび御えんぐみあそばすようになりました始終を申し上げましょう。もっとも信長公御せいきょのことはかくべつ申し上げませいでもあなたがたはよく御ぞんじでいらっしゃいます。あの本のう寺の夜討ちのござりましたのが天正じゅう年*みずのえうまどしのろくがつ二日。なにしろかようなへんじ《変事》が出来《しゅったい》いたそうとはたれいちにんもゆめにもおもいつかなんだことでござります。そのうえおん子城介*どのまでがおなじく二条の御所においてあけちが兵に取りこめられて御せっぷくあそばされ、御父子いちどに御他界と知れましたときはまったく世の中がわきかえるようなさわぎでござりました。おりふし御次男きたばたけ中将*どのは勢州に御座あそばされ、御三男三七*どのは丹羽五ろざえもんどのと御いっしょに泉州堺の津においでなされ、しばた羽柴のかた〴〵もそれ〴〵とおくへ御出陣でござりまして、あづちのおしろにはお留守居役の蒲生《がもう》右兵衛大夫*どのが手うすのにんずで御台《みだい》やお女中さまがたをしゅごしておいでなされました。それで侍をはだか馬にのせて御城下へふれあるかせ、「さわぐな〳〵」と取りしずめて廻られましても、まちかたの者はいまにもあけちが攻めて来ると申して泣くやらわめくやらのうろたえ方でござります。右兵衛だいふどのも最初は安土にろうじょうのかくごでおられましたけれども、こゝではこゝろもとないとおもわれましたか、また急に模様がえになりまして、御台やお局さまがたを早々におつれ申し上げて御自分の居城日野谷*へたちのかれました。それが三日の卯《う》の刻だそうで、五日には早や日向守があづちへまいりなんなくおしろを乗っとりまして、けっこうなお道具類やきんぎんのたからがそのまゝになっておりましたのをこと〴〵く己れのものになし、家来たちにもわけあたえたと申すうわさでござりました。あづちがそんなふうでござりますから、岐阜でもきよすでも、さあもう今にあけちが寄せて来はせぬかと上を下へのそうどうをいたしておりますと、そのさいちゅうに前田玄以斎*どのが岐阜のおしろから城介どのゝ御台やわかぎみをおつれなされて清洲へにげてこられました。このわかぎみはのぶなが公の御嫡孫にあたらせられる後の中納言*どの、当時は三法師どのと申し上げてわずか三つにおなりなされ、おふくろさまがたといなば山の居城にいらっしゃいましたが、あのものたちをぎふ《岐阜》に置いてはあやういから早くきよすへ逃がすようにと、城介どの御自害のとき玄以斎どのへ御ゆいごんがござりましたので、玄以斎どのはたゞちにみやこをのがれ出てぎふへまいられ、御自分でわかぎみを抱きかゝえて逃げてこられたのでござります。そうするうちにあけちのぐんぜいは佐和やま長浜の諸城をおとしいれて江州をいちえんに切りなびけ、蒲生どのゝたてこもる日野じょうへとりつめてまいりました。勢州からは北畠中将どのがそれをすくおうとおぼしめされ近江路へ打って出られましたけれども、途中こゝかしこに一揆がおこってなか〱すゝむどころではござりませんので、一時はまったくどうなることかとおもっておりますと、やがて三七のぶたか公と五郎ざえもんのじょうどのと一手になって大坂へ馳せのぼられ、ひゅうがのかみの聟織田七兵衛どのを討ちとったと申すしらせがござりました。ひゅうがのかみもそれをきゝ、ますと日野をあけち弥平次にまかせて十日に坂本*へ帰陣いたし、十三日にやまざきのかっせん、*十四日にはもはやひでよし公三井でら*に着陣あそばされ、ひゅうがのかみの首としがいとをつなぎあわせて粟田口《あわたぐち》*においてはりつけになされました。さあそのかちいくさのひょうばんが又たいへんでござりまして、このかっせんには三七どの、五郎ざえもんどの、いけ田きいのかみどのゝめん〱ひでよし公とちからをあわせておはたらきでござりましたけれども、なかんずく秀吉公は毛利ぜいとのあつかいをさっそくに埒《らち》あけ、十一日の朝にはあまがさきへとうちゃくあそばされまして、そのかけひきのすみやかなることはまことに鬼神をあざむくばかり。ひゅうがのかみは最初すこしもそれをしらずにやまざきへじんを取りましたが、のちにひでよし公ちゃくじんときゝましてあわてゝにんずをたてなおしたと申します。そんなしだいで自然ひでよし公がそうだいしょうにおなりなされかようにじんそくにしょうぶが決しましたので、にわかに御いせいがりゅう〱として御一門のうちに肩をならべるものもないようになられました。

きよすのおしろへもおい〱上方《かみがた》から知らせがまいりまして、まあともかくもひとあんしんとみな〱よろこんでおられましたが、そのうちにおんこの大名小名がたがだん〱に駈けつけて来られました。もうその時分、あづちのおしろはあけちの余類が火をつけて焼いてしまいましたし、ぎふにはどなたもいらっしゃいませんし、なんと申しても清洲がもとの御本城でござりまして三法師ぎみもいらっしゃることでござりますから、まず一往はどなたもこゝへ御あいさつにおこしなされます。わけてもしゅりのすけ勝家公は越中おもてゞほんのう寺の変事をおきゝなされ、かげかつ公と和睦《わぼく》なされていそぎ弔《とむら》いがっせんのためみやこへ上られますところに、はやくも日向守うちじにのよしを柳ケ瀬《やなせ》において御承知あそばされまして、それよりたゞちにこちらへおいでなされました。そのほか北ばたけのぶかつ公、三七のぶたか公、丹羽五ろざえもんのじょうどの、いけだ紀伊守どの御父子、はちや出羽守どの、筒井じゅんけい*どのなど、十六七日ごろまでにみなさま御あつまりでござりまして、ひでよし公も京都において亡君のお骨をひろわれましてから、いったん長浜の御本領へおたちよりあそばして、ほどなくおこしなされました。のぶなが公御在世のみぎりは、きよすより岐阜、ぎふよりあづちと御本城をおすゝめあそばされ、めったにこちらへおかえりなされますこともござりませず、ながいあいだひっそりいたしておりましたので、かくおれき〳〵の御けらいしゅうがおそろいあそばすのはほんとうにひさしぶりでござりました。それに柴田どのをはじめ先君《せんくん》と御苦ろうをともになされました旧臣のかた〴〵がいまではいずれも一国一じょうのおんあるじ、おおきは数ケ国の大々名《だいだいみょう》におなりなされ、きらを*かざり美々しき行列をしたがえて引きもきらずに御ちゃく《着》とう《到》なされますので、御城下はきゅうにこんざついたしまして、しめやかなうちにもたのもしい気がいたしたことでござります。

さて御城内におきましては、十八日からひろまにおより合いなされまして御ひょうじょう*がござりましたが、くわしいことは存じませぬけれ共、亡君のおん跡目相続のこと、明地《あきち》闕国《けっこく》*の始末についての御だん《談》ごう《合》らしゅうござりました。それが何分にも御めい〳〵に御りょうけんがちがいますことゝて、なか〳〵まとまりがつきませんで、引きつゞき毎日のようにおそくまでおあつまりなされ、ときにはけんかこうろんにも及ばれましたときいております。まあじゅんとうに申しますれば三法師ぎみが御嫡流でいらっしゃいますけれども、御幼少のことでござりますから、いまのばあいは北畠どのをおあとへすえようと仰っしゃる方々もござりますし、そんなことで何や彼やとむずかしくなったのでござりましょう。しかしけっきょく御家督の儀は三ぼうしぎみにきまりましたものゝ、柴田どのとひでよし公とがはじめから折りあいがあしく、こと〴〵にあらそわれたようでございました。それと申しますのが、秀吉公はこんどの功労第一のお方でございまして、ない〳〵こゝろをお寄せなさるかた〴〵がおられますところに、かついえ公はお家の長老でいらっしゃいますから、御連枝《ごれんし》さま*をのぞいてはいちばんの上席におつきあそばし、万事につけて列座の衆へ威をふるおうとなされます。ことに御知行《おちぎよう》わりにつきかついえ公せんだん《専断》をもって秀よし公へ丹波のくにをおあたえなされ、御じぶんはひでよし公の御本領たる江州長浜六まんごくの地をおとりなされましたのが、双方の意趣をふかめるもとになったと申します。なれどもこれはまあおもてむきでございまして、まったくのところは、御両人ながら小谷のおん方にけそうしておいでなされ、どちらもおくがたをわが手に入れようとあそばしたのが事のおこりかとぞんじます。

これより先にかついえ公は、きよすにおつきなされますとおくがたへお目どおりあそばされましてねんごろな御あいさつでございましたが、そのゝち三七どのへみつ〳〵におたのみなされましたとみえ、或る日三七どのおくがたの御殿へおこしなされましてかついえ公へ御さいえんの儀をおすゝめなされたらしゅうございます。おくがたも、そこはなんと申しましてもおん兄ぎみにたよっていらっしゃいましたことゆえ、御ぞんしょうのうちこそおにくしみもございましたけれども、やはり今となりましてはひとかたならずおなげきあそばし、むかしのうらみもおわすれなされてひたすら御えこうをつとめていらっしゃいました折柄、このさき御自分の身はともかくも、三人のひめぎみたちのゆくすえをおもわれますと、だれをちからになされてよいか途方にくれていらしったのでございましょう。さればかついえ公の浅からぬこゝろをおきゝになりまして、にくからずおぼしめしましたか、まあそれほどでないまでも、あながちおいやではなかったらしゅうございますが、一つには徳勝寺でんさまへみさおをおたてなさりたく、一つには小谷どのゝ後室《こうしつ》としておだ家の臣下へおくだりなされますことゆえ、そのへんのおかんがえもございまして、さしあたりとこうの御ふんべつもつかずにいらっしゃいましたところ、ほどなくひでよし公よりもおなじおもいを申しこされたようにございます。もっともそれはどなたが仲だちをなされましたか、おおかた北畠中将どのあたりでございましたろうか。なにゝいたせ北畠どのは三七どのと腹ちがいの御きょうだいでいらっしゃいまして、どちらも御れんし《連枝》であらせられながらおもしろからぬおん間柄でござりましたから、一方がかついえ公の肩をもたれましたにつけ、一方がひでよし公のしりおしをなされたのでもございましょう。もとよりふかく立ち入ったことはしかと申しあげかねますけれども、お女中がたがより〳〵*にひそ〳〵ばなしをなされますのを、わたくし小耳にはさみまして、さてはひでよし公、小谷のときよりれんぼなされていらしったのだ、あの時そうとにらんだことはやっぱり邪推ではなかったわいと、ひそかにおもいあたりましたことでござります。それにしても十年以来、たえずせんぐんばんばのあいだを往来*あそばし、あしたに一畳をぬきゆうべに一城をほふ《屠》られるおはたらきをなされながら、そのおいそがしいさなかにあってなおおくがたのおんおもかげを慕いつゞけていらしったのでございましょうか。昔をいえば身分の高下もござりましたものゝ、このたびやまざきの一戦に亡君のうらみを晴らされ、あわよくば天下をこゝろがけていらしったお方のことでございますから、いまこそ御執心《ごしゅうしん》をいろにお出しになりましたものとおもわれます。しかし、ひでよし公はそうとしましても、武強いっぺんのおかたとばかりみえましたかついえ公までがやさしい恋をむねにひそめていらっしゃいましたとは、ついわたくしも存じ寄らなんだことでございます。ひょっとしましたら、これはいろこいばかりではなく、三七どのとしばたどのとがしめし合わされ、とくよりひでよし公の御心中を見ぬかれまして、わざとじゃまだてをなされたのでもござりましょうか。まあいくぶんかそういう気味がござりましたかもしれませぬ。

なれどもひでよし公へ御さいえんの儀は、じゃまがありましてもありませいでもまとまる道理はござりませなんだ。おくがたはその御そうだんをお受けになりましたとき、「藤きちろうはわたしをめか《妾》けにするつもりか」と仰っしゃって、もってのほかのみけしきでござりましたとやら。なるほど、ひでよし公には朝日*どのと申すおかたがまえからいらっしゃいますから、そこへおかたづきなされましては、いくら御本妻同様と申しましてもやはりお妾でござります。それにのぶなが公御他界のゝちとなりましては、小谷のおしろぜめのときいちばんに大功をあらわして浅井どの、御りょうぶんを残らずうばい取ったものも藤吉郎、まんぷく丸どのをだまし討ちにして串ざしにしたものも藤吉郎、一にも二にも、にくいのは藤きちろうのしわざだと、おん兄ぎみへのうらみをうつしてひでよし公へいしゅをふくんでいらしったかとぞんじます。まして織田家のおん息女たるお方が、ちかごろきゅうに羽ぶりがよいとは申しながら氏《うじ》もすじょうもさだかにしれぬ俄《にわか》分限者《ぶげんしゃ》のおめかけなどに、なんとしてなられましょうや。どうせ一生やもめをおとおしになれぬものなら、ひでよし公よりはかついえ公をとおぼしめすのは御もっともでござります。そういう次第で、まだはっきりと御決心がついたわけではござりませなんだが、うす〳〵それが御城中へ知れわたったものでござりますから、なおさら御両人の不和が昂《こう》じてしまいました。ぜんたいかついえ公の方には、御自分が亡君のあだをむくいるべきおん身として、その手がらをよこどりされたそねみがござります。ひでよし公には恋のねたみ、りょう地を取られたいこんがござります。されば御列座のせきにおいてもたがいにそれを根におもちなされ、一方がこうとおっしゃれば、一方がいやそれはならぬと、眼にかどたて、あらそわれまして、御れんし御きょうだいをはじめその余のだいみょう衆までが柴田がたと羽柴がたとにわかれるというありさまでござりました。そんなことから、御ひょうじょうのさいちゅうに柴田三左えもん勝政どの勝家公をそっとものかげへまねかれまして、いまのまにひでよしを斬っておしまいなされませ、生かしておいてはおためになりませぬとさゝやかれましたけれども、さすが勝いえ公は、こんにちわれ〳〵御幼君をもりたてゝまいるべきばあいに、どうし討ちをしては物わらいのたねになるからと仰っしゃって、おゆるしにならなかったと申します。それかあらぬか、ひでよし公も御用心あそばされ、夜中《やちゅう》しば〳〵厠《かわや》へ立って行かれましたところ、丹羽五ろざえもんのじょうどのお廊下において秀吉公をよびとめられ、天下にのぞみを持たれますならかついえを斬っておしまいなされと、おなじようなことを申されましたが、何しにかれを敵としようぞと、これも御しょういんなさらなかったそうにござります。なれども長居《ながい》は無用とおぼしめされましたか、御ひょうじょうがおわりますと、夜半《やはん》にきよすをしのんでおたちのきあそばされ、みのゝくに長松をすぎてながはまへおかえりなされまして、一旦は無事におさまりましたことで厶《ござ》り升《ます》。

そのゝち三法師ぎみは安土へおうつりなされまして、はせ川丹波守どの、まえだ玄以斎どのがお守り申し上げ、御成人のあかつきまで江州において三十万石をお知行《ちぎょう》あそばし、きよすのおしろには北畠ちゅうじょうどの、岐阜には三七のぶたか公がおすまいあそばすことになりまして、大名しゅうもみな〳〵かたく誓紙をかわされ御帰国におよばれましたが、おくがたの御さいえんの儀がさだまりましたのはそのとしの秋のすえでござりました。この御えんだんは三七どのゝおとりもちでござりますから、おくがたはきよすより、かついえ公はえちぜんより岐阜のおしろへおこしなされ、かの地において御祝言がござりまして、それより御夫婦御同道にて姫ぎみたちをおつれあそばし、ほっこくへおくだりなされました。その前後のことにつきましては、人によっていろ〱に申し、さま〲なうわさがござりますけれども、わたくしはそのみぎりお行列のなかにくわゝりましてえちぜんへお供いたしましたことゝて、あらましは存じております。当時、ひでよし公がこのお輿入《こしい》れのことをきゝおよばれ、かついえ公をえちぜんへかえさぬと仰っしゃって長浜へ御出陣あそばされ、おとおりを待ちかまえていらっしゃると申す取り沙汰がもっぱらでござりましたが、いけだ勝入斎どのゝおあつかいにておもいとまられましたとも、またそんなことは根もない世上の風説であったとも申します。もっともひでよし公の御名代として御養子羽柴秀勝公*ぎふのおしろへおこしなされ、御祝儀を申しのべられまして、このたび父ひでよしこと、さしさわりのため参賀いたしかねますについては、追って柴田どの御帰国のさい路次においておまち申しあげ、おんよろこびのしるしまでに一こんさしあげたくと、そういう御口上でござりましたので、かついえ公もこゝろよく御承引なされ、ひでよし公の御饗応をおうけあそばすおやくじょうになっておりました。しかるところ急にえちぜんよりお迎えのかた〲がにんずを引きつれて駈けつけて来られまして、何かもの〱しい御そうだんがござりましたが、秀勝公へは使者をもっておことわりにおよばれ、夜中《やちゅう》にわかに北国おもてへ御ほっそくなされました。さればひでよし公の御けいりゃくがござりましたかどうか、わたくしのぞんじておりますところは右のとおりでござります。

それにしても、おくがたはどのようなおこゝろもちで御下向《ごげこう》なされましたか。とかく再縁となりますと、いくらおりっぱな御こんれいでもさびしい気がするものでございます。おくがたも浅井家へおこしいれのみぎりは儀式ばんたんきらびやかなことでございましたろうが、いまはおとしも三十をおこえなされ、かず〳〵の御くろうをあそばしたすえに、三人の連れ子をともなわれて雪ふかき越路《こしじ》へおもむかれるのでございます。それが、またどうしたいんねんか、おみちすじまでが此のまえとおなじ駅路《えきじ》をたどってせきがはらより江北の地へおはいりなされ、なつかしいおだに《小谷》のあたりをおとおりになるではございませんか。けれどもこのまえはえいろく十一ねん*辰どしの春だったそうでございますが、こんどはそれより十五六ねんのとしつきをすぎ、秋とはいいながらもう北国はふゆの季節でございます。まして夜中《やちゅう》にあわたゞしい御しゅったつでございましたから、なんの花やかなこともなく、中にはまた、ひでよし公のぐんぜいが途中でおくがたをいけどりに来るなどゝ、あらぬうわさにまどわされておさわぎになるお女中がたもおられました。のみならず道中のなんじゅうなことゝ申したら、おりあしくいぶきおろし《伊吹颪》がはげしく吹きつけ、すゝむにしたがってさむさがきびしく、木の本柳ケ瀬あたりよりみぞれまじりのあめさえふってまいりけんそ《嶮岨》な山路に人馬のいきもこおるばかりでございまして、ひめぎみたちや上臈がたのおこゝろぼそさはさぞかしとさっせられました。わたくしなども旅にはわけて不自由な身でございますからつらさはひとしおでございましたが、しかしそんなことよりは、このさむぞらに山また山をおこえなされて見もしらぬ国へおいであそばすおくがたのさき〴〵をおあんじ申し上げ、なにとぞ御夫婦仲がおんむつまじくまいりますように、このたびこそは幾久敷《いくひさしく》お家もさかえ、共白髪《ともしらが》のすえまでもおそいとげなされますようにと、たゞそればかりをおいのり申しておりました。なれども、さいわいなことにかついえ公はおもいのほかおやさしいおかたでござりまして、亡君のいもうとごということをおわすれなく御たいせつにあそばされましたし、人の恋路をさまたげてまでおもらいなされたゞけあって、ずいぶんかあいがってお上げなされましたので、北の庄*のおしろにつかれましてからは、おくがたも日々に打ちとけられ、殿のおなさけをしみ〴〵うれしゅうおぼしめしていらっしゃいました。そういう風でおもてはさむくとも御殿のうちはなんとなく春めいたこゝちがいたし、まあこれならば御えんぐみあそばしたかいがあったと、しも〴〵の者も十年ぶりでうれいのまゆをひらきましたのに、それもほんの束《つか》の間でござりまして、もうその年のうちにかっせんがはじまったのでござります。

最初、かついえ公は此の中《じゅう》のことを水にながして仲直りをなさろうとおぼしめされ、御こんれいがござりましてから間もなく、のちの加賀大納言さま利家公、不破の彦三どの、かなもり五郎八どの、ならびに御養子伊賀守どのをお使者になされてかみがたへおつかわしになり、ほうばい同士矛盾《むじゅん》*におよんでは亡君の御位牌にたいしてももうしわけなくぞんずるゆえ、こんごはじっこんにいたしたいと申されましたので、そのときはひでよし公もたいそうおよろこびあそばされ、それがしとても同様に存じておりましたところ、わざ

〳〵おつかいにてかたじけのうござります、しゅりのすけどのは信長公の御老臣のことでもござれば、なんで違背《いはい》いたしましょうや、これからは万事おさしずをねがいますと、れいのとおり如在《じょさい》ない御あいさつでござりまして、お使者のかた〴〵を至極にもてなされておかえしになりました。それで殿さまがたは申すまでもなく、わたくしどもまでも御両家おんわぼくの儀をうかゞいまして、もうこのうえはいやなしんぱいもなくなるであろう、おくがたのおん身にもまちがいはなかろうと、ほっとむねをなでおろしておりますと、それから一と月とたちませぬうちに、ひでよし公すうまん騎をひきいて江北へ御しゅつじんなされまして、ながはまじょうを遠巻きになされました。なんでもこれには仔細のありましたことらしく、ひでよし公が北の庄のごけいりゃくの裏をかゝれたのだと申すおかたもござります。なぜかと申しますなら、ほっこくは冬のあいだは雪がふこうござりまして、ぐんぜいをくり出すことができませぬから、とうぶんは和ぼくのていにとりつくろい、らいねんの春ゆきどけを待って岐阜の三七どのとしめしあわされ上方へせめのぼるように、御そうだんがとゝのっておったのだと申すことでござります。まあどちらがどうやらわたくしどもにはわかりませぬが、当時ながはまには御養子いがのかみどのがこもっていらっしゃいましたのに、ひごろ勝家公にたいしうらみをふくんでおられましたよしにて、たちまち羽柴がたに同心なされ、おしろをあけわたしてしまわれましたので、上方ぜいはうしおのごとくみの〻くに〻らんにゅういたし、岐阜のおしろにせめよせたのでござります。

北の庄へもしきりに知らせがまいりまして、櫛の歯をひく*ような注進でございますけれども、十一月という極寒の折柄、そとはいちめんのおおゆきでございまして、かついえ公はまいにちくちおしそうに空をおにらみあそばされ、おのれ、猿めがだましおったか、この雪でさえなくば、わが武略をもって卵を石になげる*よりもやすく上方ぜいをもみつぶしてくれようものをと、お庭のゆきをさん／″＼に蹴ちらして歯がみをなされますので、おくがたははら／＼あそばしますし、おそばの者はおそろしさにふるえあがるばかりでございました。羽柴がたのぐんぜいはそのまに破竹のいきおいをもってみの丶くにをたいはん切りなびけ、岐阜をはだかしろにしましたのがわずか十五六にちのあいだのことでございまして、三七どののもよぎなく丹羽どのをおたのみなされ降参を申し出られましたところ、なにぶん先君の御連枝《ごれんし》のことでございますから秀吉公もかんにんあそばされ、しからば御老母をひとじちにいたゞきますと仰っしゃって、おふくろさまを安土のおしろへおうつし申し、かちどきをあげて上方へお引きとりなされました。

そうこうするうちに天正じゅうねんのとしもくれまして正月をむかえましたけれども、ほっこくはまだかんきがはげしく、雪は一向にきえそうもございませぬし、かついえ公は「小癪な猿めが」と仰っしゃるかとおもえば、「にくらしい雪めが」と雪を目のかたきにあそばされ、いら／＼なされておられますので、初春の御祝儀も型ばかりでございましてそれらしい気もいたしませなんだ。ひでよし公の方では、この雪のあいだに柴田がたの大名しゅうを御せいばつなさるおぼしめしとみえ、年があらたまりますとふたゝびたいぐんをもって勢州へ御しんぱつなされまして瀧川左近将監《しょうげん》*どのゝ御りょうぶんを切り潰され、しきりにかっせんのさいちゅうと申すしらせがござりました。さればほっこくも今はしずかでござりますけれども、雪がきえしだいかみがたぜいとの取り合いになるのは必定《ひつじょう》でござりますので、おしろの中はその御用意にいそがしく、みなさまがそわ〳〵しておられます。わたくしなどはこんなばあいになんのお役にもたちませぬから、手もちぶさたにしょんぼりといたして炉ばたにすくんでおりましたが、それにつけてもあけくれむねをいためますのは、おくがたのことでござります。あゝ、ほんとうに、このありさまではおち〳〵殿さまとおものがたりをあそばす暇もないであろう、せっかくおちつかれたのにこのようなことになるのだったら、きよすにいらしった方がよかったかもしれない、どうか味方が勝ってくれゝばよいが、またしてもこのおしろがしゅら《修羅》のちまたと化して小谷のようなまわりあわせになるのではないかと、そうおもうのはわたくしばかりでなく、お女中がたもよるとさわるとそのはなしでござりまして、いや〳〵、それでもまさかうちのとのさまがお負けになることはあるまいから、とりこしくろうはせぬものだなどゝ、たがいになぐさめあっておりましたことでござります。

すると、ちょうどこのおりからに、ある日きょうごく高次公がおくがたをたよって北の庄*へにげていらっしゃいました。むかし、きよすにおいでなされたころは御元服まえでござりましたが、いつのまにかおりっぱな冠者《かじゃ》*におなりなされ、世が世ならばもういまじぶんはひとかどのおんたいしょうでござりますけれども、のぶなが公の御おんにそむいてぎゃくぞくこれとう日向守の味方をなされましたばかりに天地もいれぬ大罪人におなりなされ、ひでよし公の御せんぎがきびしく近江のくにをあちらへのがれこちらへのがれしておられましたところ、このたび江北がさわがしくなるにつれていよ〳〵身のおきどころがなくなられまして、ぎりの伯母御《ご》のおそでにすがろうとおぼしめしたのでござりましょう。わずかにひとりふたりの供をつれられて、みのかさにすがたをかくしおおゆきのなかを山ごしに逃げていらっしゃいまして、おしろへおつきなされたときは見るかげもなくおやつれなされていらしったと申すことでござります。それからおくがたの御前へ出られまして、「おそれながらおちうど《落人》の身をかくまってくださりませ、わたくしのいのちを生かすもころすも伯母うえのおこゝろひとつでござります」と申されましたが、おくがたはその御ようすをつく〴〵と御らんあそばし、「そなたはまあ、あさましいことをしてくれました」とおっしゃったきり、しばらくなんのおことばもなく、たゞおんなみだでござりました。しかしそのゝちどういう風にかついえ公へおとりなしをなされましたか、ほかならぬおくがたのお口ぞえでござりますし、あけちのざんとうとは申しながら、ひでよし公に追われて来たというところに、とのさまもふびんをおかけなされましたか、ではまあゆるしてつかわそうと仰っしゃりまして、おしろにすまわせておかれました。たかつぐ公がおはつどのと内祝言をなされましたのはこのときのことでござりまして、わたくし、それにつきましては、うそかほんとうか、或るお女中からおもしろいはなしをうかゞっております。と申しますのは、たかつぐ公のおのぞみはやはりお茶々どのでござりましたけれども、お茶々どのが「浪人ものはいやです」と仰っしゃっておきらいなされましたので、不本意ながらおはつどのをもらわれたのだそうでござります。いったいおちゃ〳〵御料人《ごりようにん》はおちいさいときから気ぐらいのたかいところがおありなされ、ことにはやくよりおふくろさまのお手一つで成人なされましたせいか、なか〳〵わがまゝでいらっしゃいましたから、そのようなこともおっしゃったであろうとおもわれますが、「浪人もの」とあなどられた高次公はさだめし御むねんでござりましたろう。のちにせきがはらのかっせんのみぎり、かんとうがたへうらぎりなされましたのも、このときのちじょくをおわすれなく、淀のおんかたへうらみをふくんでいらしったからではござりますまいか。こんなことも邪推でござりましょうけれども、もと〳〵北の庄へ逃げていらっしゃいましたのが、伯母御にたよられるというよりも、きよすのころにおみそめなされたお茶々どのをしたわれて来られたのかとさっせられます。そうでなければ、若狭の太守武田どのには実のいもうと御がかたづいていらっしゃいましたのに、なにしにえちぜんへおいでなされましょう。こちらのおくがたは伯母御と申しても義理のおんあいだがら、ことにいまではさいえんのお身のうえと申し、あけちのよるいとして柴田どのをたよられるすじはないのみか、ひとつまちがえばさらしくびにもなりかねませぬ。それをおかして、あのゆきのふるなかをこちらへ逃げていらっしゃいましたのは、筒井づゝのむかし*こいしく、おちゃ〳〵どのゆえにいのちをまとになされましたか、まあそのへんでござりましたろうが、せっかくそれほどのおのぞみがあだになりましたのは笑止《しょうし》のいたりでござります。さればもと〳〵おはつどのをおもらいなさるおぼしめしはござりませなんだのに、ときのはずみでそうなったのでござりましょうか。もっとももこのおりはまだいいなずけのおやくそくばかりでござりまして、御しゅうぎと申しましてもほんのうちわのおさかずきだけでござりました。

さわがしいなかにもこんなおよろこびのありましたのが正月のすえか二がつのはじめでござりまして、もうそのころには佐久間げんばどのがかついえ公のせんぼうとして二まんよきをしたがえられ、のこんのゆきをふみしだいて江北へ打って出られました。ひでよし公は伊勢の御陣よりながはまへはせつけられますと、あくるあさはやく足軽にすがたをかえられ、十人ばかりの古老をめしつれて山の上へおのぼりなされまして、柴田がたのとりで〳〵をくわしく御らんになりましたが、あの様子ではとてもたやすくやぶれそうもないぞ、味方もせい〴〵しろをけんごにこしらえて気永《きなが》にかゝるよりしかたがないと仰っしゃって、そなえをきびしくあそばされ、きゅうにはおせめなさりませなんだ。それで双方たいじんのまゝ三月がすぎ、四がつになりましてからいよ〳〵とのさまもやながせ表へ御発向でござりました。もはやほっこくもさくらのはながちり春のなごりのおしまれる季せつでござりまして、おこしいれのゝちはじめての御しゅつじんでござりましたから、うちあわび、かちぐり、こんぶなど、おくがたはことにこゝろをこめておさかなの御用意をあそばし、御主殿《しゅでん》においてかどでをおいわいなされました。かついえ公はごきげんよく御酒《ごしゅ》をまいられ、たゞ一戦にてきをほろぼし藤吉郎めのくびを取って、月のうちにはみやこへのぼってみせようぞ、かならず吉左右《きっそう》*を待っておられよと仰っしゃって、それより中門へたちいでられ、おくがたもそこまでおみおくりなされましたが、そのときとのさまが門のほとりに弓杖をついておたちなされ、お馬にめそうとなされますと、お馬がいなゝきましたので、おくがたのおかおいろがかわったと申すことでござります。なれども、このおり、岐阜においては三七どのがふたゝび上方をてきになされて柴田がたに内応*あそばし、やまとの筒井じゅんけいどのも日ならずうらぎりをなさる手筈がきまっておりましたそうでござります。それにひでよし公はちりゃくこそすぐれておられましたけれども、武勇にかけてはかついえ公の方にばつぐんのほまれがござりましたし、わけて織田どのゝ御家老として大名がたも帰服いたされ、としいえ公はじめ佐久間、原、不破、金森のかた〴〵など、たのもしき弓取りたちをしたがえておられましたことゝて、*たれがあれまでのはいぐんになろうとおもいましょうや。やながせ、しずがたけのかっせんの始終は二さいの小児《しょうに》までも知っていることでござりますから、いまさら何を申しましょうなれども、かえす〴〵もくちおしゅうござりますのは玄蕃どのゝ御油断でござります。あのときかついえ公のことばをきかれさっそくおひきとりなされまして、そなえをかためていらっしゃいましたら、そのうちには順慶どのも打って出られます、美濃の味方もうしろをつきます、そうなってくればどうなるいくさともわかりませなんだが、御本陣より馬上のおれき〳〵を七たびまでも使者にたてられ、きっとおいさめなされましたのに、叔父上はもうろく《耄碌》〳〵しているなど、申されて一向おきゝいれになりませなんだので、さしもの大軍も臈次《らっし》*もなく、ずれてしまいました。それにしても御本陣とあの砦《とりで》とのあいだはまわりみちをしましても五六里、まっすぐにまいればわずか一里でござります。かついえ公はたいそう御りっぷくなされたそうでござりますが、それほどならばなぜ御自分でひとはしりあそばされ、げんばどのを引ったてゝ来られませなんだか、いつものはげしい御気しょうにも似合わぬことでござります。もうろくと申すほどでなくとも、うつくしいおくがたをおもらいなされて*やはりいくらかこゝろがのびていらっしゃいましたか。わたくしまでがあまりの無念さに、ついこんなあくたいを申してみたくなるのでござります。

北の庄では卯月《うづき》廿日にさくま玄蕃どのがてきのとりでを攻めおとされ、なかゞわ瀬兵衛尉どのゝ首を討ったと申すしらせがござりまして、たいそうおよろこびあそばされ、さいさきよしとおぼしめしていらっしゃいますと、江北の方ではその夜中《やちゅう》に美濃路よりつゞく海道すじや峰々山々にたいまつのひかりがあらわれて廿日の月しろをくらますほどに空をこがし、しだいに万燈会《まんどうえ》*のごとくおびたゞしい数になりまして、ひでよし公が大柿《おおがき》より夜どおしでお馬をかえされたらしく、廿一日の暁天《ぎょうてん》にあたって余吾《よご》のみずうみ*のかなたがにわかにさわがしく相成《あいなり》、玄蕃どのゝ御陣もあやういと申してまいりました。その飛脚のつきましたのが同じ日の未《ひつじ》の刻さがりでござりましたが、そのうちにはや落ち武者がぽつ〳〵逃げかえってまいりまして、味方はそういぼくにおよび、とのさまも御運のすえらしいと申すことでござりました。おしろではあまりのことにおどろきあきれ、よもやとおもっておりますと、日のくれがたに勝家公むざんのありさまにて御帰城あそばされ、しばた弥右衛門のじょうどの、小島わかさのかみどの、中村文荷斎どの、徳菴どのなどをおめしになりまして、玄蕃もりまさがわがいいつけをまもらぬばかりに越度《おちど》を取ったぞ、それがし一代のこうみょうもむなしくなったが、これも前世のいんがであろうとおっしゃって、いまはおかくごのほどもすゞしく、さすがにとりしずめていらっしゃいました。きけば御子息権六どのはどうなされましたか、らんぐんのちまたのことゝて生死のほどもお分りにならず、とのさまもすでに柳ケ瀬の陣中においてうちじになされますところを、せめておしろへおかえりになってしずかに御生害あそばしませ、こゝはわたくしがお引きうけいたしますと、毛受勝介*どのがたっておすゝめ申しあげましたので、それではと仰っしゃって五幣のお馬じるしを勝介どのにおあずけなされ、府中の利家公のおしろで湯づけをめしあがられまして、それよりいそぎ北の庄へ駈け込まれたのでござります。としいえ公もお供いたしましょうと申されて御いっしょにたちいでられましたけれども、しいて御辞退なされまして途中からおかえしになりましたが、またしばらくしてよびもどされまして、その方はそれがしとちがい筑前のかみ*とかね〲じっこんにしておられる、それがしへの誓約はもはやこれまでに果たされているから、以来はちくぜんとわぼくして本領をあんどなされたがよい、このほどじゅうの骨おりは勝家うれしくおもいますと仰っしゃってこゝろよくお別れになったと申します。

それが廿一日のゆうこくでござりまして、あくる廿二日には堀久太郎どのをせんじんとして上方勢《かみがたぜい》がひた〲と北の庄へおしよせてまいり、ひでよし公もやがてとうちゃくなされまして愛宕山のうえより諸軍をさしずあそばされ、おしろをすきまもなく取りまかれたのでござります。このとき御城内においてはどなたも〲これを最期とおもいきわめたかた〲ばかりでござりまして、そんなありさまを見ましてもさわぐけしきもござりませなんだ。かついえ公はそのまえの晩に御けらいしゅうをおめしになりまして、じぶんはこのしろで寄せ手をひきうけいまひとかっせんして腹をきるつもりだから、じぶんといっしょにとゞまるものはとゞまるがよいが、おやたちが存命のものもあろうし、妻子を置いて来たものもあろう、そういうものはすこしもえんりょにおよばぬから早々に在所《ざいしょ》へ引き取ったがよい、罪なき人をひとりでもよけいころすことは本意でないと仰っしゃって、いとまを取りたいものには取らせ、人質などもそれ〲ゆるしておやりになりましたので、おしろにのこりましたにんずはたといわずかでござりましても、みな〲いのちよりも名をおもんずるひと〴〵でござります。わけても弥えもんのじょうどの、若狭守どのなど、おれき〳〵の衆は申すもおろかでござりますが、若狭どのゝ一子新五郎どのは十八歳におなりなされ、やまいの床にふせっておられましたのに、輿《こし》にかゝれておしろへはせつけられまして、「小島若狭守が男《だん》新五郎十八歳因二病気一柳瀬表江出張せざる也、只今籠城いたし、全二忠孝一」と大手の御門のとびらに書きつけられました。もっとお若いおかたでは佐久間十蔵どの、これは十五歳でござりました。利家公の聟でいらっしゃいましたので、まだ御幼少のことゝ申し、府中のおしろにはお舅さまがおいでゞすから、しのんであちらへおたちのきなされませ、なにも籠城あそばさずとも苦しかるまいとぞんじますと、御けらいがいさめましたけれども、いや〳〵、おれは小さいときから引きとられて養育を受けているうえに莫大な領地をたまわっている、その恩義のあるのが一つ、もしとしいえ《利家》のえんじゃでなければ母への孝養《こうよう》に生きながらえるみちもあるが、舅のえんにすがって一命をつなぐのは卑怯だとおもうことが一つ、みょうじをけがせば先祖にたいしてもうしわけのないのが一つ、この三つの道理に依ってろうじょうするのだと申されて、討死のかくごをきめられました。また御定番《ごじょうばん》の松浦九兵衛尉どのは法華《ほっけ》の信者でござりまして、小庵《しょうあん》をむすんで上人《しょうにん》をひとり住まわせておかれましたところ、その上人もまつうらどのがろうじょうなさるのをきかれまして、あなたと愚僧とは現世《げんせ》のちぎりがふこうござりましたから、ぜひ来世へもおともをして報恩謝徳《ほうおんしゃとく》いたしましょうと申され、まつうらどのゝとめるのもきかずにおしろへたてこもられました。それから玄久と申すおひと、これは豆腐屋でござりました。もっとも以前はかついえ公のおさな馴染《なじ》みでござりましたが、あるときかっせんにふかでを負いましたについて、このからだでは御奉公もなりかねますからおいとまをいたゞきます、もうわたくしも武士をやめて町人になりますと申されましたので、「そうか、それならお前は豆腐屋になれ」と仰っしゃって、大豆を年に百俵ずつ下されました。さればこんどもおともをいたし、来世でおとうふをさしあげるのだと申して、わざ〳〵まちかたよりおしろへはいったのでござります。そのほか舞の若太夫、山口一露斎、右筆《ゆうひつ》の上坂大炊助どの、このかた〴〵ものこられました。なかにはみれんなものもおりまして、徳菴どのは柴田どのゝ法師武者の一人《ひとり》といわれ、文荷斎どのとおなじように世に知られた方でござりましたのに、としいえ公のひとじちをぬすみ出されておしろをにげのび、府中へたよって行かれましたけれども、不義理な奴だと仰っしゃってとしいえ公もみけしきをそんぜられ、おちかづけにならなかったと申します。そのゝちこのかたはどうなりましたやら。せけんの人がだれもあいてにしませぬので、たいそうおちぶれて都のまちをさまよっておられた姿を見たものがあるとも申します。そうかとおもえば、村上六左えもんのじょうど*のは、経かたびらを着ておしろにこもっておられましたところ、とのさまのおん姉末森殿ならびに御息女をおつれ申してたちのくようにとの御諚《ごじょう》がござりまして、余人に仰せつけくださりませと申されましても、いや〳〵、これはその方にたのむ、それが却って忠義であるぞと仰っしゃりますので、よんどころなくおふたかたのおともをいたして竹田の里へ逃げられましたが、二十四日のさるの刻に天守にけぶりのあがるのを見られて、おふたかたと御いっしょに自害しておはてなされました。まあわたくしのおぼえておりますのはこれくらいでござりますが、このかた〴〵はそのころもっぱらもてはやしたことでござりますから、さだめし旦那さまも御存じでいらっしゃいましょう。いずれも〳〵、かんばしい名をのちの世にまでのこされました奇特なひとたちでござります。

あゝ、わたくしでござりますか。わたくしなどはおりっぱなかた〴〵の真似は出来ませぬけれども、せんねんおだにのろうじょうのおりに捨てるいのちを生きのびておりましたので、いまさらこのよにおもいのこすこともないとぞんじておしろにとゞまっておりましたものゝ、しょうじきを申せば、まだおくがたがどうあそばすともわかりませぬので、そのごせんど《御先途》をみとゞけてからともかくもなろうとおもっておりました。こう申しますとひ《卑》きょう《怯》のようでござりますが、おくがたはこちらへ御えんづきなされましてからまるいちねんにもなりませぬ。おだにのときは六ねんのおんちぎりでござりましたのに、それでもお子たちに引かされてながまさ公とおしきわかれをあそばしたのでござりますから、このたびとてもそうならぬとは限りませぬ。それにしても殿さまからそんなおはなしはないものか。かたきの人質をさえゆるしておやりになりながら、御夫婦と申してもみじかい御えんでござりましたのに、だいおんのある先君のいもうと御と姪御とを死出のみちづれになさるおつもりか。それともまた、いとしいおくがたをひでよし公には意地でもわたされぬとおぼしめしていらっしゃるのか。かついえ公ともあろうおかたが此の期《ご》になってめゝしいこともなさるまいから、いまになんとか仰っしゃるだろうが。と、そんなふうにかんがえましたのも、じぶんがたすかりたいというこゝろではござりませなんだが、いきるもしぬるもおくがたしだいのいのちときめておりましたのでござります。

寄せ手は廿二日のあさ一番どりの啼くころよりおい〱取りつめてまいりましたが、御城下の町々、かいどうすじの在々所々を焼きたてましたので、おびたゞしいけぶりが空にまん〱といたしまして日のひかりもくらく相成、おしろから四方をながめますと、いちえんに霧のうみのようで何も見えなんだと申します。上方ぜいはこのくらやみをさいわいに、こえをしのばせものおとをころして、おもい〱に竹たば、たゝみ、板戸などを持ちまして、そうっとちかづいてまいったらしく、そのうちにそとがすこしあかるくなりましたら、さながら蟻のはいよるがごとくお堀のきわへひたと取りついておりました。城内からはしきりに鉄炮を打ちましてそのへんのてきをみなごろしにいたしましたが、あらてのぐんぜいが入れ代り〱おしよせてまいりますのをひっしにふせぎましたことゝて、なか〱けんごに持ちこたえまして、この様子では左右《そう》なくやぶられそうもござりませなんだ。そんなぐあいでその日はどちらも手負い死人を出しまして引きとりましたところ、あくる廿三日のあかつき、寄せ手の陣がきゅうに攻めつゞみのおとをひかえてひっそりいたしましたので、何かとおもっておりますと、お堀のむこうに五六騎の武者があらわれまして、「御子息しばた権六どの、ならびにさくまげんばどのを昨夜いけどりにいたしました、おいたわしい儀でござる」とだいおんに呼ばわりましたので、おしろではそれをきくとひとしくみなさまがちからをおとされ、そのゝちはたゞ申しわけに御門をかためておりますばかりで、てっぽうなどもはか〲しくは打ちませなんだ。わたくし、じつは、そのうちにひでよし公よりなんとかお使いがありはせぬか、おくがたのことをいまもおもっていらっしゃるなら、きっと、きっと、どなたかお人がみえそうなものだがと、ない〳〵それにのぞみをつないでおりましたことでございますが、あんのごとくそのときになっておあつかいがございました。お使者にたゝれましたのはなんと申されるおかたでしたか、お名まえまではわすれましたけれども、お武家ではなくてさる上人がおこしなされたとおぼえております。それでそのおかたの御口上には、ちくぜんのかみこと、昨年以来よぎないしあわせで柴田どのとかっせんにおよび、さいわい武運にめぐまれてこゝまでおしよせてまいりましたが、むかしをおもえば総見院*さまにおつかえ申した朋輩のあいだがらゆえ、御一命までを申しうけようとは存じませぬ。しゅりのすけどのにおかせられても、しょうはいは弓矢とる身の常、なにごともまわりあわせとおぼしめされてきょうまでのいしゅを水にながされ、このしろをあけわたしして高野山のふもとへたちのいてくださらぬか。そうすれば三万石のりょうぶんをさしあげて一生御《おん》扶持《ふち》申しましょうと仰っしゃるのでございました。なれどもこれはひでよし公の御ほんしんでござりましたかどうか。ちくぜんどのはお市御《ご》料《りよう》をいけどりにしたくてそろ〳〵おくの手を出しおったと、味方はもとより敵の陣中でさえそんなひょうばんが立ったくらいでござりまして、此のおあつかいをまじめにきくものはござりませなんだ。ましてとのさまは、おれにこうさんしろなどゝはぶれいなことを申すやつだと、上人にむかってれっか《烈火》のごとくいきどおられまして、勝つも負けるも時の運であるのは申すまでもないこと、それをおのれらにおしえられようか、世が世ならば猿面かんじゃ*めをあべこべに追いつめて腹をきらせてくれようものを、さくまげんばがおれの云いつけを守らなんだために賤《しず》ケ嶽においておくれをとり、猿奴にてがらをえさせたのは無念である、たゞこのうえは天守に火をかけて自害をするから、最後の様子をのちの世の手本に見ておくがよい、もっとも城には十余年来たくわえておいた玉薬《たまぐすり》がある、これが燃えたらおびたゞしい死人を出すだろうから、寄せ手はもっと陣をとおくへ引いていろ、おれはむやくのせっしょうをしたくないからそう云うのだ、かえったらひでよしにきっとそのむねをつたえておけとおっしゃって、さっさと座を立ってしまわれましたので、お使者もとりつくしまがなくて逃げだされたのでござりました。わたくしそれをきゝましたときは、たった一つのたのみのつなも切れましたことゝて、うらめしいやらなさけないやらでござりましたけれども、こうなってはむざんやおくがたのおいのちもないにきまった、この上は三途《さんず》の川のおともをしてすえながくおそばにおいていたゞくとしよう、どうか来世はめあきにうまれておうつくしいおすがたをおがめるようになりたいものだ、自分にとってはそれこそ真如の月*のかげだと、そういうふうにかんねん《観念》のほぞをかためましたら、それが何よりのぜんちしき《善智識》*になりまして、死ぬ方がかえってたのしいくらいにおもわれて来たのでございました。

とのさまも、かくなりはてたのはなんともくちおしいしだいだけれども、いまさらとこう云うにもおよばぬ、しょせんこよいはこゝろよくさけをくみかわして、あすの夜あけにはしのゝめの雲ともろともにきえて行こうとおっしゃってそれ〴〵御用意をあそばされ、天守をはじめ要所々々へ枯れ草を山のごとくにつみかさねていざといえば火をつけるように手はずをとゝのえられまして、さてあるだけの名酒の樽をのこらず持ってまいれとの御《ご》諚《じょう》でございました。そんなしたくをいたしますうちにはや暮れがたになりましたが、てきの陣屋も城中のかくごのほどを見てとりましたか、おい〳〵かこみをゆるめまして、はるかうしろの方へひきましたので、あれ、あのように寄せ手のかゞり火が遠くなったぞ、さすがにひでよしはおれのこゝろを知っているなと、世にもすゞしげにおっしゃいましたのが、いつものおこえのようではなくて、とうとくきこえましたことでございます。御しゆえんがはじまりましたのは宵の酉《とり》のこくごろでございましたろうか。とのさまがたは申すまでもなく、櫓々《やぐらやぐら》へも樽をおくばりなされまして、おさかなには出来るかぎりのぜいをつくせとお料理方《かた》へお仰せつけられ、けっこうな珍味のかず〳〵をそえられましたので、あちらでもこちらでもおもい〳〵のさかもりになりましたが、わけてもじょうちゅうのひろまにおいては、上段の間のしきがわのうえにとのさまが御座なされまして、おくがたがそれにおならびあそばされ、そのつぎにひめぎみたち、一段ひくいおざしきに文荷さいどの、若狭守どの、弥右衛門尉どのなどおれき〳〵のしゅうがおひかえなされ、まずとのさまよりおくがたへおさかずきでござりました。奥向きのものもみな〳〵まいれとの有りがたいおことばがござりましたので、こしもと衆やわたくしどもまでも御しょうばんにあずかりましておそばちかくにかしこまっておりましたが、どなたも〳〵こよいが最後でござりますから、とのさまをはじめお侍衆はいろとり〴〵の鎧《よろい》ひたゝれ、太刀、物具《もののぐ》に派手をきそっていぎをたゞされ、お女中がたもきょうをかぎりにわれおとらじと晴れの衣裳をおつけになりまして、中にもおくがたは、紅《べに》、おしろい、かみのあぶらなどひとしおこいめにおたしなみあそばし、しろたえのおんはだえにしらあや《白綾》のおん小袖をめされ、厚板《あついた》のきんみがきのおん帯に、きんぎん五しきの浮き模様のあるからおりの裲襠《うちかけ》をおひきなされていらしったと申します。とのさまはおさかずきを一順おまわしになりますと、「だまってさけばかりのんでおっては気がめいるぞ、明日《あす》は浮世にひまをあける身があまりじめ〳〵していると寄せ手の奴ばらにわらわれる。これから夜どおし風流のあそびをして敵のじんやをおどろかしてやりたいものだ」と仰せられましたところに、はやくも遠くのやぐらの方で、ぽん、ぽん、ぽんとつゞみのおとがひゞきまして、

生きてよも
明日まで人のつらからじ
このゆふぐれを訪へかしな
君を千里において
今も酒を飲み
われと心をなぐさむる＊

と、たれやら舞をまうらしく、ほがらかなうたいがきこえてまいりましたので、それ、あのものたちに先《せん》を越されたぞ、こちらでもあれに負けるなと仰《お》っしゃって、「人間五十年、下天《げてん》のうちをくらぶれば」＊と御じぶんがまっさきに敦盛《あつもり》をおうたいなされました。このうたはむかし総見院さまがたいそうおこのみあそばされ、ことに桶狭間《おけはざま》かっせん＊のおりにはおんみずからこれをおうたいなされ今川どのをお討ちとりになりましたよしにて、織田家にとってはめでたいものでござりましたけれども、「にんげん五じふねん、げてんのうちをくらぶれば、夢まぼろしのごとくなり、一度《いちど》生を得て滅せぬものゝ、あるべきか」と、ろう〳〵たるおこえでいまとのさまがおうたいなさるのをきゝますと、そゞろに先君御在世のころのおんことがしのばれ、さだめなき世のうつりかわりになみだがもよおされまして、なみいる勇士のかた〴〵もよろいのそでをしぼられたことでござりました。

それより文荷斎どの、一露斎どのが一番ずつおうたいなされ、また若太夫どのゝ、まいなどがございましたが、そのほかにもなか〳〵おたしなみのふかいおかたがいらっしゃいまして、おさかずきのかずのかさなるにつれ、みな〳〵この世のまいおさめうたいおさめにたっしゃな藝を御披露におよばれ、遊興のかぎりをつくされますので、御酒宴の席は夜がふけるほどにぎやかに相成《あいなり》、いつ果てることかわかりませなんだ。そのうちに一人、「梨花《りか》一枝《いっし》雨を帯びたるよそほひの*、雨を帯びたるよそほひの」と、一座のかた〴〵がおもわず鳴りをしずめますような美音をはりあげてうたわれましたのは、朝露軒*と申される法師武者でございました。このおかたはなにごとにも器用でおいでなされ、琵琶、三味線などもみごとにおひきなされますところから、わたくしもかねてじっこんにねがっておりましたので、ふしまわしのたしかなことはとくよりぞんじておりましたなれども、いまの楊貴妃のうたの文句に耳をかたむけておりますと、「雨を帯びたるよそほひの、太液《たいえき》の芙蓉のくれなゐ、未央《びおう》の柳のみどりも、これにはいかでまさるべき、げにや六宮《りくきゅう》の粉黛《ふんたい》の、顔色《がんしょく》のなきもことわりや、顔色のなきもことわりや」と、そうおうたいなされるではございませんか。もとより朝露軒どのはそんなおつもりではございますまいけれども、きいておりますわたくしの身には、おくがたの御きりょうをうたっておられるようにしか受け取れませぬので、あゝ、それほどにおうつくしい花のかんばせも、こよいをかぎりに散っておしまいなさるのかと、この期《ご》になっていまだに未練がきざしてくるのでございました。すると朝露軒どのは、「あれ、あれにおる座頭はしゃみせんを弾きまするぞ、おくがたのおゆるしをいたゞいて、あれにいちばんうたわせてごらんなされ」と申されましたので、「弥市、えんりょすることはないぞ」とすぐとのさまのおこえがゝりがござりました。さればわたくしとてもいまは何をか御辞退いたしましょう、これこそ自分ののぞむところと、さっそく三味線を手にとりまして、「君ゆゑなみだはいつもこぼるゝ」とれいの小歌をうたいました。「いや、いつもながら巧者なものだな、ではそれがしも弾いてみよう」と申されて、つぎには朝露軒どのがそのしゃみせんをおとりなされ、

　滋賀の浦とて
　しほはないが
　顔の
　ゑくぼは
　十五夜の月＊

と、うたわれますので、わたくしそれをきゝながら、さてもおもしろい文句だわいと存じまして、みゝをすましておりますと、ところ〴〵にながい合いの手がはいります。朝露軒どのはそこのところをいとのねいろもうるわしくおひきなされましたが、ふと気がつきましたのは、その三味せんのうちに二度もくりかえしてふしぎな手がまじっているのでござりました。さようでござります、これはわたくしども、座頭の三味線ひきのものはみなよくぞんじておりますことでござりますが、すべてしゃみせんには一つの糸に十六のつぼが

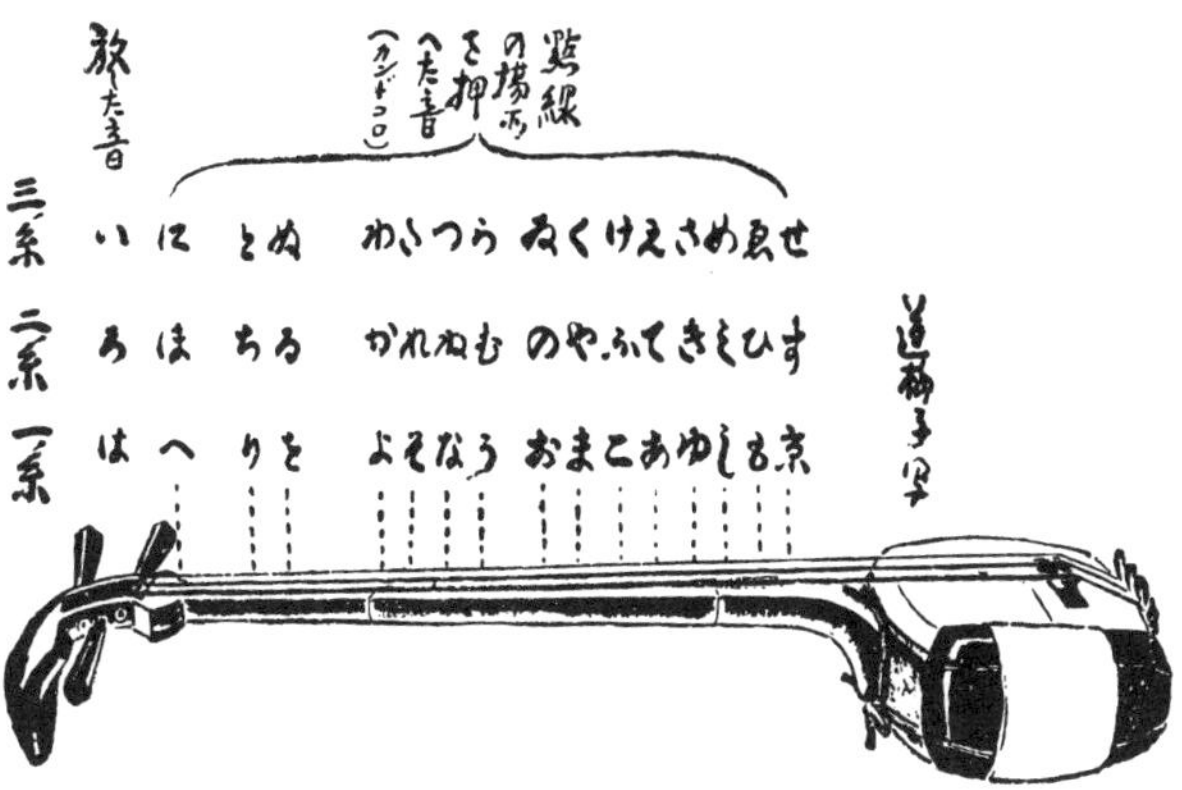

ございまして、三つの糸にいたしますなら都合四十八ございます。されば初心のかた〴〵がけいこをなされますときはその四十八のつぼに「いろは」の四十八文字をあてゝしるしをつけ、こゝろおぼえに書きとめておかれますので、このみちへおはいりなされた方はどなたも御存知でございますけれども、とりわけめくら法師どもは、文字が見えませぬかわりには、このしるしをそらでおぼえておりまして、「い」と申せば「い」のおと、「ろ」と申せば「ろ」のおとをすぐにおもい浮かべますので、座頭同士がめあきの前で内證ばなしをいたしますときには、しゃみせんをひきながらその音《おん》をもって互のおもいをかよわせるものでござります。ところでいまの不思議な合いの手をきいておりますと、

　ほおびがあるぞ
　おくがたをおすくいもおすてだてはないか

と、そういうふうにきこえるのでござります。これはこゝろのまよいではないか、何しにいまごろそんなことを申されるかたがあるものか、よしやそら耳でないにしてからが、たま〳〵音《おん》の組《く》み合《あ》わせがしぜんとそうなっているまでだと、いくたびもおもいかえしておりますうちに、又もや朝露軒どのは、

いかにせん
わがかよひ路の
関守は
関もゆるさず
なか〳〵に*

と、うたわれるのでござりましたが、これは三味線もまえとはすっかりちがっておりながら、やはりあの手だけがあいま〳〵へ挟んであるのでござります。あゝ、さては朝露軒どのは敵方のまわしものか、でなくばちかごろ急に内通なされたのか、いずれにしてもひでよし公のおおせをふくんでおくがたをてきにわたそうとしておられるのだな、おもわぬときにおもわぬたすけがあらわれたものだが、ひでよし公がまだおあきらめにならなんだとは、なんたるつよい恋だったのかと、にわかにむねをとゞろかしておりますと、「さあ、弥市、いま一曲その方に所望だ」と申されて、ふたゝびしゃみせんをわたくしの前へ置かれました。それにしてもこのようなめくら法師をさほどたよりになされるのはなにゆえか。

おくがたのためとあらば火のなか水のなかをも辞せぬこゝろのおくを、はずかしくも朝露軒どのにいつか見やぶられておりましたことか。もっともわたくし、眼は見えずともお女中がたの中におりまするたったひとりのおとこでござります。それにかず〳〵のお座敷というお座敷、わたり廊下のすみ〳〵までも、眼あきよりよく勝手をそらんじておりまして、まさかの時はねずみ《鼠》より自由にはしれます。おもえば〳〵ちょうろけん《朝露軒》どのはよくも見込んでくだされしよな、あるにかいなきいのちをながらえていたというのもこういうお役にたてたいからだ、このうえはおくがたをおすくい申す手だてをつくして、かなわぬときはおなじけぶりときえるばかりだと、とっさにしあんをさだめまして、前後のわきまえもなく三味せんを取り上げ、

　見せばや
　君に
　知らせばや
　こゝろの中と
　袖の色を*

とうたいながら、わなゝくゆびさきに糸をおさえて、

　けぶりをあいづに
　てんしゆのしたえおこしなされませ

と、こちらも合いの手にことよせまして、「いろは」の音をもっておこたえ申したのでござります。もちろんいちざのかた〴〵はたゞわたくしのうたといとゝにきゝほれてばかりおいでなされ、ふたりのあいだにこんなことばがかわされたとは知るよしもござりませなんだが、そのときわたくしはおくがたをおすくい申すについて、一つのけいりゃくをおもいついたのでござりました。と申しますのは、こよいとのさま御夫婦は天守の五重へおのぼりなされてこゝろしずかに御自害あそばし、それより用意の枯れ草へ火をつける手はずになっておりました。されば御自害をあそばすまえに、ころあいをうかゞって火をつけまして、そのさわぎにまぎれて朝露軒どのゝ一味をひきいれましたなら、にんずをもっておふたかたのあいだをへだてることも出来るであろうと、かようにかんがえました次第でござります。

さても〳〵わたくしは、めしいのうえにせいらい至っておくびょうでござりまして、かりにもひとさまをあざむくことはよういたしませなんだが、てきがたの間者《かんじゃ》にかたん《加担》をいたしておしろに火をかけ、あまつさえおくがたをぬすみ出そうとくわだてましたとは、われながらおそろしいこゝろでござりましたけれども、これもひとえにおいのちをおたすけ申したいゝちねんゆえでござりますから、つまるところは忠義になるのだとりょうけんをきめておりました。そうこういたしますうちに、みなさまおなごりはつきませぬけれども、はつなつの夜のあけやすく、はや遠寺《とおでら》のかねがひゞいてまいりお庭の方にほとゝぎすのな

くねがきこえましたので、おくがたは料紙《りょうし》をとりよせられまして、

さらぬだにうちぬる程も夏の夜の
わかれをさそふほとゝぎすかな*

と、一首の和歌をあそばされ、つゞいてとのさまも、

夏の夜の夢路はかなきあとの名を
くもゐにあげよやまほとゝぎす*

とあそばされまして、文荷さいどのがそれを一同へ御披露におよばれ、「それがしも一首つかまつります」

と申されて、

ちぎりあれやすゞしき道に伴ひて
のちの世までも仕へつかへむ*

とよまれましたのは、ときに取って風流のきわみと存ぜられました。それよりいずれも詰め所へおひきとりなされ切腹のおしたくでござりまして、お女中がたやわたくしはおふたかたにおつきそい申し上げ、いよ〳〵天守へまいりましたことでござります。もっともわれ〳〵は四重までお供を仰せつかり、五重へは姫ぎみたちと文荷斎どのばかりをおつれになりましたが、わたくしはいまがだいじのときとぞんじ、五重へかようはしごの中途までそっとあがってまいりまして、いきをこらしておりましたことゝて、うえの御様子はもれ

なくうかゞっていたのでござります。とのさまは先ず、

「文荷、そのへんをすっかりあけてくれ」

と仰っしゃって、四方のまどをのこらずあけさせられまして、

「あゝ、この風はこゝちよいことだな」

と、あさかぜの吹きとおすおざしきに端坐あそばされ、

「うちわのものでいまいちど別れの酒を酌もうではないか」

と、文荷さいどのにおしゃくをおたのみなされまして、おくがたやひめぎみたちとあらためておさかずきがござりました。さてそれがすみましたところで、

「お市どの」

と、お呼びなされ、*

「きょうまでのだん〳〵のこゝろづくしはたいへんうれしくおもいます。こういうことになるのだったら、去年のあきにそなたと祝言をするのではなかったが、いまそれをいい出してもせんないことだ。ついてはそれがし、いずこまでも夫婦いっしょにとおもいきわめていたけれども、しかしつく〴〵かんがえてみるのに、そなたはそうけんいんさまの妹御であらせられるし、そのうえこゝにいるひめたちは故備前守のわすれがたみのことでもあるから、やはりこれは助ける方が道だとおもう。武士たるものが死んで行くのにおんなこどもを連れるにはおよばぬことだ。こゝでそなたをころしたら、かついえはいったんの意

地にかられて義理にんじょうをわすれたと、世間のものは云うかも知れぬ。な、この道理をきゝわけてそなたはしろを出てくれぬか。あまり不意のようだけれども、これはよく〳〵ふんべつをしたうえのことだ」

と、おもいがけないおことばでござりまして、そう仰っしゃるおむねの中はさだめしはらわた《腸》もちぎれるほどでござりましたろうけれども、おこえにすこしのくもりさえなく、よどまず云いきられましたのは、さすが剛気のおん大将でござります。わたくしもそれをきゝましては、あゝ、もったいないことだ、なさけを知るのがまことの武士とはよく云ったものだ、これほどのおかたとも存ぜずにない〳〵おうらみ申していたのは、じぶんこそ下司《げす》のこんじょうだったと、ありがたなみだにかきくれまして、おぼえずおこえのする方を両手をあわせておがみましたが、そのときおくがたは、

「きょうというきょうになって、あまりなことをおっしゃいます」

と、云いもおわらず泣きふしておしまいなされ、

「総見院《そうけんいん》どの御存生のころでさえ、いったん他家へとつぎました身を織田家のものだとおもったことはござりませぬ。ましてたよるべき兄弟もないこんにちになりまして、おまえさまに捨てられましたら、どこへゆくところがござりましょう。死ぬべきおりに死なゝいと死ぬにもまさるはずかしめをうけますことは、わたくしもしみ〴〵おぼえがござります。さればさくねんこしいれをいたしましたときから、こんどばかりはどういうことがござり

ましょうとも、二度とおわかれ申すまいとかくごをいたしておりました。はかない御縁でございましたけれども、夫婦として死なしていたゞけますなら、百年つれそうのも一生、半としつれそうのも一生でございますものを、出て行けとはうらめしいおことばでござります。どうかこればかりはおゆるしを」

と、そうおっしゃるのが、おんかおにお袖をあてゝいらっしゃるらしゅう、とぎれ〳〵に、たえてはつゞいてもれてまいるのでござります。

「しかし、そなた、この三人のひめたちをふびんとは思わぬのか。これらが死ねばあさいの血すじはたえてしまうが、それでは故備前守に義理がたゝないではないか」

と、おしかえして仰っしゃいますと、

「浅井のことをさほどにおぼしめしてくださいますか」

と仰っしゃって、いっそうはげしくお泣きなされ、

「わたくしはお供をさせていたゞきますが、そのおこゝろざしにあまえ、せめてこの児たちをたすけてやって、父の菩提をとぶらわせ、またわたくしのなきあとをもとぶらわせて下さいまし」

と仰っしゃるのでござりましたが、こんどはお茶々どのが、

「いえ、いえ、おかあさま、わたくしもお供をさせていたゞきます」

と仰っしゃいましたので、お初どのも小督《こごう》どのも、おなじように「わたくしも〳〵」と右

と左からおふくろさまにおすがりなされ、およったりがいちどにこみあげてお泣きなされました。おもえばむかし小谷のときはみなさま御幼少でござりまして、なにごとも夢中でいらっしゃいましたなれども、いまは末の小ごうどのでさえもはや十をおこえあそばしておいでゞすから、こうなりましてはなだめようもすかしようもござりませなんだ。さればずいぶん御辛抱づよいおくがたもかあい、かた〴〵のおんなみだにさそわれてたゞおろ〳〵と泣かれますばかりで、わたくし、じつに、十年このかたこんなに取りみだされましたのはついぞ存じませなんだことでござります。それにしましてもおい〳〵時刻がうつりますことゝて、どうおさまりがつくだろうかとおもっておりますと、文荷さいどのがひざをおすゝめなされまして、

「おひいさまがた、御未練でござりますぞ」

と叱るように申されておふくろさまとお子たちのあいだへ割ってはいられ、

「さ、さ、それではおかあさまのおかくごがにぶります」

と、むりに引きはなそうとなされるのでござりました。

わたくしはこのありさまをうかゞうにつけ、まだとのさまはなんとも仰っしゃいませぬけれども、もはやゆうよしてはおられぬところだとぞんじ、はしごの下につんでありました枯れくさの束《たば》をひきぬきましてそれへともしびの灯をうつしました。おりから四重のおへやではこしもとしゅうが死にしょうぞくをあそばされいっせいにねんぶつをとなえていら

っしゃいまして、どなたもきがついたかたはござりませなんだので、それをさいわいにこゝかしこの枯れくさの山へ火をつけてまわり、障子、ふすまのきらいなくもえがらを投げちらしまして、われからけぶりにむせびながら、「火事でござります、火事でござります」とさけびごえをあげました。くさがじゅうぶんにかわきゝっておりましたところへ、五重の窓がすっかりあいておりましたことゝて風が下より筒ぬけに吹きあげまして、ぱち〳〵とものゝ干割《ひわ》れるおとがすさまじく、逃げ場にまよわれるお女中がたのうなりごえと悲鳴とがびゅう〳〵という火炎《かえん》のいぶきといっしょにきこえ出しましたが、「やゝ、とのさまのお座所があやういぞ」「御用心めされい、うらぎりものがおりまする」とけぶりの下よりくち〴〵に呼ばわってあまたのにんずが駈けあがって来られました。それからさきは、朝露軒どのゝ一味とそれを防がれるかた〴〵とがほのおの中に入りみだれ、たがいにあらそってせまいはしごを五重へのぼろうとなさるらしく、そのこんざつにもまれましてあちらへこづかれこちらへこづかれいたしますうちに、熱いかぜがさあっとよえんを吹きかけてはまたさあっと吹きかけてまいり、しだいにいきが出来ないようになりましたので、おなじ死ぬならおくがたと一つほのおに焼かれたいと、しょうねつじごくのくるしみの底にもひっしにおもいきわめまして、はしごへ手をかけたときでござりました。「弥市、このお方を下へおつれ申せ」と、どなたかはぞんじませぬけれども、そう仰っしゃっていきなりわたくしの肩の上へ上臈《じょうろう》さまをおのせになりました。「おひいさま、おひいさま、おふくろさまはどうあそばしました」と、とっさにわたくしはそう申しましたが、それというのはそのとき背中へおんぶいたしましたのはお茶々どのだということがすぐにわかったからでございます。「おひいさま、おひいさま」と、つゞけてお呼び申しましても、お茶々どのはうずまくけぶりに気をうしなっていらっしゃいまして、なんとも御へんじがござりませなんだが、それにしてもいまのお侍は、なぜ御自分がひめぎみをおたすけ申さずに、めくらのわたくしへおあずけなされましたことか。おおかたそのお侍は忠義一途にとのさまのおあとをしたい、此処を御じぶんの死に場所とさだめておられたのでございましょうか。さすればわたくしとても、おくがたの御せんどをみとゞけずに逃げるという法はないと、そうおもいましたことでございますけれども、でもこのお児をおたすけ申さなんだら、さぞやおふくろさまがおうらみあそばすことであろう、弥市、おまえはわたしのたいせつなむすめをどこへ捨てゝ来たのですと、あの世でおとがめをこうむったら申しわけのみちがない、こうして背中へおのせ申すようになったのはよく〱のえんというものだからと、そんなふうにもかんがえられましたし、それに、わたくし、ほんとうはそんなことよりも、せなかのうえにぐったりともたれていらっしゃるおちゃ〱どのゝおんいしき《臀》へ両手をまわしてしっかりとお抱き申しあげました刹那、そのおからだのなまめかしいぐあいがお若いころのおくがたにあまりにも似ていらっしゃいますので、なんともふしぎななつかしいこゝちがいたしたのでございます。まご〱していれば焼け死ぬというかきゅうの場合でございますのに、どうしてそのようなかんがえをおこしましたやら、まことに人はひょんなときにひょんなりょうけんになりますもので、申すもおはずかしい、もったいないことながら、あゝ、そうだった、自分がおしろへ御奉公にあがってはじめておりょうじを仰せつかったころには、お手でもおみあしでも、とんと此のとおりに張りきっていらしったが、なんぼうおうつくしいおくがたでもやはり知らぬまにおとしをめしていらしったのだと、ふっとそうきがつきましたら、たのしかったおだにの時分のおもいでが糸をくるようにあとから〳〵浮かんでまいるのでございました。いや、そればかりか、お茶々どのゝやさしい重みを背中にかんじておりますと、なんだか自分までが十年まえの若さにもどったようにおもわれまして、あさましいことではございますけれども、このおひいさまにおつかえ申すことが出来たら、おくがたのおそばにいるのもおなじではないかと、にわかに此の世にみれんがわいて来たのでございます。こうおはなし申しますと、たいへん長いことぐず〳〵いたしておりましたようでございますが、そのじつほんのわずかのあいだにこれだけのしあんをめぐらしたのでございまして、そうと決心がつくよりはやくもうわたくしはけぶりのなかをくゞりぬけ、「おひいさまをおぶっておりますぞ、道をあけて下さりませ」とだいおんによばわりながら、そこはめしいでございますからなんのえんりょえしゃくもなく人々のあたまをはねのけふみこえて、無二むさんにはしごを駈けおりたのでございます。

しかし逃げたのはわたくしばかりではございませなんだ。おおぜいのものが火の粉をあびてぞろ〳〵つながってはしりますので、わたくしもそれといっしょになって、うしろからえい〳〵押されながらかけ出しましたが、お堀の橋をこえましたとたんに、がら、がら、がらと、おそろしいひゞきがいたしましたのは、うたがいもなくてんしゅの五重がくずれおちるおとでござりました。「あれは天守がおちたんですね」と、だれにきくともなく申しましたら、「そうだ、空に火ばしらが立っている、きっと玉ぐすりに火がついたのだ」と、そばをはしっている人がそう申されるのです。「おくがたやほかのひめぎみたちはどうあそばしたでござりましょう」とたずねますと、「ひめぎみたちはみんな御無事だが、おくがたは惜しいことをしてしまった」と申されるではござりませんか。くわしいわけはあとで知れたのでござりますけれども、その人とならんではしりながらだん〳〵話をきゝますと、朝露軒どのはまっさきに五重へ上って行かれましたところ文荷さいどのがたちまちたくみを見ぬかれまして、「裏ぎり者、何しに来た」というまもあらせず斬ってすてられ、はしごのてっぺんからけおとされたと申します。それで一味のかた〴〵も気せいをくじかれましたうえにおい〳〵味方の御家らいしゅうが馳せつけてこられましたので、なか〳〵おくがたをうばい取るなどのだんではなく、かえってきりふせられましてやけ死んだものがおおいとのことでござりました。そのおり三人のひめぎみたちはなおもおふくろさまにしがみついていらっしゃいましたのを、ぶんかさいどのが早く〳〵とせきたてられまして、「このかた〴〵をおすくい申し敵のじんやへとゞけたものは何よりの忠義であるぞ」と、むらがるにんずの中へつきはなすようになされましたので、いあわせたものがおひとかたずつお抱き申しあげて逃げたのだそうで、「だからとのさまとおくがたとはあの火の中でじがいなすったことだろう、おれはそこまではみとゞけなかったが」と、そう申されるのでござります。「ではほかのひめぎみたちはどこにいらっしゃるのです」と申しましたら、「おれたちの仲間が背中に負ってひとあしさきにこゝを通って行ったはずだ。お前のせおっているおひいさまはいちばん強情で、しまいまでおくがたの袖をつかんではなされなかったのをむりやりに抱きあげて誰かの背中へのせたようだったが、その男はまたお前にわたしして自分は火の中へとびこんでしまった。なか〳〵かんしんな奴だったが、あれはおれたちの仲間ではなかったらしい」と申されるのです。いったい「おれたちの仲間」というのはなんのことかとおもいましたら、上方《かみがた》ぜいがおくがたをうけとるために天守のちかくへしのびよって、ちょうろけんどのゝあいずを待っておりましたのだそうで、いま此のところをこんなにぞろ〴〵逃げてゆくのは、みんな裏ぎりの一味の者かそうでなければ上方ぜいのひと〴〵ばかりなのでござりました。「しかしちくぜんのかみどのはせっかくいくさにお勝ちになっても、めざすおくがたに死なれてしまってはなんにもなるまい。朝露軒どのもあんなしくじりをやったのだから御前のしゅびがよいはずはない。どうせ生きてはいられなかったよ」と、そのおかたはそう申されて、「それでもお前がこのおひいさまをおつれ申しているうえはいくらかめんぼくが立つわけだから、おれはおまえにくっついてゆくつもりだ」と、そんなことを云い〳〵手をひかんばかりになされますので、もうさっきからだいぶんつかれてはおりましたけれども、あえぎ〳〵いっしょけんめいにはしっておりますと、よいあんばいに敵がたの足軽大将がお乗りものをもっておむかえにまいられまして、とりあえずそれへひめぎみをうつされ、

「座頭、おまえがおつれ申して来たのか」

と申されますから、

「さようでござります」

と申して、いちぶしゞゅうをしょうじきにおはなしいたしましたところ、

「よし、よし、それならお乗りものについてまいれ」

と申されますので、かず〳〵のじんやのあいだを通りまして御本陣へお供いたしました。お茶々どのはもう御気分もおよろしいようでござりましたけれども、しばらく御きゅうそくあそばされお手当てをおうけになっていらっしゃいますと、たゞちにひでよし公が御たいめんの儀を仰せ出だされ、ほかのひめぎみたちと御いっしょにお座所へおよびいれなされました。それはまあよいといたしまして、わたくしまでがおめしにあずかりましたので、おざしきのそとのいたじきにかしこまってへいふくいたしますと、

「おゝ、坊主、おれのこえをおぼえているか」

と、いきなりおことばがかゝりました。

「おそれながらよく存じております」

とおこたえ申し上げますと、「そうか、まことに久しぶりであったな」と仰っしゃって、

「その方めしいの身といたしてきょうのはたらきは神妙であるぞ。とうざのほうびになんなりとつかわしたいが、のぞみがあるなら申してみろ」

と、おもいのほかの上首尾《じょうしゅび》でござりますから、わたくしはさながらゆめのこゝちがいたし、

「おぼしめしのほどはかたじけのうござりますけれども、ながねん御恩にあずかりましたおくがたにおわかれ申し、おめ〳〵にげてまいりました罰あたり奴がなんで御ほうびをいたゞけましょう。それよりけさの御さいごのことをかんがえますと、むねがいっぱいでござります。たゞこのうえのおねがいは、いまゝでどおりふびんをおかけくださりまして、おひいさまがたに御奉公をつとめさせていたゞけますなら、有りがたいしあわせにぞんじます」

と申しましたら、

「尤ものねがいだ、きゝとゞけてつかわす」

と、さっそくおゆるしがござりまして、

「小谷どののはおきのどくなことをしてしまったが、こゝにござるひめぎみたちはこれからそれがしが母御にかわっておせわをいたそう。しかしいずれもずんと大きゅうなられたも

のだな。むかしそれがしの膝のうえに抱かれていたずらをなされたのは、たしかお茶々どのだったとおもうが」

と、そうおっしゃって御きげんよくおわらいなされるのでござりました。

こういうわけでさいわいわたくしは路頭にもまよわず、ひきつゞき御奉公をいたすことになりましたけれども、じつを申せば、わたくしの一生はもう此のとき、天しょうじゅういちねん卯月《うづき》二十四日と申すおくがたの御さいごの日におわってしまったのでござりまして、おだにや清洲でくらしましたようなたのしい月日はそのゝちついぞめぐってもまいりませなんだ。それと申しますのは、てんしゅに火をつけ裏ぎり者のてびきをいたしましたことを姫ぎみたちもおきゝなされましたとみえて、しだいにおにくしみがかゝりまして、なんとなくよそ〳〵しくあそばすようにおなりなされ、とりわけお茶々どのなどは、「この座頭ゆえにおしからぬいのちをたすけられて、おやのかたきの手にわたされた」と、ときにはわたくしへきこえよがしにおっしゃいますので、おそばにつかえておりましても針のむしろにすわるおもいがいたしまして、このくらいならなぜあのおりに死なゝかったかと、たゞもうなさけなく、とりつくしまのない身のうえをかこつようになったのでござります。もとよりこれも自分が悪事をしでかした罰でござりまして、たれをうらむべきすじもないのでござりますが、いったん死におくれましてはいまさらお跡をしとうたところでおくがたにあわせる顔もござりませぬから、諸人のつまはじきを受けながら生き恥じをさらしておりますうちに、もみりょうじも、琴のおあいても、余人に仰せつけられまして、もうわたくしにはとんと御用がないようになってしまいました。ひめぎみたちはその時分安土《あづち》のおしろ*に引きとられていらっしゃいまして、ひでよし公のおことばがござりましたばかりにいや〳〵ながらわたくしを召しつかっておられましたので、それを知りましてはむりにお慈悲にすがりますこともこゝろぐるしく、もはや辛抱もいたしかねまして、或る日、こっそりと、おいとまごいの御あいさつもいたさずに逃げるようにおしろをぬけて、どこと申すあてもなくさすらい出たのでござります。

さあ、それがわたくしの三十二のとしでござりました。もっともそのおり都へのぼりまして太閤でんかにおめどおりをねがい、ことの次第を申し上げましたら、一生くうにこまらぬほどのお扶持はいたゞけたでござりましょうけれども、このまゝつみのむくいを受けて世にうずもれてしまおうとおもいきわめまして、それよりきょうまで宿場々々をわたりあるいて旦那さまがたの足こしをもみ、またはふつゝかな藝をもって旅のつれ〴〵をおなぐさめ申し、三十余年のうつりかわりをよそにながめてくらしながら、いんがなことにはまだ死にきれずにおりますようなわけでござります。そういえばお茶々どのは、あのときはあれほど太閤でんかをおうらみあそばされ、「おやのかたき」とまでおっしゃっていらっしゃいましたのに、まもなくそのかたきにおん身をおまかせなされ、淀のおしろ*に住まわれるようになりましたが、わたくしは北の庄のおしろが落ちました日から、いずれそうなるだろうとおもっていたことでござりました。あのみぎり、ひでよし公はお市どのをうばいそこねてたいそう御気色《みけしき》をそんぜられたそうでござりますけれども、わたくしが御前へ出ましたときは案に相違いたしましてすこしもそのような御様子がなかったばかりか、かえってあり難いおことばをさえいたゞきましたのは、お茶々どのを御らんなされましてきゅうにおぼしめしがかわったのでござります。つまりわたくしがほのおの中でかんじましたのとおなじことをおかんがえなされましたので、えいゆうごうけつのこゝろのうちもけっきょくは凡夫とちがわぬものなのでござりましょう。たゞわたくしはいったんのあやまちから一生おそばにおられぬような境涯におちましたけれども、太閤でんかはあのお方の父御《てゝご》をほろぼし、母御をころし、御兄弟をさえ串ざしになされたおん身をもって、いつしかあのお方をわがものにあそばされ、親より子にわたる二代の恋を、おだにのむかしから胸にひそめていらしったおもいを、とう〳〵お遂げなされました。いったいひでよし公は*どういう前世のいんねんでござりましたか、のぶなが公のおん血すじのかた〳〵をおしたいなされまして、まだこのほかにも蒲生《がもう》ひだのかみどの*の、おくがたにのぞみをかけていらしったと申します。このおかたは総見院《そうけんいん》さまのおんむすめ御でいらっしゃいまして、小谷どのには姪御におなりなされ、やはりお顔だちが似ていらしったと申しますから、おおかたそれゆえでござりましたろうか。わたくし、人づてにうかゞいましたのには、せんねん飛驒守どのがおかくれなされましたとき、殿下より御後室さまへお使いがござりまして、おぼしめしをつたえられましたけれども、御後室さまは一向おきゝいれがなく、かえっておなげきあそばしておぐしをおろされましたので、蒲生どの、お家が宇都宮へおくにがえになりましたのは、そんなことから御前のしゅびをわるくなされたせいだと申します。それはとにかく、あのお茶々どのがおとしを召すにしたがってふんべつがおつきなされまして、でんかの御いせいになびかれましたのは、まったく時代《ときよ》じせつとは申しながら、御自分さまのおためにもけっこうなことでござりました。さればわたくしも、淀のおん方と申されるのはあさいどのゝ一の姫ぎみだときゝましたときは、どんなにうれしゅうござりましたことか。おふくろさまがあのようにいつも御苦労をなされましたかわりに、えいがの春がこのお子にめぐって来たのだ、どうか此のおかたゞけはおふくろさまのような目におあいなさらぬようと、たといわが身はあるにかいなき世すぎをいたしておりましても、こゝろは始終おそばにはべっておりますつもりで、そのことばかりおいのり申しておりましたところ、そのうちにわかぎみ御誕生と申すうわさがござりましたので、もうこれでゆくすえまでも御運は万々歳であろうと、あんどのむねをなでゝいたのでござりました。それが、旦那さまも御承知のとおり、けいちょう三ねん*の秋に太《たい》こうでんかゞおかくれなされ、ほどなくせきがはらのかっせん*がござりましてから、またもや世の中がだん〳〵かわってまいりまして、いちにち〳〵と悲運におなりなされましたのは、なんということでござりましょう。やっぱりおやのかたきのところへ御えんぐみあそばされましたのが、亡きお袋さまのおぼしめしにそむき、不孝のばちをおうけなされたのでございましょうか。おふくろさまもお子さまも、二代ながらおなじようにお城をまくらに御生害なされましたのも、おもえばふしぎなめぐりあわせでございます。

あゝ、わたくしも、あの大坂の御陣《ごじん》*のときまで御奉公をいたしておりましたら、お役にはたちませぬまでも、おだにのおしろでおふくろさまをおなぐさめ申しましたように何やかやと御きげんをとりむすび、こんどこそ冥土へおともをいたしておくがたへお詫びを申すことも出来ましたでございましょうに、あのときばかりはつく〴〵我が身のふしあわせがうらめしく、まいにち〳〵てっぽうのおとをきゝながらやきもきいたしておりました。それにつけても片桐いちのかみ《市正》どのはあのしろぜめに関とう方の味方をなされ、ひでより公と淀のおん方の御座所へむかって大炮を打ちこまれましたのは、なんというなされかたか。あのお方は、むかし志津ケ嶽のいくさに七本槍のひとりとうたわれ、その時分からおとりたてにあずかったのでございまして、ひでよし公にはなみ〳〵ならぬ御恩をうけていらっしゃるはずでございます。世間のうわさでは、太こうでんかゞ御りんじゅうのみぎりにはあのお方をおんまくらべにおよびなされて、秀頼のことをたのんだぞよと、くれ〴〵も御ゆいごんあそばされたと申すではございませぬか。われ〳〵のようなにんげんでもそれほど人にたのまれましたら義をたてとおすことぐらいはこゝろえておりますのに、あのおかたは、たかい声では申されませぬが、権現さま*の御いせいにへつらってとよとみ《豊臣》家のだいおんをおわすれなされ、おもてに忠義をよそおいながらかんとうがたに内通されていらしったのでござります。いえ、いえ、それは、どなたがなんと申されましょうとも、そうにちがいござりませぬ。理くつはつけようでござりますから、いちのかみどの丶御苦心をおほめになるかたもござりましょうが、かりにも敵がたの大炮の役をひきうけられて、あろうことかあるまいことか、お主のわかぎみと北の方のいらっしゃるところへ玉をうちこむようなおかたが、なんで忠臣でござりましょうぞ。うき世をすてためくらあんまにもそのくらいなことはわかります。それゆえあのときはいちのかみどのがにく《憎》丶てにく《憎》丶て、眼さえみえたら、陣中へしのびこんで一と太刀なりとおうらみ申したいとおもったほどでござりました。

にくいと申せば、せきがはらのときに大津でうらぎりをなされました京極さいしょうどの丶仕打ちなども、はらが立ってなりませなんだ。あのおかたはお初御料人《ごりょうにん》と内祝言をあそばしながら、かみがたぜいの攻めよせるまえに北の庄をお逃げなされて、若狭の武田家へたよっていらっしゃいましたところ、そのたけだどのもほろぼされましてからは三界にすむ家もなく、木の根くさの根にもこ丶ろをおいてあちこちさまよっていらっしゃいましたのが、よう〳〵のことでお詫びがかなって大名衆のれつにくわえていたゞけたのは、どなたのおかげだとおぼしめします。もとの武田どの丶おくがたが松の丸どのと申されていらっしゃいましたから、そのおかたのおとりなしもござりましたろうけれども、何よりも淀のおんかたにつながる御えんがあったればこそではございませぬか。いちどは小谷どの、お袖にすがられ、つぎにはそのお子さまのなさけにたよられ、二度までもあやういゝのちをたすけておもらいなされながら、あの大雪のなかを落ちていらしった当時のことをおわすれなされ、だいじのせとぎわにむほんをなされて大坂ぜいのあしなみをみだされるとは。あゝ、あゝ、しかし、いまさらそんなことを申したところで仕方がございませぬ。かぞえたてればくやしいことやうらめしいことはいくらでもございますけれども、さいしょうどのも、いちのかみどのも、もはやあの世へおいでなされ、権現さまさえ御他界あそばされましたこんにちとなりましては、なにごともすぎにしころの夢でございます。おもえば〳〵おりっぱなかた〴〵がみな〳〵おかくれなされましたのに、わたくしはこのさきいつまで老いさらぼえておりますことでございましょう。げんきてんしょう《元亀天正》*の昔よりずいぶんながい世間をわたってまいりましたので、もう後生をねがうよりほかのことはござりませぬが、たゞこのはなしをいっぺんどなたかにきいていたゞきたかったのでござります。はい、はい、なんでござります。おくがたのおこえがいまでも耳にのこっているかと仰っしゃいますか。それはもう申すまでもないこと。何かの折におっしゃいましたおことばのふし〴〵、またはお琴をあそばしながらおうたいなされました唱歌《しょうが》のおこえなど、はれやかなうちにもえんなるうるおいをお持ちなされて、うぐいすの甲《かん》だかい張りのあるねいろと、鳩のほろ〳〵と啼くふくみごえとを一つにしたようなたえなるおんせいでいらっしゃいましたが、お茶々どののもそれにそっくりのおこえをなされ、おそばのものがいつもきゝちがえたくらいでござりました。さればわたくしには太閤殿下がどんなに淀のおん方を御ちょうあいあそばされましたかよくわかるのでござります。太こうでんかのおえらいことはどなたも御ぞんじでござりますが、そういうふかいおむねのなかを早くよりおさっし申しておりましたのは、はゞかりながらわたくしだけでござります。あゝ、わたくしも、あれほどのおかたの御心中を知っていたかとおもえば、かたじけなくも右大臣ひでより公のおん母君、淀のおんかたをこの背中へおのせ申したことがあるかとおもえば、なんの、なんの、この世にみれんがござりましょう。いゝえ、旦那さま、もうじゅうぶんでござります。ついゝたゞきすごしまして、つまらぬ老いのくりごとをなが〳〵とおきかせいたしました。家《いえ》には女房もおりますけれども、おんな子供にもこうまでくわしくはなしたことはござりませぬ。どうぞ、どうぞ、こういうあわれなめくら法師がおりましたことを書きとめて下さいまして、のちの世の語りぐさにしていたゞけましたらありがとうござります。さあ、もうおおさめ下さりませ。あまり更《ふ》けませぬうちにすこしお腰をもませていたゞきます。

おわり

奥書

○右盲目物語一巻後人作為の如くなれども尤も其の由来なきに非ず三位中将忠吉卿御代清洲朝日村柿屋喜左衛門祖父物語*一名朝日物語に云う「太閤ト柴田修理ト取合ハ其比威勢アラソイトモ云又信長公ノ御妹オ市御料人ノイハレトモ申ナリ淀殿ノ御母儀ナリ近江ノ国浅井カ妻ナリケル云々天下一ノ美人ノキコヘアリケレバ太閤御望ヲカケラレシニ柴田岐阜へ参リ三七殿ト心ヲ合セオイチ御料ヲムカエ取オノレカ妻トス太閤コノヨシ聞召柴田ヲ越前へ帰スマシトテ江洲長浜へ出陣云々」又いう「柴田北ノ庄へコモラレケレバ太閤僧ヲ使トシイニシヘノ傍輩ナリ一命ヲ助ヘシ云々是ハスカシテオイチ御料ヲトラントノハカリコト成ヘシト其沙汰人口ニマチマチナリ」

○佐久間軍記*（佐久間常関物語）勝家祝言の条に云う「浅井長政ノ後室ヲ嫁㆓勝家㆒勝家其息女三人トモニ携越前ニ帰ルノ時秀吉走㆓勝家于使㆒曰於㆓帰国道㆒使㆓秀勝㆒（信長四男秀吉養子）饌膳祝儀ヲ可㆑賀ト勝家慶テ約諾ス然シテ勝家ノ家人等北庄ヲ発清洲迄ノ行路ニ来迎勝家夜半ニ清洲ヲ出告㆓秀勝㆒曰越前ニ急用アルヲ以テ道ヲカネテ夜半ニ此前ヲ通ル間不㆑能㆑応

レ招云々」

○志津ケ嶽合戦事小須賀九兵衛話*には清洲会議を安土に作る、当時「挨拶及相違て柴田と太閤互に怒をふくむ其時丹羽長秀太閤と一処に寐ころひ有しか長秀そと足にて太閤に心を付太閤被心得其夜大坂へ御かへり云々」佐久間軍記には「秀吉其夜屢小便ニヲクル」とあり然れどもこれらのこと甫庵太閤記*等には見えず不審也

○蒲生氏郷後室の墓は今京都の百万遍智恩寺境内に在り、寛永十八年五月九日於二京都一病没、行年八十一歳、法名相応院殿月桂凉心英誉清熏大禅定尼、秀吉此の後室の容顔秀麗なるを知り氏郷の死後迎えて妾となさんとしたれども後室これを聴かず、ために蒲生家は会津百万石より宇都宮十八万石に移さる、委しくは氏郷記*近江日野町誌*を可レ見

○三味線は永禄年中琉球より渡来したること通説なれどもこれを小唄に合わせて弾きたるは寛永頃より始まる由高野辰之博士の日本歌謡史*に記載あり尤も天文年中既に遊女の手に弄ばれたること室町殿日記*に見え好事家は早くより流行歌に用いたる趣同じく右歌謡史に委し、此の物語の盲人の如きも好事家の一人たりし歟、予が三絃の師匠菊原検校*は大阪の人にして今は殆ど廃絶したる古き三味線の組歌*を心得られたるが其の中に閑吟集に載せたる「木幡山路に行きくれて月を伏見の草枕」*の歌長崎のサンタマリヤ*の歌其の他珍しき歌詞少からず予も嘗てこれを聞きたることあり詞は

短きようなれども同じ句を幾度も繰り返して唄い且三味線の合いの手は詞よりも数倍長し曲に依りては殆ど琵琶をきく如き心地す

○かんどころ*のしるしに「いろは」を用いることはいつの頃より始まりしか不レ知今も浄瑠璃の三味線ひきは用レ之由予が友人にして斯道に明かなる九里道柳子*の語る所也、本文挿絵は道柳子図して予に贈らる

于時昭和辛未年*夏日

於高野山千手院谷*しるす

聞書抄

聞《きき》書《がき》抄《しょう》

第二盲目物語

昭和十年（一九三五）一月五日から
同年六月十五日まで
「大阪毎日新聞」夕刊、「東京日日新聞」夕刊
挿画　菅楯彦

その一

改定史籍集覧第十三冊*別記類の中に載っている豊内記《ほうないき》*と云う書は、一名を秀頼事記と云い、大坂の滅亡を見届けた高木仁右衛門入道宗夢の物語を、桑原求徳が書き集めたものであると云うが、同書上巻の一節に石田三成*が嫡子隼人正重家《はいとのしょうしげいえ》*の後日譚が見えている。曰《いわ》く、「嫡子《ちゃくし》石田隼人ハ其比《そのころ》十二三歳ナリシガ、質容尋常ニ生レ、世ニ賢ク成人シタリ、天下ノ人崇敬シテ冊《かし》ヅキハヤシ誉ニシケル、然ルニ関原ノ合戦*敗レテ父討死トモ言ヒ、又行方知ラズトモ聞ヘケレバ、後見ノ男ヲ呼デ曰ク、武士ノ家ニ生レテハ十歳ニモ成ヌレバ甲《かっ》冑《ちゅう》ヲ帯シ、軍陣ヘ出デ、討死スルコソ面目トハ承レ、言フニ甲斐ナク我ヲ残シ置給フ事恨ミテモ由ゾナキ、返ラヌ道ト成ヌルコソ哀《かな》シケレ、セメテ爰《これ》ニテ腹切テ四手《しで》ノ山トヤランノ御供スベシ、急ギ介錯セヨト有シカバ、後見ノ男申様《まうすやう》ハ、合戦ノ御負ハ疑ナシ、敗軍ノ兵ドモ昨日今日引モ切ラズ馳セ参候、然《しかれ》ドモ三成討死シ給フト申スモノ一人モ無シ、其実否ヲ聞届ケ給フマデハ御待候ベシ、年比《としごろ》父三成ノ御恩深ク蒙シ聖《ひじり》高野山*ニ候間暫御忍ビアレ、某《それがし》御トモ可申ト頼シゲニ言ヒテンケレバ、少童二人召具シテ住狎《すみなれ》タル玉ノ床ヲ立出、行衛遥カニ忍ビ給フ、後見ノ男天王寺ノ辺マデハ付タリシガ、其ヨリヤガテ立帰《たちかへり》、

トリ物シタ、カニシテ行方知ラズ成ニケル、何程才覚アリテ甲斐〱敷《しく》トモ義理ヲ知ラヌ誠ノ無者ヲ人ノ後見トハ成スベカラズト、皆人沙汰シアヘリ、隼人正ハ力ナク唯二人ノ小姓ト手ヲトリ級《くん》デ徒膚足《かちはだし》ニナリ阿部野*ヲ指《さし》テタドリ行、九月半《なかば》ノ事ナレバ夜寒シキリニシテ手足モヒヘ、草ノ露分《わけ》難《がた》ク、急グトスレド道見ヘズ、ヤウ〱瓜生野《うりふの》*マデゾ付ニケル、三人打向ヒ如何《いか》ガセント語レドモ、先ヘ可行道モナシ、隼人正申ケルハ、此アリサマニテ野ニ伏シ山ニ隠レテハ疑ヒ無キ落人《おちうど》ト見知ラヌ人ハ有マジ、本道ヲ露見シテ通ルベシト言ヘバ、此義尤可然トテ其ヨリ境（堺）*ノ町ヘ出デ、紀伊ノ道ニカヽリ、七日七夜ヲ歴《へ》テ高野山ニ上リ、先大師ノ御前ニ参、我父存命ナラバ二度《ふたたび》本意ヲ遂ゲ、討死シ給フナラバ後生ヲ助テ給レト手ヲ合テ深ク念願シ、其後聖ノ御坊ヲ尋テ参ケレバ、世ニ頼モシクコソ隠シ置、随分トハ思ヒシカドモ、逆徒*ノ大将ノ子ナレバ其沙汰隠レナクシテ力及バズ、山ヲ下シ、武士ノ手ニワタシ、アヘナク頸《くび》ヲバ刎《はね》ニケル、二人ノ小姓モサ

イゴヘハヨセザリケレバ、何方《いづかた》トモナク迷ヒ行ケリ、（中略）其外治部少輔《ぢぶせういう》ガ息女ドモ多カリシガ、天下免許ヲ蒙リテ都ノ傍ニ彳《たたず》ミケレドモ、人ノ情ハ世ニ有ル程昨日ニカハル習ナレバ、洛中ニ栖《すみ》カネテ西山*辺ニ身ヲ遁《のが》レ、菜摘《なつみ》水汲《みづくみ》薪《たきぎ》採《と》リ心ナラズモ世ヲ厭ヒ、仏ヲ供養シテゾ光陰ヲ送ケル」と。此の話はいかにも哀れで、敗将の児の運命はこうもあったであろうかと思われ、一掬《いっきく》の涙を催さしめるが、しかし隼人正の生涯については諸書の所伝がまち〳〵であって、必ずしも豊内記の説くところと一致しない。今試みに渡邊世祐博*士の「稿本石田三成」に依ってそれらの異説を列挙すると、隼人正は関ヶ原合戦の当時佐和山*にいたのではなく、毛利輝元、*増田長盛、*長束正家*等の嫡子《ちやくし》と共に人質として大坂城内にいたのであるが、一説には、九月十九日

の夜、乳母《うば》や津山甚内と云う武士に扶《たす》けられて大坂を逃《のが》れ、京都に来て妙心寺の寿聖院*に入ったので、寺からその旨を所《しょ》司代《しだい》奥平信昌*に届け出たところ、やがて家康*から助命の沙汰が下った。依って剃髪して宗享と号し、後には寿聖院第三世の大禅師となり、貞享《じょうきょう》三年*閏《うるう》三月八日を以て寂したと云う。又隼人正に従って来た津山甚内は終る所を知らないけれども、乳母は妙心寺南門前下頼浄圓と云う者に嫁《とつ》いだ、これが田宮氏の祖であって、今もなお妙心寺の脇に住すると云う。又岩淵夜話*に依れば、宗享禅師は泉州岸和田の城主岡部宣勝に扶助せられて極老に及び、岸和田に於いて遷化《せんげ》*したとも云う。尤《もっと》も、古今武家盛衰記*、諸家興廃記、翁草《おきなぐさ》*等の記すところは少しく趣を異に

していて、隼人正の大坂脱出を九月十七日の夜であるとし、津山甚内を乳母の父津山喜内と云う者であるとし、それともう一人和田千之助と云う武士が扈従《こじゅう》して奥州へ落ち行き、津軽為信の内に知る人があったのを頼って密かにその家の客となり、幸運にも捜索の網を逃れて余命を完《まっと》うすることが出来た、現に津軽家の旧臣に杉山氏を称する者があるのは三成の子孫であるとも云う。以上の諸説は孰《いず》れも隼人正が無事にながらえていたことを語っており、豊内記の哀話と相違しているけれども、戸田左門覚書《おぼえがき》*にも三成の子の左吉*と云う者が佐和山より逃れて高野に走ったことを記していると云うから、隼人正と左吉と同一人なりや否やは明かでない迄も、誰か三成の遺児のうちに、豊内記が伝えるような悲劇に遭遇した者があることを想像せしめる。

豊内記は又、「其外治部少輔ガ息女ドモ多カリシガ」と云っているので、数人の女児があったことは確からしいが、嫡子隼人正の事蹟すら前陳の如くいろ〳〵な風説があり、シカとしたことが分らないのであるから、況《いわ》んや息女たちの身の上については、たま〳〵一二の書物に断片的な記事が散見するのみであって、詳細なことは何も知られていないのである。但し「稿本石田三成」は云う、「三成の娘に就きて考へんに関ケ原役後まで生存せしものありしは、確に事実なり。板坂卜斎覚書*にあるが如く、家康は関ケ原役後、当時敵となりし人の妻及び娘は皆これを宥《ゆる》したり、その将軍となりし時も、嘗《かつ》て敵となりし人々の婦女も京都堀川にてその行装を見物せりと云ふ。されば佐和山にて戦死せし正澄*の妻も、

何の咎もなく慶長十二年*まで生存し、その二月廿八日に歿し、三成の娘も後まで生存せしものありき」と。そうしてその娘の一人は豊後国安岐の城主であった熊谷直盛に嫁ぎ、一人は尾張国犬山の城主石川貞清に嫁いだと云う。又イツマデ草抜萃に依れば、徳川頼宣の時、紀州の町医に佐藤三益と云う者があったが、その妻は三成の娘であることが頼宣の耳に入った、依って臣下に命じて調べさせると、それに違いなく、関ヶ原の戦後乳母の才覚で助かった事実が明白となったので、頼宣深くこれを憐み、三十人扶持《ぶち》を給したと云う。又熊沢蕃山の弟泉忠愛の妻は三成の孫に当っていたが、彼女は阿波国の人箕浦平左衛門の娘であって、平左衛門の妻は三成が娘であったと云う。これらの話がほんとうだとすれば、三成の子孫が広く地方に散布していたことも考えられるし、皆それ〴〵に良縁を求め得て幸福な終りを遂げたらしくも思われるが、然らば豊内記に「洛中ニ栖《すみ》カネテ西山辺ニ身ヲ遁《のが》レ、菜摘水汲薪採リ心ナラズモ世ヲ厭ヒ、仏ヲ供養シテゾ光陰ヲ送ケル」とあるのは如何。

殊に江村専斎*が老人雑話*には遊女にさえなった者があることを記し、「舞を舞ひし女に常盤と云ふもの、人招けば何方へも来にけり、石田三成の息女なりと云ふ。さもありぬべし、真西山の孫女さへ歌妓となりし」と記してあると云う。

父三成の行年が四十一歳であったとすると、幼い息女たちも多かったであろうが、同じ姉妹《おとどい》に生れながら一城の主を夫とした者が二人までもあり、そうでない者も或は武士に或は町医に嫁いだと云うのに、一方に於いて尼や遊女になった者があると云うのは、一旦嫁いだ女たちが後に謀叛人《むほんにん》の子なるが故に夫に疎《うと》まれ、落魄《らくはく》した結果であろうか、それとも関ヶ原の当時まだ結婚期に達していなかった妹たちだけが、漂泊の憂き目を見たのであろうか。そうだとすれば、仕合わせに暮していた姉たちはなぜ妹たちの困るのを余所《よそ》に見ながら構い着けなかったのであろう。又妹たちも、もし総領の兄が妙心寺の坊さんになって大禅師とまで敬われてい、四人の姉たちが相当な家に片附いているのなら、なぜそう云う兄や姉を頼って行かなかったのであろう。或は謀叛人の子供たちは、互に兄弟とは知りながらも父の名を出すことを恐れて、音信を通じなかったのであろうか。今に及んで左様な疑問を起したところでそのいきさつが分る筈もないのであるから、細かい詮議立ては無益のように思われるけれども、しかし私は数年前に「安積《あさか》源太夫聞書*」と題する古い写本を読んだことがあり、その写本の中に出て来る三成の娘なる者が前記のうちの孰《いず》れに当るのであろうかと云う好奇心を禁じ得ないのである。

扨《さて》、右の「安積源太夫聞書」と云う一書こそ此の物語の根幹を成すのであるが、正直のところ、私は此の書が果して信ずるに足るものであるか、或は後世好事家《こうずか》の偽作であるかを詳《つまびら》かにしない。たゞ、茲《ここ》に少しく右の写本を読むに至った来歴を説くならば、あれは私が高野山の龍泉院に蟄居《ちっきょ》して盲目物語を書き上げた年であったから、たしか昭和六年のこと、或る日私は、江州長浜町*の某と云う人から一通の書簡を受け取ったことがあった。今その書簡の要旨を摘録すると、「自分は雑誌中央公論の九月号に載っている貴下の盲目物語を読み、多大の感銘を覚えた者であるが、それはあの物語が扱っている戦国の女性の哀切を極めた運命と、それをあれまで描きこなした貴下の筆力に依ることは勿論《もちろん》だけれども、実はその外にも、特別に興味を惹かれた二つの理由がある。その理由の一つは、自分の家も、遠い先祖から、恐らくはあの物語の主人公である盲人の住んでいた頃から江州長浜に居住していると云う因縁があること、尚もう一つは、自分の家に古くから秘蔵している安積源太夫聞書という写本があるが、右聞書の内容が又、嘗《かつ》て石田治部少輔に仕えた武士の、後に故あって盲目となり、零落して豊臣秀次*が悪逆塚*の塚守になった始終を、伝えていることである。自分は此の写本が、いつの時代から我が家の所蔵に属したのかを知らない。又此の書の筆者安積源太夫なる人についても所伝がない。併し此の書を信用すれば、右源太夫は寛永から天和の頃*に生存していた武士であって、壮年の折京都に滞留していたもの、如くである。自分は或は、一族のうちに安積姓を名告る者があるからその方に由緒が

あろうかと考え、安積氏の系図を調べてみたけれども確證がない。そう云う次第で、他日自分は専門家の鑑定を乞い、此の書に歴史的価値がありや否やを明かにしたいと願っていたのだが、今回盲目物語を読むに及んで、此の書はむしろ、貴下の御参考に供すべきものであることに思い至った」と云うのである。

某氏の書簡は更に曰く、「自分が貴下に此の書の一読をすゝめる所以《ゆえん》は、貴下に鑑定を乞わんがためではない。自分は貴下がかの盲目物語の資料と着想とを那辺《なへん》より得られたかを知らないけれども、偶〻《たまたま》自分の手元にも、あれと時代を同じゅうするのみか略〻《ほぼ》背景をも同じゅうしながら、あれとは自ら異った一箇の盲目物語があることを、知って戴きたいのである。自分は敢て、貴下の盲目物語よりも自分の珍蔵するものゝ方が優っていると云うのではないが、しかし此の盲人の経歴を彼の盲人のそれに比べるに、その舞台の大がゝりで色彩に富む点に於いて、その悲劇の異常にして深刻な点に於いて、必ずしも此れが彼に劣っているとは信じられない。のみならず、

もし此の物語を貴下が得意の霊筆*に依って彼の物語のような形式に書き改めるとしたならば、その人を感動せしめることはかの物語以上であろう乎。そうして見れば、小説家たる貴下に取って此の書の歴史的価値の如何などは深く究めるに及ばないと思う云々」と。私は自分の職業上、未見の読者からこう云う種類の紹介に接することはたび〳〵であって、多くの場合それが期待に外《はず》れることを承知しているのではあるが、当時、此の書簡には一往の興味を覚えたので、取り敢えず某氏に宛てゝ返書をしたゝめ、右の写本の借覧を乞うたところ、重ねて某氏より「御用済みの上は成るべく早くお返しを願いたい」旨の書面が来、同時に書留便を以て書物を送って来たのである。私は某氏も云う如く一介の小説作者であっ

て古文書の知識は皆無であるから、素《もと》より此の写本の真贋《しんがん》について判定を下す資格はないので、「于時《ときに》天和二歳次壬戌如月*記之、安積源太夫六十七歳」とある奥書を、兎も角も信ずるより外はなかったと云うだけを記しておこう。ところで、そのはしがきとも云うべき部分を読むに、此の書は安積源太夫が若年の砌《みぎり》京都に滞在したことがあって、或る年、と云うのは寛永十八年*の秋、嵯峨《さが》の釈迦堂*の片ほとりなる草庵に、石田三成が息女の成れの果てなりと云う老尼を訪れ、彼女が幼かりし日の昔がたりを聞くことが出来たので、そのうち殊に深く心を動かし、四十年を経た今日も忘れずにいるふし〴〵を、後の世の語り草にもと老眼の脂《やに》を拭いつゝ、書き留めておくと云うのであって、前に記す塚守の盲人は即ち老尼の物語の中に出て来るのである。されば此の書は、老尼の身の上話であるには相違ないが、老尼自身のことについては幼年の頃乳人《めのと》に伴われて佐和山を落ち延び、都の知るべを頼って行って図《はか》らずも件《くだん》の盲人に出遭った前後のこと、つまり盲人と係りあいのある部分だけしか語られていず、内容から云えば盲人が主人公であることは紛れもないので、自ら第二の盲目物語を成しているのである。

その二

右写本の文体はかの小瀬甫庵*が太閤記*や信長記*の如きものと同断であり、叙述の方法もそ

の頃の軍記類と大差はないが、たゞ此の本の特異な点は、今も云う通り盲人の話が本筋になっているのだけれども、而《しか》もわれ〳〵は、絶えず老尼の口を通して、或は老尼が身の上話の一部として、それを聞かされるのである。即ち此の聞書の筆者安積源太夫は、四十年前に嵯峨の草庵を訪ねた折の記憶を呼び起し、まのあたり膝を交えつゝ尼の語るのを聞いている気持を、いかなる場合にも忘れていない。されば物語の中から又一箇の物語が派生し、その派生したものゝ方が大部分を占めていながら、そうしてそれが、時には直接法として、時には間接法として語られながら、結局その説話は、盲人から尼、尼から筆者と云う順序を経た又聞きの又聞きたるを免れず、その上筆者が尼に聞いたのが四十年前、尼が盲人に聞いたのが更に四五十年も前であるから、時間的にも可なりの隔たりを想像

されるのであって、尼も筆者も、それ〴〵に印象がうすれていたであろうし、記憶のあやまりもないとは云えないが、そうして又、慥《たし》かに書き方にたど〳〵しい節も見えるのであるが、そう云ういろ〳〵の不確実性を含むに拘らず、今日それを読んでも何かしら惻々《そくそく》として胸を打つものがあり、物語の進展に連れて沈痛な盲人の言語風貌が髣髴《ほうふつ》として現れ来り、深く肺腑《はいふ》に迫るものがあるのである。が、盲人の話は後に説くとして、先ず尼のことに注意を向けよう。尼は慶長五年*佐和山の城が陥ったとき、よう〳〵十歳になるかならずであったと云う。然らば安積源太夫が嵯峨の草庵をおとずれたと云う寛永十八年の秋には五十一歳程になるのであるが、源太夫が見たところでは、色白く、目元すゞしく、さすがに賤《いや》しから

ぬ気品を備え、顔の肌にはまだ若々しいつやがあって、四十二三としか受け取れなかった、そうして立居ふるまいのしとやかなことは申すまでもなく、ちょっとした体のしぐさや物腰にたとえようもなくみやびなところがあって、尼とは云うものゝ、何処《どこ》かに阿娜《あだ》めいた、たゞ者ならぬ感じがした。聞書の筆者はそう書いた後に、噂《うわさ》に依れば此の尼は一と頃宴席などにも出で、座敷の興を添えたことがあったと云うが、さらでだに寄る辺《べ》ない女の身の、まして謀叛人の娘として世に疎まれる境涯になっては、そんなことでもするより外にたつきの道はなかったかも知れない、けれどもそれがほんとうだとすれば、定めし若い時分にはそのみめかたちを都の人々に騒がれたであろうと、そうも記しているのである。そこで私は思うのであるが、此の老尼こそかの老人雑話に見える三成が息女、舞妓常盤《ときわ》の後身ではなかったのであろう歟。聞書はたゞ噂をしるすのみであって、常盤と云う名を何処にも挙げてあるのではないが、何となくそう云う気がするのである。

源太夫が語るところに依れば、尼が草庵は嵯峨釈迦堂より艮《うしとら》*の方《かた》、大沢の池*へ行く路の傍の、とある藪《やぶ》かげにあって、部屋は僅かに二た間しかない怪しげな藁家《わらや》の、広い方の一と間を仏間に充《あ》てゝ、あさゆう仏に仕えながら、十三四になる小女《こおんな》と二人で暮していた。都が近いとは云うものゝ、至って侘《わ》びしい場所であるから、日頃訪れる者もなく、尼も人に接することをあまり喜ばない風であったが、筆者源太夫は尼について昔のものがたりを聞かんものと、ひとゝせの秋釈迦堂へ詣でたついでに、そこの坊さんの紹介で漸く会うことが出来たのであった。多分筆者は、その、思いの外うら若く、残《のこ》んの色香《いろか》を墨染の袖に包んでいる尼と狭い一室に膝《ひざ》をつき合わせ、彼女の孤独を慰めたり自分の無躾《ぶしつけ》を詫《わ》びたりしながら、少しずつ身の上話を手繰《たぐ》り出すようにしたのであろう。最初のうちは、尼は何を尋ねられてもたゞお耻かしゅう存じますとのみで多くを答えず、物好きな人の眼を逃れたいと云うようにさしうつむいてばかりいるので、とかく問答がとぎれがちであったが、ふと心づけば、小さな如来《にょらい》を安置した仏壇の中に「江東院正岫因公大禅定門」と記した位《い》牌《はい》*がある、それぞ正《まさ》しく三成の法名であったから、源太夫乃《すなわ》ち起《た》ってその前に至り、恭《うやうや》しく香を拈《ねん》じて礼を作《な》した。その様子を見てから尼の態度がやゝ和《やわ》らぎ、ぽつ〳〵問いに応ずるけはいを示したとある。

因《ちな》みに、右位牌の法名は三成が帰依《きえ》していた大徳寺*の圓鑑国師*が選んだもので、国師は石田氏滅亡の後、深く生前の交誼を憶《おも》い、或は一門の影塔を作り或は三成の遺骸を収めて墓碑を建立《こんりゅう》し、常に冥福を祈っていたが、慶長七年十月朔日、三玄院*に於いて故人の三回忌を営んだ時の偈《げ》*に曰く、

自咲《わらふ》一炉焼二返魂一　早梅香動出二前村一
即今欲レ問三年別　十月桃花終不レ言《ものいはず》*

と。蓋《けだ》し国師のような出世間*の禅僧が此の風雲児の霊を弔い、法要を行うことに不思議はないが、徳川氏の覇業《はぎょう》が定まった当時はたとい親類縁者と雖も、誰あって墓参りなどを

する者もなく、一片の香華《こうげ》を手向《たむ》ける人もなかったであろう。されば路傍の人に過ぎない源太夫が父の位牌を拝んでくれたのを見て、はしなくも尼が感激したのは察するに難《かた》くなく、それからだん〳〵と、折角訪ねてくれた人の好意にほだされながら語り始めたのであったが、それでも源太夫の質問が尼自身のことに及ぶと、言葉を濁して要領を得させなかった。即ち尼が語ったのは、父三成の刑死前後二三年の間に出遇ったことや見聞きしたこと、分けても盲人から又聞きした話が主であって、自分がどうして尼になったか、此の草庵の主となる前はいかにして浮世を過して来たか等のことは、何も聞き出せなかったと云う。思うに尼が盲人の話を持ち出したのは、幼少の頃戦禍に追われ、有為転変の悲しみを味わったさま〴〵な回想の中に於いても、そ

れが後々まで最も強く記憶に残っていたからでもあろうが、一つには又、単なる物語としても聴き手の興味を惹《ひ》かずには措《お》かないその盲人の悲劇の方へ質問の矢を外《そ》らして行って、己れ自身の問題に触れられることを避けたのであろう。

尼が云うには、自分は慶長五年九月十八日、城の運命が極まって一族郎党が自害をしたときに己れも死ぬべき命であると覚悟を定め、幼い手に懐剣の柄を握りしめたが、母なる人が押しとゞめて、そなたは年《とし》歯《は》も行かぬことなり、まして女子のことでもあるから、万一敵に見出されてもあながち無慈悲には扱うまい、兎に角此の場は最期を急がず、逃げられるだけ逃げて見よ、それにお父上もよもや討死なされたのではあるまい、きっと何処かに忍んでいらっしゃるのだから、そなただけは生き延びてお父上にお目にかゝり、又亡きあとの菩提《ぼだい》を弔《とむろ》うてくれたがよいと掻き口説《くど》かれたので、自分は母の袖に取り縋《すが》って泣き叫び、今母上にお別れ申して此の先どうなる身であろう、是非御一緒に死出のお供をさせて下されとせがんだけれども、母は乳人《めのと》を呼んで自分を引き離してしまったので、泣く〳〵城を立ち去らねばならなかったと。尼は此の「母」なる人が父三成の正室であったか側室であったかを洩らしていない、又自分に兄や弟があったかどうかも語っていないが、想像するに彼女は庶腹*の子であって、あまり問題にもされていなかったればこそ、却って無事に城を出られたのであろうか。彼女は乳母《うば》に手を執られながらも母の傍を離れまいと一生懸命に「いや〳〵」をして身を悶《もだ》えた。だがそのうちに渦巻く火焔が母との間を隔てゝしまい、一方では乳母が早く〳〵と急《せ》き立てるので、それから先は悲しいよりも火の粉の熱さを避ける方に心を奪われ、よう〳〵我に復《かえ》った時は、戦の騒ぎが遥か遠くに聞えるような静かな裏山の森の中に潜んでいた。

そこまで来ればもはや炎に焼かれる恐れも、敵の手に捕われる気づかいもないと分ってみると、再び母のことが思い出されて、どう考えても乳母に連れ出されてしまったことが悔まれてならなかった。そうして、城の方の空に上っているおびたゞしい煙を見ては又新しい涙を誘われて、もう母上はあの煙の中に消えておしまいになったのであるとあきらめながらも、あゝ、どうぞあそこへ、お母さまのお傍へ、あの煙の中へとだゝを捏《こ》ねたが、乳

母はそう云う彼女の声が森の外へ洩れないようにと眼顔で知らせて、とき〴〵「しっ〳〵」と小声で叱ったり、

「お姫《ひい》さま」

と、たしなめながら彼女の口へ手をあてたりした。乳母は彼女がだん〳〵落ち着きを取り返して泣き止んで来る様子を見定めて、都へ上れば身を隠すのに都合のよい知る辺《べ》がないでもないから、お父さまの御安否が分るまでは、どんなにしてゞも生きながらえている方がよいと云うのであった。けれども彼女、十歳になるかならずの娘は、乳母がたび〳〵繰り返す「お父さま」と云う言葉をどう云う風に聞いたであろうか。父と云う人は嘗《かつ》ては五奉行の一人として天下に並びない権勢を謳《うた》われ、今度も江戸の内府どの*を相手に上方勢《かみがたぜい》を寄せ集めて大きな軍《いくさ》を起したほどの偉いお方であり、母や自分を立派な城に住まわせて大勢の腰元を冊《かしず》かせてくれ、大名のお部屋様やお姫様として幸福な月日を送らせて下すった有難いお人には違いなかったが、親としての親しみを感ずるのには、彼女から見て余りにその父が高過ぎもし、隔たり過ぎてもいなかったであろうか。彼女が物心ついてからは、たま〳〵城に帰っている時でも上方《かみがた》や江戸の形勢を案じて侍たちと密議するような日が多く、ついぞゆっくり可愛がっても貰《もら》えなかった忙しそうな父親ではなかったか。そう云う父は娘の眼にも一箇の「英雄」と映るばかりで、情愛よりはむしろ畏敬を感じなかったか。さればその父の敗戦を無念に思い、無事に助かっていてくれることを祈りはするものゝ、

母が死んだ今となっては、再挙の時を待つ楽しみもなかったかも知れぬ。父がもう一度世に現れて、再び大名の富と権勢とを回復し、焼け落ちた城を又もとのように築き直してくれることは、父のためには此の上もなく望ましいけれども、彼女にしてみれば母のいない城の生活に何の未練があろうとも思えぬ。

娘の心は大方そうもあったろうかと察せられるが、乳母の勧める言葉もあり、父が果して助かったかどうかを見とゞけるだけは見とゞけてと、小さな胸にとつおいつ考えあぐみながら、都へ伴われて行ったのであろう。そうして此の二人も豊内記がしるす隼人正と同じように、九月下旬の夜寒《よさむ》の風にふるえながら、往還《おうかん》の人の眼に怯《おび》えながら、勝ち誇った関東方の軍勢や落ち行く敗兵の群がる街道を、幾日かゝって上ったのであろう。たゞ隼人正よりも仕合わせなことには、乳母はあの後見《こうけん》の男のような不実な者ではなかったと見えて、或る町人の知る辺《べ》の家へ安全に連れ込んでくれたのであった。

父三成の消息については都へ上る道すがらにもいろ〳〵の噂があって、まだ伊吹山《いぶきやま》*に隠れているに違いないと云う者や、生れ故郷の石田村へ来たのを旧恩のある百姓が匿《かく》まっているのだと云う者や、いや、三成ほどの武士が何でおめ〳〵生きていようぞ、きっと家来の者たちが首級や遺骸を知れないように葬ったのだと云う者や、いや、ひょっとしたら、姿を変えて此の街道を大坂へ走っているのではないか、そうしてもう一度徳川殿を滅ぼすために兵を集める所存かも知れぬと云う者や、中には又、治部少輔はつい今しがた召し捕られた、己は曳かれて行くのを見たなどゝ、まことしやかな譃《うそ》を伝える者もあって、そのたびごとに胸をさすったり冷や〳〵したりしたのであったが、二人は瀬多の橋を渡るときに往き来の人が大勢立ち止まって眺めている制札の前に、自分たちも覚えず足をとゞめた。

一、石田治部、*備前宰相、*島津*両三人於㆓捕来㆒は為㆓御引物㆒其所之物成永代無役に可㆑被㆑下旨御掟候事

一、右両三人とらへ候事於㆑不㆑成は討果可㆑申候、当座之為㆓引物㆒金子百枚可㆑被㆑下旨被㆓仰出㆒候事

一、其村中差送候においては路次有様に可㆓申上㆒候、於㆓隠候㆒は其者之事は不㆑及㆑申、

其一類、一在所、曲事に可レ被二仰付一候旨事

乳母は急いで読んでしまうと、そっと娘の袂《たもと》を引いて「さあ参りましょう」と云う意を知らした。そうして人垣の中を抜けて出てから、

「御安心なさりませ、お父様は御無事でいらっしゃいますよ」

と云った。

「あゝ云う立て札がある間は、まだお父様は何処ぞに忍んでいらっしゃるのでございます。お父様を捕えた者には褒美《ほうび》をやるなどゝ申しましても、なんの、なんの、御領内の百姓たちは御恩を受けた者共ばかりでござりますもの、旧主に縄をかけるような勿体《もったい》ないことを誰が致しましょう」

それ故力を落してはならぬ、今にお会いになれる時節が参りますと、そう云って娘を慰める乳母も、心からそう思っているのでないことは明かであったが、大津の町へ這入《はい》ってみると、治部少輔のありかを知っていると云う立派な武士がきのう石山で捕われたという噂が立っていた。人々が集まって話している場所へそれとなく近づいて立ち聞きをしたり、物識り顔な老人などを摑《つか》まえて尋ねたりしたところでは、それは小幡《おばた》助六郎信世*と云って、二千石を戴いていた家中の武士に違いなかった。信世は主人の供をして関ヶ原の戦場へ出向いた筈だのに、どうした訳《わけ》か石山まで落ちて来たところを土民に取りおさえられたのだと云う。だが、感心なことに、大津の陣屋へ引いて行って徳川殿が直《じ》き〳〵の調べを

した時にも、「その方は主人三成のありかを存ぜぬことはあるまいが」と云われると、

「左様でございます、よく存じておりますが、それを申し上げましては侍の道が立ちませぬ。たといどのような拷問《ごうもん》を受け、骨をひしがれましょうとも、決して白状いたしませぬ」

と、きっぱり撥《は》ねつけたと云うのである。

信世はしかし、ほんとうは三成のありかを知っているのではなかった。戦場で主人の行くえを見失ったので、上方《かみがた》の方へ逃げたのではないかと思い、跡を追いながらつい石山まで来てしまったのであった。徳川殿にもそれが分ったものだから、

「いや、此の男は知ってはいないぞ。だがあっぱれな挨拶《あいさつ》だ。殺すのは惜しい奴であるから助けてやれ」

と仰《お》っしゃって、即座にお赦《ゆる》しが出たのであったが、信世はそれを喜ぶでもなく、主に離れて生きていても何の甲斐があろう、此の上恥を重ねるのはいやだと云って、腹を切った。その潔《いさぎよ》い最期の有様が知れ渡るに従い、見上げた武士よ、治部少輔にも良い家来がいたものよと、町の人々は又そのことを噂し合っているのであった。

「小幡助六郎殿ならば、武勇の誉の高いお方、そのくらいなことはあるでございましょう」

と、乳母は感動して、ほんとうの忠義と云うものはこう云う時に分るのであると云ってか

ら、

「お姫《ひい》さまとわたくしとが此処を通り合わせましたのも何かの縁、せめて遺骸《なきがら》を拝ませて貰って、余所《よそ》ながら供養をして上げとう存じますが、それも叶《かな》わぬのが口惜しゅうございます」

と、比叡《ひえい》おろしの吹きすさぶ中を逢坂山《おうさかやま》へかゝりながら涙を流した。そうかと思うと、

「田中兵部大輔《たいゆう》*どのは憎いお人だ。恩知らずだ」

などゝも云った。それも道々取り沙汰するのを聞いたのであるが、徳川殿の云いつけで治部少輔を生《い》け捕《ど》る役目を勤めているのは、田中兵部大輔であると云う。なるほど、兵部どのは殿様と日頃親しい仲でもあり、同じ故郷の生れでもあれば、そう云う人があの伊吹山の麓の村々、在々所々へ追手《おって》を

差向け、間道や谷間の隅々までも土を掘り返し岩を揺り起して捜索したのでは、殿様とても安き心地はおありなさるまい。定《さだ》めし今頃はひもじい思いを遊ばしながら、うっかり里へ出ることもならずに、淋しい山奥にじっと隠れていらっしゃるのであろう。こゝらあたりの街道でさえ日が暮れると急に心細くなって来るのに、そんな山奥の夜はどんなか。きょうこの頃の寒さは云う迄もないとして、猪や狼が出て来はしないか。せめて一椀の粥《かゆ》か湯漬《ゆづけ》でも差上げる人があったらよいが、誰かお供の侍がお附き添い申していることか、それともお一人なのであろうか。石橋山の頼朝公*の例もあるから、危い場合を上手に切り抜けて御運をお開きになるだろうけれども、一時にもせよ殿様がそう云う辛い目をしていらっしゃるのは、田中兵部殿のおせっかいのせいではないか。あのお方は殿様の推挙で立身をなされたばかりではない、その昔秀次公の御謀叛*の時、太閤《たいこう》殿下のお疑いを蒙《こうむ》ったのを、よう〳〵赦して戴けたのは誰のお蔭か。あの時分のことを考えたら殿様に弓は引けない筈だのに、徳川殿の勢になびいて佐和山城の寄せ手に加わり、その上召し捕り方を引き受けるとは何事であろう。と、そう云うのが乳母の理窟であった。

都の宿へ着いてからも、今日は摂津守*が捕われた、今日は安国寺*がと、そんな噂が毎日のように伝わって来るので、娘はそれを聞くたびに、悲しい報道を受け取る時が近づいて来たような予感を抱いて、半分はあきらめていたのであったが、或る日のゆうがた、外から慌《あわ》てゝ帰って来た乳母の顔色を一と眼見ると、「さては」と察しがついたのであった。

乳母の話では、とう〳〵治部少輔が擱《つか》まったと、広い都の辻々で町の人々が寄ると触るとそのことを語り合っている、召し捕られたのは九月の二十一日で、江州伊香郡の古橋村と云う所へ出ていらしったのを、兵部大輔の家来の田中伝右衛門と云う者の手で捕えたと云う。委《くわ》しい様子は分らないけれども、最初殿様は伊吹山へお逃げになって、そこで附き従う侍共とお別れになり、渡辺勘十、磯野平三郎、塩野清介の三人だけを連れられて浅井郡の草野谷に出られ、草野谷から大谷山へお這入りなされ、その山の中に暫《しばら》く潜んでいらしったが、やがて三人の人達にもお暇を下されて、たったお一人で高野村から古橋村へ出ていらしった。それと云うのは、古橋村は旧領地のことでもあり、法華寺《ほっけでら》の三殊院《さんしゅいん》と云う寺坊にいる善説と云う坊さんが、幼い時分の手習いの師匠であったから、その人を頼っていらしったので、一日二日はその坊さんに匿《かく》まわれていらしったけれども、村民たちが感づいて来たので、今度は同じ村内の百姓の与次郎太夫と云う者の所へお逃げなされた。与次郎太夫は感心な男で、旧恩のある殿様のお身をお引き受け申し、家の近所の岩窟《いわや》の中へお隠し申して、内證で食べ物を運んでいたが、日が立つにつれてそれが名主の耳に這入り、包みきれなくなってしまった。それで殿様も与次郎太夫の難儀を察しておやりになり、もはや天運が尽きたものと観念なされて、兵部大輔の陣所へ訴えて出るように御自分から仰せつけになったのだと云う。乳母は娘を物蔭へ呼んで、町で聞いて来た一部始終を告げてから、又しても兵部大輔が憎いと云って泣いた。

与次郎太夫の訴えに依って、田中伝右衛門が召し捕りに向ったこと、乗物に乗せて井ノ口村に送ったこと、そこに三日間泊め置かれてから、兵部大輔が自ら守護して犬上郡の高宮を経、守山に一晩泊まって、明くる日大津の内府殿の陣屋へ連れて行かれたことなど、その日〳〵の父の様子は、誰云うとなく事も細かに伝えられて、巷《ちまた》の人の口の端に上り、世を忍ぶ身の娘や乳母にも聞えて来た。京わらんべが尾鰭《おひれ》をつけて云い触らすことだから、真偽の程は知れないけれども、父は逃走の途中食物に窮して路傍の草や稲穂を食い、その上岩窟などに籠って腹を冷やしたせいか、摑《つか》まった時は下痢に悩んでいたと云う。兵部大輔もさすがに昔のよしみを忘れず、父を大切にもてなして薬をすゝめたりしたが、父もその友情を快く受け入れ、韮雑炊《にらぞうすい》を煮《た》いてもらってそれを旨《うま》そうにたべてから、ぐっすりと睡った。兵部大輔が父の心中を思いやって、このたび数万の兵に将として戦場の指揮をなされた御器量はあっぱれと存じ申す、勝敗は天の命でござれば致し方もござりますまいと、慰め

顔に挨拶すると、父は事もなげに笑いながら、秀頼様のおんために害を除いて太閤殿下の御恩に報いようと存ぜしところ、武運拙《つたな》くしてかくなりしこと、何をか悔み候べき、これは太閤より賜わりし品でござるが、形見にまいらせる、取って置かれよと云って、貞光の脇差を兵部に与えた。そうして兵部大輔のことを相も変らず「田《た》兵《ひょう》々《た》々《ひょう》」と呼び捨てにした。

その他、大津の陣に引かれて行った時、内府殿は陣屋の門外に畳を敷かせ、父を縄つきのまゝすわらせて出入の諸将の見せ物にした。すると福島左衛門太夫殿*が通りかゝって、汝無益の乱を起し、今のその有様は何たる事だと、馬上から大音を挙げて叱咤《しった》したが、父は屹《きっ》と正則を見上げて、某の運が拙いばかりに、汝を生け捕って此のようにすることが出来なかったのは残念であると、臆する色もなく云い返したと云う話。福島殿の後から通りかゝった黒田甲斐守*殿は、父を見ると馬から下りて丁寧に会釈《えしゃく》をし、かくなられたのは御身の不仕合わせとは云いながら、さぞ心外でござろうと、着ていた羽織を手ずから脱いで父に着せてやり、労《いた》わってやったと云う話。中にも筑前中納言、*あの裏切者の小早川殿は、止せばよいのに囚《とら》われの父がどんな姿をしているか見たいと思って、人の止めるのも聴かずに、そっと様子を窺いに行くと、父はハッタと秀秋を睨《にら》み、某、汝が二心あることを知らざりしこそ不覚なれ、されども太閤の高恩を忘れ、義を捨てゝ約に違《たが》い、関ヶ原に於いて裏切りせしこと、汝心に耻じざるやと、声を励まして罵《ののし》ったので、中納言殿も返す言葉がなく、赤面して引き退ったと云う話。そうかと思うと、内府殿は父の縛《いまし》めを解いて礼を厚うして引見なされ、父もその昔の五奉行の随一、佐和山二十三万石の格式を以て対面したと云う話。そのゝち父は本多殿にお預けになったが、本多殿が父に向って、秀頼様はお年も若く、事の是非を知ろしめす筈はござるまいに、由なき戦を起されて縄目《なわめ》の耻を受けられたのは笑止《しょうし》でござると云うと、いや〱、某は天下の形勢を考え、徳川殿を亡さずんば豊臣家のために宜しからずと思案いたし、諸大名を語ろうて軍勢を催したのでござったが、あまり心の進まぬ輩《やから》を強《し》いて味方に引き入れしばかりに、大事の瀬戸際に敵に内通する者が現れ、勝つべき戦に後れを取ったのが無念でござると云うので、智将は人の和を計り、時勢を知るとこそ申せ、諸将の同心せざるをも顧みず軽々しく事を起され、敗軍に及んで自害もなさらずに召し捕られるとは、日頃の御身にも似合わしからず存ずると、重ねて本多殿が云うと、汝は武略を露《つゆ》知らざる者よな、汝の如き者に大将の道を語るとも耳には入るまじと、そう云ったきり父は堅く唇を閉じて、再び物をも云わなかったと云う話。毎日それらの話が見て来たように伝えられたが、二十六日の日に、内府殿が秀頼様へ御挨拶のため大坂表《おもて》へ御出ましになり、それと共に父も大坂へ送られたことが知れて来た。道中は柴田左近、松平淡路守の二人が護衛して、父は小西殿や安国寺殿と一緒に、首に鉄を箝《は》められ、罪人の乗る車に乗せられて、大坂へ着くと町を引き廻された上、今度は堺《さかい》へ送られて、そこでも町を引き廻された、そうしていずれ明日あたりは、京都の町を廻されるだろうと云うのである。

それについても亦いろ〳〵な噂が立った。父も、摂津殿も、安国寺殿も、捕われた時は衣服などもぼろ〳〵に破れ、見すぼらしい落人《おちうど》の姿をしていたのを、車に乗せるときに内府どのが御覧になって、此の三人はいずれも一国一城の主、分けても治部少輔は天下の政務を執りし者、たとい軍敗《いくさやぶ》れて身の置きどころなしとても、それは武門の常なれば耻と云うべからず、今此のような見苦しき服装にて京大坂を引き廻すは、吾等同様に武士の本意でないと仰《お》っしゃって、三人に小袖を下されたところが、摂津守と安国寺とは有難くお受けをし、内府殿の恩を謝したけれども、父は解《げ》せぬ顔つきをして、「一体これは、誰の贈り物でござるか」と尋ねた。傍にいた者が「それこそは江戸の上様《うえさま》よりの下され物でござ

る」と云うと、「江戸の上様とは誰のことでござる」と、又押し返して尋ねるので、「徳川殿じゃ」と云って聞かせると、「何しに徳川殿を上様と云うべきや、上様と申すは秀頼様より外にはなきものを」と、父はそう云って不敵なあざ笑いを浮かべたと云う。

父と云うものを、太閤さまのお眼がねにかなって微賤の身から出世をした非凡な人間、偉い男としてより外に考えられない娘には、刀折れ矢尽きた今日に及んでも徳川殿の威勢に屈せず、事毎《ことごと》に楯《たて》をついているのが、いかにも平生の父らしく感ぜられて、きっとその噂の通りであったろうと推量するにつけても、そう云う父が剛腹な顔つきをして車に乗せられ、首に鉄を箝《は》められて、大坂や堺の町々を引き廻された様を考えると、いたましいとか情ないとか思うより先に、すさまじい気持が胸一杯になるのであった。ありていに云うと、負けても意地を張っている父の方が、摂津守殿や安国寺殿よりずっと偉いのかも知れず、それが英雄の態度と云うものかも知れないけれども、諸人の眼に曝《さら》されて沿道に溢れる悪口雑言《ぞうごん》を浴びながら、蒼白な顔に太々しい笑みをたゝえつゝ、傲然《ごうぜん》と曳かれて行ったであろう父の余りな鼻柱の強さが、見ることはおろか、想像するだけでも空恐ろしく、気の弱い娘は身の毛がよだつようになって、居たゝまれない心地がした。さればそのゝち父が京都へ送られて来て、所司代《しょしだい》奥平殿の邸へ預けられたと聞いたときにも、同じ都の近いところにいると云うことが、なつかしくもある一面に、何だか恐いものが側へ寄って来たようで、体がすくむような気がしたが、そうこうするうち、月が改まって十月の朔日《ついたち》に、いよ〳〵都の辻々を引き廻されて、七条河原*で斬られることになったのであった。その当日も、今生《こんじょう》の見おさめによそながら暇乞いを、と云うような心にはとてもなれなかったので、娘も乳母も小さくなって、家の中にちゞこまっていたが、後から聞けば、一番の車には父、二番の車には安国寺、三番の車には小西摂津守の順序で、一条の辻を南へ、室町通りから寺町へ出て、七条河原に行き着くまで、見物の群衆おびたゞしく、遠近《おちこち》から寄り集まった貴賤男女で町が一杯であったと云う。そうして父は最後まで剛情を押し通し、首を刎《は》ねられる間際になって七条道場の上人《しょうにん》*がお経を誦したり念仏をすゝめたりした時にも、それには及ばぬと断ったと云う。

その三

父をはじめ三人の首は、水口の城*で自害をした長束大蔵大輔の首と一緒に、その日のうちに三条橋*の角に懸けられたのであったが、それから三日ほど過ぎた或る日、

「さあ、もう幾分か世間が静かになりましたから、今日こそお父様を拝みに行って参りましょう」

と、乳母がすゝめた。乳母は変った父の姿を子供に見せてよいか悪いかについて考えていたらしいのであるが、遠い所なら知らず、お父様が河原の露とお果てなされたちょうどその折、同じ都のこんな近くに宿をお取りになりましたのも親子の縁の尽きぬ證拠、きっとお姫様《ひいさま》に会いたいと思し召して、お呼び寄せになったのでございましょうと云うのである。それに、今わの父が有難い上人の読経《どきょう》をしりぞけ、念仏をさえ唱えずに死んだことを何よりも歎いて、お姫様が回向《えこう》をしてお上げなされませ、どんな貴い坊さんの供養にもましてお喜びになるでございましょうなどゝ云うものだから、もうあたりが薄暗くなった黄昏《たそがれ》頃に、たった二人で人目を避けながら出かけて行った。乳母の言葉は道理に違いないようなものゝ、娘のほんとうの気持を云うと、父が自分に会いたがっているであろうとは、此の間首を斬られる時に「あの児はどうしているか知らん」と自分のことを思い浮かべてくれたであろうとは、夢にも考えられないのであった。城には大勢の兄や姉や弟妹たちがいたことではあり、ろく／＼口をきいてくれる折とてもなかったのであるから、特に自分と云うものが覚えられていた筈はない。死ぬ時の父の頭の中は、家族に対する愛着などゝは凡そかけ離れた、銷磨《しょうま》*しきれぬ覇気と不満とで煮え返っていたであろう。さればこそ娑婆《しゃば》の功名に未練を残して、弥陀《みだ》の悲願にすがることを潔《いさぎよ》しとしなかったのであろうから、自分のようなものが回向したところで、それを喜んでくれる父とは思いようがなかった。幼い娘は乳母に手を曳かれながら、そんな風な考えを漠然と胸に秘めつゝ歩いた。空はよく晴れて、地上の夕闇が濃くなるに従い三日の月が光を増していたが、半月前に近江路《おうみじ》を落ちて来たときに比べると、河原から吹いて来る風がひとしお身に沁み渡るのであった。

四つの首がならんでいる前へ来ると、黙って手を曳いていた乳母が笠の庇《ひさし》の下からあたり

を見廻して、人通りのとだえた隙を測《はか》りながら合図をした。そうしてしずかに笠の緒を解いて、袂《たもと》から数珠《じゅず》を出した。娘は乳母のするようを学んで、しばらく地にうずくまって念仏を云ってから、あらためて首を見上げたのであったが、恐らく父の顔をこんなにしげ〱と、まともに視《み》つめることが出来たのは、この時が最初だったであろう。父は今までに見たことのない一種不思議な表情をしていた。鼻の片側に陰が出来て、眼瞼《まぶた》を閉じている両方の眼のまわりが穴のように暗くなっているのは、夕方の光線の作用もあろうけれども、関ヶ原で敗れてから一昨日刑罰に処せられるまで、半月の間の心身の苦労が、父を幾らか窶《やつ》れさせたのではないであろうか。飢えと、寒さと、腹下しと、六日間の野宿のあとで、縛られ、小突かれ、車で方々を引っ張り廻されて、誹謗《ひぼう》に抗し、屈辱に堪え、或は瞋《いか》り、或は悶《もだ》え、或は悔《くや》みなどしたとすれば、さしもの父も痩せずにはいなかったであろう。だが、それでいて、噂を聞いて想像していたほど、無念の形相《ぎょうそう》を浮かべてはいなかった。死

人の首と云うものから来る或る陰惨さは別として、もはや人を威圧するようなあの生前の気魄が抜けて、浮世の闘争を超越した、すが〳〵しい顔になっていた。よう〳〵肩の重荷が下りた、これでほっとしたと、今になって父はそう云っているように見える。生きている時分にこんな優《やさ》しい顔つきをしていてくれたら、自分も此の父をもっと慕ったであろうものを、父のような強情な人をこんな風に変えてしまうのが「死」と云うものであるかも知れぬ。そう思うと娘は始めて哀傷の心が動いた。子として父の最期を憐み、尋常でない死に方をしたのを悲しむ感情が、新たに湧いた。

「お名残は尽きませぬけれど、そういつ迄もこゝに立っていらっしゃいますと、通行の人が訝《あや》しみます。お参りが済んだら早うお戻りなされませ、あんまり暗うなりませぬうちに」

外の三人の首に対しても順々に祈りを捧げたあとで、又もう一度父の前へ来てぼんやり彳《たたず》んでいた時であった、娘は乳母にそう云われたので、

「ばあや、あれはなあに」

と云って、首の傍に立ててある小さな白木の札を指した。実は娘は、さっきからその札に書いてある歌の文句らしいものを、刻々に暗くなって行く鈍いあかりの中で、新月《にいづき》の影にすかしながら読んでいたのである。

治部殿の知行所《ちぎやうどころ》は石田にて

旱《ひでり》となればみつなりもなし*

歌の文句はそういう風に読めるのであったが、それが父の死を嘲《あざけ》ったいたずら者の落書*であることは、その時の娘には分らなかった。

「お姫様《ひいさま》」

乳母は前からその立て札に気が付いていたのか、娘にそれを読ませまいとするらしく、

「さ、早うお帰りになりませぬと、夜路が恐うござりますぞえ」

と、急に彼女の手を強く曳いた。

「でも、まあ、これは何なの」

子供の癖で、大人がそんな風に外《そ》らすと却《かえ》って訳《わけ》を聞きたくなるものだから、娘はそこを動こうとせずに、歌の文句と父の首とを代る〴〵見くらべては、その間にある意味を探ろうとした。此の文句の中には、治部殿だの、石田だの、「みつなり」だのと云う言葉がある、だから父のことを詠《よ》んだものには違いないのだが、父がどうだと云っているのか、娘の智慧《ちえ》では洒落《しゃれ》が解釈出来ないのであった。

「ねえ、ばあや、歌が書いてあるのじゃないの」

「さあ、何が書いてございますやら」

「これはお父様のことを詠んだのでしょう、ねえ、そうでしょう」

ついうっかりと、こんな場所で「お父様」と云う語を口走ってしまった軽はずみに、娘は

はっとしたが、それより早く乳母が、

「しっ」

と云って、娘を体ごと自分の前へ引き着けながら、口で叱る代りに笠の中から睨《にら》んで見せた。

と、その時二人のうしろの方で二た足三足此方へ歩いて来るけはいがしたが、意外に近々と寄って来て、

「もし、――」

と云った者があった。

「もし」

乳母は何とも返事をしないで、その人影の方へ笠の庇《ひさし》を低く傾け、娘を一層しっかりと両手の中へ抱え込んだ。乳母がおどろいたのは、今の話を聞かれたと思う憂慮のためばかりではない、あまり突然に音もなく寄って来て、人に物を尋ねるにしては不躾《ぶしつけ》なほど近い距離に立ち止まったからである。此方の顔を見られまいとするために相手の顔も見ることは出来ないので、その人の風態は分らぬけれども、よぼ〳〵した力のない足取りと皺《しわ》がれた声とが、

老人を想像せしめるのであった。

「もし、お女中、卒爾《そつじ》ながらお身たちは、治部殿の御首《みしるし》を拝んでおいでなされたのでござりましょうな」

そう云ってもまだ答えがないので、人影は重ねて云った。

「――それはお尋ね申さぬでもようござります。だがその御首は何処《いずこ》に、孰方《いずれ》の方角を向いてござるか、教えて下さりませ。のう、お女中、見らるゝ通り愚僧はめくらでござりますが、あやしい者ではござりませぬ」

さては盲目の法師なのか。いや〳〵、めくらを装って油断をさせ、此方の人体《にんてい》*を見とゞける所存ではないのか。何処《どこ》から来たものか知れないけれども、めくらが一人でこんな時刻にこんな所へ来られるであろうか。乳母は半信半疑なので、娘をうしろへ庇《かば》うようにして、その声の主を振り仰ぐと、淡い月光を浴びながら、ひどく薄汚いなりをした一人の乞食のような男が杖をついて立っていた。自分を「愚僧」と呼ぶからには、多分僧形《そうぎょう》をしているのであろうが、襟に大きな数珠を懸けていることは分るけれども、その身に纏《まと》っているものは法衣《ころも》とも何とも正体が見定め難いほど、袖口や裾《すそ》が擦《す》り切れていて、頭には髪がぼう〳〵と伸びている。そうして、自分がめくらであることをよく改めて貰うかのように、顔を月下に仰向《あおむ》けて反《そ》り身《み》になっているのである。

ついぞ剃刀《かみそり》をあてたこともないらしい髯《ひげ》だらけな顔の、閉じた眼瞼へ月がさしているのを見ると、瘦せて、垢《あか》だらけになっているので、年恰好《としかっこう》の判断もつかないけれども、事に依るとまだそれほどの老人ではないのであろうか。最初に老人と思ったのは盲目のために足取りがたど〳〵しいのと、老《ふ》けて聞える声音《こわね》のせいであったかも知れない。そう云えば乳母は、此の胡算《うさん》くさい乞食坊主を何処かで見かけた覚えがあった。二人が都へ上って来てから、娘はいつも宿に引き籠っていたのであるが、乳母は毎日世間の噂を聞くために町へ出かけて行ったので、何処かで此の坊主に行き遇ったことがある、それも一度や二度ではなく、たび〳〵道で擦れちがったことがあるような、と、そう考えて来て、彼女はよう〳〵此の坊主が、三条の河原に小屋を建てゝ住んでいる順慶《じゅんけい》と云う行者であったのに心づいた。

こゝで一寸、「聞書」の内容を離れて註釈を入れるが、今此の娘と乳母の前に現れた順慶と云う行者が当時実在したことは他の文献にも記載がある。* その頃、順慶の小屋のあった場所、即ち三条河原には*「秀次悪逆塚文禄四年七月十四日」*と刻した一箇の石塔が立っていたが、順慶はその側に草庵を結び、あさゆう秀次が一族の菩提《ぼだい》を弔うていた者だと云う。右の石塔の下には豊臣秀次の首、及びその子女や妻妾等の遺骸が葬られていたのであって、それは文禄四年の秋、秀次の遺族たち数十人が首を刎《は》ねられた地点であった。京都瑞泉寺《ずいせんじ》縁起《えんぎ》*に依れば、順慶の歿後、此の石塔は洪水のために崩れてしまい、跡を訪う者もなかったのを、慶長十六年角倉了以《すみくらりょうい》*が高瀬川を開くに当ってその荒廃せるを哀れみ、新たに塚

を営んで石塔の「悪逆」の二字を削《けず》った。且角倉氏は誓願寺*の中興教山上人を請《しよう》じて導師とし、死者に各法号を授けて無縁塔に刻し、大仏殿建築の残材、聚楽第《じゆらくだい》の建物を譲り受けて一寺を創建し、幕府の許可を得て慈周山瑞泉寺*と号した。今の瑞泉寺が即ちその旧跡であって、往昔は加茂の河原がそんなにひろがっていたのである。ところで、順慶が何故に秀次一族の墓守《はかもり》となったかはこれから後に説くであろうが、「聞書」に依れば彼は盲人であったのである。当時、世間では悪逆塚のことを俗に「畜生塚」*と呼んでいたが、此の行者のことを「畜生塚の順慶」と称して、三条辺では誰知らぬ者もなかったのであった。順慶はよく、十四五になる小坊主に手引きをさせて京の町をさまよい歩き、或は人家の軒に立って経を読み、或は奥へ請ぜられて加持《かじ》祈禱《きとう》をし、日々僅かな布施《ふせ》を得て糊口《ここう》を凌《しの》いでいたらしかったが、どうかすると、こんな工合にたった一人で河原や橋のあたりへ来てうろついていたり、欄干にもたれながら見えない眼を伏せて水

の流れを眺めたりしていた。そうしてそんな場合には、通行人が覚えず足をとゞめる程の声で、ぶつ〳〵ひとりごとを云う癖があった。行者のことだから呪文か陀羅尼《だらに》*のようなものを唱えているのかも知れないと、そう思って通り過ぎる人が多かったけれども、どうも呪文ではないらしい、普通の言葉で何かしゃべっているらしいと云う者が出て来て、追い〳〵町の人たちが聞き耳を立て、そうっと傍へ近寄ってそのひとりごとに注意すると、

天下は天下の天下なり、*関白家の罪は関白の例を引き行はる可《べ》きの事、尤《もつと》も理の正当なるべきに、平人《へいにん》の妻子などのやうに、今日の狼藉《らうぜき》甚だ以て自由なり、*行末《ゆくすゑ》めでたかるべき政道にあらず、吁《ああ》、因果のほど御用心候へ、御用心候へ

と、そう云ってから、

　世の中は不昧因果の小車*や

　　よしあし共に廻りはてぬる

と、そう云う歌を二度三度繰り返して云っていた。それが、不明瞭な発音で、自分だけに分ればよいと云う気持で云われるのであるから、一度や二度ではなか〳〵聞き取りにくいのであるが、ちょうど一二年前に彼が畜生塚のほとりへ小屋を造って住み出してから、長い間常に同じことを云っているので、いろ〳〵な人がその文句を聞いた上でたしかめられた。そうしてそれがたしかめられると、次第に市民が此の行者を奇人か狂人扱いにして、家の内へ呼び込んだり物を施したりするのを厭うようになったので、近頃ではだん〳〵窮迫の度がはげしく、もう殆どほんとうの乞食になりかけていた。と云うのは、いったい彼は何処から此の橋の下へ流れて来た者か分らないけれども、今のような文句を暗誦するところを見れば、恐らく殺生関白の遺臣ではないのか。兎にも角にも関白やその一族たちの非業《ひごう》な殺され方に同情を寄せ、彼等に残酷な刑を与えた政道を批難し、豊臣家の天下を呪《のろ》っていることは明かであって、そう云うことを口にする危険な行者と係り合いを持つのは、誰しも迷惑だったからである。さればその時の乳母は、相手が順慶だと知れると幾らか安心はしたもの丶、悪い所で悪い者に摑まったと思って、

「お丶、そなたはあの畜生塚の——」

と、そう云ったきり口を噤《つぐ》んだ。

「左様でござります」

と、月を仰いでいた行者は乳母の方を向き直りながら、長い杖のあたまへ頤《おとがい》を載せた。

「愚僧を見知っておいでとあらば、定めし此のあたりの町のお方かと存じますが、ようこそお参りをしてお上げなされた。御奇特なことでござりますな」

「いえ、いえ」

と、乳母は否定した。そうしてあとを云われぬ先に、行者の杖に手を持ち添えてやりながら、

「わたくしどもは、たった今通りかゝっただけのこと、お参りをしていたのではござりませぬが、お尋ねの首は」

と、行者をその方へ振り向かせて、

「それ、こゝでござりますぞえ。此方を向いてお拝みなされませ」

と、ねんごろに教えてやってから、黙って娘をさしまねいて、「さあ、行きましょう」と

眼顔で伝えた。が、教えられた地点に立った行者は、どう云う訳かすぐには拝もうとしないで、二た足三足歩きかけた背後の草履《ぞうり》のおとを聞くと、

「もし」

と云って、又振り返った。

「無躾《ぶしつけ》なことを伺うようでござりますが、もしやお身たちは、治部殿のゆかりのお方では」

「いえ、いえ」

と、乳母が慌てゝ云うのを抑えて、

「しかし、お女中、愚僧は只今お身たちが話しておいでなされたことを、聞くともなく聞いていたのでござります。されば、ほんとうのことを仰っしゃって下さりませぬか」

そう云っても相手が無言でふるえているのを、行者はけはいで察したのであろう、ほっと大きな溜息をついた。

「いや、よう分りました、木の根草の根にも心を置かれる御身分として、斯様《かよう》な所で出しぬけにお尋ね申しても、仰っしゃって下さらぬのが当り前でござりましょう。したが*、のう、お女中、愚僧とてもずっと昔は治部殿に御恩もあり、お恨みもござりましたけれども、此のような仕儀におなりなされては、たゞもう後生《ごしょう》を弔うて上げたい一念ばかりでござります。それにつけても、愚僧がいつも独りごとに申していた歌がござりますが、お聞き

なされたことがござりますかな」

そう云ってから、行者はあの、「世の中は不昧因果の小車や」と云う文句を、ゆっくりと二度、平素のひとりごとのような調子でなしに、哀れっぽい節をつけて歌った。

「どうでござります、此の歌のこゝろが、今こそ世間の人たちに分ったでござりましょう。愚僧がこの歌を詠みましたのは、昨日や今日のことではござりませぬ、思えばもう六年の昔、忘れもせぬ文禄乙未《きのとひつじ》*のとしの秋、関白殿の御一族がお果てなされた時のことでござりましたが、――――」

盲人と云うものは人に向って語るときでも相手の顔を見ることが出来ないのであるから、いつでも独りごとを云っているようなものかも知れない。従って乳母は、行者が勝手にしゃべりつゞけている隙をうかゞって、そうっとその場を逃《のが》れようと思えば逃れられた訳だけれども、何かしら此の法師のひたむきな物の云い方が、彼女の足をしばらくそこへ引き止めていたので、それは幼い娘とてもそうであった。娘は行者の云ったことを大人になるまで記憶していて、後に追い〳〵理解するようになったのであって、その時は彼の感傷的な口調が何を語っているのだかはっきり呑み込めなかったのであるが、しかし恐いと思う心が半分と、いったい何者であろうと云う好奇心が半分とで、乳母の袂をしっかり握りしめながら行者の顔を見上げると、それが今は全く月の蔭になって、そのうしろの一段高い所にある父の首と大して変らぬように見えた。

「――のう、もし、あの時のことは、そこにおいでのお姫様は御存知ないかも知れませぬが、お女中は覚えておいでなさりましょう。それ、その三条の橋の下に、関白殿のお首が懸けられておりましたが、そこへ御一族のお子様がたや上《じょう》臈《ろう》様がたをお引き出しなされて、何の罪《つみ》科《とが》もない者を一人々々お斬りなされたのじゃ。いや、その時もちょうど此の程じゅうのようにえらい人出でござりまして、橋の上にも橋の下にも見物の衆が一杯でござりましたわい。愚僧はそんな雑沓《ざっとう》の中へ出かけたところで仕様がござりませぬけれども、見えない眼にもおいとしい方々の御最期を拝みとうて、大勢の人に揉まれながらお仕置場の際《きわ》まで参って、女房衆のお泣きになるお声や見物人の何

や彼《か》やと取り沙汰するのを聞いていたのでございます。それ故よう知っておりますが、つい此の河原に二十間四方も堀を掘りまして、ぐるりへ鹿垣《ししがき》を結《ゆ》いましてな、殿のお首はその垣の中に、西向きに据えてございました。そうしておいて、八月の二日の朝早く、いたいけな方々やお若いお美しい方々を、一輛に二三人ずつお乗せ申して、町中を車で引き廻した揚句の果てに、その垣の中へ引き込んだのでございますが、そんな荒々しいお取り扱いをおさせになったのは、太閤殿下の御本意でございましたろうか。のう、お女中、仮にも関白殿のお子たちやお部屋様方をお仕置きなさるなら、相当の作法がございましょうものを、あのように恥をお与えなされてよいものか悪いものか、垣の外にいた見物の衆は、誰一人としてそれを申さぬ者はなく、あの時の御奉行治部少輔どのを呪わぬ者はございませなんだ。それが、――まあ、お聞きなされませ、その治部殿が、六年前に関白殿を曝《さら》し首になされたつい近くの橋の袂で、同じ姿におなりなさろうとは、因果でのうて何でござります」

語勢に力を付けたはずみに痰《たん》がつかえたのでもあろうか、喘息病《ぜんそくや》みのように咽喉《のど》の奥をぜい〳〵鳴らして息を入れた。が、それにしても此の法師は、町の人たちが噂するような狂人であろうか、こんな工合に話す様子を今宵《こよい》始めて見るのであるが、こうして面《めん》と向いながらその云うところに耳を傾けると、なるほど、奇人であるかは知れないが、狂人であるとは考えられない。事実を云えば、乳母はさっきから娘の手を取って一歩を前に蹈《ふ》み出し

た姿勢のまゝ、もう少し聞いたら帰りましょう〳〵と思いつゝ、だん〳〵惹《ひ》き込まれて行くのである。尤も乳母にしてみれば、さっきの私語を立ち聞きしたと云う以上、どう云うつもりで自分たちを呼び止めたのか、その点が気がゝりなのでもあったが、しかしどうやら害心を蔵していないだけは明かであった。そんなことよりも、多分自分たちが石田の一族であるのを察して、何か聴いて貰いたいものを持っているらしくもある。首のありかを尋ねながら、拝もうともせずに話しかけて来るのは、それを口実にして近寄ったのではないのかと、乳母はそう云う風に感じて、帰るしおを失いかけていた。

「憚《はばか》りながら、あの時世間では、関白殿が此のような悲運にお遇いなされるのも治部殿が讒言《ざんげん》*をなされたからじゃと、多くの人が申しておりました。お身たちの前でこれは少々失礼でござりますけれども、治部殿は太閤殿下のおん覚えめでたく、天下の仕置を思いのまゝにしていらしったのでござりますから、たとい御謀叛のおうたがいがありましたにせよ、何とかお執成《とりな》しをなされましたらようござりましょうに、忠義顔をして五つの咎《とが》を十ほどにも吹聴《ふいちょう》なされ、いらざることを殿下のお耳へお入れ申して、骨肉のあらそいに油を注ぐようなことを、――いや、御免下さりませ、ほんとうはそうでないのかも知れませぬが、世間の人はそう思っておりました。それに又、なんで頑是《がんぜ》ない方々やお女中方のお命を助けてお上げなされませなんだか。あれも殿下のお指図ならば仕方がござりませぬけれども、みんな治部殿のさしがねじゃと思わぬ者はござりませなんだ。されば愚僧は、殿下にせよ、治部殿にせよ、斯様な無慈悲な仕方をなされて諸人の憎しみをお受けになっては、行末よいことがある筈はない、遠からぬうちに報いがあろうと存じまして、さてこそあの歌を詠んだ次第でござりましたが、そうれ、御覧なさりませ、殿下は間もなくおなくなりなされ、治部どのは今此のような始末におなりなされて、あの歌の通りになったではござりませぬか。お気の毒ではござりますけれども、これはみんなあの時から定まっていたこと、何も〳〵約束事だと思し召さねばなりませぬ。のう、そこなお二人のお方、愚僧の申しましたことがお分りになりましたかな」

「さあ、道理はそうでござりましょうが、……」

と、乳母はよう〳〵一と言云って、口惜しさに声を詰まらせた。殿様のことを人が何と云おうとも、たゞおとなしく、はい〳〵と聞いていたらよいのだ、うっかり乗せられてはならないと、日頃用心していたのであったが、あまりな言葉に我知らず応じてしまったのである。

「……かりにも出家のお身の上として、首になられたお方にまで恥をお搔かせなされますとは」

「あゝ、もし、……」

「それともお前様は、此のお方に遺恨がおありなされますのか」

「あゝ、もし、仰せの通り愚僧は只今では出家の身の上、治部殿をお恨み申す心など露ほどもありはいたしませぬが、しかしそのように聞えましたのなら、頭は円《まる》めておりましても畢竟《ひっきょう》は凡夫の浅ましさ。御勘弁なされて下さりませ」

そう云って行者は、

「あゝ、そうでござります、そうでござります」

と、何かしら独《ひと》りで頷《うなず》きながら、

「ほんに、ほんに、人様に耻を掻かせるどころではない、昔を思えば、愚僧こそ誰方《どなた》さまよりも耻かしい人間でござります。今更それを申しましても返らぬことでござりますが、此のようにめくらになりましたのも、乞食の境涯に落ちましたのも、みんな自分の悪業《あくごう》からでござりますのに、人さまを恨んではなりませぬ。まして治部殿はもとの御主人でござりますものを、お恨み申しては罰が当ります」

「え丶、さてはお前様は、……」

乳母が思わず詰め寄ると、行者はしお〳〵とうなじを垂れて、遠い所を歩いて来てくたびれ切った人のように、体ぐるみ杖の上へもたれか丶った。

「そうでござります、これでもずっと昔は治部殿に仕えておりました武士でござります。心がらから斯様なざまになり果てましたが、世が世ならば今度の戦にお供を申し、此の首になられたお方のために働いていたでござりましょう。それがかなわなんだと云うのは情ないようでござりますが、しかし人間は思い〳〵、浮世はさま〴〵でござりますから、あながち悔んではおりませぬ」

「そうして、お名前は何と申されます」

「名のれと仰っしゃるのでござりますか、――――」

そう云った時、雁が啼《な》いて通ったので、行者はその声に心を惹かれるかのように空を見上げた。

「――さあ、それも追い〳〵申し上げるでござりましょうが、実は愚僧は、そこなお二た方を治部殿のお身内とお察し申して、聞いて戴きたいことがかず〳〵あるのでござります。町の人々に何を申しましたところで、真面目に取り合ってもくれませぬし、気違い扱いをされるばかりでござりますから、きょうまで自分の身の上を明かしたことはござりませぬが、お身たちに聞いて戴けましたら定めし此の胸がすうっとするでござりましょう。のう、もし、お願いでござります」

行者は重ねて、

「お願いでござります」

と、物をねだるような調子で云った。

「お身たちも御承知の通り、愚僧は畜生塚の傍《かたわら》に庵《いおり》を結んで、関白殿の御一族の菩提《ぼだい》を弔《とむろ》うているのでござりますが、何のために左様な事をしておりますのか、又何のために、治部少輔殿の身内の武士が両眼を失い、扶持《ふち》に離れて斯様にうらぶれておりますのか。ぜひその仔細《しさい》を心あるお方にお話し申し、哀れんでは戴けぬ迄も、愚僧のような愚かな男が此の世にいたと云う事を覚えておいて戴きたいと存じていたのでござりましたが、所もあろうに此の橋の袂《たもと》、亡き殿様の御首《みしるし》の前で、図《はか》らずもお身達にお会い申すことが出来ましたのは、矢張御仏のお引き合わせだと思われてなりませぬ。分けてもそこにござらっしゃるお姫様《ひいさま》、――」

そう云いかけて、

「のう、もし」

と、見えぬ眼を娘の方へ向けた。

「愚僧はお姫様《ひいさま》がどういうお方でいらっしゃいますか、よう知っておりまする。これから先は貴い御身に勿体《もったい》ない御苦労を遊ばす事でござりましょうが、でも世の中にはお姫様よりもっと〳〵お傷《いた》わしい目にお遇いなされたお子達がおいでなされますぞえ。そのお子達はな、関白殿と云う偉いお方をお父様にお持ちなされ、聚楽第《じゅらくだい》*と云う立派な御殿にお住まいなされていらっしゃいましたが、愚僧の旧《もと》の主人、石田治部少輔殿のお計らいで、それ、その橋の下で斬られてお了いなされたのじゃ。されば愚僧は、誰よりもお姫様にそのお話をして上げたいのでござりますが、……」

娘は一層乳母の方へ寄り添いながら薄気味の悪い行者の顔と乳母の顔とを見くらべているばかりであったが、乳母も此の場合、何と挨拶したものか途方に暮れているらしかった。行者の云うことがほんとうなら、同じ主家に奉公をした侍がこんな姿に落ちぶれているのは、今のわが身に思い合わせて満更《まんざら》哀れでないこともない。ましてこれほど熱心に話したがっているものを無下に断るのも不本意であり、又殿様にも関係のあるらしい昔語を聞いてみたくもあるけれども、さしあたっての当惑は、ついうか〳〵と引き留められて、いつの間にか時刻が移って来たことであった。乳母は夜露にしっとりと湿《しめ》って重くなっている娘の袂に触ってみて、追い〳〵冷えて来るのに、風邪《かぜ》を引かせてはならないと思った。それに第一、こんなに遅くまで帰らないでは宿でも案じているであろうし、この上行者の長《なが》話《ばなし》を聞いていたら、いかな秋の夜も明けてしまうかも知れないのである。

その四

二人が躊躇《ちゅうちょ》するのを見て、行者は新たな提議をした。なるほど、こんな時刻にこんな所で立ち話をしてもいられないし、帰り路の心配もあるであろうから、強《し》いておすゝめは出来ないけれども、それなら一寸、愚僧と一緒に畜生塚へお参りをして下さらぬか。もしお身たちが治部少輔殿の後生《ごしょう》を弔うつもりであるなら、何を措《お》いても関白殿の一族を回向《えこう》することが大切である、あの人たちは草葉の蔭で今も治部殿を恨んでいるので、彼等の霊を慰めることが、此の仏に対しても何よりの功徳《くどく》になる、長くはお引き留め申さないから、その上でお宿へお帰りになるのもよいし、夜路が淋しいと思し召したら、むさい所ではあるけれども、愚僧の庵《いおり》で一と夜をお明かしなされてもよくはないかと云うのであった。此の申し出では乳母の心を動かしたのに相違なかった。亡き殿様が念仏を唱《とな》えずに死なれたことを気に病んでいた彼女としては、これは聞き捨てにはならないのである。それでなくても殿様は地獄に堕ちていらっしゃるかも知れないのに、畜生塚の亡霊達が祟《たた》っていた

日には、尚更お浮かびになれないであろう。まことによいところへ気がついてくれたと、そう思った乳母は不安がる娘を促《うなが》し立てゝ、行者《ぎようじや》に案内されながら河原へ降りて行ったのである。但し、その晩は塚へお参りをしたあとで行者の庵に泊めて貰ったのか、宿へ戻って寝たのか、聞書の記事ではそこがはっきりしないけれども、そう云う細かい事柄は孰方《どちら》でもよい。重要なのは、その晩のことがあってから、娘と乳母とは毎日三条の橋のほとりへ来て、父の首にお参りをするついでに必ず塚へもお参りをし、さてそのあとで行者の庵へ立ち寄っては一と休みした。前にも記すように、三成の遺骸は後に大徳寺へ引き取られたので、そういつ迄も橋の袂に曝《さら》されていたのでもないであろうが、二人は父の首が拝めなくなった後までも、とき〴〵畜生塚を訪ねて香華《こうげ》を供え、行者のところへ食べ物などを持って行ってやることを怠らなかった。それは、秀次以下の亡霊を慰めるのが第一の目的であったけれども、行者との間にだ

ん〳〵親しみが加わるにつれて、お墓参りよりも彼が折にふれてぽつ〳〵と話す昔語、分けても彼自身の半生の経歴談に惹き付けられて、それを聞かして貰うことが楽しみになったからであった。

草庵と云えば何か風流にきこえるけれども、当時河原には浮浪人の小屋がたくさん建っていたであろうから、順慶の住居もつまりそう云う乞食小屋の一種であったのに違いあるまい。順慶はそこに小僧と二人で住んでいたのだが、娘と乳母が訪ねて行くと平素の暗い顔をやゝ明るくして、

「きょうもお参りをして下されましたか、御奇特なことでござります」

と云ったり、

「御苦労さまでござります、忝《かたじけな》いことでござります」

と、我がことのように礼を云った。

娘の記憶するところに依れば、順慶はよく彼女を膝の上に抱き寄せ、その髪の毛や両頬のあたりを

愛撫しながら、「お可愛らしいお姫様《ひいさま》じゃ」とか、「ようくり〳〵とお肥えになっていらっしゃいますな」とか云ったりしたが、娘はそう云う風にされるのが薄気味が悪かった。可愛がってくれるのは有難いけれども、垢《あか》だらけな衣を着けた行者の体には嗅《か》ぎ馴れない異臭があったし、その上《うえ》行者は、皮の厚いざら〳〵した掌《てのひら》で、髪の毛を掻き分けたり顔を撫でたりするのである。そうして、何か物を云ってくれるときはまだよいけれども、どうかすると長い間黙って撫で廻しているのである。めくらであるからそう云う風にしなければ娘の愛らしさが呑み込めないのも尤《もっと》もであるが、事に依るとめくらであることを幸いに、柔かい髪や肌の

感触をひそかに楽しんでいたのかも知れない。だがそうとばかりも思えないのは、そんな場合に何かしら別なことを考えながら遠い所へ心を馳《は》せているような様子が見えて、とき〴〵ぽたりと、盲《し》いた眼から涙を落すことがあった。一度娘は、

「あれ」

と云って、頭に落ちた雫《しずく》を拂って、

「何を泣いているの」

と、行者の顔を振り仰ぐと、行者は慌てゝ、

「おゝ、御免なさりませ」

と云った。そうして急にひしと娘を抱きしめて、髯《ひげ》の生えた痛い顔で頬ずりをして、

「お姫《ひい》さま、――こうしてお姫様のお髪《ぐし》を掻いておりましたら、とんでもない昔のこと、悲しいことを思い出したのでござります。それにつけてもお姫様は、御無事に大きゅうおなりなされて下さりませや」

と云いながら、続けてはら〳〵と涙を落した。

初めから娘を「お姫《ひい》さま」と呼び、治部少輔の忘れがたみであることを感づいていた行者に対して、改めて乳母が真実を打ち明けたことがあったのか、それともそんな話はなしに、自然と行者の推測を肯定した形になったのか、そこのところは娘の記憶が不確かだけれども、兎に角行者はどんな際にも石田の一族に話しているのだと云う心持を忘れないで、こ

れから以下に記すような回顧談をしたのである。けれどもそれが行者の口から語られたときは、断片的に、前後のつながりや順序もなしに、その日〳〵の気分の工合で偶発的に洩らされたのであったかも知れぬ。恐らく或る時は問いに応じて、又或る時は自分の方から興を湧かしてしゃべったことを、後に娘が成人してから一つの物語に組み立てたのであったろう。聞書の筆者源太夫が嵯峨の尼から聞いたものは、即ち彼女が頭の中で一往編輯し直したところの説話であって、順慶の直話《じきわ》ではないのであるから、そのつもりで読んで戴かねばならないが、しかし私はそれをもう一度現代の読者に取次ぐに当って、如何《いか》なる形態を選んだらよいか迷うのである。

と云う意味は、盲人の直話ではないにしても盲人自らが語りつゝあるような口調を以て綴るべきか、それとも尼が源太夫を相手に話している感じを出すべきか、だがその孰《いず》れの方法に依っても此れから以下が地の文と離れてしまって、前とのつながりが切断される憾《うら》みがある。私の注文は尼が盲人と近づきになったいきさつから、盲人自身の物語へ移る境《さかい》目《め》を際立《きわだ》たせないようにしてすら〳〵と這入って行きたいのであるが、そうするためには矢張聞書の書き方に倣《なら》って直接法と間接法とを適宜に織り交ぜて行くべきであろうか。けれども物語の性質から云うと、大体は盲人の直接法に依る方が都合がよいように思われるので、筋の進展に従って結局そうなって行くことを余儀なくされるかも知れない。で、此の盲人、――順慶と云う行者は、まだ盲目でなかった頃は下妻左衛門尉なにがしと云う武士であって、もと石田家に仕えていたが、後に故あって盲目となり、性来好む道であった音曲《おんぎょく》や雑藝を習い、やがて関白秀次の抱《かか》え座頭になった者であると云う。しかしながらそれは表面の経路であって、彼が石田家を浪々した真の事情は他に存する。蓋《けだ》し左衛門

尉は主人三成の密旨を受けて、当時兎角の噂のあった秀次一家の動静を探るために、細作《さいさく》*となって聚楽《じゅらく》の邸へ奉公をしたのである。彼がそう云う使命を授けられたのは、主人三成の信任が厚かったのに違いないが、前述の如く音曲の嗜《たしな》みがあったと云うことゝ、その頃の撿挍《けんぎょう》として有名な伊豆圓一*と懇親な間柄であったことゝが、三成をして彼に眼星《めぼし》をつけさせた有力な理由だったのであろう。なぜなら、戦国の世に敵地へ赴《おもむ》いて間牒の任務に服するのには普通の武士では思うように行かないので、しば〳〵座頭を用いたのであった。座頭はめくらの藝人であって専ら座興を添えることを職業としており、全く武力のない不具者であるから、人々も油断をするので、警戒の厳重な大名

の家庭へも案外たやすく這入ることが出来、時には主人の左右にも仕え、高貴な婦人方の身辺にも近づく機会を得たのである。されば当時の武将たちが彼等を間諜に放った例は諸書に散見するのであって、分けても陶晴賢《すえはるかた》*がめくら法師を間者として毛利元就《もとなり》の行動を知ろうとした話は、最も人口に膾炙《かいしゃ》している。老獪《ろうかい》な元就はそのめくら法師が敵方の廻し者であることを感づきつゝ、反間苦肉の策謀*を運《めぐ》らし、逆に彼を利用して晴賢を厳嶋《いつくしま》へ誘い出した。又小田原の北条早雲は、盲人は無用の者であるから領内のめくらを搦《から》め取って海に沈めよと云う触れを出し、その噂を聞いて領外へ逃げ散った盲人の或る者を密《ひそ》かに間者に用いていた。その外、甲斐の武田信玄は徳川方の細作《さいさく》を掃蕩するために領内の盲人八百人を鏖殺《おうさつ》したと云う伝説があり、続々群書類従第十教育部所載*北条幻庵覚書*には、女中が盲人を近づけることの危険を説いて、戒めている一節がある。――

一　ざとうしゆ参候はゞ御さか月給《づきたま》ひ御ひき給候べく候、あなたがたに候はんずるざとうしゆ参候はゞ御ねん比《ごろ》は候べく候、なれ〳〵しくは御おき候まじく候、ついでに心へ候へ、ざとうとてもおとこのめのくらきにて候、女中がたへあんないなしに立入物にてはなく候、（中略）きんねんざとうと申せばいづれもおくがたへ参候、心へがたく候へども御国ぶりにて候まゝ一人して申されず候、たゞしみん一など参候はゞ御心やすく御よび候てもくるしからず候、おさなくより御しり候、又としよりぬるがふつゝかの物にて候、御ねんごろよく候べく候、さ一これ又おなじごときの物にて候、その外はなれ

〱とはめし候まじく候、さて候とも
ざとうしゆなど三こんなどのうちには
御しやうばんにはめし候まじく候、御
つぎにて給《たび》候か、又御またせ候てのち
に御さかな給候て、くこん給候べく候

此の筆者幻庵は北条早雲の子であって名を長綱、法名を宗哲と号し、天正十七年九十七歳の長寿を以て卒去した人で、此の書は北条氏康*の娘、即ち幻庵の甥《おい》の子に当る女子が武州世田ヶ谷の吉良氏朝*に嫁ぐ時に、彼女に与えたものであると云うが、「近年座頭と申せばいづれも奥方へ参候、心得がたく候へども」とあるのを見れば、家臣と雖も男子は禁制されていた玉簾《たまだれ》の奥ふかきあたりへ座頭ばかりは自由に出入を許されていたのである。幻庵は此の風習に禍根の存することを憂えて、「座頭とても男の眼のくらきにて候、女中方へ案内なしに立入るものにてはなく候」と云い、「なれ〳〵しくは御置き候まじく候」「なれ〳〵とは召し候まじく候」とも云い、彼等に酒肴を賜うのにも「御つぎにて給候か、又御待たせ候て後に御肴給候て」など、細かい注意迄しているが、但し古くより召し使うて素性《すじよう》や気心《きごころ》の知れている「みん一」とか「さ一」とか云う者共は此の限りにあらずとして、「御心易くお呼び候ても苦しからず候」と云い、絶対には禁止していないのである。

北条早雲ならびに幻庵の話が出たついでに、下妻左衛門尉の師匠であった伊豆圓一のことを記しておこう。中山太郎氏*著「日本盲人史」*に引用してある「本朝盲人伝」に曰く、

圓一は伊豆と称す。父を土屋昌遠と云ひ、母は菅沼氏。父昌遠の武田信虎に従ひて京都に赴くの後、眼を患ひ明を失ふ。因《よつ》て母と倶《とも》に遠江《とほたふみ》国井伊谷に至り、舅《しうと》の菅沼治郎右衛門忠久の家に寓す。後徳川家康の今川義元の許《もと》に在るや、其の側に侍す。尋《つい》で義元の子氏真に仕ふ。後家康の氏真と隙《げき》あるや、更に小田原に赴き、北条氏政に仕ふ。氏政圓一をして撿挍《けんげう》たらしめんとして京師に赴かしむ。圓一三河を過ぐるや、家康延見して黄金を賜ふ。永禄中井伊谷の菅沼治郎右衛門忠久、近藤石見守《いはみのかみ》秀用、鈴木三郎太夫重長、麾下に属せざるを以て、家康圓一を召して密事を告げ、且三人の家に遣はして招諭せしむ。乃ち井伊谷に赴き、三人の答を得て復命す。尋で小田原に還る。天正十八年小田原城陥る。氏政死に臨み、其の族人を召す。圓一も亦側に侍す。家康圓一を助けんと欲し、

井伊兵部少輔直政をして圓一を城外に出さしむ。氏政辞世の句を誦して圓一に示し、且朝比奈左近宗利をして其の宅を護らしむ。慶長五年石田三成兵を挙げ、使を洛中に遣はし、一族の関ケ原に在るものを録せしむ。圓一の一族の多く関ケ原に在るを以て、其の妻子を大坂に遣はすべしと告ぐれども従はず。（中略）後総撿挍となり、（中略）元和七年十二月二十五日京都に歿す。年八十一。諡《おくりな》して誠江と曰ふ。（中略）或は曰く、圓一は阿茶の局《つぼね》*の親戚なりと云々

と。

又一説に、圓一は家康の間牒として甲斐に入り、武田家の機密を探ったので、信玄が領内の盲人八百人を鏖殺《おうさつ》しようとしたのはそれが原因であったと云う。もし圓一が伝うる如く家康の愛妾阿茶の局の縁辺の者であったとすれば、徳川氏、今川氏、北条氏等の庇護《ひご》を得たのも偶然でないが、何にしても反覆常なき諸大名の間を渡り歩いていた彼は、陽に遊藝を標榜《ひょうぼう》して陰に軍事探偵を副業とした典型的な座頭の一人だったのである。而も三成の命を啣《ふく》んで細作《さいさく》となるべく志した行者順慶、当時の下妻左衛門尉は、此の圓一と入魂《じっこん》であったのを幸いに、彼の尽力に依って短時日の間に当道の瞽官《こかん》*を得たと云う。

こゝに「当道」というのは、今日でも箏曲《そうきょく》や地唄《じうた》のことを「当道音楽」と称しているので、耳新しい言葉ではないが、その頃にあっては平曲、浄瑠璃、表白《ひょうはく》、その他の雑藝を以て生活していた盲人の組合、所謂《いわゆる》「座」であって、撿挍、別当、勾当《こうとう》、座頭の四官があり、

これらの四官が又十六の階級に分れていた。されば左衛門尉が盲人となり、且音曲に巧みであったからと云って、此の「座」に加わって当道の官位を得るのでなければ、貴顕縉紳《きけんしんしん》*の邸宅へ接近することは出来なかった訳であるが、普通これらの官位を買うには当道を支配する久我右大臣家や組合の方へ多額の冥加金《みようがきん》を納めなければならないので、それだけ全国の盲人の憧憬の的となっていた。備後《びんご》の国神石郡の田植唄に、

おん坊京に上るなアら
びや箱なんぞは置いて行け
あとでつるりやつんつるりや
弾《ひ》いてなり慰もう

と云う文句が残っているそうであるが、

田舎の盲人が金を蓄めて、琵琶《びわ》の箱を背に負うて、座頭の位をあがなうために京上りをする途中、剽盗《おいはぎ》や強盗に出遇う話はしば〱昔の物語の中に見受けられる。左衛門尉は圓一と如何なる縁故があったのか詳《つまびら》かでないけれども、彼のお蔭でたやすく勾当の位を得、姓名を藪原辰一と改めて、文禄二年の頃からとき〲聚楽《じゅらく》の城中に招かれ、次いで城内に住み込むようになったと云う。蓋し圓一が総撿挍の位に登ったのは慶長年中のことだけれども、当時より既に諸大名の御贔屓《ごひいき》にあずかり、政治的背景を持っていた一流の座頭であったから、座中に於いても権威を振っていた事情を察すべく、大方三成の邸などへも常に出入していたのであろう。そうだとすれば圓一も亦三成の内命を受けて、左衛門尉を関白家へ推挽《すいばん》するなど、斡旋《あっせん》の労を取ったのかも知れぬ。即ち彼は左衛門尉に瞽官を与えたのみならず、間諜の術をも授けたのであろう。が、順慶の告白のうちで最も奇異の感に打たれるのは、彼は最初はほんとうに失明したのではなく、座頭の資格を得るために佯《いつわ》って盲人になったのであった。

「まことのことを申しますなら、じつは愚僧は、まだその折にはめくらになっておりませなんだ。あれは文禄元年の夏、君のお供をいたしまして朝鮮国へ渡海《とかい》いたし、かの国のみやこ京城と申す所に屯《たむろ》いたしておりましたが、あくるどしの正月碧蹄館《へきていかん》のたゝかいに*明《みん》の大軍を打ちやぶりまして味方が大勝利を得ましたことがござります。然るにそれから間もなくのこと、或る夜愚僧を御前へお召しになりまして、人を遠ざけて仰せられますのには、

その方を見込んで密々に申し附けたい大事がある、某《それがし》ちかごろ名護屋《なごや》*のたよりを承るに、勿体《もったい》なくも淀君*さまには御懐妊なされた由であるが、それにつけて心がゝりなのは聚楽におわします関白殿。今日本の諸大名は海を越えて此の国へ押し寄せ、太閤殿下*さえはる〴〵御動座遊ばしていらっしゃるのに、あのお方は天下の政務を掌《つかさど》る御身として、殿下のお留守を幸いに驕慢《きようまん》の沙汰が多く、日々狂おしい御乱行に耽《ふけ》っていらっしゃるとのこと、委細の様子は、たとい三成此の地に在って幾千里の山河を隔つるとも、やわか存ぜぬことがあろうぞ。しかし今迄はよいけれども、万一若君御誕生とも相成らば此の後殿下との御仲は如何あるべき。よもやとは存ずるが、ひょっとしたら謀叛《むほん》を思《おぼ》し立つようなことがないとは限らぬ。さある時は豊臣家のおんため、天下のため、由々敷《ゆゆしき》一大事と存じ、某《それがし》日夜軍旅にあって合戦の謀《はかりごと》に肝胆を砕く間にも、一方ならず胸を痛めているのであるが、それについて考えるのに、その方は生来器用の者で琵琶を上

手に弾くのみならず、伊豆圓一とも深い交りがあると云うのは何よりの仕合わせ、これより密かに都へ立ち越え、盲人の体《てい》を装うて座頭になりすまし、ついでを求めて聚楽へ出仕致すように。そうして関白殿の日常は申すに及ばず、城中の模様に随分と気をつけ、不審の廉《かど》があったらば怠らず注進するようにと、そう云うお言葉でござりました」——順慶はその間の事情を斯く語って、自分は武士と生れたからには戦場の功名をこそ願え、一時の方便にもせよ弓矢を捨てゝ座頭の群に投ずる事は心外であると思ったけれども、「いや〳〵、戦場の働きは誰にでも出来るが、これはその方でなければ出来ぬ、此の仕事を首尾よくし終《おお》せてくれたら、大将の首を五つ六つ取ったよりも大きな手柄であると思うぞ、これこそ無二の忠義であるぞ」と、再三の仰せを否《いな》み難く、余儀ない羽目でお受けしたのだと云っている。そうして予《あらかじ》め主人三成としめし合わせ、或る日の合戦に戦場に於いて行くえ不明になったかの如く取りつくろい、人知れず陣中を脱出して釜山《ふざん》より名護屋に帰り、ついで京都に上ったのであるが、その途中から盲人の真似をし始め、琵琶を背負うて京上りをするめくら法師になり変ったのであると云う。

だが、朝鮮にいた三成が淀君の懐妊のことを知ったのはいつごろであったろうか。秀吉は天正十八年*小田原攻めの時にも書を北政所《きたのまんどころ》*に送って、淀君を陣中に招いているが、今度の出陣にも名護屋の行営《こうえい》へ連れて行ったのである。それは文禄元年の三月であって、淀君は在陣中に太閤の種を宿し、あくる年の春頃大坂へ帰った。太閤より北政所へ宛てた二年

五月二十二日の書信の一節に、

この間よりすこしかいき（咳気）いたし候まゝ文にて不ㇾ申、文のかきはしめにて候、又にのまるとの（二丸殿、淀君のこと）みもちのよしうけ給《たまはり》候、めでたく候云々

とあるのは、既に淀君が大坂へ帰った後のものであって、若君秀頼*の誕生は同年八月三日であった。されば三成はその年の初めあたりに様子を聞いていたのであろう。そうして、もしも男子が生れたならば太閤と秀次との間柄がいよ〳〵面白くなくなりはしないか、太閤の意中、秀次に関白を譲ったことを悔いる心が生じるであろうし、秀次も亦それを察して不安を感ずるところから、幾分捨て鉢的な動機も手伝って、ます〳〵粗暴な行いを募《つの》らせはしないかと、早くも将来を案じたのであろう。一方秀次の行状は、もうその頃から眼にあまるものが多かった。文禄二年正月五日には正親町《おおぎまち》上皇*が崩御遊ばされて、諒闇《りょうあん》の*世になったにも拘わらず、彼は関白の職にありながら精進潔斎することを怠り、十六日の夕食に鶴を食べた。そうしてしば〳〵花やかな行装を作って野遊びや狩猟に出かけた。世間一般が鳴物《なりもの》を停止《ちょうじ》しているのに、不謹慎にも聚楽の城中ではさま〴〵な宴会を催し、撿挍《けんぎょう》を召して平家を語らせたり、相撲を興行したりした。その外彼の常軌を逸した残忍な行為や婬蕩《いんとう》な振舞について、機敏な三成は逐一《ちくいち》報告を受け取っていたので、さてこそ腹心の侍にそう云う密旨を授けたのであろう。

左衛門尉が京へ上った頃は、何卒淀殿が男子をお生みなされるようにと、方々の寺々で高

僧たちがかず〳〵の大法秘法を修し、就中《なかんずく》変成《へんじょう》男子の法*を盛んに行っている最中であった。按ずるに淀君はそれより五年前、天正十七年五月二十七日に一子鶴松*を生んだことがあったが、その子は僅か三歳を以て早世したので、今度のお産に対する太閤の焦心と天下

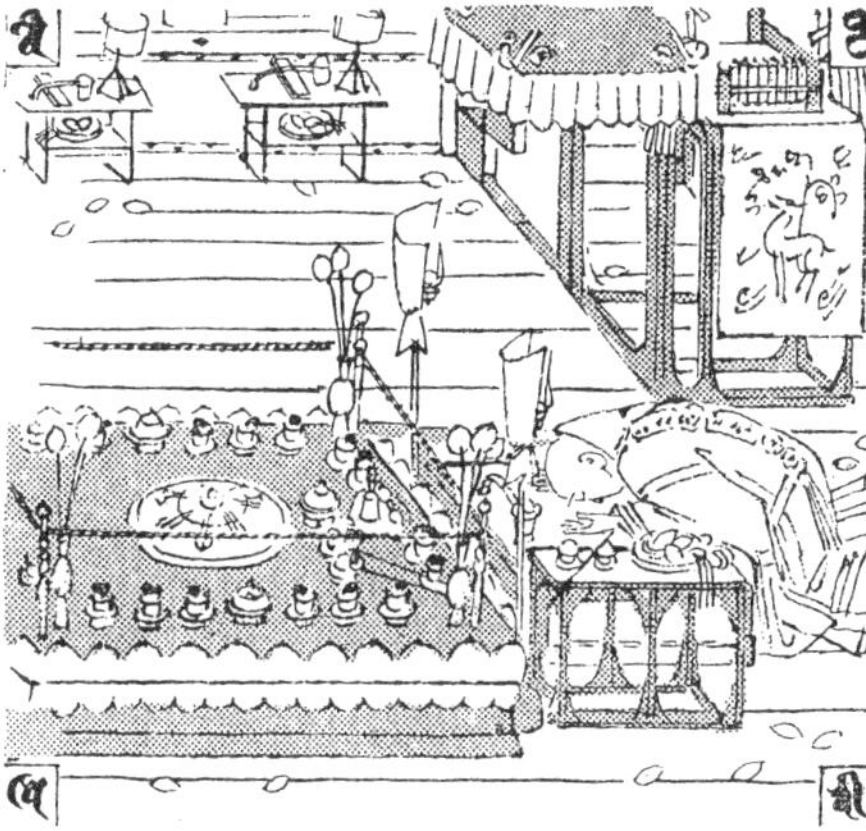

の期待とが大きかったことは察するに足りる。然るに祈禱の効《かい》があって若君が誕生されたので、世間は挙《こぞ》って豊臣家の万歳を唱え、太閤は五十七歳の老齢に達して世継ぎの子を儲《もう》けたうれしさの余り、その顔を見るために名護屋を八月の二十五日に立って、わざ〳〵大坂へ帰って来た。斯くして三成の心配がだん〳〵事実となる形勢を生じ、左衛門尉は己れの使命の軽からぬことを胆《きも》に銘じたのである。彼はその年の秋頃には首尾よく勾当の位を得、「藪原辰一」と云う盲人に化けてしば〳〵聚楽の城内へも召されるようになっていた。彼が石田三成の臣であること、朝鮮の陣中から失踪して密かに上洛した者であること、而も

にせめくらであることを知っていたのは、伊豆圓一だけであった。「めあきがめくらの真似をいたすと云うことは、役者の狂言にいたしましてもむずかしいものでございます。まして二六時ちゅう、さめているときも寝ているときもめくらの心を失わずにいる苦しさは、口では申されませぬ。それに、もうその頃は若君さま御誕生の噂《うわさ》につれまして、関白殿のお行末はどうであろうか、よも御無事では済むまいなどゝ申す取り沙汰がぽつ〳〵世上に流布《るふ》いたしまして、聚楽のお城にも聞えて参りましたので、お城の人々も自然と出入りの者の挙動に気をつけ、廻し者などが忍び込んでおりはせぬかと疑いの眼を光らせるようになっていたのでございますから、少しの油断もなりませなんだ。されば愚僧は、出仕いたしておりますときは申す迄もなく、宿へ退《さが》りましても、めあきであると云うことを誰にも悟らせぬようにつとめたのでございました。でございますから、身のまわりの世話をしてくれまする女子供、仲間、小者《こもの》の末にいたるまで、皆がほんとう

のめくらであるように思い込んでいたのでござりますが、御前へ召されておりますときは気が張りつめておりますけれども、我が家へ戻って打ちくつろいでおりますときが何より辛うござりました」――順慶はこう語ってから、

「あゝ」

と云って急に長大息《ちょうたいそく》するのである。

「あゝ、ほんとうに、あの時分の辛さは大抵ではござりませなんだが、それでも愚僧は、まだあの時分には、姿は座頭を装うておりましても、こゝろは石田治部少輔殿の家来、下妻左衛門尉であることを忘れてはおりませなんだ。今の勤めは戦場で武勇を競《きそ》いますよりも幾層倍の苦しみの上に、智慧《ちえ》と分別《ふんべつ》とがのうてはかないませぬけれども、それもこれも主君のおんため、天下のためと存じまして、身を粉《こ》に砕きますとてもお城の様子を探らずに置こうかと、思いきわめていたのでござります。その一心が通じましてか、お城のうちでは誰方《どなた》さまも愚僧を疑うお方はなく、皆々さまがひいきにして下され、いろ〳〵のお催しの折には缺《か》かさずお呼び出しにあずかりまして、関白殿の御前はもとより、時には奥御殿の方へまで召されるようになりましたのでござりますが、これこそ愚僧のかね〴〵望んでおりましたところ、願うてもなき仕合わせなのでござりました」

順慶は又語をついで云う。

「それと申すのも、おしろの秘密をさぐりますのにはお女中がたとおこゝろやすくいたし

ますのが、何かとたよりが多かったからでござります。そのころ君の御家来には木村常陸介*どの、粟野杢助《もくすけ》*どの、熊谷大膳《だいぜん》*どの、白井備後守*どの、東福寺の隆西堂*どの、などの方々がひかえておいでなされましたので、迂濶《うかつ》に聞き耳を立てるわけにも参りませなんだが、お女中がたは何と申してもお口が軽うござりますから、お伽《とぎ》に上っておりますと、いろ〳〵のことを聞き出すついでがござりました。左様でござります。あの、文禄四年八月二日、この前の河原でお果てなされた上臈様方、今此の塚の下に眠っていらっしゃる方々は、すべてゞ三十四人と云うおびたゞしい数でござりますが、愚僧がはじめて奥向へつとめましたころにも、ずいぶん大勢のお部屋さま方がいらっしゃいまして、分けても君の御寵愛を蒙《こうむ》っていらっしゃいましたのは、若君仙千代丸*さまの御母上、おわこの前と申すお方。このお方は美濃の国の住人日比野《ひびの》下野守《しもつけのかみ》のおんむすめで、お亡くなりなされました時が十八歳でいらっしゃいましたから、当時はよう〳〵十六歳でござりましたが、何分総領のお子様をお生みなされましたので、とくべつのお情がかゝっていたようでござりました。次には若君御百丸*さまの御母上、お辰の前と申すお方、此のお方は尾張の国の住人山口松雲のおん娘で、十七歳でいらっしゃいました。次には若君御土丸*さまの御母上のおちゃの前、これは竹中与左衛門と申す人のおんむすめで十六歳。次には若君御十丸*さまの御母上のおさこの前、これは北野の梅松院のおんむすめで十七歳。それから、摂津の国小浜御坊のおんむすめで、中納言の局とも申し、御亀御前とも申したお方。このお方はお年

も三十路《みそじ》をおこえなされ、さかりは過ぎていらっしゃいましたが、よろずのみちにお嗜《たしな》みがふかく、ゆうにやさしいお心ざまでいらっしゃいましたし、姫君*さまの御母上でもいらっしゃいましたので、やはり外の上﨟がたとはお取りあつかいが違うておりました。そう云うわけで、お子様方はお五方《いつかた》おいでなされましたが、姫君さまのおとしが七つ、仙千代丸さまのおとしが四つでござりましたから、その余《よ》のかた〴〵は二つをかしらに当歳までのがんぜないおとしごろでござりました」

順慶は更につゞけて、

「なれども只今申し上げましたのはいずれもお側《そば》女《め》の方々ばかり。御台様《みだいさま》*と申されますのは、前大納言のおんむすめ。おとしは三十路を一つ二つこえていらっしゃいましたけれども、田舎そだちの方々とは違いまして、やんごとない雲上《うんじょう》の女房でいらっしゃいましたから、姿かたちの美しさ、お顔の色の雪のような白さは、二十《はたち》ほどにしか見えぬくらいでござりました」

と、そう云って、眼瞼の中にある幻を追いかけるような風情《ふぜい》をする。

此の話の中にある御台様と云うのは、関白秀次の正室であった一の台の局のことで、後の法号は徳法院誓威大姉、瑞泉寺所蔵の画像には行年三十余とあるが、太閤記に記す三十四歳が本当だとすれば、順慶の藪原撿挍が始めて伺候《しこう》した頃には三十二歳だったであろう。父は太政大臣実兼十一世の孫菊亭右大臣晴季《はるすえ》*で、今の菊亭侯爵家の祖先に当り、その邸が今出川《いまでがわ》にあるので「今出川殿」と号した。ところで、順慶も次に語っているように、此の夫人には連れ子が一人あったのであるから、秀次に嫁したのが初婚でなかったことは明かである。連れ子は女の子で、おみや御前と云い、二年の後に河原で首を刎《は》ねられた時が十三歳であった。蓋し行者順慶が彼の草庵を訪れる娘の髪を撫でながらとき〴〵物を考え込んだり、涙をおとしたりしたと云うのは、ちょうど年頃が似かよっていたおみや御前の面影を追想したゝめであったことが、後になってから思い合わされるのであるが、それにしても此のおみや御前の父、一の台の局の前の夫は何者であったか。石田軍記*には「父は尾張の何某」とあり、織田信長の旗下の士であったとか云うが、察するところ、右大臣などゝ云っても当時の公卿は大した財力も権力もあったわけではないから、身分の低い田舎武士などに娘を遣わしたのかも知れない。そうしてそれがたま〳〵後家になっていたか、或は無理じいに夫婦の仲を割《さ》かれたかして、秀次に迎えられたのかも知れない。万一そう云うことであるなら、雲上の出であるからと云ってさまで別人あつかいをするには当らないが、しかし嵯峨の尼は、順慶が此の一の台の局のことを云い出す時にはいつも面上に一種の感激が溢《あふ》れていたのを見たと云う。事実順慶は、三十人にあまる秀次の嬪妾《ひんしょう》のうちで彼女を一段と高く崇《あが》めており、いかなる場合にも敬慕の念を失うことがないのである。

「愚僧などが拝みましたところでは、御器量と申し、品威と申し、ひときわすぐれていらっしゃいましたので、此のお方こそ誰方《どなた》様にも優《ま》して御寵愛がありそうなものだと存じましたのに、そうでもござりませなんだのは、やはりお子様がなかったせいでござりましょうか。もっとも一の御台さまとして諸人に敬い冊《かしず》かれていらっしゃいましたから、うわべは人の羨みそうなお身の上でござりましたけれども、御夫婦とはたゞ名ばかりの、めったに殿にお逢い遊ばす折もなく、あじきない月日を送っていらしったのでござりました。さればおしろでは明けくれ御酒宴がござりまして、賑《にぎ》やかなことでござりましたけれども、

左様な席へもお出ましにならず、いつも奥御殿にたれこめてのみおくらしなされましたので、とかく御気分の沈みがちな時が多かったようでござりました。でも幾分かその淋しさをお忘れなされて、お紛れになっていらっしゃいましたのは、おみや御前と申すお方がいらしったからでござります。このお方は、御台様の連れ子でいらっしゃいまして、当時は十一におなりなされ、お顔だちから姿かたちまでお母様にそっくりでいらっしゃいましたが、御台様としましては、お父様のない此のお子をどんなにかいとおしくも、御不便《ごふびん》にも思し召したのでござりましょう。ほんに、そう云えば、りっぱな御殿におすまいなされていらっしゃいましても、ほんとうのところは親一人子一人のたよりない方々でござりましたから、たがいに片時もお離れなさらず、何かにつけて慰め合うていらっしゃいましたのもお道理でござります。それにまた、どう云ういんねんか、此のお二た方は愚僧をたいそう御贔屓《ごひいき》にして下されまして、

辰一を呼べ、退屈ざましに何か聴かしてと、有難い仰せを戴いたことがたび〳〵でござりましたが、勾当《こうとう》と云う位は持っておりましてもそれは名ばかりでござりまして、もとより長年研《みが》きをかけました藝ではなく、お恥かしい技《わざ》に過ぎませぬのに、どうしてお気に召しましたのやら。もっともお聞きに入れましたのは琵琶*ばかりではござりませぬ。平家*を語りましたのではなか〳〵本筋の座頭たちには及びませぬ故、たゞ何とのう四方山《よもやま》の世間話をいたしましたり、又は諸国の昔話、浄瑠璃、草紙の類などを面白おかしゅうこしらえて、道化《どうけ》た身ぶり手真似などを加えて申し上げますと、お二た方ともいつも御機嫌がうるわしく、ときにはから〳〵と陽気にお笑い遊ばすことがござりました」

順慶はそこで調子をかえて、

「いや、人間と云うものは、そのとき〴〵の境涯につれて変れば変るものでござります。見らるゝ通り愚僧は今も不愛想な、陰気な性分でござりますが、ましてその頃はまだ武士気質《かたぎ》の、律義《りちぎ》な男でござりましたから、お女中の御機嫌をうかゞうことなどは出来そうもござりませなんだのに、お二た方の御前へ出ますと、何卒お笑い遊ばすようにと懸命になりますところから、洒落《しゃれ》や軽口はおろかなこと、思いも寄らぬ作りばなしの筋などを自然とたくみ出しまして、興に任《まか》せて譃《うそ》八百を申し上げるのでござりましたが、ぜんたい自分の何処を押せば斯様《かよう》な音が出るのであろうと、我と我が身をあやしんだのでござりました」

その五

物語はこゝで一転して、太閤が秀頼に対する愛着と、伏見築城*のことゝを述べている。

「今の秀頼公のことを、当時は皆が『お拾《ひろ》いさま』と申しました。それは何故かと申しますのに、生れた子供は、一旦捨て児にいたしまして人に拾うて貰うた方が無事に育つと申します。されば殿下の思召《おぼしめし》にて、若君をお捨てなされまして、それを松浦讃岐守殿*がお拾いなされ、何かとお世話なされたのでござりましたが、そう云うことから此の君のお名は『拾い』とする、下々の者まで『お』の字を附けて呼んではならぬ、『拾い』と呼び捨てにするようになど丶、やかましいお触れが出ましたけれども、まさかわれ〳〵が呼び捨てにはいたしかねますので、いつからともなく『お』の字や『さま』をつけるようになったのでござります」

そのことは、文禄二年八月九日、北政所《きたのまんどころ》へ送った太閤の書簡にも、

はや〳〵とまつら人（松浦人）おこし候事、まんぞくにて候、そもじよりれい申候べく候、さだめてまつうら、こをひろい候て、はや〳〵と申こし候間、すなはち、このなはひろいこと可申候、したく〳〵まで、おのじもつけ候まじく候、ひろい〳〵と可申候

とある通りで、当時一般に行われていた迷信とは云いながら、太閤ほどの英雄が我が子の成長を祈るためには如何に心を労したかゞ分るのであるが、ついで翌年の正月から伏見城の大土木を起したのも、可愛い秀頼に大坂の城を譲ってやりたさに、己れ自身の隠栖《いんせい》の地を求めたゝめであった。

これより先太閤は、嘗て松永久秀*が多聞城を築いていた大和の国志貴《しぎ》山の地を相したが、あまり辺鄙《へんぴ》に過ぎるところから、改めて京坂《けいはん》の間に候補地を物色して伏見に定めた。斯くて正月のうちに佐久間河内守*、瀧川豊前守*、佐藤駿河守*、水野亀助*、石尾与兵衛尉*、竹中貞右衛門尉*の六人を選んで普請奉行《ふしんぶぎょう》に命じ、「伏見普請の儀、油断無く勤め候へ、かねて入用の物どもは目録を以て石田増田長束などに相談せしめ、万《よろづ》はかの行くやうに有るべき旨」を仰せたので、六人の衆は「忝き仰せには御座候へ共、小知小見の身を以て莫大なる

御普請の儀いかゞおはしまし候べき」と一往辞退したのであったが、「その儀は叶はず」とあって、遂にお受けをした。又太閤は三成以下の五奉行に旨を啣《ふく》め、二月朔日《ついたち》までに諸役人共悉《ことごと》く伏見へ着到するように国々へ廻文を出させたので、当日までに集まった武士を始め、大工、土工、人足等の総数は二十五万人に達し、醍醐《だいご》*、山科《やましな》*、比叡山雲母坂《きららざか》*より大石を引き出すこと夥《おびただ》しく、堀普請などは、幾つにも区分けをして奉行衆が代る〴〵人夫を督励し、見る〳〵うちに掘って行ったと云う。

「そも〳〵伏見*と申す所は、南は宇治川*の長堤曲浦《きょくほ》*が蜿々《えんえん》と麓をめぐっておりまして、大坂よりの着船に便よろしく、北は洛外に打ちつゞき在家が幾重にも引き廻して商賈《しようこ》が繁昌いたしており、東は町に添うて木津川*が流れておりまして、古人の歌にも、

　木津川の端に生ひたるかば桜
　　ちるこそ花の綴目《とぢめ》なりけれ

とあるのでござります。また辰巳《たつみ》*には松柏《まつかしわ》の生い茂りました青山が峨々《がが》とそびえ、その洞にある醍醐寺*からは遠寺《とおでら》の晩鐘がきこえて参ります。さてそのみねに引きつゞいては、喜撰法師*が住んでおりました喜撰ヶ嶽、*三室戸《みむろど》*などゝ申す山々が打ち連なって、老松琴を吟じ、夜わたる猿《ましら》のこえもわびしく、麓には三十三箇所の順礼札を打つ観音堂*がござりますが、

　夜もすがら月*をみむろも明け行けば
　　宇治の川瀬にたつはしら波

と申す、あの名高い順礼歌は誰方《どなた》も御存じでござりましょう。さればお城から見わたしますと、眼も遥かな山河が絵のように打ちひろがり、平等院《びようどういん》、*扇の芝、*塔の嶋、*山吹の瀬、*宇治おち、かたうらの蔵松、*真木の鈎月、*伏見の指月など、*名所古蹟は申すまでもなく、西は八幡、*山崎、*狐河、*淀、*一口《いもあらい》*のあたりへかけ、長江悠々として千鳥のこえも此処《ここ》彼処《かしこ》にきこえ、遠浦の帰帆、*漁村の夕照、*四季おり〱の風情《ふぜい》おもしろく、定めし見飽かぬ眺めだったでござりましょう。斯様なめでたい由緒のある、形勝の土地をお選びなさ

れて、老後をお養いになろうと云うのでございましたが、何にいたせ太閤殿下の御威勢を以て大名小名に功を競わせ、天下の富と力とを傾けさせたのでございますから、その工事の速かなこと、手廻しのよいことは前代未聞でございまして、材木などは木曽の谷々、土佐の嶺々、高野の山々に仰せ付けられ、前の年に伐《き》らせてお置きになりまして、その年の夏の洪水に自然と流れ出るように計らわれたと申すくらい、なおその上にも六人の奉行に加増の御沙汰がございまして、少しも懈怠《けたい》なきようにとのお言葉でございました。そんな次第で、またゝく間に二重三重の石垣が出来、御台所長屋などの作事が始まったのでございます。先ず山の下の川辺には、二十丈の山をつき上げて深山のようにふか〴〵と諸木を植えならべ、松や柏の茂った中に学問所をお建てになりまして、珠光*、古市播磨守*、宗珠*、宗悟*、紹鷗*が風と、千宗易*、北向道陳《きたむきのどうちん》*などの風とを引き合わされて数寄《すき》を凝《こ》らされ、又山里にも沈香《じんこう》*の長木を以て、四畳半と二畳敷の数寄屋を建てられ、早くもその道の面々を召してお茶を下されたり、茶道の講釈を遊ばすと云う有様でございましたが、その囲炉《いろ》裏《り》の縁までが沈の木で出来ておりましたので、妙なる異香があたりに熏《くん》じて、並みいる方々の心も空になったと申します」

しかし一方、聚楽第《じゆらくだい》にいる秀次は、これらの未曽有《みぞう》の大作業が捗《はかど》って行くに従ってどう云う感じを抱いたであろうか。派手好きな太閤のことであるから、万事の結構に善を尽し美を尽すのは今に始まった訳ではないが、大明国《だいみんこく》との和議が整いかけて、凱陣の士卒が纔《わず》か

に休養する暇もなく、又もや斯かる普請を起して諸国の人馬を労すると云うのも、つまるところはお拾《ひろい》に対する愛情の結果であると思えば、彼には伏見の城と云うものが、つい鼻の先に一敵国が現じたようにも映ったであろう。そうしてそれに刺戟された彼は、我が国の歴史に例の少い暴君性を発揮して、次第に嗜虐的《しぎゃくてき》になったのであろう。聞書《ききがき》の主人公順慶は、内心秀次を庇《かば》う気があるのでその暴状を事々しくは述べ立てゝいないが、それでも次のように語るのである。

「関白殿のお振舞《ふるまい》につきましては、愚僧がお城へ上りまする前からそのような噂がないこともござりませなんだ。文禄二年と申す年は正月に先帝がおかくれになりましたので、天下一統、生類《しょうるい》を殺すことを慎み、畿内近国は浦々の猟漁《りょうすなどり》をいたさず、洛中にては魚鳥を販《ひさ》ぐ物売りの声も聞えないほどでござりましたが、関白殿は世の思わくをもお考えなさらず、とき〲北山や西山あたりへお出ましなされ、鷹狩や鹿狩をなされましたので、何者の仕業《しわざ》か、一条の辻に札を立てゝ、

諒闇の世を憚らぬ狩なれば
　これや殺生関白《せっしゃうくわんばく》*と云ふ

と、落書を書いた者がござりまして、それから人が『殺生関白、殺生関白』と申すようになりました。けれども御乱行が激しくおなりなされましたのは、お拾さまの御誕生やら伏見城の御普請やらがあってからのことでござります。それも愚僧は、一々その場にいあわせた訳ではござりませぬから、何処《どこ》までほんとうか分りませぬけれども、当時人から聞きましたことを一つ二つ申しますなら、或るとき御飯を召し上っていらっしゃいますと、砂が交っておりましたので、料理人を呼び出だされ、こら、主人に砂を食わせるからは、そちにも食わせて遣わすぞと仰《お》っしゃって、その男の口の中へ、庭前の白砂を一杯押し入れさせ、一粒も残さず嚙み砕けとの御意でござりました。料理人も命が惜しゅうござりますから、仰せのまゝに砂を嚙み砕きましたところ、歯の根が破れて口中より血が流れ、あまりの苦しさにうつふしに伏しましたら、物をも云わず右の腕を打ち落され、そちはこれでも死にたくないか、助かりたいなら助けてやるぞと仰《お》っしゃいますので、どうぞお助け下

さいましと申しますのを、又左の腕を打ち落されて、これではどうだ、と仰っしゃるのでございました。その時料理人は眼をむき出して、日本一のうつけ者奴《め》、両方の腕がなくなって生きていても何になろうぞ、それにしても過去の戒行が拙《つたな》いばかりに、貴様のような者を主人に持ったのが無念でならぬ、貴様はつね〴〵鮟鱇《あんこう》と云う魚のようにぽかんと口を開けているから、砂が這入《はい》るのだ、もう此の上は生かそうと殺そうと勝手にせよと、散々悪口を申した揚句お手討ちに遇ったと申します」

「又或る時、天守へお上りなされまして、四方を眺めていらっしゃいますと、懐妊の女が息苦しそうに歩きながら、野辺の若菜を籠へ一杯摘みためまして、その日の糧《かて》を得るために都へ売りに参るところでございました。するとその姿にお眼をとめられ、あれを見よ、あそこに孕《はら》み女が通るが、あの腹の大きいことはどうだ、あんなにえらく膨れているのは双生児《ふたご》が這入っているのかも知れぬ、腹を断ち割って見てやりたいなと仰っしゃって、あの女を連れて参れとの御意なので、御前におりました若殿原《わかとのばら》が早速引き立てゝ参りました。でもその時は益庵法印*が居合わされて機転を利かされ、そっとその女の傍へ寄って芹《せり》や薺《なずな》を懐へ押し入れさせ、此の者は懐妊ではござりませぬ、腹がふくれておりますのは、これ、御覧なさりませ、さま〴〵な若菜を此のように懐《ふところ》へ入れているのでござります、それに此の女は年老いた者でござりまして、これらの菜をば都へ売りに参るのだそうでござりますと、巧《うま》い工合にお欺《だま》しなされましたので、殿様も俄《にわ》かにお笑いなされ、それならよし〳〵と仰っしゃって、事なく済んだと申します。かような話はまだ沢山ござりまして、その女のように助かった者もござりますけれども、女では孕み女、男では肉附きのよい、くり〳〵と肥え太った男を斬るのがお好きで、そう云う人間を捜《さが》すために、夜な〳〵町へ辻斬りにお出かけなされましたとやら。したがなんぼう御気象の荒いお方でも、そのようなことが真実ございましたかどうか、愚僧はたゞの一遍も自分で見たことはござりませぬ、まあ話半分と思うて、聞いていたゞけでござります」

そうして順慶は、却って秀次の性情の優美な方面を説くのである。

「世間の人は殺生関白《せっしょうかんぱく》などゝ申して、むごたらしいことがお好きなように申しますが、あれでなか〳〵風雅の道をお嗜《たしな》みなされ、和漢の古書をお集めなされたり、連句や詩歌の会をお催しなされたり、思いの外やさしいところがおありになりました。取り分け和歌は

ようお詠みなされましたが、或る年の春吉野山にてお歌の会*をなされました時のおうたに、

　年月を心にかけし御芳野の
　　花の木蔭にしばしやすらふ
かた分けてなびく柳も咲きいづる
　　花にいとはぬ春のあさかぜ
みるが内に槇《まき》のしづえも沈みけり
　芳野の滝の花のあらしに

それから又、

千早振《ちはやぶ》る神やみるらん芳野山
　から紅《くれなゐ》の花のたもとを
治まれる代の形こそみよしのゝ
　　花にしつやも情くむ声

などゝ遊ばしましたのを、今もおぼえているのでございます」

「左様でございます、その芳野山へ花見にいらっしゃいましたのは、太閤殿下が思し立たれたのでございまして、関白殿を始め奉り、家康公、利家*公、その他のお歴々にお供を仰せつけられ、文禄三年の二月二十五日に、大坂を御発足なされたのでございます。その時太閤殿下には、作り鬚《ひげ》、作り眉を遊ばし、鉄漿《かね》をおつけになりまして、美々しき衣裳をお

召しなされ、供奉《ぐぶ》の人々も皆々派手を競われて、若々しいでたちをなされましたので、その行列を拝見しようと、大勢の群集が野にも山にも満ち〳〵たほどでござりました。そうして二十七日に六田《むた》*の橋へお着きなされ、市之坂*をお上りなされますと、大和中納言秀俊卿*が道の傍に御茶屋をしつらえて、お待ちになっておられました。殿下はそこで御休息遊ばし、おもてなしをお受けなされまして、それより千本の桜*、花園*、桜田*、ぬたの山、*かくれがの松*などを御覧遊ばし、

芳野山梢の花のいろ〳〵に
　　おどろかれぬる雪の曙

また関屋の花*の木の下にて、

芳野山誰とむるとはなけれども
　　今宵も花のかげにやどらん

関白殿のお歌には、

　木々は花苔路は雪と御芳野の
　　わけあかぬ山の春の袖かな

以下の公卿衆、大名衆、紹巴《しょうは》*、昌叱《しょうしつ》*などの方々も、めい〳〵短冊を染められまして、さてかねの鳥居*、仁王門*をお通りになり、蔵王堂*へ御参詣なされ、南朝の皇居*のあとをおとぶらいなされましてから、桜ヶ嶽*、今熊野*、たってん山*、聖天山*、弁才天山*など、峰々の花をお眺め遊ばして、昔義経が暫く忍んでおりましたと云う吉水の城*を御旅館にお充《あ》てなされました。そこのお宿に殿下は二日御逗留《とうりゅう》でござりましたが、警護の武士などきびしゅう番をするには及ばぬ、小姓ばかりを詰めさせて置けば仔細はないから、誰も〳〵思い〳〵の花見をせよと仰っしゃって、酒や肴を賜わったのでござりました。今申しましたお歌の会は、その折のお催しでござりまして、殿下の遊ばされましたのは、

　いつしかと思ひ送りし御芳野の
　　花をけふしも見そめぬる哉

たしか斯様《かよう》であったと存じます。此の芳野山の花の宴は、太閤殿下が栄華の盛りを極められました御遊のことゝて、かの醍醐の花見*と共に今も人々の語り草になっておりますくらい、当時は朝鮮の戦*も止みまして、四海波《しかいなみ》静かに、供奉《ぐぶ》の方々も太平の春を喜んだのでござりまして、関白殿とのおん仲もまだその頃はお睦じゅう見えましたのに、それより僅か

一年を隔て丶あのようなことが起りましょうとは、淵瀬《ふちせ》を定めぬ世の習いとは申しながら、全く人の身の上は分らぬものでござります」

それなら秀次が、*いつ頃から太閤に対して逆心を蔵するようになったか、どうしてそう云う疑いを招くに至ったかと云うのに、順慶の語るところは左の如くである。

「もとより愚僧は左様なことを探りますのが役目でござりましたから、始終気を配っておりましたけれども、たゞ何となき世の取り沙汰につれまして、お城の方々も眼に見えぬ影に怯《おび》えられ、殿のお行末をお案じ申す御家来衆が寄り〳〵密議を凝らされるなど、怪しいと云えば怪しいけはいがあったと申すより外に、これと云う証拠はござりませなんだ。尤《もっと》も、当時お城には、太閤殿下より後見役として中村式部少輔*どの、田中兵部大輔どのを附けて置かれましたのに、此の二た方が兎角かれこれと諫言なされましたのを、うるさく思し召しましてか、御前を遠ざけてしまわれましたので、そう云うことが自然殿下のお耳へ這入り、御気色を損ずる因《もと》になったのでござりましょう。それから、木村常陸介と申すお人、このお方は隼人佑《はいとのすけ》*殿の総領の子にお生れなされ、本来ならば重いお役にも任ぜられるお家柄でござりましたが、治部少輔殿に寵を奪われた恨みから、秀次公へ取り入って、謀叛をおすゝめなされたのだと申します。それも一向たしかなことは分りませぬが、或るとき殿が御所労の気味で籠っておられました砌《みぎり》、密かに奥御殿へおいでなされて、御前の人々を退《しりぞ》けられ、おん枕辺へ近々と寄って、恐れながら、斯《か》様《よう》なことを申し上げるにつきましては、もし御承引なさりませなんだら、何卒某《それがし》を此の場に於いてお手討ちになされて下さりませと、そう申し上げて、さてひそ〱と囁《ささや》かれますのには、太閤殿下の御恩を蒙り給うことは海山にも譬《たと》え難《がと》う存じますけれども、先年若君が御誕生になりましてからは、我等のひがみかは存じませぬが、何とやらん御間柄が疎々《うとうと》しゅうなられたように覚えます。それと申すも、実子のない間こそ養子はちやほやされますが、実子が出来たら邪魔物扱いを受けますことは、普通の人情でござりまして、身分の高下には拘りませぬ。某が存ずるところでは、あの若君がやがて五歳にもなられましたら、先ず関白を譲れと仰っしゃるでござりましょう。そうして置いて、西国か東国の辺《へん》鄙《び》な田舎へ御所領を仰せ出だされ、後々は流人《るにん》のようにしてしまわれるでござりましょう。その期《ご》に及んで何事を思し立たれましても、追い付きは致しませぬぞ。今御威勢の強い時に、大名共にも内々情をおかけなされ、屹度《きっと》お頼みなされませ。弓取と申す者は、親を討ち、子を殺しましょうとも、国を治め、天下を保つのが習いとこそ承れ。此の儀を御承引下されましたら、お味方に参る者共は某が指図いたしましょう。太閤お取り立ての武士の中にも、過分の勲功を立てながら左程の御恩賞にも与《あずか》らず、忠なき輩《やから》が時《とき》を得顔《えがお》に威張り散らしておりますのを恨んでいる者共が、随分多いのでござりますと、申したのでござりました。

すると関白殿はおん枕を押し除《の》けられ、蓐《しとね》の上に端坐遊ばして仰《お》っしゃいますのに、そちが申すことも一往聞えているけれども、養子と云うても伯父甥《おじおい》の間で、血がつながっていることだし、幼い時より莫大の御恩を蒙っている某《それがし》として、何とて左様な企てをなすべきや。その上大坂や伏見のお城は、日本一の名城ではないか。たとい事を起したところで、味方に馳せ参ずる者は、日本国中の諸大名のうち、三分の一はよもあるまい。返す〳〵も左様なことを云うではないぞ。壁に耳ありと申すことがあるぞ。と、そうきっぱりと仰っしゃって、おたしなめになりましたが、常陸介はなおも膝を乗り出して、御諚《ごじょう》ではござりますけれども、戦と云うものは時の運でござりますから、人数の多い少いには拘りませぬ、しかしそれでも勝ち目がないと思し召すなら、某一人にお任せなされて下さりませ、憚《はばか》りながら、御城中へ忍び入りまして、殿下のお命を亡きものにして参りましょう、それなら何の雑作《ぞうさ》もないことでござりますと、至極やすく〳〵と申しますので、なるほど、そちは忍びの名人であったな、だがそれは時と場合に依る、もうその話はしてくれるなと仰っしゃって、やはりお許しがござりませなんだ。常陸介は又重ねて、そう云うことでござりますなら、兎に角某に三日のお暇を下さりませ、その間に大坂のお城へ忍び込み、何にてもあれ、御天守にあるお道具を一と品取って参りましてお目に懸けるでござりましょう、

その證拠を御覧なされました上で、御決心を遊ばしてはと、そう申して御前を罷《まか》り出でました。殿は、いや〱、覚束《おぼつか》ないぞ、もし仕損じて捕えられたら何とする、止せ〱と仰っしゃったそうにござりますが、常陸介はそのゝち所労と申し触らして出仕を止め、直ぐに大坂へ罷《まか》り下ったのでござります。然るにその夜太閤殿下は伏見へ御上洛なさるところでござりまして、宿直《とのい》の者たちが厳《きび》しく番をいたしており、方々の御門を固めていたのでござりましたが、難なく忍び入りまして、奥御殿の様子を窺いますと、女房達の話声がして、もう上様《うえさま》は枚方《ひらかた》あたりまでお上りになった時分であろう、などゝ云うのが聞えて参りましたので、さては御運の強き大

将軍にてましますことよ、今夜此の城においでゞあったらお命を申し受けようものをと、歯噛みをしたのでござりました。でもそのまゝ帰りますのも残念と存じて、お天守へ参り、殿下御秘蔵の水差《みずさし》の蓋《ふた》を取りまして急ぎ聚楽《じゅらく》へ罷《まか》り上り、関白殿の御覧に供えましたところ、その水差と申しますのは、もとは堺《さかい》の数寄者《すきもの》の物でござりましたが、宗益*と云う者が求め出して関白殿へ献上いたしましたのを、後に殿より太閤殿下へ差上げた品でござりましたから、不思議なこともあるものよ、他の品ならば疑わしくも思うであろうが、これは自分が昔手馴れた水差の蓋に紛れもないと仰っしゃって、暫《しばら》くは何のお言葉もなく、溜息をついていらしったと申します。そのゝち大坂のお城では、水差の蓋が急に見えなくなりましたにつき、誰かゞ粗匆《そそう》をしたのであろうと、取り敢えず金細工の者に仰せつけられ、黄金の打物《うちもの》*を以て代りの蓋をお作りになりましたが、後年関白殿が滅亡のとき、聚楽のお城を缺所になされましたら、お道具の中から紛失の品が出て参りましたので、お取り調べがござりまして、常陸介の仕業であることが始めて知れた由にござります。されば満更《まんざら》あとかたのない話ではござりますまいが、御家来衆は兎に角として、殿様が左様な企てに耳をお藉《か》しになりましたかどうか。中村田中の二人とは違うて、常陸殿とはお気合いの仲でいらっしゃいましたから、一時はお迷いなされたことがあるのでもござりましょうか」

右について聚楽物語*は曰う、「常陸の守、かやうに様々計《はか》ひ申しければ、秀次も自ら御心を移され、内々にお支度ありて、大名小名によらず、御意《ぎょい》に従ふべきと思召す者共には、お手前にてお茶を下され、或は御太刀、刀、御茶湯の道具によらず、その程々に従ひ、金銀を遣されける間、何事もあらば一命を奉らんと存ずる者共あまたなり」と。秀次は又、朝廷に白銀三千枚を上納し、五百枚を第一の皇子に、五百枚を准三宮藤原晴子に、五百枚を女御《にょうご》藤原前子に、三百枚を式部卿智仁親王に、五百枚を准三宮聖護院道澄に献じた。*そうして相変らず殺生の悪戯をつゞけ、しば〳〵鹿狩や夜興に出かけたが、そう云う場合にいつも兵具を携《たずさ》えて、物々しい様子をしていたので、附き従う者共も具足や兜《かぶと》などを密かに挟箱《はさみばこ》に入れて持ち歩き、恰《あたか》も戦場に赴《おもむ》く軍隊のような感があった。それらの行為は、たとい叛逆の意志がなかったとしても、少くとも太閤の疑惑を招くには十分であって、軽卒の咎《とが》めは免れられない。

「それから、あの吉野山のお花見から一年の後、文禄四年二月の中ごろのことでございました。或る日聚楽の御城から熊谷大膳どのを殿下へお使者に立てられまして、伏見の里の秋の月は古《いにしえ》より歌に名高う*ござりますが、毎年のことでござりますから、今年の秋は趣向

を変えて北山*へお越しなされませ、広沢の池*の眺めも伏見とは違うて、又格別でござります。なおその折は若君のお慰みに、八瀬小原*にて狩くらを催すことにいたしましょうと、そう云う御口上を述べられましたところ、殿下も斜めならずお喜び遊ばし、よいことを思いついてくれた、何事も関白の心任せに致すから、帰ってその由を伝えてくれと仰っしゃって、御太刀一腰、御呉服あまた下されましたので、大膳殿もたいそう面目を施しまして、戻って来られたことがござりました。それで、お城では、太閤殿下御成《おなり》のために御殿を造ることになりまして、鍛冶《かじ》や番匠を召し集め、秋の月見に間に合うように夜を日に継いで工事を急いでおりましたが、それが飛んでもない禍《わざわい》の因になったのでござります。と申しますのは、五月二十五日のこと、夜《よ》更《ふ》けて治部少輔殿のお邸へ、何者とも知れず文箱《ふばこ》を持参いたして参り、聚楽より参った者でござりますが、これから浅野弾正*殿のお邸へ伺わなければなりませぬ、急ぎますから帰りに御返事を戴きますと云い残して、帰った者がござりますので、番所の者がそれを殿へ

差し上げますと、文箱の上に、石田治部殿まいると書いて、誰とも名を記してござりませなんだ。治部殿は不思議に思し召し、披《ひら》いて御覧になりましたら、わざと子供に書かせたような拙《つたな》い筆で、

近き頃太閤様聚楽へ御成とて、御用意様々御座候、中にも北山にて鹿狩の為《た》めとて、国々より弓鉄炮《てつぱう》の者を選びすぐり、数万に及び召し上せられ候、是は全く狩くらの御為めならず、御謀叛《むほん》とこそ見えて候へ、対面にて申したく候へども、返忠《かへりちゆう》の者といはれん事口惜しく候、又申さぬ時は、重恩を蒙《かうむ》り候主君へ弓を引くべし、此旨を存じ、我名を隠して斯《か》くの如し

と云う文面でござりました。それで大いにお驚きなされ、殿下へ言上なされますと、関白に何の遺恨があろうぞ、定めし讒者《ざんしや》*の仕業であろうと仰っしゃって、お取り上げになりませなんだが、いや〳〵、そうとばかりは申せませぬ、思いあたる節もござりますから、先ず某《それがし》が密々に調べてみましょうと申されて、田中兵部大輔どのへお使者をお立てになりました。その頃兵部殿は、関白殿の御機嫌を損じまして、河内の国の堤普請の奉行を勤めておられましたが、治部殿より急の御用とお聞きなされ、夜通しにて馳せ付けられましたところ、着くとそのまゝ『此方へ』と仰《お》っしゃって、奥庭の亭へお通しなされ、あたりに人を一人も置かず、さし向いにおなりなされて、田《た》兵《ひよう》殿、今度ばかりは御辺《ごへん》の命を三成が助けて進ぜるぞと、いきなりそう云う御挨拶でござりました。兵部殿は何の事やら合点

が参りませなんだので、異なことを仰せられるではないか、御辺に助けて戴くような覚えはないがと申されますと、いや、今度の一大事に、本来ならばとても命は逃れぬところ、しかし日頃の誼《よし》みを以て、御辺の首は某がつないで上げたのだと、重ねて申されましたので、兵部殿は顔色を変えられ、何と云われるぞ、不肖《ふしょう》ながら某のことを御前に於いて悪《あし》様《ざま》に申すような者は、日本中に一人もいようとは存ぜぬ、たとい讒言する者があっても、上様がお用いになる筈はない、御辺は近頃出世なされて、何事も思うがまゝになるからと云うて、命を助けたの首をつないでやったのとは、ちと広言《こうげん》が過ぎるではないか、もしほんとうに何ぞのお咎《とが》めを蒙っているなら、御辺に助けて戴かずとも、某《それがし》御前に罷《まか》り出て申し開きをいたそうし、それでもお許しがない場合には、立派にお手討ちになり申そう、謂われのない恩を着るのは嫌《いや》でござると、刀の柄《つか》に手をかけながらのお言葉であったと申します。すると治部殿は俄《にわ》かに小声におなりなされ、御辺は仔細《しさい》を御存じなき故左様に仰せられるけれども、実は関白殿の御謀叛が露顕いたし、上様は以ての外にお腹を立てゝいらせられる。中村は此の程病気であるから事情を知らぬこともあろうが、兵部がそれに気が付かぬとは心得られぬ、こう云うこともあろうと存じて後見を申し付けたのに、扨は彼《か》奴《やつ》も相談に乗っているのではないか、それにつけても頼むまじきは人心じゃ、急ぎ兵部奴を誑《たばか》り寄せて、腹を切らせよとの仰せでござったが、そこを某が執り成して、よう／＼お宥《なだ》め申したのでござる。のう、田兵殿、御辺は近頃御前の首尾が悪うなって、出仕もされ

ぬ由なれども、関白殿が斯程の大事を思し立っていらしったら、大方素振《そぶり》でも知れそうなものを、知らぬとあっては何として申し開きをなさる丶ぞ。たとい企てには与《あずか》らずとも、気が付いていたに相違ないのに、今日まで注進を怠っていたのは不届きであると云うお咎めは、重々御尤もではないか。依って某は、いや、これ迄にも内々で知らして来たことはござりますが、よもや左様なことはと存じて、お耳へ入れずに置きました次第、されども斯くなりました上は、いよ〳〵様子を探るよう申し付けるでござりましょうと、そう申し上げてその場を治めて置き申した。憚りながら、御一命をお助けしたと云うのは決して某の過言ではない、今申すような訳でござるが、しかし御辺は、実以て何も御存じないのでござるかと、息を凝らし、膝を詰め寄せてのお話に、兵部殿は返す言葉もなく、暫く呆然としておられましたが、全く以て、存じもよらぬことを承る、何を申すも近頃は外様者《とざまもの》のようなお扱いを受け、左様なことの御相談に携わる暇はござりませ

ねど、それを知らずに過したとあっては如何にも罪は免《まぬか》れられぬ、お上のお憎しみはお道理でござる、此のお詫《わ》びにはこれから精々気を附けて御注進に及びましょうと、お答えなされましたとやら。治部殿はそれをお聞きなされて、一旦兵部殿を河内へお帰しなされましたが、堤の普請は余人を以ても勤まるであろう、聚楽の方は殿下の御成を前にして手落ちがあってはならぬから、用意万端、兵部が指図をするようにと、上意を伝えられまして、改めて都へお呼び寄せになったのでござりました。そう云う訳で兵部殿は再びお城へ召し出だされ、それから後は毎日のように、今日はこう云うことがござりました、今日もこれ〳〵でござりましたと、下らぬことを仔細ありげに取り立てゝは、治部殿の許《もと》へ知らせてやる。治部殿は又御前へ出て、兵部が斯う申して参りました、もはや隠れはござりませぬなどゝ、言上なされたのでござります」

順慶は娘と乳母を前に置いて、

「まあ、もう少し、………もう少し聞いて下さりませ」

と、気色《けしき》ばむ二人を制しながら、自分の旧主《きゅうしゅ》三成のことをこんな工合に云うのである。

その六

「こう申しますと、治部少輔殿がさま〴〵の人を道具に使うてまことしやかな噂《うわさ》を立てさ

せ、事を大きくなされたようにも、取れるかも知れませぬ。さ、それをお身たちは、愚僧が好い加減な譃《うそ》を構えて、三成公を讒者《ざんしゃ》にするのだと、仰っしゃるでもござりましょうが、かりそめにもお姫様《ひいさま》の御父君、愚僧に取りましても大恩のある旧《もと》の御主人でござりますものを、何しに證拠のないことを申しましょうぞ。只今の話は、その頃兵部殿の口から確かに聞いたのでござります。したが、治部少輔殿としましては、御自分が悪者におなりなされても、殿下や若君のおためを謀《はか》るのが忠義であるとお考えなされたのでござりましょうか。そうして僅かな瑕瑾《かきん》*でもあれば、それを種にして関白殿を陥《おとしい》れようと、もう朝鮮にいらっしゃる時から、*手

がゝりを求めていらしったのではござりますまいか。余人は知りませぬけれども、愚僧は後になりましてから、いろ〳〵のことで思い当るふしがあるのでござります」

娘と乳母とは、こう語って行く順慶の口調が再び感傷的になって、しば〳〵太い溜息を洩らすのを聞くのである。

「それにしてもお身たちは、つい此の間、江州伊香郡古橋村の在所に於いて治部少輔殿を召し捕られ、徳川殿の御感《ぎょかん》*にあずかった御仁《ごじん》こそ、別人ならぬその田中兵部大輔殿でござることを、よもお忘れはなさりますまい。お身たちに取っては憎い〳〵兵部殿、恩を仇で返した奴とお蔑《さげす》みなされましょうが、しかし泉下におわします御父君は何と思し召してござろうやら。昔は自分が道具にお使いなされた男、それが今度は敵方の手先を勤めて、自分を搦《から》め取ったと云うのは、因果が報いて来たのではないか、そうしてみれば自分で蒔《ま》いた種を自分で刈ったゞけのこと、今更誰を恨もうと、悟りすましていらっしゃるかも知れませぬ」

さて順慶は、此のあたりから次第に自分自身の問題、己れの心の変遷を話し始めるのである。

「ところで、その時分、治部殿よりは愚僧の宿へも毎々お使者がござりまして、その後一向便りがないのはどうしたと云うのだ、近頃緩怠ではないかと、数度に亙《わた》ってお叱言《こごと》を戴きましたが、それでも愚僧は、さしたる證拠もござりませぬのに、何として告げ口を致し

ましょうや。なるほど、田中兵部殿のように無いことを有るが如くに述べ、否でも応でもお城の人々を謀叛人に拵《こしら》え上げてしまいましたら、却って治部殿のお気に召したでござりましょうが、左様なことは愚僧の心が許しませなんだ。されば最初の一年ほどは、御謀叛の形跡は少しも見えませぬ、臣下の中に一人や二人不心得者がおるとしましても、関白殿にそのようなお考は露ほどもござりませぬと、いつもそう申し上げていたのでござります。すると或る時、たしか文禄三年の秋ごろでござりましたろうか、夜中ひそかに参れと云うお使いがござりましたにつき、人目を忍んで治部殿のお邸へ参上いたし、朝鮮以来絶えて久しき御挨拶を申し述べましたところ、君は聊《いささ》か御不満の

お顔つきで、いかに、左衛門尉、そちを見込んで間者の役目を云いつけたのに、あれからもはや二年近くも聚楽の様子を窺いながら、いつも〳〵判で捺《お》したように、怪しい素振《そぶり》はないと云う注進ばかりを寄越すのは、しかとそれに違いはないかと仰っしゃいますので、いかにも、某、及ばずながら気を配ってはおりますけれども、今日までのところでは疑わしいことはござりませぬ、世間の人は何のかのと善からぬ沙汰をいたしますが、関白殿はそのようなお人柄とは覚えませぬと、申したことがござります。その時君は一層御不快なお顔をなされて、しかし左衛門、夜な〳〵町へ辻斬りに出られたり、桀紂《けっちゅう》*にも等しき御所行があると云うことは、外に注進する者があって、某たしかに聞いているのに、そちはそんなことさえも知らせて来ないぞと云うお言葉。左様でござります、それは聞かぬでもござりませぬが、たゞの一度も自分の眼を以て突き止めたことはござりませぬ故、噂のまゝを申し上げるのも如何と存じ、控えていたのでござります、と申し上げましたら、黙れ、左衛門、たとい一片の噂なりとも、左様な御乱行を聞き込みながら、なぜ一往は知らせて来ぬぞ、又不確かと思うなら、なぜ何処《どこ》までも詮索せぬぞ、己れはそのような不覚者ではなかったのに、いつしか心までも座頭になりおったか、それともそちは三成が恩義を忘れ、関白殿へ返り忠を致す所存かと、お声をあらゝげて仰っしゃいますので、愚僧はハッと平伏いたし、これは存じも寄らぬこと、緩怠のお咎《とが》めにつきましては申訳もござりませぬが、返り忠*とは以ての外のお疑い、お情ない仰せでござります、憚りながら左衛門尉、姿は盲人を装うておりましょうとも、武士の性根を失いましょうや、たゞしかしながら、いかに間諜とは申せ、うかとしたことを申し上げて、太閤殿下御親子の間を争わせ、天下の大乱を引き起すようなことを致しましては、それこそ忠義の穿《は》き違えであると存じましたばかりに、努めて口数を慎んでいたのでござりますが、以来は必ず、些細なことにても胡乱《うろん》*と思う節があれば御注進申し上げるでございましょうと、額をすりつけてお詫びをいたし、よう〳〵お許しを戴いたのでござりました」

彼はそこまで話して来ると、何やら躊躇《ちゅうちょ》の色を浮かべ、云いにくそうに幾度となく口籠りながら切り出すのであった。

「したが、お姫様《ひいさま》、ばあや様、よう聞いて下さりませ、此の順慶と云う法師、いや、下妻左衛門尉と申した治部少輔殿の家来はな、折角君のお見出しにあずかりましたけれども、もと〳〵間諜と云うような役目には向かない男だったのでござりましょう。愚僧は何としましても、人を無実の罪に陥れ、多くの方々に泣きを見せるようなことは出来ない性分でござりました。自分は幸い此のお城へお出入りを許され、関白殿を始めとして御台様《みだいさま》やお部屋様方にもたいそう眼をかけて戴いている、さすれば此方も御恩の程を有難く思い、真心を以てお仕え申すのは当りまえ、ましてそう云う風にして皆々様のお気に召したら、役目の上にも都合がよいのでござりますから、三成公へ対しても結局忠義になるのであると、われと我が胸に云い聞かせていたのでござりました。けれどもそれで、ほんとうに何の疚《やま》

しいところもなく安心していたかと申しますと、もう早くから心のおくに何か自分にも分らない疑いの影がきざしまして、ときぐ〜それに苦しめられたことがないでもござりませなんだ。その時分、愚僧はしば〳〵自分が眼あきでありながら眼くらの真似をしていることに、云い知れぬ恐ろしさを覚えたものでございます。それはお上を欺《あざむ》いているのが相済まないと云う心持、それもあったのでございますが、しかしそんなことよりも、此の眼が見えるのがよくないのだ、瞳に映る世界と云うものが何かしら自分に害をするのだ、と云う懸念《けねん》が、御前に控えておりますときに、取り分け御台様のお側に近うおりますときに、何処からともなく湧いて参りまして、そのために斯う、体がわな〳〵ふるえ出すことがござ

りました。斯様に申しましたゞけでは、お分りになりますまいけれども、愚僧は暫く朝鮮国におりまして異郷の空の雨風に曝《さら》され、明け暮れ征馬のいなゝきと鉄炮の音ばかりを聞き馴れておりましたのが、久方ぶりに都へ上って参りまして、ついぞ生れてから見たこともない奥御殿の、きらびやかなお座敷へ出仕したのでござります。戦場に於いてさま〴〵な艱難《かんなん》を忍びますことは武士《もののふ》の常でござりますから、左程骨身にはこたえませぬが、荒々しいことや凄じいことより知らぬ者が蘭麝《らんじゃ》*のかおりなまめかしい御前へ出ましては、勝手が違うて窮屈な心地がいたし、立居《たちい》が固くなりますのに、まして見える眼を見えないように装うている辛さを、お察しなされて下さりませ。これがほんとうのめくらであるなら、なか〴〵気が楽でござりましょうに、なまじいに眼が見えますと、見まいとしてもあたりのものを見ない訳には参りませぬ。そのうえ見るとは申しましても、まわりの人に悟られぬように薄眼を開けて、睫毛《まつげ》と睫毛の間から、ほんの僅かな幅のものを、戸の節穴から覗《のぞ》くくらいにぼんやり見るだけでござりますから、物の色あいや形などが、一度にひろ〴〵と見るのとは様子が違うておりまして、そのために尚、金銀をちりばめました壁や、襖《ふすま》や、調度のたぐいや、皆様方のお召しになっていらっしゃる唐織や綾錦などが、ひとしお美しく、此の世のものとも覚えぬように瞳に映ったのでござります。愚僧は何処へ眼を向けましても、見えるものゝ結構なのに胆を消し、玉の階《きざはし》、黄金の梁《うつばり》とはこう云う御殿のことであろうかと、夢に夢見る思いがいたして、ゆくりなくも斯様な所へ御奉公に罷り出た身のなりゆきの不思議さを驚くばかりでござりましたが、まあそれはよいとしましても、どうかした時に御台様のお姿が眼瞼《まぶた》の中へ這入って参りますと、何やら息が詰まるようになりまして、そのちら〳〵する眩《まばゆ》いお顔を長くは視つめていることが出来ませなんだ。なぜかと申して、考えても御覧なさりませ、眼が見えねばこそ賤しい男が斯くも貴いお方のお側へ侍りはすれ、さもなかったら許される筈のものではないのだと気がつきましたら、自然と頭が下る道理でござります。それと申すのも、矢張それだけの品位がおありなされたからでござりましょうが、何より当惑いたしましたのは、だん〳〵お相手をしておりますうちに、此のお方が行くすえ長く御無事にお過し遊ばすようにと、一途にそう祈る心のみが強くなって来ることでござりました」

順慶はこゝで、

「あゝ、もし」

と云って、何をうろたえたか二人の聞き手を抑えるように手を挙げながら、

「もし、………ついふつゝかな言葉づかいをいたしましたが、仮にも愚僧としたことが、武士たる者の嗜《たしな》みを忘れてみめよきお方の御器量に迷い、本心を失うた、などゝ申すのではござりませぬから、思いちがいをして下さりますな。あのお方はやんごとないお生れ、たといどのようにお美しゅういらっしゃいましたとて、愚僧に何のかゝわりがござりましようぞ。なれども宿世《すくせ》の因縁と申しましょうか、始めてお目通りを許されました日から、

拙《つたな》い藝が不思議に御意《ぎょい》に叶《かな》いまして、たび〳〵召されますうちに、不仕合わせなお身の上のことがだん〳〵分って参りますにつれて、不便《ふびん》と申し上げましては勿体《もったい》のうござりますけれども、あゝ、いかなる金殿玉楼の奥にも人の憂いはあるものよと、心ひそかにおいとおしゅう存じていたのでござりました」

扨、今、順慶の言葉の中にある「不仕合わせなお身の上のこと」とは何を意味するのであろうか。蓋《けだ》し此の夫人、秀次の正室であった一の台の局の不幸が、やがて順慶の不幸の因となったことを思えば、これこそ此の物語中の主要な部分であるべきだけれども、而も「聞書」はその肝腎な事実について余り多くを語っていない。と云うのは、誰よりもその間の消息に通じている筈の順

慶自身が、何故かそれに触れることを避けるようにしているのである。彼は頻《しき》りに一の台の局の不遇と逆境とを口にする。しかしながらそれは大概抽象的な説明に止まっていて、具体的な事柄になると、努めて曖昧《あいまい》な云い方をしているように見える。

私はこゝで読者諸君の注意を喚起したいのであるが、此の一の台の局には「おみや御前」と云う連れ子があって、既に（その四）に於いて述べた如く、此の子は後に母と諸共河原の露と消えたのである。ところで、順慶はそのことをはっきり語ろうとしないけれども、彼がときぐ〜洩らしている御台様の不仕合わせなるものは、彼女とその連れ子、即ち母北の方とおみや御前との間に存する或る不自然な事情を指しているのであろう。右について聚楽物語巻之下「若君 並《ならびに》 三十余人の女房達洛中ヲ渡さる、附《つけたり》 最後の事」の条の一節に云う、

十七番はおみや御前云々、是は一の台殿の御娘なりしを聞召し及び、わりなく仰せられ

て、召迎へ給ひしとなり、されば此由太閤相国聞食《きこしめ》し、あるまじき事の振舞かな（中略）とて、愈〻御憤り深く思召しければ、様々に頼りて、御様《おんさま》変へ、命計《ばか》りをと申させ給へども、御許なきとぞ聞えし

と。

又石田軍記「秀次公之君達《きんだち》被レ誅事　附《つけたり》　卅余人嬪妾の事」に云う、

十七番は於《お》宮《みや》の前なり云々、太閤深く嫉《そね》み思はるゝとかや。最後の体、おとなしやかに念仏して、

　秋といへばまだ色ならぬ裏葉まで
　　誘ひ行くらん死出のやまみち

又太閤記に載っている辞世の和歌には、

　うきはたゞ親子の別れと聞きしかど
　　同じ道にし行くぞうれしき

とある。

思うに当時悪逆塚のことを世人が畜生塚と呼んだのは、こう云う事実が民間に知れ渡っていたからであろうか。殺生関白が残虐の血を以て彩《いろど》られた罪悪史のうちでも、分けて此の一事が太閤の嫉妬と憤激を買ったと云うのも道理であって、謀叛よりは寧ろ此の種の行為が、その滅亡を早める結果となったのかも知れない。それにしても彼の享楽の犠牲となっ

た気の毒な親子は、互に如何なる感情を以て相対し、どう云う風なその日〳〵を送りつゝ、あったか。尤も順慶は格別の事があったようには語っていないのであって、御台様はと云うと、「いつも奥御殿にたれこめてのみおくらしなされましたので、とかく御気分の沈みがちな時が多かったようでござりました」と云い、その淋しさを幾分でも忘れて、紛れていたのは、「お宮御前と申すお方がいらしったからでござります」と云う。のみならず、「親一人子一人のたよりない方々でござりましたから、たがいに片時もお離れなさらず、何かにつけて慰め合うていらっしゃいました」とさえ云っている。蓋し順慶は此の二人を何処までも美しい親子として後世に伝えたかったに違いなく、そこに些少《さしょう》の庇護《ひご》や作為が加えられたろうけれども、しかし親子の間柄が案外うるわしかったであろうことは、ほゞ想像出来なくはない。なぜかと云うに、恐らく当時のお宮御前はたゞ身を人形のようにしていたに過ぎなかったであろうから、母親としてそう云う我が児にひとしお不便《ふびん》を覚えこそすれ、何しに憎しみを感じようぞ。否、娘の上に降りかゝった傷ましい運命は、却って一層二人を結び着けたであろうと思えるのである。

少女と雖も一つの局《つぼね》をあてがわれて、母親とは別の伏戸に寝起きしていたと考えられるが、実際は殆《ほとん》ど母の部屋で暮している日が多かったと見え、いつも順慶が御機嫌伺いに行くときは、親子が一つ御簾《みす》のうちに仲好く寄り添うていたのであった。そうして朝夕の食事はもとより、折に触れてのさま〴〵な遊戯や催しなども、必ず楽しみを共にしていた。察す

るところ、三十人もの嬖妾《へいしょう》*が互にアラ捜《さが》しをし合っている奥御殿のことであるから、親子は人に後指《うしろゆび》をさゝれないように、殊更睦じい様子を見せもしたのであろう。又母親としては、己れの孤独を悲しむよりも我が児の不運を憫《あわれ》み、少しでも彼女に自責の念を起させたり、肩身の狭い思いをさせたりしないように、寧ろ娘を慰める側へ廻ったのであろう。親子の間がしっくり行っていることについては、いろ〳〵の場合にいじらしい情景を見せられている順慶であるが、分けても娘が関白の御前へ祇候《しこう》*するために常よりは濃い化粧をして身じまいをとゝのえる時、母親が示す細やかな注意と、行き届いた親切とには、ほと〳〵感激したのであった。順慶に取って御台と云う人が神のような存在に見えたのは、実にそう云

う時であって、どうかすると、彼女は一つ鏡の中に我が児と顔を並べながら、手ずから髪を梳《くしけず》ってやり、襟や袖口を揃えてやり、立たせてみたり、坐らせてみたりして、日増しに背丈の伸びて行く可憐な娘のみめかたちを、さも嬉しそうに眺めていることがあったと云う。が、人前でこそ慎んでいるものゝ、絶対に人の眼に触れぬ場所では親子がひしと抱き合って泣きくらす日もあったであろう。されば順慶は、自分の如き数ならぬ者にそう云う秘密が洩らされたことはなかったけれども、お側に仕えていると、何となく親子の間に感傷的なものゝあるのが窺われ、表面は朗かなようであっても、一種云いようのない陰鬱《いんうつ》な気分を覚えた、そうして御台の無心らしい微笑《ほほえ》みや長閑《のど》かな笑いごえの底にも、じっと感情を押し殺している跡が見え、心の苦しみが推察されたと云っている。しかし、それはそれとして、順慶が此の不仕合わせな親子に対して感じていたものは、果して彼の釈明する如く、純粋な同情に過ぎなかっ

たであろうか。

その七

順慶の心理を知るためには、彼が自ら眼球を破って真の盲人となるに至ったいきさつを明かにせねばならない。彼は云う、自分は旧主三成の意を迎えて罪なき関白を無理にも「謀叛人」にしてしまうべきか、旧主の心に逆らっても関白を庇《かば》い、引いては御台親子の幸福を計るべきかと迷い抜いた末、前者を選ぶことは何としても自分の良心が承知せず、さればとて旧主を裏切っては武士の一分《いちぶん》*がすたれることを慮《おもんばか》って、孰方《どちら》へも義理が立つように失明の手段を取ったのであると。畢竟《ひっきょう》、眼が見えるために夫人への同情がいよ〳〵強くなり、旧主へ義理を缺いてもと云う心が湧くのであるから、眼を潰すのが己れを守る最良の手段である、眼さえ見えねば、——あの二人の婦人の姿さえ瞳に映らなくなれば、度を過ぎた同情も自らうすらぐであろうし、そうすることが、旧主に対する謝罪の意味にもなるのであると、彼はそう云う判断の下に決然たる行動を取ったのであった。

その両眼を抉《えぐ》った時期は、はっきり語っていないけれども、多分三成の邸へ呼ばれて怠慢の咎《とが》めを蒙った時、即ち文禄三年の秋を去ること余り遠くない同じ年の冬か、四年の春頃であったろう。拙著「春琴抄」*の佐助は盲人になるために針を瞳孔に突き刺してよく目的

を達したが、順慶は戦国の武士であるからもっと野蛮な荒療治《あらりようじ》を行った。即ち予め病と称して宿に引き退《さが》り、小柄《こづか》*を以て眼球の組織を破壊した後、その傷痕の癒《い》えるのを待って始めて出仕したと云う。が、彼を前から盲人であると信じ切っていた城中の人々は、誰もそのことに気が付かなかった。にせのめくらが俄かに本当のめくらになり、急に勘が悪くなったら、人の疑いを招きそうなものだけれども、幸いなことに城中に於いては、起《た》つにも坐るにも常に手引きが教導をする慣例になっていたゝめに、大した失策を演ずることもなしに済んだ。斯くて順慶は、見たところでは従来と何の変化もなく、一箇の藪原勾当《こうとう》として自らも振舞い、人からも遇されていた訳であり、その限り

に於いて彼の計画は予期の成果を収めたのであったが、一方彼は必然に起って来るであろう自己の心中の推移について、大きな誤算をしたのであった。と云うのは、視覚さえ失ったら精神的の煩悶《はんもん》が減って、ほっと重荷をおろした感じがするであろうと思っていたのが、反対の結果になった。彼が失明した目的の一つは、「夫人を見ないため」であったが、少くとも此の点に於いてアテが外《はず》れた。見まいと心がけたものが、前よりもよく見える。その上、一層悪いことには、それを肉眼で見ていた間は、「見る」と云うことに良心の制裁*が伴っていたのに、心の眼を以て見るようになってからは、何等の拘束がないのである。肉眼で見るのでない

以上、旧主へ不忠にもならなければ、夫人へ失礼にもならない。誰に対しても気がねがない。いつでも、自由に、その映像を飽きるほど視つめていられる。盲人の真似をしつゝ、薄眼でおず〳〵と盗み視ていた時よりも、遥かに大きく、生き〳〵と見えるのであった。

斯かる間に関白秀次の乱行は、加速度的に狂暴性を増して行った。太閤記巻十七に云う、

（文禄四年）六月八日、秀次公比叡山へ女房共を被二召連一山上し給ふて、一昼夜の遊宴つねよりも悪行いやましにけり。昼はひねもす狩くらし、夜はよもすがらよこを引、鹿、猿、たぬき、きつね、鳥類、物数の程莫大なり、一山衆評して申けるは、当山は桓武天皇御草創なり、殺生禁断女人結界*の山なれば、被二思召分一《おぼしめしわけられ》被下候へかしと、木村常陸介を以御理《ことわり》申候へば、我山にて、我慰《なぐさみ》候に、誰か禁じ候はんや、余人とは替るべきよとの御返事也。即於二南光坊*一調美之体*、いとにが〳〵しくぞみえにける。貧僧心ぼそげにたくはへをきし味噌の中へ、魚鳥の腸《はらわた》を入《いれ》けがし給ふ。其外放埒《はうらつ》の有様、ものにこえてをこがまし。折ふし雨篠をつき、おびたゞしくをやみもなければ、其日も御滞留ありき。御台所まかなひし侍る横田と云《いひ》し者、院主へ米五石御かし候へと申ければ、此山はむかしよりさやうのたくはへは多くし侍らず、坂本よりつゞけ候へば、無レ之よし被二申一《まうされて》、不レ応二其求一《そのもとめにおうぜず》、然間糧《しかるあひだかて》つきて其夜供の人々うへにつかれ、横田を各《おのおの》悪口しければ、己が過を補はんためにや有けむ、院主不レ届よし、さん〴〵にのゝしりければ、秀次ほの聞給ふて、此山の自滅の時来たるよなど、其悪《にくし》みふかゝりしなり

と。又曰《いわ》く、

同十五日北野*へ成《なら》せ給ふに、盲者一人杖してとをり侍るを、秀次公御覧なされ、酒をのませ候へとて、手をひかせ給ふか、即右の腕をうち落し給へり、盲者中々肝《きも》をけし、をちこち人はなきか、いたづらものめが人殺しを致し候に、おりあへや人々、助よやもの、ふと、高声にの丶しりぬ、熊谷大膳亮《だいぜんのすけ》其あり様にても助りたく思ふかと問し時、盲者察し、年頃《としごろ》此辺にて殺生関白が辻切を物し侍るよし聞及びし、必定是なるべしと思ひつ丶、かく盲目と成さへに、如何《いか》なる悪業《あくごふ》にせめられて、此身と成ぬるよとかなしく存候に、如何してながらふべき、急ぎ我首を取て、殺生関白の名を後代までさらし給ふべし、敵の首をとらん事は思ひもよらざる事也、此職に在ては、天下の邪法を正し給はんこそ、国たましゐの役なるべきに、自《みづから》邪法を行ひ給ふ事、桀紂《けっちう》が再誕うたがひなし、其因果《そのいんが》幾程もなかるべきぞと、悪口せしが、づた〳〵に成てみえにけりと。太閤記の作者は此の項の後に附記して曰く、

不昧因果と云まじや、又物の自然と云てんや、符節を合する事*こそあんなれ、其故いかにと云に、秀次公六月八日比叡山へ登り、狼藉《らうぜき》を御心のま丶にし給ひしが、七月八日高野山へ上り給ふて、うきめを見給ひけり、同十五日北野にて盲者を伐《ころ》し給ひしが、其刀にて介錯《かいしやく》せられし也、寔《まこと》に昔は因果の程をつ丶しめよ、或《あるひは》其因果孫彦《まごひこ》*に報《むくふ》か、或子に報か、或其身にむくふかなど、云しぞかし、しかは云ど、今は皿のはたを廻り侍る*よと、

世俗の諺《ことわざ》なりしが、げに左《さ》も覚《おぼえ》にけり

と。秀次高野山で生害の砌《みぎり》、介錯を勤めたのは篠部淡路守、* 刀は浪游《なみおよぎ》* と云う兼光の業物であったが、此の記事に依ると、その前の月の十五日北野で盲人を惨殺した時に用いたのがその浪游であったと見える。当時殺戮《さつりく》を好む秀次のために、罪なき者を害し給うのは不便《ふびん》であるからと、毎日牢屋から一人ずつ罪人を引き出して献じたところ、大坂、伏見、京、堺の牢の者共を悉く斬り尽し、遂にはどんな微罪と雖も皆斬られるに至ったと云う。

順慶が身の上は暫く措《お》いて、先ず秀次の末路のことを語るなら、聚楽に於いて不穏の計画があるという風説が頻々と伏見に達するので、太閤も捨てゝ置くことが出来ず、宮部善祥坊法印、* 前田徳善院僧正、* 増田右衛門尉長盛、石田治部少輔三成、富田左近将監《しょうげん》* の五人を使者として秀次の許《もと》へ遣わし、野心之旨有レ之ように粗《ほぼ》被二聞召一候、勿論虚説にてあるべきとは思《おぼ》し候え共、たしかなるように方々より告知する条、疎意なきにおいては、七枚継ぎの誓紙を以て可レ被レ尽二心底一《しんていをつくさるべき》之旨《のむね》を申し入れた。すると秀次の返辞には、扨も存知も寄らざる事を承り候もの哉《かな》、如何《いかが》して斯様なる企を可二存立一候哉、かく当城に在事も御芳恩之外に他なし。七枚つぎの誓紙捧可レ申旨、是又忝《これまたかたじけなき》御事共に候、急沙汰し奉らんと、侍従卜部兼治を召して神下ろしをし、身の毛もよだつ計《ばかり》に神々を請じ奉り、聊以《いささかもって》不レ存二野心一《やしんをぞんぜざる》之旨を誓紙に書いた。五人の使者はそれを受け取って伏見へ帰り、御前に於いて披露したので、左もこそ有べき事なれと、太閤も機嫌を直され、一往は疑いが晴れた

のであった。

しかしながら、太閤の秀次に対する不信と不満とは由来するところ既に久しく、根深いものになっていたので、上に梵天《ぼんてん》*帝釈天《たいしゃくてん》*、下は四大天王*も照覧あるべしと、物々しい誓いを立てゝみても、そのような一片の紙きれを以て収まる筈はないのであった。その頃木村常陸介は淀で普請の奉行をしていたが、七月四日の夜、五人の使者の跡を追うて女房輿《こし》で聚楽へ参り、御台所からその輿のまゝ奥の間へ乗り入れて、密かに秀次に謁し、何事か相談してその夜のうちに再び淀へ帰ったと云う。然るに石田三成は、常陸介の家中にも間者を三人まで入れて置いたので、直ちにそのことが上聞に達した。又五日には、毛利右馬頭輝元から、秀次公、去春白井備後守を差下《さしくだし》、如此之案紙《かくのごときのあんし》を以《もつて》、誓紙を沙汰し、入魂《じつこん》いたすべき旨仰せけるに因って、書き上げたる旨を、石田治部少輔を経て言上《ごんじよう》に及び、併《あわ》せてその案文なるものを證拠として差し出した。或は順慶の説くが如く三成の細工や手加減が施されていたのかも知れないが、こんな工合に種々な方面から注進があり、怪しい書類までも提出されると云う有様で、追い〱都《と》鄙《ひ》が騒がしくなって来るので、父子の間にとかくの浮説が出来ると云うのも直談《じきだん》がないからである、急ぎ秀次是へ参られ候え、結《むすぼ》れぬる氷を春風の解くように、互のおもわくを晴らして和睦あるべしと、再び宮部善祥坊、徳善院玄以僧正、中村式部少輔一氏、堀尾帯刀先生《せんじょう》吉晴*、山内対馬守*の五人を迎えの使者として、聚楽へ遣わすことになった。

その折太閤は何を考えることがあったか、出て行こうとする玄以僧正を呼び止めて、

「ちょっと堀尾に用があるから、立ち帰るように申し候え」

と云った。堀尾が戻って来て跪《ひざまず》くと、心配そうな顔をして、

「あの徒者《いたずらもの》奴《め》、様子を察して出て来おらぬかも知れないが、――」

と、ひとりごとのように云ってから、

「左様な場合にはどうしたものかの」

と、小声で呟《つぶや》いて、じっと堀尾の眼を見据えたが、

「御安心なされませ、よいように計らいます」

と、堀尾が即座に答えるのを聞くと、

「そちは今度も命を呉れるか、此れで三度目じゃ、忝《かたじけな》いぞ」

と、そう云って太閤は涙ぐんだ。

堀尾は暇乞いをして伏見の城を出かけたが、途中に用事があると云って他の四人の使者に別れ、馬をはやめて三条の饅頭屋道徹*と云う者の宿所に寄った。そうしてひそかに云うのには、此のたび爾々《しかじか》の事が出来て、今某はそのお使に参るのである、もし幸いに秀次公伏見へお越し下さらばよいが、下さらぬ時は刺し違えて相果てるぞ、ついては某《それがし》、つね〴〵そちの厄介になったが、此の期《ご》に臨《のぞ》み礼をする暇もない、依って此の状を悴《せがれ》信濃守*の方へ届け候え、必ず金銀が調うであろう、此の事人には露もらし候なと、堅く約束して聚楽へ急いだ。

使者を迎えた秀次の方では、太閤の命に従うべきか否かについて進退に迷い、重臣白井備後守、木村常陸介、熊谷大膳亮の三人を一と間へ呼び入れて凝議したが、意見がまち〱で容易に決しかねていた。備後が云うには、今此の城をお開きなさるのは、中々勿体《もったい》のうござります、某按ずるに、我等三人のうち一人を伏見へ遣わされ、一往理《ことわり》をお尽しなされては如何、もしその上にも御承引なく、討手が向って来るようであったら、我々真っ先に討って出て花々しき合戦をなし、叶《かな》わぬ時節到来せば、その時お腹を召され給うとも何の仔細か候べきと云う。熊谷大膳は、備後守申さるゝ処も一理はあると存じますが、退いて愚案を廻《めぐ》らすに、此の城に於いて一戦を励まし、御腹を召されんずる事、王城の地を穢《けが》す恐れが第一、次に太閤殿下より譲られ給うた城にお籠りなされては、天道の悪《にく》む所となるのが第二、次に昨日《きのう》までも六十余州に関白と仰がれ給うた御身が、今更おろ〱と籠城に及び給わん事、日本中の諸侍が言う甲斐《かい》なく思うのが第三、彼れ此れ世間の誹《そし》りが多いと存じますから、先ず父子の礼を執って一旦帝都を退き給い、讒者の実否を糺《ただ》されるのが順序ではござりますまいか、それには今宵志賀の山越えに東坂本へ移らせ給え、しかしそれでもお疑いが晴れず、討手を向けられた場合には、唐崎表《からさきおもて》へ討って出で合戦に及ばんこと、願う所の幸いでござります、人数も凡そ三万余りはござりましょうが、万一御運が尽きましたら、その時こそお心静かに御生害なされませと云う。木村常陸介が申す様は、この期《ご》に臨み、いかに退いて身の潔白を證し給うとも、太閤殿下に限っては、御《ご》宥免《ゆうめん》*あるべからず、とてもかくても逃れぬ場合故、五人の使者を討ち果たし、今宵伏見へ取り懸けて火を付け、城を枕として戦い申さんは、弓矢取っての面目、君も戦場に御名を

お残しなされましょう、然らずんば京中を焼き拂い、此の城に於いて一と支え支えられては如何、先ず京中の兵糧を取籠め、玉薬《たまぐすり》を用意して、城を固く堅められたら、曖《あつかい》*になるのは知れたこと、その時は十分の利を得られましょうと云う。

秀次も今は必死、絶体絶命の際であるから、途方にくれて言句もなく、溜息をついていると、常陸介は威《い》丈高《たけだか》になって、君が斯くまで言う甲斐のないお方であろうとは存じませなんだ、只今伏見へお越しなされたら、二度と都へはお帰りになれませぬ、高野へお登りなさるゝか、雑《ぞう》兵《ひょう》の手に懸り給うか、遠国へ流されて俊寛*の憂き目を見給うか、又は介錯人もなき御生害を遂げらるゝか、そうなってから後悔あるとも追い着きは致しませぬぞと、声を励まして諌《いさ》めるのであった。斯かる処に吉田修理亮《しゆりのすけ》*は摂州芥川に堤の普請を承っていたが、洛中の風聞を耳にして汗馬も息するばかりに馳せ着け、御謀叛の儀、もし真実に思し立っておられますなら、伏見へはお越しなされますな、又聊《いささ》かも左様な思召がございませぬなら、なお此の城に御座なされて、一往も二往も理《ことわり》をお尽しなされ、それでも御有免がなければ、某《それがし》に一万の御勢《おんせい》をお附け下さりませ、憚《はばか》りながら先を懸け奉り、一合戦して忠勤を抽《ぬき》んでましょうと、頼もしげに云った。

然るに粟野杢助が最後に進み出て云うのに、方々の申さるゝ処も御尤《ごもっと》もではござるけれども、伏見の大殿は御心早き大将軍にておわします、もし君の御謀叛を必定《ひつじょう》と思し召して攻め滅ぼそうとし給うのなら、斯様に延び〳〵とすることなく、即時に押寄せられるでござろう、因って思うに、筋なき事を取り持って石田がさま〴〵に讒言《ざんげん》いたすとも、殿下はあながち彼等の言をお信じになっていないのである、旁《かたがた》〻此の場合は、仰せのまゝに伏見へ参られ、御対面を願われたなら、御心も解けさせられ、御喜びなさるであろうと存ずる、さあらずして軍兵を催し、かの城へ寄せられ給うとも、先ず以て利を得ることはありそうにもござらぬ、なぜかと申すに、彼方は譜代重恩の侍、十騎が百騎にも向い申すが、此方は人数こそ大勢なれ、いずれも諸国の借り武者にて、伏見に親や子を置いてある者共でござれば、肉親の愛に引かされて何の用にも立ちますまい。さればと申して、此の城に籠り給うとも、長くは支えきれませぬ、遠巻きにして兵粮攻《ひょうろうぜ》めにでもされたなら、味方の兵共は親類縁者を頼って降参し、止まる者はほんの僅かに過ぎないでござろう、憚りながら、君の御為《た》めを思えばこそ隠さず申し上げるのでござる、我等を措《お》いて誰が斯様なことを正直に申し上げようぞ、そこの道理がお分りになったら、今は躊躇《ちゆうちよ》する場合でござらぬ、とく〳〵お参りあって然るびょう存じ申すと云うのであった。事情は正しくその通りに違いないのであったが、そう云う風にはっきり云われると、一同迷夢から覚めた心地がして、さあらば穏便に如《し》くべからずと云うことになり、秀次は待たせておいた五人の使者に、応二御使者之旨一伏見へ祗候いたすべき由を答えた。その時堀尾は、衆を離れてひとり秀次の右膝の近くに畏まり、緊張しきった顔つきで謹んでいる様子が、いかさま覚悟があるらしく見えたが、返答を聞くとほっとしたように座を退って、早速三条の道徹方へ吉《きっ》左右《そう》を知らせた。

秀次は、行列なども控え目にしてわざと一挺の輿《こし》に乗り、徒立《かちだち》の供二三十人を召し連れたゞけで聚楽を出たが、五条の橋*を渡って大仏殿*の前を過ぎる時分から、次第に前後が騒がしくなり始め、大勢の人数が此処かしこに立ち迷い、犇《ひし》めき合うけはいがした。これは討手がやって来たのでございます、賤しき者の手にかゝり給うては余りに無念でござりますから、東福寺*へ御輿《みこし》を入れられ、彼の所にてお心静かに御生害をなされませと、供の人々が云うので、今は謀《はか》られたことに気がつき、此の上は城へ戻って腹を切ろうぞ、疾《と》く引き返せと命じたけれども、若党共が追い〳〵後から馳せ着いて来て、五条わたりの体を

見るに、早くも敵がまん〳〵と入り廻りたりと覚え候、還御は思いも寄らず候と云う。秀次は歯嚙みをしつゝ、馬上ならば何者なりとも蹴散らして通るべきものを、さるにても弓矢取る者の仮初《かりそめ》にも乗るまじきは輿車ぞかし、思う仔細のある間、兎にも角にも藤の森まで参るようにと、輿を急がせた。が、増田右衛門尉が道の途中に待ち構えていたらしく、馬から飛び下りて輿の前に畏まり、以ての外の御機嫌でござりまするぞ、ついては一先ず高野山にお忍びなされ、聊《いささ》かも野心などおありなさらぬ趣を仰せ開かれましたなら、やがては御疑念の晴れる時節もござりましょうと云う。秀次は路上に輿を立てたまゝ、聚楽におりながら御《おん》理《ことわり》を申す法もあったが、それでは恐れ多いと存じ、これ迄出向いて参ったのじゃ、

勿論《もちろん》館を出る時からそれだけの覚悟はしている某、今更何を驚こうや、但し、命は露ほども惜しからねども、無実の罪にて相果てるのが無念でならぬ、構えて秀次ほどの者に此の上の耻を掻かすなよ、最期の時が参ったら必ず知らせてくれるがよい、尋常に腹を切るであろうぞと云えば、右衛門尉は慰め顔に、いかでお腹を召される迄のことがござりましょう、一旦斯様に仰せられましても、後日御自筆の御書を捧げられ、御心底を仰せ上げられましたら、そのうちには御機嫌も直り、讒言の輩を御成敗なさるでござりましょうと、よう〳〵に申し宥《なだ》めて、武士《もののふ》共に輿の前後を取り巻かせ、伏見の城を外に見て大和街道を進んだが、その夜は玉水の旅館に一泊、いぶせき藁屋《わらや》の軒場も荒れた宿の風情《ふぜい》に昨日までの栄華を思い、終夜《よもすがら》うと〳〵といさよう月を枕にして、

　思ひきや雲井の秋の空ならで
　　竹あむ窓の月を見んとは

その時までは忍び〳〵に附き従う者共、馬上二三百騎はあったが、石田治部少輔の目付《めつけ》の武士が主人に斯《か》くと知らせたので、それは余り多過ぎる、お供の人数は馬上二十騎、歩士《かち》十人召し連れられて可レ然と云う注意があり、翌九日の日からは武藤左京*、生田右京、篠部淡路守、津田雅楽助《うたのすけ》、山岡主計頭《かずえのかみ》*、前田主水正《もんどのしょう》、不破萬作*、雑賀虎、山田三十郎*、山本主殿助《とのものすけ》*、志水善三郎、外に隆西堂が淋しく従い、奈良坂*を過ぎて般若寺*のあたりに暫く輿をとゞめつゝ、遥かに春日明神*の森を伏し拝んだ。

三笠山*雲井の月はすみながら
　変り行く身の果てぞ悲しき

その夜は奈良中坊井上源五*に宿を取る。方々からの見廻飛脚が賑《にぎ》わうのを憚《はばか》り多しと云って断り、又高野山へ見廻之儀一切停止《ちょうじ》なさるゝ旨、駒井中務少輔《なかつかさしょうゆう》*、益田少将*方から廻文に及び、たゞ山の口々に歩士二人宛すえ置くように申し触れた。扨あくる日は岡野の宿を経《へ》、当麻《たいま》の寺*の鐘のこえを聞いて、

転寝《うたたね》の夢の浮世を出でゝ行く
　身の入相《いりあひ》の鐘とこそ聞け

かくて高野山に到着、青巌寺*を仮の住まいと定め、剃髪《ていはつ》染衣の身となって道意禅門と号したが、お供の人々も皆これに倣《なろ》うて髻《もとどり》を切った。

秀次は木食上人《もくじきしょうにん》*に会うて涙に咽《むせ》び、わ

れかゝる事のあるべきとは思いも寄らず、世にありし時心を附くる事もなくて、今更あさましゅうこそ候え、みずからが露の命、早や極《きわ》まり候えば、只今にも伏見より検使*あらば自害すべし、亡からん跡は誰をか頼み申すべきと云いもあえず、ふたゝび涙を流したので、上人承り、御諚《ごじょう》にて候えども、此の山へお登りなされ候上はいかで御命に障り候べき、たとい太閤御憤り深くましますとも、当山の衆徒一同にて申し上げ、御一身を乞い受け奉るべしと云ったが、検使は福島左衛門大夫、福原右馬助*、池田伊予守*を大将としてその勢五千余騎、文禄四年七月十三日の申《さる》の刻に伏見を立ち、十四日の暮方《くれがた》に高野山へ着いて、上人を始め一山の老僧

共の命乞いに耳を貸さず、青巌寺をひた〳〵と囲んだ。で、翌十五日の巳《み》の刻ごろに主従最後の盃を交し、家臣のうちの若年の者から腹を切った。第一番は山本主殿、二番は山田三十郎、三番は不破萬作、以上の三人はいずれも漸く十八歳の少年で、日頃特別の寵愛を受け、契りの程も浅からぬ者共であったから、主殿には国吉*の脇差を、三十郎には安川藤四郎*の九寸八分を、萬作にはしのぎ藤四郎*を与え、秀次自ら介錯したが、中にも萬作は天下一の美少年の聞え高く、雪より白く清げなる肌を押し開いて、左手の乳の上に脇差を突き立て、右手の細腰まで引き下げたところを、首を刎《は》ねた。四番は東福寺の隆西堂、五番が秀次、これは正年二十八歳、篠部淡路守が浪游《なみおよぎ》の太刀

を以て介錯したことは前述の通りである。

木村常陸介は自分の献策が用いられず、杢助の意見が通って、秀次の輿が伏見へ向う時、五条の橋まで見え隠れに附いて行ったが、先々の様子をなおよく見届けようと思い、道を変えて竹田の宿外《しゅくはず》れへ出てみると、物具《もののぐ》を着けた兵士だの鞍《くら》を置いた馬などが要所々々に立ち並んでいるので、さてこそ我が君を討ち奉る所存と覚ゆるぞ、汝等こゝにて敵を一と支え支うべし、我はその隙に駈け抜けて、石田めが通るところを蹈《ふ》み落し、彼奴の首を取ったる後に腹を切るべしと、そう云い捨てゝ駈け出ようとするのを、野中清六と云う十九になる小童が馬の口に取り付いて押し止めた。いや〳〵、たとい鬼神のお働きをなされましょうとも、此処を駈け抜けることは叶《かな》いませぬ、まだ此の先にいくらでも人数が伏せてござりましょうから、雑兵《ぞうひょう》の手におかゝりなされて犬死なさるのは必定でござります、先ず山崎にお越しなされて、夜に入ってからお計らいなさりませ、さらずば一度北国へお下りなされ、城に楯籠《たてこも》って国々の味方をお集めなさりませと、そう云われて常陸介も拠《よ》んどころなく、東寺を西へ、向うの明神へかゝり、山崎の宝寺に日頃誼《よし》みのある僧を頼って行ったが、寺から伏見へ訴え出たので、頓《やが》て検使が立ち、主人秀次と同じ七月の十五日に腹を切った。子息の木村志摩助*も北山辺に忍んでいたのが、父の最期を聞いて、これも同じ日に寺町の正行寺で自害をした。

熊谷大膳は嵯峨の二尊院に隠れていたところへ、かねて入魂《じっこん》にしていた前田徳善院の家老の松田勝右衛門と云う者が、十五日に訪ねて来た。松田は最初釈迦堂まで来て、そこから自分の家来を遣わし、秀次公には今日高野山で御生害をなされます、ついては其許《そこもと》にも急ぎ御供なされよとの上意を、主人徳善院承り、代理として某《それがし》が参りました、日頃其許とは御懇志に与《あずか》っておりますので、何事に依らず思し召しおかるゝ事がござりましたら、お申し聞けを願います、と、そう云わせると、上意の趣、忝《かたじけの》う存じます、此方《こちら》から罷《まか》り出て対面いたしとう存じますが、それでは却ってお気遣いもござりましょうから、これへお越しを願います、最後のお暇乞いも申したく、別にお頼み申したいこともござりますからと云う返事である。やがて松田が行ってみると、大膳が出迎え、これ迄お出で下されて満足に存じます、扨お頼みと申しますのは、我等が召使い候者共、最後の供をすると申して聴きませぬ故、いろ〳〵に申しとゞめているのでござります、もし某が相果てました後に、一人なりとも此の旨に背《そむ》き、跡を追う者がござりましたら、来世までも勘当いたします、その上その者の一類に対し、五畿内近国をお拂いにして下さりませ、何卒此の儀をくれ〴〵もお願い申しますと云う。松田はいたく感動して、御依頼の趣《おもむき》慥《たし》かに承知いたしたと答え、大膳と二人で最後の盃を交していると、その隙を窺って郎党共が三人一緒に腹を切った。御最期の御供申さばこそ、勘当をも蒙り候わめ、御先へ参り候上は、何の咎《とが》めか有レ之べきと云うのである。残る者共も成る程これは理窟《りくつ》であると心づいて、我も〳〵と腹を切りかけるのを、松田の郎党や寺の坊主たちまで出で合い、一人に三人も五人も取り付いて、先ず太刀を奪い取った。大膳はその様子を見て、不覚なる者共哉《かな》、誠の志があるなら、命を長らえて後世を弔《とむろ》うてくれたらよいのに、左様な早まったことをされては、主君冥途《よみじ》の障りとなるばかりである、某とても助けてさえ戴けるなら、只今にも出家して主君の菩提《ぼだい》を弔うであろうものを、お赦《ゆる》しのないのが残念であると、そう云って涙に咽《むせ》んだので、それでは是非に及びませぬ、仰せの通り私共は出家いたして主《あるじ》の御房の御弟子になり、お後をねんごろに勤めましょう、お心安く思し召して御最期の御用意をなさりませと、郎党共も今は力なくあきらめてしまった。大膳は斜めならず喜び、行水をして仏前に香を焚き、客殿の畳を裏返しに重ねた上で水盃を酌み、脇差を取って西に向うと、立ちながら腹を十文字に切った。松田は主の御房に、百箇日迄の法要を営んでくれるように頼んで帰ったが、大膳は小身者であったけれども、その主従の情誼*と云い、最後の有様の立派さと云い、感心せぬ者はなかったと云う。

白井備後《びんご》と粟野杢助《もくすけ》は鞍馬の奥の方へ立ち退《の》き、ひそかに上意を待っていたところへ、徳善院の方から小池清左衛門と云う者を使に寄越した。関白殿の御事、北の政所《まんどころ》より仰せられ、御命ばかりはお助け申し上げようと様々にお骨を折られましたが、如何《いか》にしてもお赦しが出ず、検使のために福島左衛門大夫、福原右馬助、池田伊予守の三人をお遣わしになりました、急ぎ最期の御用意をなされい、思し召し置く事も候わば、此の者に仰せ聞けられ候え、後々の御孝養《きょうよう》は懇《ねんごろ》に沙汰を致すでござろう、と云う口上である。両人は清左

衛門に対面し、法印殿のお心づけ、過分に存じます、つきましては、迚《とて》ものことにお願いがあるのでございますが、常日頃から頼んでおりまする上人の方へ連れて行って下さる訳には参りますまいか、御辺の御一存を以て左様に計ろうて戴けましたら、此の上もない仕合わせでござりますがと云うと、清左衛門は快く承諾し、いと易《やす》いことでござります、何事に依らず聴き届けて上げるように、法印から申し付かっておりますと云って、両人を古い釣輿に乗せて運び出したが、白井は大雲院*のお寺で、杢助は粟田口《あわたぐち》*の鳥居小路と云う者の家で、同じ時刻に腹を切った。

白井の女房は、十二歳の時に備後守に見え初《そ》めてから片時も離れず連れ添うていたが、今度の事件が起ってから夫に別れて北山辺に忍んでいたところ、備後守が腹を切ったのを聞いて、二歳になる姫を乳人《めのと》に抱かせ、大雲院の貞安《じょうあん》上人の許《もと》を訪ねて来た。これは備後守が妻や子でござります、頼む方ない身の上となりましたから、夫を慕うて参ろうと存じますが、跡の弔いを何分お願い申しますと云うので、上人は思案をし、兎も角も奥へ請《しょう》じ入れて、徳善院へその旨を知らせ、指図を仰いだ。依って法印から太閤に言上すると、男の子ならば害すべし、女は助けて取らせよと云う命令である。それを聞いて上人は安堵《あんど》し、お命は申し受けましたから、お心やすく思し召せと云うのであったが、女房は嬉《うれ》しそうな顔もせず、仰せは有難うござりますけれども、命を長らえておりましたとて、誰を頼み、何処に身を隠しましょう、矢張わたくしは夫の所へ参ります、たゞお願いは此処におります姫でござります、これは二歳になりますが、どうかお慈悲を持ちまして如何なる者にでもお預け下されて、成人いたしましたらば跡を弔わせて下さりませと、正宗の守刀《まもりがたな》に黄金三百両を添えて出した。上人はいろ〳〵に女房を慰め、生き長らえて夫の後世を祈るのが誠の道であるからと教え諭《さと》したので、それなら様《さま》を変えさせて戴きますと、緑の髪を剃《そ》り落し、墨染の衣を着て、よもすがら念仏を称《とな》えていたが、明くる日の暁方《あけがた》、乳人が姫を抱きながら少しまどろんでいる隙《すき》に、守刀を取り出して心元《むなもと》に刺し通し、打俯《うつぶ》しに俯して空《むな》しくなった。

後に残された二歳の姫は、一説には貞安上人が乳人と共に引き取って、五条あたりの町家

に預けて養育させたが、十五の歳に仕合わせがあってさる方に嫁《とつ》ぎ、行く末富み栄えて暮したと云う。又此の姫は幼い時より利発者で、読み書くことに心を染め、明け暮れ双紙《そうし》などを集めて見ていたが、或る時乳人に両親の名を尋ねると、お歎きになることを傷《いた》わしく思い今日まで隠しておりましたけれども、父御《ててご》は白井備後守とて天が下の大名小名に知られ給うたお方でござりますと、そう聞かされてからは偏《ひと》えに菩提《ぼだい》の心を起し、十三と云う歳の五月の末つ方《かた》、大雲院で四十八夜の別時の念仏を初め、その結願《けちがん》*の日がちょうど七月十五日の父の命日に当るようにした。そうして十四日の逮夜の夜は、明《あけ》結願《けちがん》の日でもあり、折柄盂蘭盆《うらぼん》のこと

でもあるから、名残惜しく思って乳人と共に仏前に通夜をしていると、二人ながら暫《しばら》くとろ〳〵と睡《ねむ》った隙に同じような夢を見た。一人は年頃四十あまりと覚える人の、唐綾《からあや》の装束に冠《かんむり》を着けたのが、笏《しゃく》を取り直して仏壇に坐している。もう一人は三十余《あま》りと見える婦人の、濃紫の薄衣に墨染の衣を着たのが、その右隣にすわっている。夢の中でも不思議に感じて傍の人に問うと、あれこそ白井備後どの御夫婦ですと答えるのである。やがて身のたけ二丈ばかりの鬼が現れて、口から炎《ほのお》を吹きながら夫婦を苦しめるかと思うと、気高《けだか》い老僧が出て来て鬼を追い拂った。それから俄《にわ》かに紫雲がたなびいて異香が熏《くん》じたり、虚《こ》空《くう》に花が降ったり音楽が聞えて来たりして、夫婦は忽《たちま》ち金色の仏と変じ、黄金の蓮花に乗って天へ昇ってしまったのであるが、姫も乳人も眼がさめてみると、一生懸命に夫婦の裳《も》裾《すそ》にしがみ着いているつもりのが、実は仏前にかゝっている幡《はた》の脚に取り縋《すが》っていたのであった。そんな夢の話が世間へ知れたのは、大方その同じ晩にお籠りをしていた人々などがしゃべって歩いたのであろう、夜が明けてからもまだ紫の雲のたなびいているのが見えたとか、あたりに異香の熏じているのが分ったとか、大分大仰《おおぎょう》な噂《うわさ》が伝わって、末世と雖も誠の志があれば奇瑞《きずい》*が現れるのであると、一時はえらい評判になった。

木村常陸介にも十三になる娘があった。これは並びない美人であったから、かねて秀次から所望されていたけれども、常陸介は何と思ったか、ちと差支えがございますからと云って、母親に附けて越前へ下しておいたのであるが、最期の時に小童の野中清六を呼び、その方主人の供をして腹を切ろうと云う志は忝《かたじけな》いが、しばらく長らえて北国へ下り、老母と、妻と、娘の身の上を何とか始末して貰《もら》えまいか、此の期《ご》に及び唯それだけが心がゝりであると云うので、いかさま御諚《ごじょう》に従いましょうと、清六は直ぐに越前へ下った。そうして常陸介の母と北の方とに会うて都の始終《しじゅう》を知らせると、ではわたしたちも殺しておくれ、定めし殿が死出の山路でお待ちになっておいでゝあろうと云うのであった。清六が思うに、此の三人の人々を自分が手にかけて殺すのはよいが、きっと召使の女共が大勢取り縋《すが》って騒ぐであろう、もしも彼等に邪魔をされて仕損じたら厄介である、いっそのこと、自分が先に腹を切って手本を示す方がよいかも知れぬ、と、そう考えたので三人に向い、追っ付け都からお迎えが参るでござりましょうが、賤《いや》しい者の手におかゝりなされ、一門の御名を汚すようなことがあってはなりませぬから、そのお迎えの来ぬうちに御最期をお急ぎなさりませ、ついては私、一と足お先にお供をさせて戴きますと、云いも敢《あ》えずに腹を十文字に掻き切って死んだ。それを見た常陸の妻は、自分達も後れてはならじと思い、最初に娘を殺そうとすると、乳人《めのと》の女房がその手に縋りついたので、居合わせた者共も皆たよりない女や子供ばかりであるから、眼前の悲しみを見るのが嫌《いや》さに我も〳〵と抱きついて、親子の間を隔てゝしまった。浅ましのめのとの心や、縦《たと》いみずからが手にかけずともいかで遁《のが》れ果つべきぞ、わりなく命を惜しまば必ず耻を晒《さら》すものぞやと、妻はしきりに女共を叱ったけれども、どうしても娘の傍へ寄せ着けてくれないので、仕方がなく老母に

向い、それではお母様は御用意遊ばして下さりませと、そう云い遺して自分から先に自害をした。老母はその後で、日頃頼んでいた上人を請じて形見の小袖に金を添えて参らせ、一門の後世を弔うてたび候えと、委《くわ》しく遺言して、老体ながら甲斐々々しく刃《やいば》に伏した。危い命を助かった娘は、乳人に手を取られて何処と云うあてもなく浮かれ出で、峰に上り、谷に下り、足に任《まか》せて行くほどに、山路に迷い込んだりしたが、夜が明けた頃ふたゝび元の在所《ざいしょ》へ戻って来たところを、討手に捕えられた。白井備後守の娘の場合には、「女の子は差支えない」と云うことであったが、常陸介は最も罪が重かったので、自然女子にも憎しみが懸ったのであろうか、彼女は都へ連れて行かれ

て、三条河原で首を刎《は》ねられ、屍骸を曝《さら》されたのである。

此の外仙千代丸の母君おわこの前の父親の日比野下野守と、御百丸の母君お辰の前の父親の山口松雲とは、北野辺に於いて切腹し、丸毛不心《まるもふしん》*は相国寺《しょうこくじ》*門前に於いて、自分は年を取っていて腹の皮に皺《しわ》が寄っているから、同じことなら首を討って貰いたいと云って、討たれて死んだ。尚又謀叛に組した廉《かど》で遠流《おんる》に処せられた人々は、延寿院玄朔*、紹巴法眼、荒木安志、*木下大膳亮《だいぜんのすけ》*等であったが、それについて太閤記は云う、「たとひ秀次公謀反《むほん》を思召立《おぼしめしたち》給ふ事有共、かやうの人々を其使におぼし寄給はんや、各御反逆之事 聊《いささか》以不レ奉レ存旨申上度思ひ侍れ共、長盛三成が威に恐れて取次人もなく、奉行人指図に任せて、配所に赴《おもむき》にけり」と。又国々へお預けになった人々は、一柳右近将監《しょうげん》*が江戸大納言へ、服部采女正《うねめのしょう》*が越後宰相へ、渡瀬左衛門佐《すけ》*が佐竹右大夫へ、明石左近*が小早川左衛門佐へ、前野但馬守*と長子出雲守*とが中村式部少輔《しきぶしょうゆう》へ、等で、後に玄朔と紹巴と安志の三人は赦免されたけれども、他は悉《ことごと》く切腹仰せ付けられた。太閤記は又云う、「此謀反之事、虚共実共終《つひ》にしれずして、方々におゐて自害有し人々、一人も及二白状一、某は不レ存、かれは存知たると云人もなく、ぬれ衣《ぎぬ》を着て旅に赴きぬる事、宿業《しゆくごふ》の程あさましと観念し終にけり、あはれなりし事共なり」と。

それと云うのが確かな根拠があったのではなく、一片の風説と漠然とした邪推に基いたのであるから、無実の罪でたわいもなく死んだ者が多いのであって、中にはほんのちょっと

した係り合いから因縁をつけられた、全くの災難としか思えない者が交っていたことは想像に余りあるのであるが、一方では又、際《きわ》どい所で刑死を免れた好運な人々も少しはいる。浅野左京大夫吉長*は一旦切腹と云うことに極《き》まったのであったが、何卒自分を訴え出た者に会わせて戴きたい、そうして願わくは御前に於いて対決させて戴きたいと云うので、太閤の御前へ吉長と訴人とを呼び出して僉議《せんぎ》に及んだ。然るに訴人は水野新八郎と云い、最近まで吉長の家中に仕えていた郎党であったが、或る事情から暇を出されてしまったので、それを遺恨に思ったのであろうか、旧主左京大夫殿も関白殿と一味でござりますと、分明な證拠書類を添えてお上へ訴え出たのである。その書

類には紛れもない吉長の判が捺《お》してあるので、本人の前に突き付けて訊問すると、いかにも此れは某《それがし》の判でござりますが、しかし此の判は一年以前に改印仕り、今は使っておりませぬと云う。因《よ》って吉長から諸大名へ遣わした證書の類を数多《あまた》取り寄せて、使用してある印判を調べてみると、全く彼の云う通りに違いないので、嫌疑は直ちに晴れたのであったが、新八郎は虚偽の申立てをなし、剰《あまつさ》え謀判《ぼうはん》の罪を犯したことが明白になり、身柄《みがら》を吉長に下げ渡されて即時に首を刎《は》ねられた。次に六角右兵衛督義郷《かみよしさと》も、一時危いところであった。それはどう云う訳かと云うと、義郷の家臣に、近江の国信楽《しがらき》の住人多羅尾道賀*と云う者がある。最初義郷は、此の道賀の娘を自分の妻にしていたところが、たぐいない美女であることが秀次の耳へ這入《はい》ったゝめに、後に聚楽《じゅらく》へ献上しなければならなくなった。おまんの前*と云うのが即ちその女で、関白の愛妾の一人となったが、唯それだけの関係なのである。つまり自分の妻を奪われた上に、その妻の父親が自分の家臣である故を以て、連累者と目されたのであるから、此のくらい馬鹿々々しい冤罪《えんざい》はない。吉長も義郷も、日頃三成から反感を持たれていた結果が、斯様《かよう》な災難に遭ったものらしく、誰も三成に遠慮をして口出しをする者はなかったのであるが、事情が余り気の毒なので、死罪だけは赦《ゆる》されて本領を没収された。

尚前項に書き洩らしたが、二尊院で切腹した熊谷大膳の辞世に云う、

　哀れとも問ふ人ならで問ふべきか

嵯峨野ふみわけておくの古寺

又大雲院で自刃した白井備後が妻の辞世に云う、

心をも染めし衣のつまなれば
おなじ蓮《はちす》の上にならはん

此の外、秀次が高野へ赴《おもむ》いた時、順礼や修験者に姿を窶《やつ》して何処迄もと輿《こし》の跡を慕った者が多かったけれども、此処彼処で厳しく体を検《あらた》められて追い返され、或る者は己が故郷へ帰り、或る者は五畿七道へ廻国の旅に上ったと云う。

その八

秀次の末路、及びその家中の武士共の或は滅び、或は離散した状況は大体上記の如くであるが、順慶の藪原勾当《こうとう》は如何にしたかと云うのに、彼は七月八日の夜、秀次が聚楽を出た後でその公達や妻妾たちが徳永式部卿法印の館《やかた》*へ移されるのを見届けてから、伏見にある旧主の邸の門を叩《たた》いて、拝謁《はいえつ》を願い出たのであった。と云うのは、元来自分は治部少輔の臣であるから、関白家が亡びた今は、一往旧主の許《もと》へ返り、己が一身の処置について指揮を仰ぐのが当然であると、左様に考えたからであったが、しかし順慶がそう云う行動を取るのには、少からぬ勇気を要したことであろう。なぜなら彼は、何一つとして旧主のため

に手柄を立てゝいないのみならず、去《い》ぬる文禄三年の秋、わざ〳〵邸へ呼びつけられて怠慢の廉《かど》を咎《とが》められ、厳しい叱責を蒙った折には、畳に額を擦《す》りつけて詫《わ》び言《ごと》を述べておきながら、その後も当らず触らずの報告を差し出したぐらいなことで、格別信任を取り返すような働きをせずにしまったことを思えば、たとい戻って行ったところで、旧主が喜んで迎えてくれる筈はないし、悪くすれば罪科に問われるかも知れないからである。にも拘らず、閾《しきい》の高いのを怺《こら》えて、その門を潜ったと云うのは何の意であったか。蓋《けだ》し順慶は、まだその時まで武門の意気地を捨て切れなかったのであろう。即ち彼としては、切腹仰せ付けられようとも武士たる道を蹈《ふ》み違えまいとする一念が、心中に燃えていたので、旧主に見《まみ》えてその裁断に服しようとしたのであろう。が、彼が自分では意識しない心の奥の秘密を云えば、関白家を滅ぼした主人三成の手に依って、同じくば自分も死なして貰いたいと云う淡い意地が潜んでいなかったであろうか。それに又、もはや

此の世に何の望みもないと云うあきらめもあったであろうし、生きて関白家一門の落ちぶれる様を眺めるよりは、寧ろ旧主の怒りに触れて殺された方がよいと云う腹もあったであろう。彼は自ら語って云う、「伏見のお邸へ参りまして殿にお目通りを願いましたら、関白殿の御謀叛は幸い露顕に及んだとは云え、その方それについて仕出来《しでか》したることもないのに、何の面目あって邸へ戻って参ったるぞと、そう云う仰せでござりましたので、愚僧は御前に平伏いたし、重々の不埒《ふらち》、申し開きの道もござりませぬ、唯此の上はいかようにも御成敗《ごせいばい》遊ばして下さりませ、とても生きがいのなき浮世に琵琶法師として長らえておりまするより、武士として死なせて戴きたく、どのようなお仕置にても受けまする所存にござりますと、左様に申し上げましたところ、愚僧の様子に不審をお打ち遊ばされ、その方、なぜ眼を潰《つぶ》っておるぞと云うお尋ねにつきまして、左様でござります、実は某《それがし》、今ではまことの盲目になっておりまする、と、そう申し上げたのでござりました。その時殿は、びっくり遊ばしたようなお声で、何、何と云うぞと重ねてお尋ねなされましたので、さればでござります、眼が開いておりますると盲人の真似をしておりまするこ とを忘れて、いかなる不覚を取らぬとも限らず、かくてはお役目が勤まりかねると存じまして、小柄《こづか》を以て両眼を抉《えぐ》りましたのでござります、と申しましたら、暫く何のお言葉もござりませなんだが、やゝあって仰せられますのに、それは近頃珍しき所行じゃ、しかしつら〳〵考えるのに、そちのしたことは忠義のようで忠義にあらず、余人《よじん》を欺《あざむ》くことは出来ても此の三成

を欺くことは叶《かな》わぬぞ、その方座頭《ざとう》に相成ったのは一時の方便ではないか、たとい現在は姿を窶《やつ》して当道の座に加わっておろうとも、やわか*軽々しく両眼を害《そこな》うことやある、又その方が盲人の真似を致せしは、敵方に油断をさせて様子を探るためではないか、然らば人一倍眼も見え、耳も聞ゆるようにとこそ願うべきに、物も見えず、進退にも事を欠《か》くように相成《あいなり》、何として手柄をたて得らるゝぞ、役目を大切に存ずる故にまことの盲人になり果てたりと申すこと、少しも言分《いいぶん》立ち難《がた》し、父母より受けたる身体髪膚《はっぷ》を妄《みだ》りに毀《やぶ》り傷つくるは*古人の戒むるところであるのに、その方が行いは、旁〻《かたがた》以て不審に存ずる、斯程の道理を弁《わきま》えぬ其方とも思わなんだが、と、苦々しそうに仰っしゃりますのを伺いまして、背中よ

り冷汗を流しまして、たゞもう恐れ入ったのでござりました。それにしましても治部殿は、愚僧の苦しい申訳がその場限りの出まかせであることを、観破なされたのであろうかと考えましたら、畳にひれ伏しておりながら、殿の鋭いお眼の光に射抜かれているように感ぜられ、体が竦《すく》んでしまいまして、いっかな頭を挙げることも、物を云うことも出来ませなんだ。すると重ねて、その方の如き態《ざま》になって、武士の扱いを受けようなどゝは笑止の至り、左様な者に大事な役目を云い付けたのは某が不覚であった、思えば憎き奴なれども、手討ちにするさえ汚れであるから、永の暇を取らせるぞ、とく〳〵此処を出て失《う》せよと仰っしゃって、そのまゝ奥へお這入りになったのでござりました」

三成が順慶の一命を許してやったのは、何故であったろうか。今や秀次は謀叛人として高野山に送られ、彼の画策は大半成功したのであるから、もはや順慶の怠慢を咎《とが》める必要もなかったのであろうが、恐らく下妻左衛門尉の過去の功績を商量し、殺すほどの罪でもないと考えて、放逐したのであろうか。

旧主に対する順慶が心持の変化を辿《たど》ってみると、大凡そ三つの時期を劃《かく》して推移したことが察せられる。その第一は旧主の成敗《せいばい》を仰ぐべく三成の邸を訪ねて行った時であって、まだそれまでは、一の台の局に同情していたと云っても、一方に武士の矜《ほこ》りを捨てゝいなかったと云える。第二は、旧主から永の暇を賜わって、全くの座頭となり下《さが》った時である。此の時代の彼は既に武士ではなくなって、思いは日夜かの不仕合わせな上臈《じょうろう》母子の身の

上に馳せながら、なお内心に何故とも知れざる自責の念と慚愧《ざんき》の情とが往来していた。さて第三は、秀次の公達《きんだち》や妻妾共が三条河原で斬られた日、鹿垣《ししがき》の外でその有様を窺い、阿鼻《あび》叫喚《きようかん》のこえに断腸の思いを忍んでから後の順慶であって、彼が旧主三成の残虐を恨み、豊臣氏の天下を呪《のろ》って、不昧因果の歌を吟じつゝ、乞食坊主にまでなり下ったのは、実にそれからなのである。

ところで、順慶が旧主の邸を追われた時分、あの上﨟たちは何処にいたかと云うと、秀次の輿《こし》が高野に向った七月八日の夜、一旦徳永式部卿法印の邸へ送られたのであったが、更に七月十一日には、法印の居城である丹波の亀山*へ連れて行かれた。太閤記「益田少将忠志の事」の条に曰《いわ》く、

去程《さるほど》に秀次公御若君達並《ならび》に御寵愛の女房達これかれ三十人余、同八日之夜徳永式部卿法印がやかたへうつしまいらせ、前田徳善院田中兵部大輔きびしく番をつとめにけり、かくて十一日丹州亀山之城へをくりまいらせ、堅く制法物に記し付、親しきかたよりの

をとづれさへに思ひ絶しなり、やがて帰京おはしまして洛中を渡し、六条河原にしてこと〴〵く生害に及びなんとなり、益田少将此事をよくしれり、いたはしき事の至《いたり》て痛《いたは》しきは、此上あるべからず、かやうなる憂事を聞なば、身もあられん物か、我はもと江州浅井郡にして、本願寺之門流小菴を楽しみありし坊主なりしを、秀次公天下之家督を請させ給ひてより、某《それがし》を三奉行之内に加へさせ給ひき、報じても報じがたきは、此恩にしくはなし、いざ若君達を見廻奉ると号し、亀山に参り何《いづれ》もさしころし申さんと、ねぶかく思ひこめしなり、一人有し息女をば、秀頼公御母儀へ頼み奉りつかふまつるやうにと、七月二十日大坂へ下しけり、妻の事は亀山よりの左右《さう》次第に藤井太郎右衛門と云し者に首をはねよ、此事返々《かへすがへす》も露洩《つゆもら》すなよと、せいしをかゝせ、廿二日夜をこめつゝ、名残をしくも宿を出て、亀山へいそぎ侍るに、おひの坂*にて兵士多く有て、見廻の上下一人もとをすべからざる旨、前田徳善院増田右衛門尉石田治部少輔下知《げぢ》なりとて追帰《おひかへ》しけり、されば亀山にてわか君たちおはします所、番等の寛急しらんがため、持参せし折などこれは御ゆるし候へ、さゝげ奉り、聊《いささか》なぐさめ申たく候、ひとへに御芳志たるべきと赤手をすつてとをし、其身はむなしく帰にけり、折など捧侍りし者立帰りしまゝ、各御有さまを委《くはし》く尋ぬるに、亀山本丸にをしこめまいらせ、中〳〵われ〳〵かやうなるものも、三の丸より不レ入よしなれば、少将思ひ絶たりし也と。

順慶も亦右に記す益田少将の如く、丹波の亀山へさ迷うて行った一人であったが、矢張目的を達しないで、途中からすご〱戻って来たのであると云う。然るに七月の三十日になって、亀山城に預けられていたこれらの女子供たちは再び京都の法印の邸へ連れて来られた。そうして翌八月の一日には、皆々此の世の暇乞《いとまご》いに文などを書きした〻めたが、その間に三条河原では、二十間四方の堀を掘り、鹿垣《ししがき》を結《ゆ》い廻《めぐ》らし、三条橋の下に三間の塚を築き、秀次の首を西向きに据え、公達や女房達にそれを拝ませると称して、二日の朝早くからそこへ引き出したのである。彼等は一輛の車に二三人ずつ乗せられて、町を引き廻された上刑場に着くと、先ず秀次の首に額《ぬか》ずいて、それから順々に殺されて行った。

物のわけをも知《しら》ぬ者ども、小肘《こひぢ》つかんで引立《ひったて》、車一両に二三人づ〻引のせ奉るさへに、若君姫君の御事さま、扨《さて》も〱と云《いは》ぬ者なく、其身の事は不レ及レ申、見物の貴賤も噇《どっ》と鳴《なき》出、しばしは物のわけも聞えざりけり、世に在《おはし》し時は、花やかなる有さまにて有べきが、昨日は今日に引かはり、白き出立《いでたち》の外はなし、若君姫君をお乳人《めのと》にも、はやそひまいらせず、御母おやの膝の上にいだき給ひしに、何心もなく、おち（お乳の人）もこ〻へなんとのたまふの、いたひけさ、あはれさ、此上あらん共《とも》覚え侍らず、三条河原に着しかば、車よりいだきおろし奉りぬ、各秀次公の御首の前へ、我おとらじと、はら〱とより給ひ、ふしおがみ候しさまあさからず見えにけり、一の台と申は、菊亭右府の息女なれば、いづれもよりは上におはしけり、行年三十四歳、今度の御謀反《むほん》の沙汰ゆめ

〳〵なき事を、増田石田がさゝへ*に、かくならせ給ふ事のあはれさ、是非なくおぼして、かくなん

心にもあらぬ恨みは濡衣《ぬれぎぬ》の
つま故かゝる身となりにけり

或は云う、

一番には、上臈《じやうらふ》の御方一の台の局、前の大納言殿御娘、御年は三十路《みそぢ》に余《あま》り給へども、御かたち勝《すぐ》れ優にやさしくおはしければ、未だ二十ばかりにぞ見え給ふ。（中略）最後の御文の端に、斯《か》く詠じて書付け給ふ

長らへてありふる程を浮世ぞと
思へば残る言の葉もなし

二番には小上臈の御方御妻御前、十六歳、三番には中納言の局御亀御前、三十三歳、四番にはおわこの前、十八歳、五番お辰

の前、六番おちゃの前、七番おさこの前、――三十二番にお三、三十三番に津保見、三十四番に於知母と云うのを最後にして、そのうち三十人までは辞世の和歌を書き遺《のこ》して斬られる。それらの一人々々が詠んだ歌の文句、淋しいうちにも何処か花やかな感じのする装束の有様、「あはれなるかな悲しひかな、かく痛ましくあらんと兼て思ひなば、見物に出でまじき物をと、千悔の声々も多かりけり、廿余人伐《きり》かさねければ、河水も色を変じたり」と云うその日の河原が如何にきらびやかな地獄絵巻を繰りひろげたか、――私は実は、「聞書」が伝える順慶の直話《じきわ》に依ってその光景を紙上に再現し、併《あわ》せて順慶が、弓矢を捨てたのみか琵琶をも捨てゝ、或る時は悔い、或る時は怒り、或る時は悟り、或る時は狂いつゝ、遂に一生かのおん方の幻影を盲《し》いた眼から消すことが出来ず、迷いに迷って塚《つか》守《もり》になったいきさつを、もっと委《くわ》しく書き記したいのであるが、それらはいずれ「聞書後抄」と題し、他日筆硯《ひっけん》*を新たにして再び稿を続ける折もあるであろう。即ち玆《ここ》に物語ったところのものは、纔《わず》かに源太夫が「聞書」の前半に過ぎないのである。

三人法師

昭和四年（一九二九）十、十一月
「中央公論」

世に「三人法師」と云う物語がある。いつの時代の誰の作かは明かでない。萬治二年の版があるそうだが、作者はこれを国史叢書*の中に収めてある活字版で読んだ。さしたる名文と云うのではなく、たど／＼しい稚拙な書き方であるけれども、南北朝頃の世相が窺われる上に、第一の法師から、第二、第三の法師になるほど話が複雑で面白く、組み立てもまとまっているし、哀愁が心の全篇を貫いているところは文学的に相当の価値を認めてよい。ちょうど秋の夜の読み物には適していると思ったので、くどい所や仮名書きのために分らない所は省略もしたし、多少は手を入れたが、大体原文の意を辿って成るたけ忠実に現代語に直してみた。もしいくらかでも古い和文の文脈と調子とを伝えることに成功したら作者としては満足である。

上

高野の山へ集って来たからにはどうせ世を厭う人々ではありながら、同じ厭離《おんり》の願いを遂げるにも座禅入定《にゅうじょう》*の法もあれば念仏三昧*の道もある。山は広いので思い／＼の半出家たちが彼方此方《かなたこなた》に宿を求め、めい／＼己れの性《しょう》にかなった教について行《ぎょう》を修めているのであるが、或る晩そう云う人たちが或る宿房へ寄り合った時だった。一人の僧が、見渡したところ、われ〱はみな半出家ですが、いずれも遁世なされたのにはそれ〴〵の仔細があることでしょう、座禅をするのも悪くはありませんけれども、懺悔《ざんげ》の徳*も罪をほろぼすと云いますから、今夜は一つ皆の衆で懺悔物語をしてはどうですかと云い出して、それをしおにいろ〱な若い頃の想い出話が一座のあいだに弾んだ折、年頃は四十二三であろうか、綻びだらけの衣を着て難行苦行に見るかげもなく痩せ衰えているものゝ、鉄漿《かね》*をふか〴〵とつけて何処かに尋常な俤のある僧の、さっきから隅の方に引っ込んでじっと考え込んでいたのが、ふと、ではわたしの身の上を聞いて下さいますかと云って、しんみりした口調で語り始めた。――

都のことは定めし方々《かたがた》も御存知でしょうが、わたしはもと、尊氏将軍*のおん時に、糟屋の四郎左衛門と申して近侍に召し使われていまして、十三の年から御所へ参り、礼仏礼社《らいぶつらいしゃ》、月見花見の御供にはずれたことはなく、まめに仕えていますうちに、或る年のことでした、二条殿へお成りになる御供に附いて行きましたら、折節朋輩どもが寄り集って遊んでいましたものと見え、わたしのところへも使をよこして、速く来ないかと云って来ましたので、まだお帰りには間《ま》があるかしらと思いながらお座敷の体《てい》をのぞいて見ますと、ちょうど御酒が二三献過ぎた時分らしく、一人の女房が引出物に、広蓋《ひろぶた》*の上へ小袖*を載せて持って出て来るところでしたが、その女房と云うのが、二十《はたち》にはならないほどのうら若さで、練絹*の肌小袖に紅花緑葉の単衣《ひとえ》をかさねて、くれないの袴を蹈んで、長い髪を揺りかけている姿の美しさ、染殿の妃、*女御更衣と申してもきっと此れほどではあるまいと思われて、あゝ、人間に生れたからにはこう云う人と言葉を交し、枕を並べたいものだが、それにしても今一度出て来てくれないものかしら、せめてもう一と目とっくり顔を見たいものだと思いましたら、その時からあくがれ心地が胸をとざして、忘れようとしても忘れられず、うつゝともない恋になってしまいました。それから宿へ帰っても上臈の姿が眼の前を去らないので、食うものも食わずに打ち伏したなり四五日のあいだも出仕しなかったものですから、近頃糟屋はどうしているかと云うお尋ねに、病気のことを申し上げると、それなら薬師《くすし》をつかわすから療治をするがよいと云う仰せがあって、間もなく宿へ薬師が参りましたので、起き直って、烏帽子《えぼし》直垂《ひたたれ》をつけて対面しましたところが、ちょっと脈を取ってみて、どうもおかしい、別に病気があるようでもない、何か人を恨んでゞもおられるか、又は大事な訴訟でも持っておられはしないかと云うのです。私はさあらぬ体《てい》を装って、子供の時からこんな工合におり〱患《わずら》うことがありますが、半月も養生すればいつも直ってしまいますから、今度も日数を待っておりましょう、何も大事なことなんぞ思ってはいませんと云いましたけれども、薬師は御前へ出て、あれは病気とは覚えませぬ、身に大事を持っている人か、さもなかったら、昔ならまあ恋とでも云うわずらいでございましょうと申し上げたと見えるのです。すると、恋なら今の世にだってないことはあるまい、糟屋の胸のうちを探り出したいものだと云う将軍の仰せに、それなら佐々木三郎左衛門が一番親しくしておりますから、あれをおつかわしになりましたらと申し上げる者があったりしまして、やがてその佐々木が御前へ召されて仰せを受け、見舞いにやって来ましたが、わたしの寝ている枕もとへすわると、恨みを含んだ口ぶりで、日頃から朋輩の多い中でも兄弟のように契っていたものを、これほどの患いだったらなぜ知らしてくれなかったと云いますので、なあに、心配をかけるようないたつき*ではない、たゞ一人ある母にさえ知らせないくらいだから、お恨みは御尤もだけれども、悪く思ってくれては困る、此の上重くなるような時には御知らせするから、そうこと〴〵しく云わないで帰って下さい、私の身よりは御所の勤めが大切ではないかと云いますと、まあ看病させてくれと云って、四五日傍を離れないで、心の中《うち》を尋ねるのです、私も暫くは包み隠していましたが、あまり親切にしてくれますので有りのまゝを打ち明けましたら、佐々木は聞いて、さては御分《ごぶん》*は恋をしておられるのだな、それなら訳はないと云って、御所へ参って申し上げると、成るほどそうか、そんなことなら容易《たやす》いことだと仰っしゃって、忝《かたじけな》くも御所様が御自身で御文《おんふみ》をお書きになり、佐々木を御使にして二条殿へ申し送って下さいました。ところが二条殿の御返事に、あれは尾上と申す女房ですから地下《じげ》*へ下す訳には行かないが、その男を此方《こちら》へ寄越して下さいと云うお文があって、それを御所から私の宿へわざ〳〵届けて下すったのです。ほんとうに何と云う有難いことか、その時の御所様の御恩は報じようもありませぬ。それにつけても浮世はあじきないものだ、たとい尾上殿に逢うことが出来ても、わずか一と夜の夢のような情《なさけ》にあずかるのに過ぎないものを、今こそ遁世をする時だと、その折わたしはそう思いながら、又考え直してみますと、糟屋と云う男は二条殿の女房を恋い申し、将軍のお声がゝりでよう〳〵願いがかなうようになったと思ったら、急に気が臆して世を遁れたと云われるのも生涯の耻だ、せめて一と夜逢いさえしたら、それから後は兎も角もなろうと思い定めて、或る晩のこと、別に際立ってどうと云う身じまいもしませんけれど、少しはなりふりに念を入れ、若党を三人つれて、案内者を立てゝ、夜の更けた時分に二条殿の御所へ参りましたら、結構なお座敷を屏風や唐絵で飾ってある中に、同じ年頃の女房たちが五六人花やかに立ち出でゝおられる所へ通されたのです。先ず御酒が出る、茶や、香や、さま〴〵の遊びが始まる。けれども孰《ど》れが尾上殿やら、何しろ一と目見たゞけですし、いずれも〳〵美しい人ばかりですから、迷惑していますと、一人の方《かた》が聞し召した盃を持ちながら、私の傍へちか〴〵と寄って来られて、人一人をへだてゝ、おもいざし*を賜わったので、あゝ、これが尾上殿だなと、はじめて合点してそのお盃を戴いたことでした。さて夜も明け方になって、八声の鳥*の鳴く音《ね》、寺々の鐘のおとにきぬ〴〵の別れ*を惜しみつゝも、行くすえ変らぬ約束をして、まだ暗いうちに女房は立って行かれましたが、寝みだれ髪のひまから匂う艶なかおばせ*を見送っていますと、妻戸をあけて、縁へ出られて、

　ならはずよたまにあひぬる人故に
　　今朝はおきつる袖のしらつゆ

と遊ばしたので、わたしも直ぐにお答えしました、

　こひえてはあふ夜の袖の白露を

　　君が形見につゝみてぞおく

そう云うことがあってからは、始終御所へ参りましたが、時には忍んで私の宿へ入らせられることなどもあり、御苦労なことだと仰っしゃって、将軍からその女房へ、近江の国のうちで千石千貫の土地を差上げたりなさいました。そうこうするうちに、私はその時分北野の天神*を信じていまして、毎月廿四日には参籠をするのが常でしたのに、その女房のためにに近頃とんと怠りがちになっていましたものですから、ちょうど十二月廿四日のこと、歳の暮れでもありますし、日頃の懈《け》怠《たい》をお詫びしなければならないと思って、お堂へ参って、夜どおし念誦《ねんじゅ》していますと、ほかにもお籠りをする人たちがあって、話しているのを聞いていましたら、あゝ可哀そうに、いったい何処の人だろうと、そう云う言葉が耳に這入りましたので、ふっと気にかゝって、何の話ですと尋ねてみると、たった今しがた、都はかよう〳〵の所に、年十七八ほどの女房を殺して、衣裳を剝ぎ取った者があると云うのです。聞くと私は胸騒ぎがして、気になって気になって取る物も取り敢えず走って行って見たところが、やっぱり虫が知らせた通りあの女房ではありませんか。それがむごたらしく殺された上に、何一つ残らず、髪の毛までも切り取られている有様に、夢とも現《うつつ》ともわきまえかねて、たゞぼんやりしてしまいました。まあ、ほんとうに、こんな憂き目を見る

と云うのは如何なる罪の報いかしら。逢うのを嬉しいと思ったのが今では却って恨めしくなり、先だって行った人のために何しに心を尽したことか、我れ故に君は、まだ二十にも足らない年頃の女房の身として邪見の剣にかゝられるとは。その時の私の心の中をどうぞ思いやって下さい。どんな鬼神が向って来ようと、又は五百騎三百騎の敵陣の中へ割って這入ろうと、思うがまゝの働きをして捨てる命なら、露ほども惜しくはないと覚悟していた私ですけれども、知らない間に起ったことではどうにも力が及びませなんだ。そう云う訳で、その夜のうちに髻を切って僧となりましたが、それから此の御山に最早や二十年のとしつきと云うもの、其の女房の菩提を弔っているのです。

――そう語り終ったその僧は、はんかい入道と呼ばれている半出家であったが、一座がしばらく今の話にしんと静まり返っていたとき、やがて又一人の僧が前の方へにじり出た。見ると年は五十ぐらいで、身の丈は六尺もあろうか、のどの骨が突《と》び出し、おとがい*が反り、頬が高く、唇が厚く、目鼻がすごく、顔の色が黒く、いかさま逞しそうな体つきで、次には私が話しましょうと云いながら、破れた布衣の袂のかげで大きな数珠をつまぐって*いるので、さあ、では早速に願いましょうと皆が促すと、不思議なこともあればあるものです、その上﨟を、私が手にかけて殺したのですと云う言葉に、樊噲《はんかい》はきっとなって眼の色を変えたが、此方《こちら》は落ち着いて、まあ〳〵、これから委しく事の仔細を申しますから一と通り聞いて下さいと云う。そしてはんかいが気を押し鎮めて固唾《かたず》を呑んでいるのを見ながらおもむろに語り始めるのであった。

中

都の方だったら大方お聞きになったことがあるでしょう、わたしの名は三条の荒五郎と云って、九つの年に盗みを始め、十三の年に人を斬り始め、その上臈までに三百八十余人の人を斬りましたので、夜討強盗を身についた能《のう》と心得ていましたが、宿執因果の積り積ったせいでしょうか、今お話のあった年の、何でも十月頃からでしたか、盗みをしても一向にうまい仕事がなく、山賊をしても獲物がなく、今度こそはと思ってかゝっても見込みが外れることばかり。そのためにたいへん難渋しまして、朝夕のけぶりも立てかね、妻子の者もみじめなざまになりましたので、自然面白くないものですから、十一月頃からふっゝり家に寄りつかず、此処や彼処のお堂の庇《ひさし》、社の拝殿の床下などに夜を明かしては日を送っていたのでした。そうするうちに、或る晩のこと、あまり久しくなりましたから、さすがに家が案ぜられて帰って来てみますと、妻なる女が袂をとらえてさめ〴〵と泣きながら云いますのに、そなたは何と云う恨めしい人だ、つれない人だ、夫婦の仲がうまく行かないのは世にありがちのことだから、そうならそうで私もあきらめようがある、もう縁がつき、心が変ったと云うのだったら、なんと慕い悲しんだところで無駄でしょうから、どうぞ直ぐにも暇をください、こうして女の身一つで捨てゝおかれてはとても侘びしくてたまりませんし、それに、正月も近くなるのに、幼い者どもを何とか扶持してやらなければなりません、そなたは所領があるのでもなければ、あきないも、農作もなさらず、たゞ一円に人の物を取っていらしったのが、今はそれさえも叶わなくなったのに、子供の行末も考えては下さらず、家を外にしていらっしゃると云うのは、きっと私が厭になったからなのでしょう、それも仕方がありませんけれども、子供の渇《かつ》え死ぬのをほうって置く法がありましょうか、此の二三日は家じゅうの重宝も尽きてしまい、あの幼い者どもがひもじいと云って泣くのを見ては、どんなに辛い悲しい思いをすることかと、さま〴〵に掻き口説きますので、いや、私だって御前《ごぜ》たちを疎んじるのではないが、前世の因果が報いて来たのか、今度こそはと見込みをつけて懸かる仕事がみんな外れてしまうものだから、何がな目ぼしい獲物はないかと此のあいだじゅうから外を漁って歩いたゝめに、つい家を留守にしてしまったのだ、それでもお前たちの顔を見たいと思えばこそこうして戻って来たではないか、何もやきもきすることはない、安心して待っているがよい、きょうあすにも必ず吉左右を聞かしてやるからと、そう云って妻をなだめて、心のうちでは、今宵はどんなことがあっても逃《のが》すものかと覚悟をきめながら、日の暮れるのを待っていました。すると、やがて寺々の鐘が鳴り、たそがれごろになりましたので、いつもの車と太刀を持って出て、とある古い築地《ついじ》のかげに身をひそめ、いかなる張良韓信*が来ようともたゞ一と討ちと手に汗を握ってうかゞっていますと、程なくそこへ塵取《ちりとり》（註、屋根のなき輿《こし》の一種也）が一梃通りかゝって、若い者たちが、がや〳〵しゃべりながら来ましたけれども、そんなものは仕様がないのでやり過しました。それから又暫くたって一丁ばかり上の方から、何とも云えない香《こう》が薫《くん》じて来ましたので、さあ、今度こそは余程の人が来ると見える、我が身の運も尽きないのだと思って、その時の嬉しさと云ったら、ぞく〳〵しながら待ち構えていましたら、それがあたりもかゞやく程の上臈の、きら〳〵しい衣《きぬ》をさや〳〵と鳴らして通るのではありませんか。召使いの女を二人つれて、一人を先に立て、一人を後に、上刺袋《うわざしぶくろ》*を持たせて、私のいるのを見ないようにして通り過ぎようとなさるのを、わざとやり過しておいてから跡を追いかけますと、前に立っていた女房はあれと云ったなり忽ち姿が見えなくなり、後にいたのも袋を捨てゝ、助けてくれと云うより早く逃げ失せてしまいましたけれども、その上臈は別に騒がれるけしきもなく、声もたてずにいらっしゃるので、太刀をはきそばめて詰め寄って行き、なさけ容赦もなく衣裳を剝ぎ取って、しまいに肌小袖を取ろうとしました時でした。まあ、なんとする、肌小袖ばかりは女の耻だから許して下さい、その代り此れを上げますからと仰っしゃって、おん守りを取って投げ出されましたが、無道*の者の悲しさには、なか〳〵それを聴き入れようとも思いませなんだ。いゝえ、これだけでは叶いませぬ、是非ともおん肌小袖を戴かせて下さいまし、と、そう云いますと、肌着を脱がされては生きていられぬ、そのくらいならいっそ命を取ってほしいと云う仰せに、よろしゅうございます、それこそ望むところですとお答え申して、たゞ一刀に刺し殺して、血を附けてはなりませんから慌てゝ小袖を剝ぎ取りました。それからほっと一と息して、さっき召使いが捨てゝ行った袋を拾って、やれ〳〵、これだけあったら女子供も嘸《さぞ》かしよろこぶことだろうと独りごとを云いながら、急いで我が家へ立ち帰って表の戸をたゝきますと、こんなに早く戻って来たのは今夜も仕事がなかったんですかと、中から妻が叱言を云いますので、なんでもよいから戸を開けろと申して袋を内へ投げ込んでやりましたら、おや、いつの間に稼いだんですと云い〳〵、袋の口をあけるのももどかしく連鎖《つがり》の組緒《くみお》を引きちぎったところが、それは〳〵おびたゞしい異香が熏じて、出て来たのは十二単衣《ひとえ》の御装束なのです。こうかりょくよう*のおん衣《ぞ》、くれないの袴、その一つ〳〵に満ち〳〵ている匂いと云うものは、小路を行く人もあやしんで立ち止り、隣りあたりの家までも花のようにかおったくらいで、女子供の喜びかたと云ったら、申すまでもありません。妻は勿体なくも、おん肌着などゝ云うものを見るのは生れてこのかた始めてゞすから、これほどの装束を召していらっしゃる方だったら、年もお若かったでしょう、いくつぐらいに見えましたかと尋ねますので、やはり女は女同士、私のような者の妻でもやさしい心根はあるものよと思って、夜目に見たのだからはっきりしないが、よもやまだ二十二三にはおなりになるまい、十八九ぐらいな方《かた》だったと申しますと、きっとそうですねと云ったなり物をも云わず飛び出して行くのです。何の用事で出かけたのかしら、と、そう思っていましたら、程へて帰って来まして、まあ、呆れた、そなたは大名の気でいるのですか、とても罪を作る程なら少しでも得《とく》のあるようにと心がけて下さればよいものを、わたしは現在屍骸の傍へ行って髪を切り取って来たのです、こんなにふさ〳〵しているから鬘《かつら》（註、こゝに云う鬘は髢《かもじ》のこと）にひねったらどんなに見事になるでしょう、常日頃《つねひごろ》から髪がうすくって困っていましたのに、ほんとうによいものが手に入りました、小袖どころではありませんと云って、茶碗に湯をうめてその髪に振りそゝぎ、竿にかけて乾したりして、踊り跳ねてうれしがるのでした。私はその女の有様をつく〴〵と見るにつけ、あゝ、浅ましい、前世に仏法の結縁《けちえん》*があればこそ人とも生れたのだろうが、たま〳〵人間を受けた時に仏の道を修行して善人とまではならなくとも、せめて世の中の情《なさけ》*をでも知っていることか、こんな大悪人になって、夜昼《よるひる》思うことは人を殺し物を盗むたくみより外にはなく、ついには因果が廻って来て無間地獄*へ堕ちるのは分っているのに、悪業を作っては露の命をつなぎ、夢を夢とも知らないと云うのは我が身ながらあいそが尽きる。そればかりでなく、妻なる女の心の中の無慈悲なことはどうであろう、こう云う女と枕を並べて契っていたかと思えば返す〴〵も口惜《くちお》しい、どれほど恐ろしい女の料簡かと気がつきましたら、あゝ、飛んだことをしてしまった、何しにあの上臈を殺したのか、お痛わしいことをしたものだと、消えも入りたい心地でしたが、いや〳〵、たゞ歎いている場合ではない、これを菩提の善知識として髻を切り、あの上臈のおん跡を弔おう、そして我が身の菩提をも願おうと、急に決心がつきましたので、その夜のうちに一条北小路へ行きまして玄恵《げんえ》法印《ほういん》*の御弟子になり、名を玄竹と附けていたゞいて、間もなく此の御山へ上ったと云う訳なのです。

――さあ、一分始終は只今申し上げた通りですが、その僧ははんかいの方を向いて、さぞ無念に思し召すでしょう、いかようにも愚僧を殺して下さいまし、身をずた〳〵に斬って下すっても更にお恨みとは思いませぬ、たゞし愚僧をお断りになったら、あの上臈のおん為めには却って業因《ごういん》をお作りになるようなものかと思います、命が惜しくてかようなことを申すのではないことは、三宝*も御覧になっていらっしゃるでしょう、兎に角申し上げてしまったからには、どうなりともお計らいにお任せします、と、そう云って衣の袖をしぼるのであった。その時糟屋の入道が云うのに、たとい尋常の発心《ほっしん》であっても互にこう云う姿になって何の憎しみがありましょう、ましてあの人故の御発心と聞きましては、殊更おなつかしい気がいたします、今こそ思いあたりましたが、あの人は菩薩の化身《けしん》なのです、あゝ云う女人の姿に顕われて無縁のわれらを救って下さる大慈大悲の御方便かと思いましたら、ひとしおあの頃のことが忘れがたく覚えます、あんなことでもなかったらどうして私たちは浮世をいとい、無為の楽しみを享けるのは憂いの中のよろこびであると云う道理を悟ることが出来ましょう、今日より後はきっと御同心いたします、返す〳〵も嬉しゅう存じます、と、これもそう云って墨染の袖を濡らすのであった。

さてもう一人の僧を促して、発心の由来を承りたいと云うと、やはり年老いた入道で、衣の破れたのに七条の袈裟《けさ》をかけて看経《かんきん》していたが、道行《どうぎょう》に痩せて顔の色は黒く、哀れなさまをしているものゝ、さすがに由緒ある人の果てなのであろう、まことの道者《どうしゃ》*らしい風采で、こくり〳〵居眠りをしていたのを、「今度はあなたにお願いします」と云って揺り起して責めると、かた〴〵の御発心の模様を伺いますのに、何とも申しようもありませぬ、前世の宿執かと思われます、私の遁世はそれ程の仔細がある訳ではなく、お話し申しても格別面白くもありませんが、二人の方《かた》がお話しになったのに私一人が申し上げないのも失礼ですから、工夫《くふう》の暇が惜しいと思いますけれども、委細を聞いて戴きましょうと云いながら、しずかに下のように語り出した。――

下

わたしは河内の国の生れで、楠の家とは一族になります篠崎掃部助《しのざきかもんのすけ》と申すものゝ一子、六郎左衛門と申すのです。親にあたっておりました者は正成《まさしげ》*のために随分と重く用いられて一大事の相談にもあずかり、万事を取りしきっていましたので一門のあいだにも名を知られ、世間にも聞えていましたが、正成が討死しましたときに一所に腹を切りました。そのゝち正行*が跡を継いで遺族のものを疎略なくあつかってくれましたから、私どもゝ大切に勤めておりますうち、その正行もやがて討死するようなことになりまして、四条縄手のたゝかい*の折には私も一所に討たれましたけれども、どう云う訳か不思議に敵の眼に附かず、首を掻かれなかったので、少しの息の通っていましたのを知っている法師が見つけ出して、或る所へ担いで行って、看病をしてくれましたおかげで、死ぬ筈の命が助かったのです。さてそれから今の楠正儀《まさのり》*が世継ぎをいたし、私の親をまさしげが扱ってくれたと同じように大事に扱ってくれまして、互に頼みに思いながら暮していましたが、世間の噂では、その正儀が足利殿へ降参をするとか、するらしいとか申しますので、以ての外のことだと思い、これ〳〵の噂がありますけれども、まさかほんとうではないのでしょうね、それともそう云うお考えがあるのですかと、楠に逢って尋ねますと、あまりにお上《かみ》のなされかたが恨めしいと思うことがある、それで実はそんな考えにもなったのだと申すのです。わたしはその言葉をきゝまして、君をお恨み申すのなら我が身を捨てゝ遁世なすったらよいでしょう、そうしてこそお恨みと云うことも道理にきこえますけれども、足利殿へ出仕をされて朝廷へ弓をお引きになるのでは、君の御運がお尽きになったのをお見限り申したのだ、身を立てるために降参をしたのだと世間の人は申すでしょうから、ゆめ〳〵そんなお考えは思い止まって下さい、いったい此れ程のことをおきめになるのだったら、お役に立たない迄も私と云う者がおりますのに、何のお話もなかったではありませんかと云いますと、それはそうだが、御分《ごぶん》に話したらどうせ気に入るまいと思って隠していたと申されますので、さあ、そこのことです、私に気に入らないことがお分りになるなら、諸人の嘲りと云うことにも気がおつきになるでしょう、一代ならず宮方のおんために討死をして名を後代に揚げようとはなさらず、御分《ごぶん》の代《だい》になって未練のふるまいをなさると云うのは、くちおしいではありませんか、ぜんたい何のお恨みがあると云うのです、今の拝領をどなたの御恩だとお思いになります、君、君たらずとも、臣を以て臣たり*と云う古の人の言葉もあります、どうぞ考え直して下さいと云いましたけれども、その後とう〳〵上洛をされて、東寺で管領*に対面されたと聞きましたので、もうこうなっては君の御運も尽きたのだ、私一人の力でははか〴〵しい働きも出来ないし、そうかと云って一所に降参をする気にもなれないし、これこそ善知識*だと思って、その折遁世してしまいました。

それから河内の国篠崎の故郷《ふるさと》をあとに立ち出でましたとき、三つになります女の子一人と、男の子一人と、都合二人の子に、妻なる女がおりましたのを振り切って出ました折の心地は、さすがに多年のよしみと申し、名残おしさはどれほどか知れませんでしたけれども、きれいさっぱり世を捨てるのだと思いきわめて、やがて関東へと修行をこゝろざし、松島の寺に三年おりまして、次には北国を廻りましたが、とても、自分のような半出家の者は国々を歩いてどのようなとうとい知識にも逢い、結縁《けちえん》をも願い、そのあいだには名所旧跡を見て胸のうちを慰めよう、それにまた、どうせいつまでながらえられる憂き世の中ではないのだから、歩き倒れて死ぬところまで行ってみようと決心しまして、西国をさして上りますうちに、不思議な縁で河内の国を通りましたので、今頃ふるさとの篠崎はどんな有様になったであろうと、昔の館《やかた》の堀のほとりへ立ち寄ってうかゞってみますと、築地《ついじ》はあっても屋根は崩れておりますし、門はあっても扉は外《はず》れておりますし、庭には草が深く繁って、家と云う家はあとかたもなく壊れてしまい、わずかにあやしい賤の庵が二つ三つ残っているだけで、それさえ雨風をしのげそうにも見えないのです。私はそゞろに眼もあてられない思いがして、涙を流して通り過ぎようとしましたが、ふとそのあたりにいやしい身なりをした一人の尉《じょう》*が田を打っていますのを見て、これに聞いたら以前のことを知っているだろう、尋ねてみようと思いまして、もし、尉《じょう》どのよ、こゝは何と云う所ですかときゝますと、尉は着ていた日笠をぬいで、篠崎と申す所ですと答えるのです。では何と云う方の御領分ですかと、かさねてきゝますと、篠崎殿の御領分ですと云いますから、さては私の一族のことを知っているなと思いましたので、田の畔《くろ》に腰を休めて、それとなく話しかけましたところが、尉も鍬を杖につきながら、こゝの御領分を持っていらしったお方と云うのは、もとは篠崎掃部助どのと申して何事にも人にすぐれていらしって、楠殿も大切に思し召し、御一族のうちでも取り分け頼みになすっていらしったのですが、その御子息の六郎左衛門どのと云うお方の代に、楠どのが京方へ降参なすったのをお恨みになって遁世なされたぎり、何処へおいでになったのやら今におん行くえも分りませぬ、当時は北国にいらっしゃるとも聞きますし、御他界なされたとも云いますけれども、これと申すたしかな便りがあった訳ではないのです、と、そう云って涙をながしますので、私も涙をおさえながら、そしておん身は身内の人ですか、それとも御領分の人ですかと云いますと、此の尉は年頃御領分の中に住んで百姓をしております者です、六郎左衛門殿が御遁世なされてからは、当所は荒れて、宮仕えをする者が一人もなくなってしまいましたから、わたくしなぞは数へも入らぬ詰らぬ身分ではありますけれども、御台《みだい》や御公達のおんありさまを拝みますにつけ、あまりおいたわしゅう存じますので、自分の仕事を打ち捨てゝ、此の五六年のあいだ御奉公をいたしております、六郎左衛門殿の御遁世の折、三つになっていらしった姫君や幼い若君を振り捨てゝお出ましになったので、二人のお子を、母御がとかく苦労をなすってお育てになっていらっしゃいましたが、此の上﨟さまもあかぬ別れの思いをなすって、そのおん歎きが積ったせいでもありましょうか、とう〳〵病人におなりになり、去年の春ごろからおわずらいになって此の程じゅうは食事を絶やしていらしったのが、あえなく御他界なされてから今日で三日になるのです、それにつけても御公達のおん悲しみはどれほどでしょうか、はたで見ておりますわたくしでさえ眼もくれ心も消えるばかりに思われます、あれ、あすこを御覧なさいまし、あれに見えるあの松の下にお埋め申してあるのですが、おさない方々《かたがた》は毎日お二人して泣く〳〵荼毘所《だびしょ》*へお参りになります、きょうもお供をいたしましょうと申しましたら、いや、きょうは供をしてくれずともよいと仰っしゃいましたので、こうして人なみに田を打っておりますものゝ、これとてもわたくしの身のためではありませぬ、御公達のおん行末を考えましたら、おいたわしくてなりませんので、あの方々のお世過ぎのために田を打っております、そんな訳で此の尉の事をお打ちお打ちとお呼びになって、お打ちでなければ夜も日も明けぬように頼りになさるものですから、わたくしもどんなに有難く勿体なく思っておりますことか、今日もお帰りがおそいのを案じてあの松の方ばかり見守っていますので、田を打つことも一向に身にしみませぬ、と、そう云ってさめ〴〵と泣くのでした。わたしはあまり不便《ふびん》に思い、こう云う賤しい男でもこれほどのなさけは知っているものを、自分は何と云う邪慳なことをしたのだろう、この私こそその六郎左衛門入道なのだと名のってやろうかと思いましたが、いや〳〵それでは長の年月《としつき》の修行が無駄になってしまうと考え直して、まあ、ほんとうに有難い事です、何処の世界に尉殿のような志の人があるでしょう、あゝ、お気の毒な、世の中にこんな哀れなことがあるでしょうか、そのいとけない人たちのおん歎きを思いやっては、何とも申しようもありませぬ、愚僧も実はそれほどの事迄はありませんけれども、それによく似た思いをしたことがあるのです、何より頑是ない人の父や母におくれたのほど悲しいものはありませぬと申して、ころもの袖を顔にあてゝ泣きますと、さてはお僧も昔そう云う思いをなさいましたのですかと、一所になって声も惜しまず泣くのです。暫くたってから私は、尉どのよ、此れから後もきっと見放さないようになさいよ、どんなに父御《ててご》や母御が草葉の蔭でうれしく思っていらっしゃるか知れない、いずれは尉殿の子息に報いて来て、末は必ずめでたいことがあるに違いありませぬ、かえす〴〵もそのおさない人達をいとおしんで上げたら、仏神三宝も尉殿をお守りになるでしょう、ではもう日も暮れますから、これでお暇しますと云って、立って行きますと、はる〴〵と送って来て、ねんごろに語りつゞけたりしまして、何につけても泣いてばかりいますので、私も涙をせきあえずに、尉どのよ、もうよいほどに帰って下さいと申したら、よう〳〵戻って行くのでした。それから少し歩いてみますと、成る程とある松の木の下に人を荼毘した所がありますので、じっとこらえて一旦は通り過ぎましたものゝ、又心を返して思いますのに、発心をして家を出た時こそ妻子を振り捨てゝ行ったけれども、今は死んでから三日にあたっている、その荼毘所を見ながら行き過ぎてしまうと云うのは無道ではないか、知らなければ仕方がないが、たま〳〵法師の身となって通りかゝったのに、陀羅尼《だらに》*の一遍も回向《えこう》しないのは邪慳と云うものだ、その上仏の利益《りやく》にも背き、亡者の恨みもあるであろう、これは帰った方がよいと悟って、戻って来て見ましたら、木かげに二人の幼い者がうずくまっているではありませんか。あれこそ我が子よと思いながら、上臈たちはどうしてこんな所にいらっしゃるのですかと尋ねますと、その返事はしないで、あゝ嬉しいこと、今日はお母さまがお亡くなりになって三日目になるものですから、今わたしたちはこゝでお骨を拾っていましたら、ちょうど折よく御僧がお通りになったのです、ほんとうに嬉しゅうございます、恐れながら、お経を遊ばして下さいますなら御利益でございますがと、掻き口説きますので、その時の思いはさらに夢ともうつゝとも、たとえようもありませなんだが、辛《から》くも気を取り直してその幼い者たちをつく〴〵と見ますのに、姉は九つ、弟は六つになっていまして、さすがに下﨟の子供には似ず、すがたかたちもいたいけなさまをしております。親子恩愛の道ですから、すぐにも抱きついて父よと名のろうと思う心は百たび千たびも起りましたけれども、いや〳〵、そんな弱いことでは今までの難行苦行が無になってしまい、仏道に入ることも出来なくなろうと、怺えていましたつらさを、どうぞ思いやって下さいまし。さて子供たちのすることを見ていましたら、玉の手箱の蓋の方を姉が持ち、懸子《かけご》*の方を弟が持って、誰が教えたのか、竹と木の箸で骨を拾っております様子に、なおさら言葉のかけようもなくてたゞ泣かされてしまいましたが、はる〴〵時がたってから、上﨟たちはまだ幼くていらっしゃるのに御自分たちで骨を拾っておいでになるのは、大人の方《かた》がいらっしゃらないのですかと云いますと、わたしたちのお父さまは遁世をなされてお行くえが分らず、そのゝちは下男のじいやが一人で世話をしてくれるのですけれど、今日は供にも連れて参りませんでしたと云って、それきりあとは物をも云わずに涙を咽んでいるのです。わたしは陀羅尼を読もうにも声さえ出ず、なまじ故郷《ふるさと》へ立ち寄ったのがくやしくなって我が身を恨めしく思いましたが、そうしていましては果てしがないので、よう〳〵読み終った時でした。時雨がさっと降って来まして、木の葉の露が涙のように落ちましたのを、姉が見ながら、妾《わらわ》に物を教えて下すった方と云うのは京のお人で、つね〴〵申されましたのには、和歌の道はどんな恐ろしい鬼神をも和げ*、なさけに疎い人をも動かし、仏も受納して下さる、女の身として和歌のたしなみがなかったら浅ましいことだと仰っしゃいましたので、わらわも七つになりました歳から、型のような文字を連ねます、それで只今も此のようなのを一首思いつきましたと云って、

　草木までわれを哀れとおもひてや
　　涙に似たるつゆを見すらん

と、口ずさむではありませんか。それを聞いては強い覚悟も失せ果てゝ、露霜ならばとうに消えてもしまいそうな心地がしまして、もう〳〵今は包み隠していられようか、私こそはそなたの父の六郎左衛門入道だよと云おうとしたものゝ、なか〳〵、此処が大事なところだ、折角年ごろ思い立って世を捨てた身の、今日と云う今日、子と云う首枷《くびかせ》を担ってなるものか、そんな料簡を起すと云うのは腑甲斐ないにも程があると、自分で自分の心を耻じしめて、それから申しますようは、よくもお詠みになりました、まことにお道理至極の歌です、神や仏もさぞかし哀れと思し召すでしょうし、お父さまやお母さまも草葉のかげでどんなに感心なさるでしょう、わたくしのような卑しいものでも涙がとめどなく誘われて来るくらいですから、やがて心ある人がお聞きになってお胸の中を思いやらずにおりましょうか、只今此処を通り合わせてこんなお痛わしいところを見ますのも、思えば前《さき》の世の約束かも知れませぬ、それにつけてもお別れしにくう存じますけれど、いっそお暇申しますと云って立ち上りますと、仰っしゃる通り、一樹の蔭に宿りますのも、一河の流れを

酌みますのも、皆他生の縁と聞いております、又いつの世にお目にか丶ることが出来ましょうやら、かえす〴〵もお名残惜しゅう存じます。殊更お経を遊ばして下さいましたのは何とお礼を申してよいか言葉にも尽されませぬと、姉がそう云って袂を顔に押しあて丶泣きますので、弟の方も、まだ聞き分ける歳頃ではないのですが、姉に取りすがって身もだえしながら泣くのです。その時ひとしお心も消え、眼もあてられない思いがしましたのを、これしきの事は腹を切るのも同じことだと観念しまして、歩き出しますと、いつ迄も此方を見送っております様子に、私の方でも振り返り〳〵行きましたところが、子供は母の骨を箱の蓋に入れて、それを持ったま丶我が家の方へは帰ろうとせずに違った方角へ行くものですから、又気にか丶って戻って来まして、そなた丶ちは何処へおいでになるのですと聞いてみましたら、これからほうにん寺と申す御寺へ参ります、そこの御寺に都から尊い上人がお下りになっていらしって、七日の御説法がありまして、今日はもう五日になります、みんながお詣りに行きますから、わたくしたちもお詣りをして、御聴聞申し、此のお骨を納めようと存じます、と、そう云いますので、さても〳〵、幼いのによくお気が附かれます、母御が彼の世でどれほどおよろこびになるでしょう、そしてほうにん寺と申すのは此処からどのくらいあるのですか。どのくらいあるのか、まだ行ったことはありませんが、大勢の人のあとについて参ろうと思います。それならどうしてお供の人を連れておいでにならないのです、あまり無用心ではありませぬか、明日《あす》でもじいやをお連れになってお詣りなさったらよろしいのにと云いますと、姉が答えて、此のあいだじいやに連れて行っておくれと申しましたら、いとけない方がそんなことをなさらずともようございますと叱られましたものですから、今日までお詣りが出来ませんでしたと云いますので、そう云う訳ならわたくしがお伴《ともな》い申しましょう、そして上人をも拝み、結縁をも願いましょうと、一所について行きますと、その道すがらも姉はいろ〳〵と物語りしまして、お父さまが生きていらっしゃればちょうど御僧と同じお年頃なのですが、どう云う罪の報いであろうか、浅ましいことに、お父さまには生きながら別れ、お母さまには死に別れてしまいました、せめてもう少し成人してからのことならば、おん面影が身に添うて淋しい時の心の友になりましたろうに、恨めしいお父さまのなされ方ですと、又しても泣きながら口説きますのを、弟が聞いて、お父さまは仏におなりなさったのだといつもお母さまが仰っしゃったではありませんか、そんなにお泣きになるものではありませんと、いじらしいことを申しますものですから、それを聞かされる私の心は後先《あとさき》も分らぬ闇にとざゝれ、行く手の道も眼に見えぬような気がしました。そのうちにだん〳〵御寺が近くなりますと、なるほど大勢の参詣人が後から〳〵とつゞいて来るのです。それと申すのは、何でもその御寺は聖徳太子の御建立で元弘建武の動乱*の折に所領も何も失ってしまい、お堂もすたれていましたのを、今度楠の世になりまして所領を元の通りに返し、破れたお堂を修理した上に、京都から妙法上人に来ていたゞいて供養をすることになりましたので、その噂を聞き伝えて諸所方々から集って来る貴賤の人が袖をつらね、道俗男女が市をなすばかり。御寺の境内は申す迄もなく、近所の木の下かやの下までもおびたゞしい人数が充ちあふれて、輿、ちりとり、鞍を置いた馬などが幾千万と云う数を知らず、凡そ其の日の群衆と云ったら、此のあたりの三箇国の人々が寄って来たのだと申すことでした。そう云う混雑の折柄ですから容易に子供たちは中へ這入れそうにもありませんので、どうするだろうと見ておりますと、お頼み申します、これは上人にお目にかゝりに参った者ですと、声をかけながら人ごみの間を押し分けて進んで行くのですが、諸神諸仏も憐れみを垂れて下さるのか、不思議なことに、その子供たちの通るところは自然と人波が左右に分れて道を開いて行くのです。それからなおも見ていましたら、二三人ばかり人を隔てたあたり迄来まして、姉が手箱の蓋を、上人の御前にさしおいて、三度礼をして、掌を合わせてうずくまりますのを、上人はしげ〳〵と御覧になって、そこにおいでの幼い人は何処のお方ですかとお尋ねになります。はい、これは楠の一門の、篠崎六郎左衛門の子供でございますが、父になります者は、わらわが三歳の時、楠殿と仲違いをしまして、世を遁れて、今に行くえが知れないのでございます、此の程はお母さま一人に添いながら、浮世を明かし暮らしておりましたのに、有為無常のならいの悲しさは、そのお母さまにさえ先立たれて、今日で最早や三日になります、お骨を拾う人もございませんものですから、弟と二人で拾いまして、此の箱の中に入れましたけれど、何処へお納めしてよいのやら分りませんから、上人にお願い申そうために此れまで持って参りました、どうぞいかなる所へでもお納めなされて、お母さまが早く浄土へ行かれますように回向をなされて下さいましたら、ひとえに御利益に存じます、と、そう述べる言葉を黙って聞いていらしって、暫く上人は物も仰せられずに、限りなく御落涙なされるので、聴聞の人までが、遠くにいる者も近くにいる者も、一度に袖を濡らすのでした。すると姉はまた袂から一つの巻物を取り出して御前へ置きます。それを上人がお取り上げになって声高らかにお読みになります。その文句に耳を傾けていますと、それ人間のさかいを聞けば、閻浮《えんぶ》*の衆生は命不定《みょうふじょう》*なりとは申せども、成人するまで親に添う人の子多く候ものを、如何なる宿執の報いに依って、我等三歳の時父には生きての別れ、母には死しての別れとなりぬらん、今は早や頼む方なくなり果てゝ迷いの心は晴るゝ日もなく、思いの煙は胸を焦がし、悲しみの涙乾く間もなし、我が身のようなる人しあらば、憂いの道を語り慰むすべもあるべきに、まどろむ隙もなき程に夢にだにも逢い奉らず、身に添うものはあるかなきかのかげろうばかり、僅か三日を過したるだに思いは千年万年を暮らすに似たり、ましてや行く末の悲しきことはいかばかりぞや、露の命、幾秋をか保つべきとも覚え候わず、かように孤児となり果てんよりは、たゞ願わくは、我等二人をあわれみ給い母諸共に一つ蓮のうてなに迎え給え、と、そう書いてある後に、こざかしくも年号や日附までも記して、奥に下のような歌が添えてあるのです。

見るたびに涙ぞまさる玉手箱

　　ふたおや共になしと思へば
　玉手箱蓋と懸子《かけご》の黒髪を
　　いふ方もなき身をいかゞせん

これを上人は読みも終らずに、衣の袖を顔に押しあて、お泣きになりました。道場の内に一杯になっている聴衆が、貴賤、上下、道俗、男女の分ちなく、袂を絞らない者はありませんでした。これを聞いたり、見たりしまして、その場で髻を切って刀と一所に御前へ差出して、早速御弟子になる者もあります。そうかと思うと、又此方では一人の女性《にょしょう》が笠の下から髪を切って、上人に参らせて発心をする者もあります。その外われも〳〵と遁世をする人の数はどのくらいあったことでしょうか。その時の私の胸の中はたゞもう察していたゞくより外はありませぬ。折角こゝまで来たものですから御説法をも聴聞したいのは山々でしたが、こうしていては今に絆《きずな》に繋がれる、これはあぶないところだと、はっと気がつきますと眼をつぶって心を鬼にして、合戦の場《にわ》に千騎万騎の中へ斬り入り一命を捨てるのもこんなではないかと思いながら、急いでそこを立ち去った其の折の覚悟の程と申すものは、六年前に始めて篠崎を出ましたよりももっと一生懸命でした。それからはる〳〵と逃げて来まして、とある木の下に休みながら考えましたのは、座禅をしても悟を開くのはなか〳〵むずかしい、所詮高野山は弘法大師の入定なされた所だし、諸仏群集の霊地だから、あの御山に勝る所は此の世にあるまい、これはあの御山へ上るに限る、そして奥の院のほとりにでも柴の庵を結んで一大事の修行をしようと、そう思案を定めまして、その心をたよりに此の御山へ参りましたが、そのゝちは更に他念がなく、我をも知らず、人をも知らず、まして故郷《ふるさと》の事をも知らず、寝ても覚めても念仏三まいに月日を送っていましたので、あなたがたにお目にかゝるのも今日が始めてのような訳なのです。そう云えば今年の春のころ、河内の国から此の御山へ参った人がうわさをするのを聞きましたら、子供たちの身の上を楠が知って不便《ふびん》に思い、あの時六つになっていました男の子を取り立てゝ、篠崎の跡を継がせるそうです。姉の方は比丘尼になったと申しますから、これも心安うございます。

――二人の僧は此の話を聞いて、まことに有難い御発心です、殊勝に存じますと云って貰い泣きをしたが、互に法名を名のり合って見ると、今の僧は玄梅と云い、樊噲入道はげん松と云い、荒五郎入道はげん竹と云うのである。そこで三人は一同に手を打って云った、これは不思議な御縁です、三人ながら名前の上に玄の字の附いている修行者なのです、のみならず下の字までが松、竹、梅になっています。そうしてみるとわたしたちは今の世ばかりの契りではなかったのでしょう、たとい同じ知識から名前を授けていたゞいてもこう云うことはめったにありませぬ、ほんとうに珍しい運り合わせではありませんか、長いあいだ此の山にいながら、そうとも知らずに過していたのはくちおしゅう存じます、これから後は心を一つに持ちたいものです。樊噲どのも、あの女房に逢われなかったら、どうして発心なさることが出来ましたか、いずれも〳〵色こそ変れ思いも寄らないはずみから道心を催すのです、あながちに悪をも嫌ってはなりませぬ、悪は善の裏*なのです、恋をも厭ってはなりませぬ、恋は心の細かいところから起るのです、かの一大事は心の細かい人でなければ思い立つことは叶いませぬ、と、そう云って語り合うのであった。

聞書抄

紀伊ノ国ノ狐憑ク二漆掻キニ一語

昭和六年（一九三一）九月
「改造」

漆掻きと云ったって都会の人は御存知ないかも知れませんが、山の中へ這入って行って漆の樹からうるしの汁をしぼるんです。いいえ、なかなか、百姓の片手間ではありません。ちゃんとそれを専門にする者があったんで、近頃はめったに見かけませんけれども、外国の安い漆が輸入されるようになったそうですから、いまどきあんなことをしても手間ばかりかかって引き合わないんでしょうな。兎に角以前には私《わたし》の村なんかへもよく漆かきが奈良あたりからやって来たもんです。漆鉋《うるしかんな》と云って、鎌のようなもので先の曲った奴を持って、腰に三四合ぐらい這入る竹の筒を提げて、漆を見つけると、その鉋で皮へ傷をつける。それがあんまり深く傷をつけ過ぎてもいけないし、浅過ぎてもいけないし、呼吸物なんで、その傷口から松脂《まつやに》のようにどろりと滲《し》み出て来る汁を箆《へら》ですくって竹の筒へ入れる。そんな時にうっかり下手なことをやって汁が顔へはねかかったりすると、それこそ赤く脹れ上りますから、馴れた者でないと出来ない仕事なんでして、漆にカブレないように紺の手甲を着けて、すっかり紺装束で出掛ける。まあそんなことをする人間なんで、私の村にもその商売の者が一人住んでいましてね。此の男は遠くへ出稼ぎをするのでなく、村の近所の山へ這入ってはうるしを採ってくらしていましたが、或る夏の日に、その漆かきが一と仕事してから山の中でひるねをしていますと、夕立ちが来たもんですからふっと眼をさましました。そしてそのときに、ハテな、己はひょっとすると寝ていた間に狐に憑《つ》かれ*やしなかったかなと、そう思ったと云うんです。それが別にどうと云う理由があるんではないんですけれど、淋しい所をひとりで歩いているときなんぞに憑かれることがよくあるんで、ただ何んとなくそういう感じがしたんでしょうな。で、まあ、家へ帰ってもそれが気になって仕方がない、どうも狐がついたようだから明神さま*へお参りをして来てくれろとお袋《ふくろ》に頼んだりして、友だちなんかにもそんなことを云っていましたが、そのうちにとうとう床について、飯も食わないようになったんです。それで先生布団をかぶって半病人のようにうつらうつらしながら、日が暮れると云うと、ああ、今夜あたりは狐が迎いに来やしないかな、今にきっと来やしないかなと、心待ちに待たれるような、妙にそれが楽しみのような気持ちでいると、案の定夜になってから友達のような男が三人ばかり表へやって来て、「さあ、行《い》こら」「さあ、行こら」と誘うんだそうです。尤も友達と云ったって見おぼえのある男ではないんで、みんなせいが三尺か四尺ぐらいの小男で、法被《はっぴ》を着て、木や竹の杖をついていて、何か非常に面白そうに「行《い》こら行こら」と云うんですが、それを聞くと行きたくって行きたくってたまらなくなるんだそうです。けれどもアレは狐だから行くんではないぞ、あんな者に誘われてはならないぞと思ってじっと我慢していると、友だち共は仕方がなしに帰ってしまう。するとその後ろ姿に尻尾《しっぽ》のようなものがチラチラ見えるようなんで、ああやっぱり行かないでいい事をしたと、そのときはそう思いながら、又あくる日のゆうがたになると、今夜も誘いに来やしないかなと心待ちに待つようになる。そうするうちに果たしてやって来て「行こら行こら」と誘うんですが、それがもう、さも面白そうなんで、ついうかうかと行きたくなるんだそうですな。しかしその晩も一生懸命に我慢してしまったところが、三日目の晩の九時頃に、家の前に庭があって、庭の下が六尺ばかりの崖《がけ》になっていて、崖から向うは一面に麻の畑でした。それが夏のことですから麻が高く伸びていて、ちょうどその庭と畑とが同じ平面に見える。で、その畑の方へ例の小男が三人連れ立ってやって来て、「さあ行こら」「さあ行こら」と云うんだそうです。よくよく見るとその男たちの着ている法被に何か円い紋がついていたそうですけれども、どんな紋だったか、そこんところはハッキリ覚えていないんだそうで、いつもの通りめいめいが杖をついていて、しきりにそう云って誘うもんですから、とうとうその晩は我慢しきれなくなってしまった。それでそうっと家を抜け出ようとしたときに生憎《あいにく》親父が小便に起きたんで、こいつはいけないと思って、「行きたいんだけれど、親父に見付かると面倒だから己は止すよ」と云うと、「なあに己たちが一緒なら大丈夫だ、こうすれば親父に見つかりはしないから、まあ附いて来い」と云って、その三人の友達が手をつなぎ合って、輪をこしらえて、その輪の中へ丑次郎――という名だったんですが、その漆掻きの男を入れた。そして、「さあこうすれば親父が見ても見えやしないから心配するな、附いて来い〳〵」と云って連れて行くんで、ちょうど便所から出て来た親父とすれちがいになったそうですけれども、成る程親父には此方の姿が見えないようなあんばいだった。それからその晩は麻の畑の中で遊んで、いろいろ御馳走をしてくれたりしただけで、明け方には無事に家へ帰してくれたそうですが、四日目の夕方は日が暮れないうちから楽しみで楽しみで、早く誘いに来てくれないかなと思っていると、やはり昨夜《ゆうべ》と同じ刻限にやって来て「行こら、行こら」と云うんです。で、又附いて行きますと、今夜はいい所へ行こうと云って、家のじき近所にガータロのいる淵があるんですが、その淵の方へ出かけたと云います。え、ガータロですか。ガータロと云うのはあれは河童《かっぱ》のことなんです。ぜんたい私共の村は高野山の南三里ばかりの山奥にあって、私の字《あざ》は一方が山で一方が谷になったゆるやかな傾斜面のところどころに家がチラホラ建っている。丑次郎の家というのも山と山の間にある淋しい一軒家なんでして、前に三四枚の段々畑があって、その先が今云ったガータロのいる淵なんです。別に名前のあるような淵ではないんで、村の者はトチ淵《ぶち》トチ淵と云っていましたが、さあ、どう云う字を書きますかな。何しろ大滝だとか赤滝だとか云って、非常に滝の多いところでしてね、その滝壺の下流が今云った谷の底を流れていて、淵になっているのはほんのわずかなところなんですが、そこにはいつも水が真っ青に澱《よど》んでいて、まん中に平べったい一枚岩が出ていました。ガータロはその一枚岩の上にときどき姿を現わすことがありましたから、たしかにその淵に棲んでいたには違いないんで、見た人は大勢あるんです。ええ、ええ、私も一遍見たことがありますよ。なんでも夏の日ざかりに山の上を通っていると、下の方にその淵が見えて、岩の上に変な奴がすわっているんで、「ああ、ガータロが出ているな」と思ったことがありました。さあ、そうですな、遠くから見たんだからよくは分りませんでしたけれど、人間よりは小さかったようで、まあ猿ぐらいでしょうかな。姿も猿に似かよっていて、ただ斯う、頭の上に妙な白いものが喰っ着いているんで、鳥打帽子を被っているように見えましたよ。ええ、ええ、よく人間に害をする奴なんで、私の知っている人でも、ガータロに見込まれて水の中へ引きずり込まれそうになったり、ほんとうに引きずり込まれて死んでしまったのもあるんです。これは余談になりますが、その谷川の別なところに丸木橋がかかっていましてね。或る私の友人が夕方その橋をわたろうとすると、うっかり足を蹈み外して、水の中へ片足をついたのが、岸の方の浅瀬だったんですけれど、その片足を抜こうとしても水が粘《ねば》り着くようになって、どうしても抜けない。しきりに抜こうともがいているうちに、次第にずるずると深みへ引っ張られそうになるんで、ハテな、ガータロに見込まれると水が粘ると云う話だが、こりゃあガータロの仕業《しわざ》だなと気が付いたんです。ところでガータロと云う奴は鉄気《かなけ》を嫌うもんですから、そう云う時には、何んでも構わない、鉄気のものを水の中へ投げさえすれば助かるんで、ふっとそのことを思い出して、幸い腰にさしていた鎌を川の中へ投げた。そうしたら難なくすっと足が抜けたんで、真っ青になって帰って来て、実はたった今此れ此れだったと私共に話したことがありました。もうよっぽどの歳ですけれども、未だに達者な人でして、至って正直な、うそを云うような人間ではありませんから、事実そんな目に遇ったに違いないんですな。しかし此の男はそう云う訳で命を取りとめましたけれども、もう一人今のトチ淵へ嵌《は》まって死んだ者がありました。十四五になる可愛いい女の児でしたがね。なんでも同じ村の余所《よそ》の家へ子守りに雇われていて、めったとひとりで遊びに出るようなことはなかったのに、その日に限って、赤ん坊の寝ている間に出て行って、二三人の友達と一緒にその淵の所で鮎を釣っていたと云うんです。それが、おかしいのは、淵によどんでいる水が、ほんの一間ばかりの間岩の下をくぐって、すぐその先の方へ行くと滝のようになって流れ落ちているんですが、その女の児は淵と早瀬との境目にある岩の上にしゃがんで、瀬の方で釣ればいいものを、淵の方を向いて釣っていた。すると、友達の女の児もみんな同じ所で釣っていたのに、どう云うものか外の者には一向釣れないで、その女の児の鉤《はり》にばかり魚がかかる。外の女の児たちは詰まらないもんですから、此処は止そうよ、何処か別の所へ行こうよと云うんですけれども、その女の児だけは面白いように釣れるんで、夢中になっていつ迄も釣っている。そのうちにだんだん日が暮れて来ましたが、もうおそいから帰ろうと云っても聴き入れないんで、外の者はその児を置き去りにして帰ってしまった。さあそうすると、晩になっても姿が見えないもんですから、主人の家では心配をして、親元の方を尋ねさせると、其方《そっち》へも来ていないと云うんで、大騒ぎになって、いろいろ心あたりを調べると、実は昼間これこれだったと云う。外の児たちは云えば叱られると思ったんで、聞かれる迄黙っていたんですな。で、早速みんながその淵のところへ行って見ると、ちゃんと下駄が脱いであるんで、いよいよガータロに見込まれたんだと云うことになって、それから泳ぎの達者な者が体へ綱をつけましてね、ガータロが出たら合図をするから、そうしたら綱を引っ張って貰うように頼んで置いて、淵の底へもぐって行って、屍骸を引き上げたことがありましたよ。兎に角その女の児が鈎を垂れると、ほら釣れた、ほら釣れたと云うようにいくらでも釣れるんで、外の鈎にはちっとも寄って来なかったと云うんですから、そこが不思議なんですよ。あ、そう、そう、そう云えば、その前の日に、その女の児の親たちの家の屋根の上からその淵の方へ虹がかかっているのを、たしかに見た者があると云います。虹がそんなに近いところにある筈のものではないのに、ちょうどその家の上から出ているんで、何かあの家に変ったことでもあるんではないかと思っていたら、その明くる日にそう云うことがあったんだそうです。でまあ、そのガータロのいる淵の方へその漆かきは連れて行かれた訳なんですが、なぜだか知れないが死のうと云うことを考えて、今夜は一つあの淵へ身を投げてやろうと思いながら附いて行くと、大勢の人が提灯をつけて淵の方へぞろぞろやって来るんだそうです。それで暫く物蔭に隠れて窺がっていると、村長さんだの、伯父さんだの、伯母さんだの、親類の誰彼なんぞの顔が見えるんで、中にはもう死んでしまった人なんぞが交っているもんですから、おかしいなあ、あの伯父さんは死んだ筈なのにまだ生きていたのかなあと、そんなことを考えながら待っていましたけれど、提灯の数が追い追いたくさんになって来て淵のまわりをウロウロしている。この様子じゃあとても駄目だと思ったんで、「どうも死ぬのに都合が悪いから、今夜はもう帰る」というと、「そんならもっと面白い所へ連れて行ってやるから、まあ一緒に来い」と云って、棕櫚《しゅろ》山*の方へ引っ張って行った。その辺はいったいに棕櫚が多いんでして、大概の山には、高いのになると三間ぐらい、普通二間ぐらいの棕櫚と、一丈ぐらいの薄《すすき》のような草が生い茂っているんですが、その茂みの中を分けて行ったら、山の中途に大きな岩が突き出ていて、友達の連中はその岩の上へするすると身軽に登った。だが見たところ丑次郎には登れそうもないので、「己はそんな高い所へ上《あが》れないから止める」というと、「なあに己たちが手伝ってやるから大丈夫だよ、上って見ろ〱」と云って、三人の小男が上から引っ張ったり下から腰を押し上げたりした。お蔭でどうやら上れることは上れたけれども、上る拍子に脛を擦り剝いたんで、今度はそれが痛くってたまらない。「痛い痛い」と云うと、「よし、よし、つばきを附ければすぐに直る」と云って、つばきを附けてくれたらじきに痛みが止まった。すると又咽喉が渇《かわ》いて来たんで、「水が飲みたい」と云うと、「じゃ、まあ、ここで休もう」と云って、道ばたに休んで、何処から持って来たのだか直ぐに水を飲ましてくれたが、なんだかその水が小便臭かったそうです。

で、その山を越えると、私の家の方へ下りて来ることになるんで、ああ、そうだったな、此処はもう鈴木さんの家の近所だなと、はっとそのときに気が付いたらしくって、「もう己は帰る」と云い出したところが、「まあいいからもう少し遊ぼう」と云って、しきりに引っ張って行くんだそうです。それでも無理に帰ると云って、とうとう振り切って来たそうですが、その晩も、その前の晩も、家に戻ったのは夜中の三時ごろだったそうで、いつも夜の明ける迄には必ず帰してくれたと云います。さて五日目の晩に待っていると、又「行こら行こら」と云いながらやって来て、今夜は伊勢へ連れて行ってやると云う話で、伊勢の松坂へ出かけて、何んとか云う料理屋の二階へ上ると、たいそう結構な朱塗りの高《たか》脚《あし》のお膳が出て、立派なお座敷で御馳走をたべた。それから街道を歩いて行ったら、此処はカノマツバラだと云うんで、見ると成る程松原がある。けれども、その時に斯う、ぼんやりと分ったのは、私の村から有田郡《ありだぐん》*の方へ抜ける山路にヤカンダニと云う谷があって、めったに人の通らない淋しい所なんですが、そこをその漆掻きは前に一遍あるいたことがある。で、そう云う時にもいくらかその記憶が残っていたものと見えて、カノマツバラだと云うけれども、どうも此処はヤカンダニのようだから、「ヤカンダニじゃあないか」と云うと、「なんだ、お前はヤカンダニを知っていたのか。ではもっと外の所へ行こう」と云って、又方々を歩き廻って、「さあ、どうだ、此処がカノマツバラだ」と云われて見ると、今度は覚えのない土地で、松がずうっと生えていて、たしかに松原の景色になっている。しかしそう云う間にもときどき正気に復《かえ》るらしく、己は狐に欺されているんだと云う考えがふいと起ることがあって、三人の小男の様子なども、人間の姿をしているように思えながら、どうかした拍子に尻尾が見える。はっきり見えるんではなしに、チラチラと斯う、見えたり見えなかったりするような工合なんですな。要するにまあその時分からそろそろ意識が回復して来たんで、ヤカンダニを通ってからも暫く何処か無茶苦茶に引っ張り廻されていたようですが、そのうちに、村にイカキ山と云って、笊《いかき》のような恰好をした山があるんで、そこを通った時は、此処はイカキ山だなと云うことが分ったと云います。しかしその山は松だの欅《けやき》だのいろいろな雑木《ぞうき》が生えている密林なんでして、その林のなかをぐる〳〵歩いているうちに、木に引っかかって、フンドシが解けた。で、「まあ、待ってくれ、フンドシが解けたから」と云うと、「そんなものは構わないから放って置け、ぐずぐずしていると夜が明けるから急がなくっちゃいけない」と云って引っ張って行くんで、「もう己は帰る」と云うと、「帰らないでもいいよ。それより何所か寝る所があったら、みんなで一緒に寝ようじゃないか」と云うんだそうです。するともう夜がしらみかかって来たもんですから、その漆かきも今更家《うち》へ帰りにくくなってしまって、私の家《いえ》の近所にある阿弥陀堂の方へ行った。と云うのは、その阿弥陀堂なら四人で寝るのにちょうど都合がいい場所なので、そこへみんなを連れて行って寝ようという考えが、ちゃんとそのときに頭にあったらしいんですな。それで阿弥陀堂へ行くのには、私の家と隣りの家との間を通らなければならないんですが、隣りの家の庭に古い大きな柿の木があって、それが往来の方へ枝を出していた、その木の下を通った時分に、「ああ、此処は鈴木の家の側だから、もうすぐ其処が阿弥陀堂だ」と思ったそうです。その阿弥陀堂は草葺きのお堂なんでして、うしろの方に四尺に一間ぐらいな裏堂が附いていて、その中に村のお祭りや盆踊りなんぞに使う提灯だの行燈だの莚だのが置いてあったんですが、その莚のことを覚えていて、あの裏堂で寝ようというつもりだった。ところがそこへ這入るのには屋根からでないと這入れない。今も云う通りいろいろな物が入れてあったもんですから、子供なんぞがいたずらをしないように、扉を中から締めてしまって、屋根裏から出入りするようにしてあったんで、そのこともちゃんと覚えていて、屋根裏へ上った。尤もその時に矢張り小男の連中が上から引っ張ったり下から押し上げたりしてくれたそうで、上って見ると、そこに二尺ぐらいの幅の厚い欅の板が渡してある。これはお堂の中の品物を出し入れする時の足場に作ってあったんで、その板に腰かけて莚の上へ飛び降りる料簡だったんですが、小男共は、「此処がいい、〳〵」と云って、草葺きですから、庇《ひさし》の裏の方から上ると、竹を編んだ屋根の土台が見える、その竹の棒に摑まって屋根の草の中へ体を突っ込んで、「此方へ来い、〳〵」と云うんだそうです。成る程その連中はみんなせいが低いんだから巧く草の中へもぐり込めますけれども、丑次郎には這入れる訳がないんで、「己は体が大きいから駄目だ、そんな所へ這入ったら足が出てしまう」と云うと、「まあ試しに這入って見ろ」と云うんで、這入って寝てみたら案の定足が出てしまった。「ほれ御覧、こんなに足が出たじゃないか」と云ったら、「では仕方がないから中へ這入ろう」と云うことになって、さっきの屋根裏からでなく、別な所へ穴をあけて、その穴から、一人ずつ莚の上へ飛び降りて、裏堂の中の狭い場所へ四人が並んで寝た。それから少しとろとろとしたと思うと、お堂のうしろの板が三寸四方ぐらい切り取ってある、それは以前に、泥坊が内部にしまってあるものを覗《のぞ》こうとしてそんな穴を拵えたことがあるんで、もうすっかり夜が明けたらしく、そこから朝日がさし込んでいる。と、やがて表が騒々しくなったんで、その穴へ眼をつけて見ると、村の子供たちがお堂の前で遊んでいるので、ガヤガヤ〱云っていてとても眠れない。「どうもあの子供たちがうるさいな」と云うと、「よし、よし、己が彼奴等《あいつら》を追っ拂って来てやる」と云って、一人の小男が外へ出て行った様子でしたが、どんなことをしたのか知れませんけれども、兎に角その男が行ったら子供たちはいなくなってしまった。それでようよう落着いて寝ようとすると、生憎とまた小便が出たくなったんで、「一寸小便をして来る」と云ったら、「いや、出てはいけない、出てはいけない」と云って、一生懸命に止める。「出ると摑《つか》まるから出てはいけない。小便がしたければ此の中でしろ。さあ、己達も此処でするぞ」と云って、三人とも寝ながら小便をしてみせるんですが、丑次郎にはどうしてもそこでする気になれない。もう出たくってたまらなくなって来たんで、とうとう又その屋根の穴からお堂の外へ降りたところが、遠くに私が立っていて自分の方を見ているので、「あ、鈴木さんに見られたな」と、その時はっきりとそう感じた。そして私が近寄って行く間に、三人の小男どもは慌《あわ》てて逃げ出してしまったのだそうです。

さあ、そうでしたね、摑まえたのは朝の九時頃でしたかね。何しろ丑次郎がいないと云うので、村では捜索隊を作って山狩りを始めていたんです。それが明神様のお告げでは丑寅《うしとら》の方の山手にいると云う訳なので、一間置きぐらいに人が立って、八方から山を囲んで登って行こうとしていました。私もその捜索隊に加わっていたのですが、みんな鎌だの鉈《なた》だのを持っているのに、私は素手《すで》だったもんですからすこし気味が悪くなって、もう山へ登りかかっていたんですけれども、ちょっと家へ行って来ると云って、それを取りに戻って来た時に丑次郎がお堂の縁に立っているのを見たんです。なんでも斯う、縄の帯をしめて、両手をうしろへ廻して、前の晩に雨が降ったんで裾の方がびっしょり濡れた着物を着て立っていましたがね。「丑じゃないか」と云って、此方《こっち》も恐恐《こわごわ》声をかけながら近寄って行くと、急いでお堂の中へ逃げ込もうとするので、摑まえようとしたところが、えらい力で抵抗してなかなか云うことを聴きませんでしたよ。そのうちに大勢駈け付けて来て、やっとのことで押さえつけて家へ引っ張って行ったんですが、家の閾《しきい》を跨ぐまでは可なり元気に歩きましたね。それからそっと寝かしつけておいて、行者を呼んで御祈禱して貰ったら、一週間ぐらいですっかり正気に復《かえ》りました。尤《もっと》もその前から少しずつ意識が戻って来て、己はこんな目に遇ったとか、何処そこへ連れて行かれたとか、欺されていた間のことをぽつぽつしゃべり出しましたがね。ええ、そうなんです、今申し上げた話と云うのは、その時私がその本人から聞いたんですよ。後で念のためにお堂のところへ行ってみましたが、成る程屋根に大穴が開いているし、中には小便が垂れ流してあって、臭いと云ったらありませんでした。当人も、「そうそう、己はあの棕櫚山を上る時に怪我をした筈だが」と云って、脚を出して見ると、たしかに皮が擦り剝けている。フンドシの解けたのなんぞも、よっぽどたってからイカキ山へ芝刈りに行った女が、木の枝に引っかかっているのを見つけて、ひどく恐がって逃げて来たことがありました。その外何処でこういうことがあったと云う所を調べてみると、大体その地点に證拠が残っていたんですから、それを考えても出鱈目じゃあないんですな。縄の帯をしていたのも、歩いているうちに帯が解けたんで、無意識ながら縄を拾って締めたんでしょうな。そののちその男は一年ぐらい多少ぼんやりしていましたが、今でも酔っ拂った時なんかに、「狐つきの話をしろ」と云うと、笑いながら話し出すんです。

付録

『盲目物語』——「文藝時評」より　　正宗白鳥

小説は面白いものだと私は思っている。中央公論に『大衆作家論』を連載している伊《い》集院齊《じゅういんひとし》氏は、牧逸馬《まきいつま》論のうちで、「インテリ・サラリイ・マンという者は、次第に小説からは遠ざかって行くのではないか。」と云い、「中間物——随筆、雑文、物語の類が、手っ取り早くていい。何か知識を得るという気がする。小説みたいに、他所々々しさがない、気取りがない……。」と云い、その他、頻りに小説をケナして中間物を褒めている。私も、毎月雑誌に出ている小説は、講談社向きの大衆小説であれ、婦人向きの小説であれ、プロレタリア型の小説であれ、藝術主義のものであれ、大抵は読む気がしないし、読んでも暇つぶし以上の何物でもない感じがして、むしろ、雑文の方に心が惹かれることが多い。しかし、それは、彼等多くの作家の小説がまずいからなのだ。藝術家たる天分も修養もない彼等が、強いて小説的作為を試みたものを出すからいけないのだ。本当の文学には、伊集院氏の友人の評語たる「水を割った酒」の譬えは適中しないのである。

「改造」や「中央公論」の創作欄にだって、特にいいものの集る理由はなく、力を入れて批評するに足る新作に出くわすことは、甚だ稀なのだが、九月号「中央公論」所載の谷崎潤一郎氏の『盲目物語』は、「小説は面白いものだ。」というこの頃の私の感想を強める材料になったと云っていい。この作者は、なおざりに筆を執らない作者で、処女作以来、どの作品にも自己の持ち味をよく出している。今度の長篇も、昔ながらの谷崎好みの小説ではあるが、作柄は大きくなった。衒気も稚気もなくなって、味噌の味噌くさいところもなくなった。

里見氏の『安城家の兄弟』は、はじめから興味に駆られて読み続けたが、『盲目物語』は、読みづらかった。盲人のゆっくりした昔話で、さながら、平安朝の「物語」を読むような、じれったい感じがしないではなかった。この頃の雑誌小説に比べると、古典文学と云ってもいいもので、「日本古文学叢書」のうちに収めて、却って似つかわしく思われそうな物語である。しかし、作者の空想と人生の真実とが渾然と融和していて、決して、形式だけの擬古典小説ではないのだ。

信長の妹であり、浅井長政の妻であったお市の方の数奇な生涯を中心としたもので、戦国時代の世相が描写されているが、それがあり振れた表面的のものではないので、作者の主観は、この悠長らしい古風な叙述のうちに、影となり日向となって動いている。女性に対する男子の執着は、この豪傑ぞろいの世界に、蛇のように頭を持上げている。美人ヘレンを奪掠したことから起ったトロイ戦争は、希臘古典劇慣用の題材となっていたが、これ等古典劇が、今尚読者の心を動かすのは、男子の争闘心と、女性愛慕の情が描かれているためであって、外形を破って核心を見たら、昔なお今の如く、今なお昔の如くである。傑れた作家や、傑れた読者はそこを見るのだ。『盲目物語』にも、そこに今日と懸け離れた空な事件と人物が叙せられているのではない。この物語が、絶えずお市の方に侍していた盲人の話となっているので、作者の着眼は凡庸でないのだ。盲人が彼女の按摩をしながら、十余年間の彼女の境涯の変遷が彼女の肉体美に影響したことを知るところに、作者独得の筆致が見られるが、それが、若い頃のこの作者の小説のように、これ見よがしに、大袈裟に、鼻を鳴らしながら、涎を垂れながら、裸の女を書き立てるといったようなところはない。あくが抜けている。そして、美女の姿は髣髴《ほうふつ》として紙上に浮んでいる。「人の望みはいろ〳〵でござりまして、何が一ばんの果報とも申されませぬから、わたくしのような境涯をあわれとおぼしめす方もござりましょうなれども、自分の身にとり、この十年の間ほど楽しい時はござりませなんだ。……これも盲目にうまれましたお蔭かと思えば、このとしになりますまで、自分のかたわをくやんだことは一ぺんもござりませぬ。」という盲人の述懐は、従来の谷崎氏の小説にも潜んでいる氏の人生批評の一つである。お市の方の長女淀君は、母親そっくりの美女であった。「されば私には太閤殿下がどんなに淀のおん方を御ちょうあい遊ばされましたかよく分るので御座ります。太こう殿下のおえらいことは、どなたも御ぞんじでござりますが、そういう深いお胸のなかを早くよりおさっし申しておりましたのは、憚りながら私だけで御座ります。」と、盲人をして云わせているが、作者も、長政や勝家や秀吉などの胸の中を洞察したつもりで、美女お市の方をめぐった彼等の心を、藤原時代の絵巻物のような形式のうちに描いたのだ。もっと現代風に、テキパキした文章で書いた方が、読者の頭の労力を助けて、印象も深くなったであろうと思われるが、伝統的日本文学に趣味を覚えているこの作者は、歳の加るにつれて、文章に、在来の日本風の雅味を帯びるようになっている。原文は読めないが、フローベルの『サランボウ』は、絢爛な文章で、古の時代と古の女性を再現している。新日本の作家としては珍しく、油っ濃い分子に富んでいる谷崎氏でも、その描いた美人お市の方は、油絵の美人でなく、絵巻物の美人である。私は、巴里に観た、蛇に纏られ凄艶無類のサランボウの大理石像を思い出して、ああいうものは、日本人は永久に、彫像にも絵画にも文章にも現し得ないであろうと考えた。

　私は歴史を好む。しかし、『サランボウ』や『盲目物語』のようなものを読むと、普通の歴史書よりも、歴史小説の方が一層面白く、また一層真実に富んでいるように思われる。『卍』という長篇は、この作者在来の作風の大成したものであったが、あれよりも今度の歴史小説に、一層大作家たる風格が認められるのである。「改造」所載の『紀井《ママ》国狐憑漆搔物語』は、今昔物語か宇治拾遺かにありそうな話だが、ただ世俗の珍しい話を面白そうに書いたというだけに、そこに強いて何等の寓意をも附してないところに、却ってのんびりした藝術味がある。芥川氏の小説とちがった趣がある。『蓼喰う虫』以来、谷崎氏の藝術の境地は、ますます妙所に達したと思う。凡慮の及ぶところにあらず。

初出　正宗白鳥『盲目物語』――「文藝時評」より（「文藝春秋」昭和六年十月号）

註　解

（アキも一行と数えた）

盲目物語

＊9頁5行　**長浜**　滋賀県の湖北地方、琵琶湖の北東岸に位置する。一五七三年（天正元）、羽柴秀吉が築城してここを治め、今浜から長浜に改称したとされる。

＊9頁5行　**天文にじゅう一ねん**　天文二十一年。西暦一五五二年。

＊9頁6行　**当年**　語り手が六十六歳ということから、語りの現在は一六一七年（元和三）。二年前の一六一五年（慶長二十）五月に大坂夏の陣で大坂城落城、豊臣家は滅亡している。

＊9頁9行　**おうみの湖《うみ》**　琵琶湖の古称。

＊9頁15行　**小谷《おだに》のお城**　滋賀県長浜市にあった戦国大名浅井氏の居城で、標高四九五メートルの小谷山の南面に建てられた山城。

＊10頁1行　**浅井備前守長政**　一五四五〜七三。浅井長政。戦国大名浅井氏の三代目。父は浅井下野守久政、母は井の口（小野）殿。

＊10頁6行　**えいろく二ねん**　永禄二年。西暦一五五九年。

＊10頁7行　**佐々木抜関斎《ばつかんさい》**　一五二一〜九八。六角義賢。近江国江南の守護大名。足利義晴、秀吉に仕える。

＊11頁4行　**これはいかにもむねんだ、……里へかえしておしまいになりました**　『浅井三代記』に拠る。本作の前半は雄山（遊山）著『浅井三代記』に拠るところが多い。本作では「奥書」で典拠の一部が明らかにされているが、他にも多くの典拠がある。それに関しては野中雅行「『盲目物語』―各節典拠の一覧表―」（一九八一「論輯」九）に詳しい。

＊11頁12行　**竹生島**　琵琶湖の北部（長浜市早崎町）にある、周囲約二キロメートルの島。

＊11頁17行　**信長**　一五三四～八二。織田信長。尾張織田家の家老織田信秀の子。隣国美濃を平定後、室町幕府を滅ぼし、天下統一の途上、京都本能寺で明智光秀に襲われ自刃した。

＊11頁17行　**お市**　?～一五八三。小谷殿。小谷の方。織田信長の妹。浅井長政に嫁ぐが、信長が長政を滅ぼしたあと、信長のもとに帰った。その後、柴田勝家と再婚したが、柴田の居城北ノ庄（現福井県福井市）で、秀吉に滅ぼされ、勝家とともに自害した。

＊12頁5行　**仕置き**　管理、統治すること。

＊12頁15行　**御料人**　貴人または中流の家の娘、若い妻の尊敬語。

＊13頁1行　**お茶々**　一五六七～一六一五。浅井長政とお市の方の長女。秀吉の側室淀殿。秀頼を産む。大坂夏の陣で秀頼と自害した。

＊13頁2行　**太閤**　ここでは豊臣秀吉（一五三七～九八）をさす。秀吉は一五九一年（天正十九）、養嗣子秀次に関白を譲ってのち、そう呼ばれた。

＊13頁3行　**秀頼**　一五九三年（文禄二）、大坂城で淀殿の第二子として生まれた。幼名拾《ひろい》。一六〇五年、右大臣となる。一六一五年、大坂夏の陣の大坂城落城で自刃。享年二十三。

＊13頁12行　**三味せん**　高野辰之著『日本歌謡史』に、三味線は「永禄年中蛇皮線が琉球から我

が境港に渡り、この地の琵琶法師中小路といふ者が今の三味線にした」とある。

＊13頁13行　**御簾中**　貴人の妻の敬称。

＊13頁17行　**猿楽の太夫**　ここでは能役者のこと。中国の散楽が奈良時代に伝わり、室町時代の観阿弥・世阿弥の能楽として受け継がれた。

＊14頁12行　**かずけ物**　藝人の藝を賞して与える金銭、祝儀。

＊15頁14行　**忍ぶ軒端に……ひよ〳〵めくに**　以後、小歌類の歌詞はほぼ『日本歌謡史』に拠っている。大意は〈あなたのもとへ忍んで通う家の軒端に　瓢簞を植えてね　おいてね　その蔓を這わせて実を生らさないで　風に実が揺れると私の心もつられて　ひょいとひょいとあちこちへ行ってしまうから〉。『閑吟集』六八番の歌。

＊16頁7行　**あら美しの塗壺笠や……えいとろえとな**　大意は〈ああ美しい塗壺笠だこと　これこそ河内の陣の土産だ　えいとろえいと　えいとろえとな　たたらの湯の口が割れてしまったぞ　注意して踏めよ　中たたらよ　えいとえいと　えいとろえとな〉。『閑吟集』四八番の歌。

＊16頁11行　**姉川の合戦**　一五七〇年（元亀元）六月、浅井郡姉川河原（現長浜市野村町）で行われた織田信長・徳川家康連合軍と浅井長政・朝倉義景連合軍の間で行われた合戦。織田方が勝利して、浅井・朝倉両氏の滅亡の遠因となった。

＊17頁5行　**近習とざま《外様》**　近習は主君のお側近くに仕える者で、外様《とざま》は主従の関係を持たない新参の家臣をいう。

＊17頁11行　**禁裏さま**　天皇のこと。

＊17頁12行　**公方さま**　征夷大将軍のこと。

＊17頁16行　**鬼神**　荒々しく恐ろしい鬼。ばけもの。超人的な能力を有するもの。
＊18頁17行　**虎狼**　残忍なもの。
＊19頁1行　**やわか**　どうしてか、いかでか、という反語。
＊20頁2行　**あたら**《可惜》　惜しいことにも、もったいないことにも、の意。
＊20頁8行　**さかもとの合戦**　一五七〇年（元亀元）九月から十二月まで、滋賀県大津市坂本で浅井・朝倉軍と織田軍が戦った。
＊20頁8行　**扱い**　争いのなかだちをすること。ここは十五代将軍足利義昭が浅井・朝倉軍と織田軍の仲裁をしたことをさす。
＊20頁15行　**柴田しゅりのすけ**　?〜一五八三。柴田勝家。修理亮。信長に仕える。信長の死後、秀吉と覇権を争うが、北ノ庄城で夫人お市の方とともに自害した。
＊21頁3行　**降人**　降参した人。
＊21頁6行　**憂きも一と時うれしさも思ひさませば夢候よ**　大意は〈恋のつらさもほんの一瞬　嬉しさも同じこと　あとになって醒めた目で見たら　みんな夢だったなあ（どちらも夢の中のできごとなのだ）〉。『閑吟集』一九三番の歌。
＊21頁14行　**如在**　なおざりにすること。手抜かりがあること。
＊21頁16行　**御諚**　貴人のおことば。仰せ。
＊22頁4行　**花香**　典拠とした『浅井三代記』にも「何を花香になからふへき」とある。「花香」は人を引きつける美しさ。転じて、心ばえ、の意がある。三瓶達司（『近代文学の典拠　鏡花と潤一郎』一九七四、笠間書院）は「『嘉幸』を宛字したものである」と述べている。

＊22頁9行　**雄山わじょう《和尚》**　滋賀県伊香郡木之本町にある時宗浄信寺の別当其阿雄山和尚のこと。『浅井三代記』の著者。

＊22頁10行　**徳勝寺**　浅井家の菩提寺。

＊23頁1行　**若君**　一五七三～？。浅井長政とお市の方の次男、萬寿丸（萬菊丸とも）。嫡男萬福丸の弟。『浅井三代記』は織田信長の追手を逃れ、長浜近郊の浄土真宗の福田寺に隠れたこと、萬福丸は殺されたが、「当歳の若は有りなしやをしる者なければ是一人は残りける」と伝えている。その後、福田寺で住職として一生を終えたといわれている。

＊23頁15行　**棒しばり**　狂言「棒しばり」のこと。酒を盗み飲みする太郎冠者と次郎冠者は主人に両手を縛られてしまうが、二人は縛られたまま工夫して酒を飲み、歌い舞う。

＊24頁8行　**十七八は……たんとなほいとし**　大意は〈十七八歳の娘は　竿に干した細布のようだ　つかまえて引き寄せても可愛い　手繰り寄せても可愛い　糸より細い腰を抱きしめると言い表せないくらいずっと可愛い〉。

＊25頁16行　**りんず**　経緯《たてよこ》ともに生糸で製織後に精練した滑らかで光沢と粘り気がある染め生地。紋織物。

＊26頁6行　**いろうた**　「弄《いら》う」はいじる、手でさわるの意。『物類称呼』（越谷吾山編著、一七七五）に、「なぶる　手にてなれふるゝなり。関西にて、いらふと云」とある。

＊27頁1行　**げんざい**　現在。見在。実際であること。ほんとう。

＊31頁5行　**萬福丸**　一五六四？～七三。浅井長政とお市の方の嫡男。織田方に捕らえられ、信長の命を受けた秀吉によって串刺しにされ殺された（『浅井三代記』）。

＊31頁7行　**当歳の若**　前出の「若君」（註解345頁参照）。

＊32頁8行　**おはつ**　一五七〇～一六三三。浅井長政とお市の方の次女初。お市の方の死後、秀吉に引き取られる。京極高次に嫁《か》すが、高次死後（一六〇九）、常高院と号した。

＊32頁9行　**小督**　一五七三～一六二六。浅井長政とお市の方の三女督《ごう》。崇源院。お市の方の死後、秀吉に引き取られる。最初、佐治一成に嫁ぐも秀吉によって離縁させられ、次に嫁いだ秀吉の甥秀勝は文禄の役で病死。一五九五年（文禄四）、家康の嗣子秀忠に再嫁し、「将軍家のみだい」（本文35頁）となる。徳川三代将軍家光の母。

＊33頁2行　**しょう〴〵世々**　生々世々。生まれ変わりを繰り返して経験する世のこと。永遠。

＊34頁6行　**すえの若ぎみ**　前出の「若君」（註解345頁参照）。

＊36頁4行　**織田こうずけの守**　一五四三～一六一四。織田信包《のぶかね》。上野介。信長の弟。秀吉に仕える。

＊36頁9行　**ひらぜめ**　一気に押し進んで攻めること。

＊37頁12行　**てんまはじゅん**《天魔波旬》　仏道の妨げ、人の命や善根を絶つ欲界にいる魔王の名。

＊38頁6行　**前田**　一五三八～九九。前田利家。武将、大名。信長、秀吉、秀頼に仕える。加賀藩前田氏の祖。

＊38頁17行　**とうまちくい**《稲麻竹葦》　幾重にも取り囲んで立ち並ぶさま。

＊39頁16行　**鐺のいしづき**　槍の柄の端を包む金具。

＊40頁10行　**わるびれ**　気後れして卑屈な態度をとる。未練がましくふるまう。

＊41頁17行　**折敷**　食器をのせるために、四方に縁を付けて、薄い杉や檜の板で作った角盆。

＊45頁12行　**せいひつ**　静謐。世の中が穏やかに治まること。

＊45頁16行　**かんげんだて**　諫言立て。目上の人の非をいさめようとすること。

＊46頁6行　**笑止**　気の毒で同情すべきこと。笑うべき、おかしいこと。

＊47頁8行　**しょうし**　将士。将軍と兵士。

＊47頁11行　**ごんごどうだん**　言語道断。ここでは、言葉では言い表せないほどの立派さの意。

＊47頁12行　**しょろう**　所労。疲れや病気の意。わずらい。

＊49頁6行　**小谷のおん方**　お市の方が小谷城（浅井家）に嫁いだあとの呼び名。小谷殿。

＊51頁9行　**京極さいしょう《宰相》殿高次**　一五六三〜一六〇九。京極高次。父は京極高吉、母は浅井久政の娘京極マリア。妻は浅井長政とお市の方の次女おはつ。このあとの記述に、高次は「佐々木高秀公のおわすれがたみ」（息子）（本文51頁）とあるが、正しくは高秀の孫。

＊51頁14行　**高清入道**　生没年未詳。京極高次の祖父高秀の祖父。

＊52頁2行　**惟任ひゅうがのかみ**　？〜一五八二。明智光秀。信長に仕える。一五七五年（天正三）、惟任の賜姓と、従五位下に任官され、惟任日向守となる。一五八二年（天正十）六月二日に京都の本能寺に主君信長を襲い自害させたが、十一日後、山崎の戦いで秀吉軍に敗れた。

＊52頁3行　**長浜のしろをおせめなされ**　『寛政重修諸家譜』（江戸幕府編修、一八一二）第九十九に、高次は京極家を再興すべく、安土萬五郎ら江北の諸浪人と「長浜に出陣す」とある。

＊52頁6行　**横紙やぶり**　習慣にはずれたことを無理矢理行うこと（人）。横車を押す。

＊53頁14行　**天しょうがんねん**　天正元年。西暦一五七三年。

＊54頁4行　**唱歌**　楽器にあわせて歌うこと。

＊54頁6行　**隆達節**　泉州堺の薬種商であった高三《たかさぶ》隆達（一五二七〜一六一一）が始めた小歌節の一つ（『日本歌謡史』）。

＊54頁11行　**さてもそなたは……きえ〴〵となる**　大意は〈やはりそなたは霜か霰か初雪か　抱きしめて寝る夜は　そなたは溶けて消えてしまう〉（『日本歌謡史』）。このあと隆達節五曲も『日本歌謡史』に拠る。

＊54頁16行　**りんきごゝろに……とがはよもあらじ**　大意は〈やきもちを焼いて枕を投げるのはやめなさい　投げられる枕によもや罪はなかろうに〉（『日本歌謡史』）。

＊55頁5行　**帯をやりたれば……そなたの肌もしならし**　大意は〈帯を贈れば　使い古しはいやだと咎められる　帯を使い古しというのなら　そなたの肌も多くの男の使い古し〉（『日本歌謡史』）。

＊55頁7行　**弄斎節**　隆達節流行のあと、寛永年間（一六二四〜四四）に「東西の二京の遊里にで行はれた」恋を主な内容とする小歌（『日本歌謡史』）。

＊55頁10行　**幽斎**　一五三四〜一六一〇。細川藤孝。武将、大名、歌人。足利将軍家、信長、秀吉、家康に仕える。古今伝授を受けた当代一流の文化人でもある。

＊56頁1行　**おもしろの春雨や、花のちらぬほどふれ**　『日本歌謡史』は、『陰徳太平記』（香川正矩著、一七一七）にあるこの歌の逸話を載せている。大意は〈趣のある春雨よ　花を散らさぬほどに降ってくれ〉。

＊56頁8行　**しぐれも雪も……いつもこぼるゝ**　大意は〈時雨も雪もそのときどきにしか降らないのに　そなたを恋しく思う故の涙は　いつもこぼれて私を濡らします〉（『日本歌謡史』）。

＊56頁14行　**おもふとも……わするなよ**　大意は〈私を思っても　その顔色を人に知られないようにね　だからといって知らない振りをして　そのまま忘れてしまわぬようにね〉（『日本歌謡史』）。

＊57頁5行　**小唄に三味せんを合わせますのは**　『日本歌謡史』は、「元来弄斎節は隆達とは異つて、一節切の外に、三味線にも争にも合せたもので、三味線に合せることは、此の弄斎節あたりに始つたらしい」としている。

＊57頁10行　**隆達どのも元は堺のくすりあきうど**　『日本歌謡史』は、『堺鑑』（衣笠一閑宗葛著、一六八四）の記事、「元ハ日蓮宗ノ僧、（中略）還俗シ高三《タカザウ》ノ家ニ往テ薬種ヲ商《アキナフ》、年ヲ経テ小歌ノ節ヲ一流謳《ウタヒ》出ス」を引用している。

＊58頁9行　**蟻のおもいも天までとゞく**　力のない者でも一心不乱に願えば望みは叶えられる、ということわざ。

＊62頁8行　**内大臣**　織田信長のこと。

＊62頁8行　**徳**《とく》**勝**《しょう》**寺**《じ》**殿**《でん》　浅井長政のこと。

＊62頁13行　**せんしゅうばんぜい**　千秋万歳。非常に長い時間を表すことから、長寿を祝う意。

＊63頁1行　**前表**　前兆。先表。まえぶれ。

＊63頁5行　**なまものしり**　生物識り。未熟であるにもかかわらず、物知り顔をすること。

＊64頁13行　**猿猴のこずえをつたうがごとく**　身軽ですばしこい動作をいう。

＊64頁14行　**はつめい**　発明。頭の回転がはやくかしこいさま。利発。聡明。

＊67頁13行　**天正じゅう年**　天正十年。西暦一五八二年。

＊67頁15行　**城介**　一五五七〜八二。信長の長男信忠。本能寺の変のとき、二条御所で切腹。

＊67頁17行　**きたばたけ中将**　一五五八〜一六三〇。北畠中将。信長の次男信雄《のぶかつ》。伊勢国司北畠氏の養子となり、本能寺の変のときは伊勢にいた。

＊68頁1行　**三七**　一五五八〜八三。信長の三男信孝。本能寺の変のときは堺にいたが、秀吉の軍勢と合流して、大山崎で明智軍を破った。

＊68頁3行　**蒲生《がもう》右兵衛大夫**　一五三四〜八四。蒲生賢秀《かたひで》。六角義賢、信長に仕える。谷崎の拠った『氏郷記』では、本能寺の変に際して、「安土ノ御留守居」の「蒲生左兵衛大夫賢秀同子息忠三郎氏郷」は「日野城へ楯籠リ」と記している。なお、「左兵衛」が正しい。

＊68頁9行　**日野谷**　滋賀県蒲生郡日野町にあった蒲生氏の居城日野城のこと。

＊68頁14行　**前田玄以斎**　一五三九〜一六〇二。前田玄以。武将、大名、僧。京都所司代。信長、秀吉、秀頼に仕える。豊臣政権の五奉行の一人。これ以後、本作の後半は小瀬甫庵著『太閤記』（一六二六）に拠るところが多い。

＊68頁16行　**中納言**　一五八〇〜一六〇五。織田秀信。信忠の嫡男。幼名三法師。

＊69頁11行　**坂本**　坂本城。滋賀県大津市下阪本にあった明智光秀の居城。

＊69頁11行　**やまざきのかっせん**　山崎の合戦。一五八二年（天正十）六月十二、十三日、摂津と山城の国境の山崎（現京都府乙訓郡大山崎町）における、秀吉らの軍と光秀の軍との戦い。戦場が山崎にある天王山であったために、「天下分け目の天王山」の戦いともいわれる。

＊69頁12行　**三井でら**　三井寺。大津市にある天台寺門宗総本山園城寺の通称。『惟任退治記』に「秀吉其翌日至三井寺着陣」とある。

＊69頁12行　**粟田口**　京都市東山区の地名。白川橋から蹴上までの間。東海道の京への入り口。

＊70頁16行　**筒井じゅんけい**　一五四九〜八四。筒井順慶。武将、大名。信長、秀吉に仕える。

＊71頁7行　**きら**　綺羅。外見のはなやかさ。

＊71頁10行　**ひょうじょう**　評定。ここは清洲会議（一五八二）のこと。

＊71頁12行　**明地闕国**　領主の欠けた領土の意。『太閤記』に拠る。

＊72頁5行　**御連枝さま**　高貴な人の兄弟のこと。本作では親子にも用いている。

＊73頁14行　**より〳〵**　度度。時々。折々。

＊74頁1行　**せんぐんばんばのあいだ**　千軍万馬の間。戦場のこと。

＊74頁15行　**朝日**　ここでは豊臣秀吉の正室ねね（一五四九〜一六二四、ねい、おね。北政所。高台院）のこと。尾張国朝日村（現愛知県清須市）はねねの実母（?〜一五九八）の出身地。

＊77頁8行　**羽柴秀勝**　秀吉の養子になった信長の四男秀勝（一五六八〜八五）については、『佐久間軍記』「勝家祝言」に拠っている。

＊78頁7行　**えいろく十一ねん**　永禄十一年。西暦一五六八年。

＊79頁6行　**北の庄**　信長から越前国北ノ庄（現福井県福井市）を与えられた柴田勝家が一五七五年（天正三）に築城した北ノ庄城。一五八三年（天正十一）四月の北ノ庄城の戦いで秀吉に敗れ、妻お市の方とともに自害、城に火が放たれ全焼した。

＊79頁15行　**矛盾**　矛と盾で、戦いをいう。喧嘩。

＊81頁1行　**櫛の歯をひく**　物事が頻繁に引き続いて絶えないことのたとえ。

＊81頁4行　**卵を石になげる**　以卵石投。損ばかりでなんにもならないこと、道理の通らない愚

かな行為のたとえ。身の程知らずで自滅すること。

＊82頁2行　**瀧川左近将監**《しょうげん》　一五二五〜八六。瀧川一益。武将、大名。信長、秀吉に仕える。

＊82頁17行　**きょうごく高次公がおくがたをたよって北の庄へ**　『寛政重修諸家譜』第九十九に、「高次夜中かしこを忍ひて越前国に赴き柴田勝家かもと寓居す」「若狭国にいたり武田孫八郎元明か許にあり」とある。

＊83頁1行　**冠者**《かじゃ》　元服して冠をつけた少年。若者。

＊85頁2行　**筒井づゝのむかし**　親しくしていた幼かった頃の昔。『伊勢物語』（平安時代中期成立）二十三段の歌「筒井つの井筒にかけしまろがたけ過ぎにけらしな妹見ざるまに」に拠る。

＊86頁5行　**吉左右**　喜ぶべきしらせ。吉報。

＊86頁9行　**内応**　味方を裏切って密かに敵に通ずること。内通。

＊86頁15行　**しずがたけのかっせん**　賤ヶ岳の合戦。一五八三年（天正十一）四月、琵琶湖の北岸（現滋賀県長浜市）の賤ヶ岳付近で羽柴秀吉と柴田勝家が戦った。これに勝利した秀吉はさらに北上して柴田の居城北ノ庄城を攻略する。

＊87頁5行　**﨟次もなく**　秩序がなく、乱れたさま。

＊87頁10行　**うつくしいおくがたをおもらいなされて**　賤ヶ岳における無念な結果は、勝家がお市の方の美しさのために「こゝろがのびて」いたためであると、弥市が「あくたい」をつく箇所は、『真書太閤記』八編巻之十八の次の記述と重なるという、多田蔵人（「谷崎潤一郎『盲目物語』の材源と方法」二〇一二「國語國文」）の指摘がある。「修理進勝家は（中略）去年の九月迎へたりける小谷の方の色に迷ひ一日々々と延引しけるこそ傾城傾国の古し例しと知られけ

れ」、「一刻も早く長浜まで打ち出で給へやとす、むれど勝家とにかく小谷の御方の別れをかなしみ出陣延引に及びけるぞ是非もなし」（『校訂真書太閤記』一九〇九、帝国文庫、博文館）。谷崎は「私の姓のこと」（原題「「谷崎」氏と蒲生氏郷」）、一九二九・八「文藝春秋」）で、「帝国文庫本の真書太閤記」や「講談本に近い俗書」の太閤記を読んでいたことを記している。

＊87頁17行　**万燈会**　多くの灯明をともして仏神を供養し、衆人の滅罪を祈願する法会。

＊88頁1行　**余吾のみずうみ**　滋賀県長浜市にある余呉湖のこと。賤ヶ岳の北麓に位置する。『太閤記』には「余語之海辺」とある。

＊88頁15行　**五幣のお馬じるし**　戦陣で大将の馬の側に立てて、その所在を示すためのもの。豊臣秀吉の千生瓢箪、徳川家康の開き扇はよく知られており、柴田勝家は金の御幣だった。

＊89頁2行　**筑前のかみ**　豊臣秀吉のこと。

＊91頁14行　**村上六左えもんのじょう**　『太閤記』には「上村六左衛門尉」で、「上村」が正しい。

＊94頁13行　**総見院**　織田信長の法名。

＊95頁7行　**猿面かんじゃ**　猿面冠者。猿の顔に似た若者の意で、特に秀吉の若い頃のあだ名。

＊96頁2行　**真如の月**　明月の光が闇を照らすように、迷妄を破ることをたとえていう。

＊96頁3行　**ぜんちしき**《善智識》　人々を仏道へと導いてくれる人のこと。

＊98頁6行　**生きてよも……われと心をなぐさむる**　『日本歌謡史』の曲舞《くせまい》「地主」からの引用である。大意は〈（明日までは生きていられないので）生きながらえて、明日になって人とは薄情なものですと嘆くことはないでしょう。ですから今日の夕暮れに来てくれるなら来て欲しい。恋しい君を千里のかなたにおいて、今日も酒を呑んで、寂しい心を慰めよう〉。前半は

『新古今和歌集』巻十四・一三二九番と、後半は『閑吟集』一八六番とほぼ同じ。

＊98頁9行　**人間五十年、下天のうちをくらぶれば**　『日本歌謡史』は、この幸若舞「敦盛」の小歌にまつわる織田信長の逸話を太田牛一著『信長公記』（江戸時代初期）から紹介。後出する「一度生を得て滅せぬもの、あるべきか」までの大意は〈人間界の五十年は下天の一昼夜に当たり、夢幻同然だ。この世に生まれた者で滅びぬ者はありはしない〉。

＊98頁10行　**桶狭間かっせん**　一五六〇年（永禄三）五月十九日、桶狭間（現愛知県豊明市）で信長が今川義元本陣を奇襲し、義元を討ち取った戦い。この出陣の直前に、「信長敦盛の舞」を舞ったと『信長公記』にある。

＊99頁5行　**梨花一枝雨を帯びたるよそほひの**　この後にある「太液の芙蓉のくれなゐ……顔色のなきもことわりや」の歌詞も、『日本歌謡史』にある謡曲「楊貴妃」から引用している。大意は〈春雨に濡れた梨の花を思わせる楊貴妃の風情は、太液池の蓮の花の紅、未央宮の柳の緑もこれには到底及ばない。まことに後宮の化粧を凝らした美女たちも遠く及ばないのももっともだ〉。

＊99頁6行　**朝露軒**　谷崎が創作した架空の人物と思われる。

＊100頁11行　**滋賀の浦とて……十五夜の月**　このあとの隆達節二曲も『日本歌謡史』に拠る。大意は〈琵琶湖は海ではないので塩気がなく頼りないが、お顔のえくぼは満月そっくりに丸い〉。有明けの月で名高い志賀の浦にちなんだ歌。

＊102頁9行　**いかにせん……なか〳〵に**　大意は〈どうしようもないなあ、あなたのところに通う道には関守がいて、簡単に通り抜けられそうにないよ〉（『日本歌謡史』）。

＊103頁14行　**見せばや……袖の色を**　大意は〈見せたいなあ、是非君には知って欲しいよ、私の心の中と涙で濡れたこの袖のいろを〉（『日本歌謡史』）。

＊105頁3行　**さらぬだに……ほとゝぎすかな**　以下の三首は『太閤記』に拠る。大意は〈そうでなくとも眠る間もない短い夏の夜の、この世との別れを急かすほととぎすですこと〉。

＊105頁6行　**夏の夜の……やまほとゝぎす**　大意は〈夏の夜の夢のように儚く終わる一生だったが、私の武名を後世にも長く高く知らせておくれ、山ほととぎすよ〉。

＊105頁11行　**ちぎりあれや……仕へつかへむ**　大意は〈深い縁があるのでしょうか、私は極楽浄土までお供をして、さらに来世でもお仕えします〉。「すゞしき道」は極楽浄土のこと。『柴田退治記』では、「おもふとち打ちつれつゝも行道しるへやしての山郭公」になっている。

＊106頁10行　**「お市どの」と、お呼びなされ**　「むりに引きはなそうとなされるのでござりました」（本文109頁13行）まで、お市の方に城を出るように説得する勝家、三人の娘の助命を願うお市の方、その意を受けて娘たちを城外に出した文荷斎のことは『太閤記』巻六「勝家切腹之事」に拠る。また、『賤嶽合戦記』（『続群書類従』合戦部十八所載、一九二三）には、「女子三人は。勝家方より富永新六郎と中侍を相付。秀吉の陣所へ送り」とある。

＊118頁3行　**安土のおしろ**　『太閤記』に拠れば、安土城は山崎の合戦後、一五八二年六月十四日未明に火がかけられており、『祖父物語』にも明智が「安土ノ城ヲ焼払」とあり、安土城に「ひめぎみたち」を住まわせることができたかは不明。一方、『志津ケ嶽合戦事小須賀九兵衛話』（註解357頁参照）には「明智日向守誅伐以後太閤（中略）信忠の若君を安土の焼跡へ移し置奉り」とあることから、消失後にも人が住める施設があったとも考えられる。

＊118頁16行　**淀のおしろ**　豊臣秀吉は一五八九年（天正十七）に懐妊したお茶々の産所として、京都府伏見区にあった平城を改築した城。お茶々はこの淀城で棄《すて》（のちの鶴松）を産み、以来淀殿を呼ばれた。三歳で鶴松が死去したあと、淀殿は大坂城に移り、淀城は廃城となった。

＊119頁11行　**いったいひでよし公は**　蒲生氏が「宇都宮へおくにがえ」になる逸話は、谷崎が「奥書」で示す『氏郷記』『近江日野町志』（註解357頁参照）に拠っており、特に『近江日野町志』上巻をほぼそのまま引用している。また、「私の姓のこと」で谷崎が読んだと述べていた幸田露伴「蒲生氏郷」（一九二五）にも「女房は信長の女で好い器量で、氏郷死後に秀吉に挑まれたが位牌に操をたて、尼になつてしまつた」とあるように、よく知られていた逸話である。

＊119頁13行　**蒲生ひだのかみ**　一五五六〜九五。蒲生氏郷。飛騨守。近江国蒲生郡日野（現蒲生郡日野町）の生まれ。信長、秀吉に仕える。谷崎は「私の姓のこと」で、近江や氏郷への親近感を述べている。

＊120頁14行　**けいちょう三ねん**　慶長三年。西暦一五九八年。この年の八月十八日、秀吉死去、享年六十三。

＊120頁15行　**せきがはらのかっせん**　関ヶ原の合戦。秀吉の死後、豊臣政権内の政争を発端に、一六〇〇年（慶長五）九月十五日、美濃国（現岐阜県不破郡）関ヶ原で、石田三成（一五六〇〜一六〇〇）の西軍と家康（一五四二〜一六一六）の東軍が戦い、東軍が勝利した。

＊121頁4行　**大坂の御陣**　江戸幕府と豊臣家との間に起こった一六一四年（慶長十九）十、十一月の大坂冬の陣、翌年四、五月の大坂夏の陣のこと。大坂城は落城し、豊臣家は滅亡した。

＊121頁17行　**権現さま**　徳川家康のこと。死後、東照大権現の号を天皇から賜ったことによる。

＊123頁10行　**げんきてんしょう**《元亀天正》　元亀年間（一五七〇～七三）、天正年間（一五七三～九二）。

奥書〔「盲目物語」〕

＊125頁7行　**祖父物語**　柿屋喜左衛門著。別称『朝日物語』。一六〇七年（慶長十二）頃成立。信長、秀吉頃の武将たちについての見聞談。『改定史籍集覧』第十三冊、『続群書類従』第二十一輯上に所載。

＊125頁14行　**佐久間軍記**　佐久間常関著。江戸時代初期成立。信長、秀吉頃の佐久間一族の武功談。『改定史籍集覧』第十三冊、『続群書類従』第二十輯下に所載。

＊126頁2行　**志津ケ嶽合戦事小須賀九兵衛話**　松浦鎮信著『武功雑記』（一六九六年頃成立）から賤ケ岳の戦いの部分を伴信友が編集したもの。『改定史籍集覧』第十三冊に所載。

＊126頁5行　**甫庵太閤記**　小瀬《おぜ》甫庵《ほあん》著。別称「豊臣記」。成立は一六二六年（寛永三）以降。秀吉の生涯と事績を記録した評伝。軍記。『改定史籍集覧』第六冊『続群書類従』第二十輯上に所載。

＊126頁9行　**氏郷記**　巻末に「作者ハ神戸左京亮正望」とある。成立は寛永年間（一六二四～四四）。蒲生氏の由来から氏郷父子の頃までの記録。軍記。『改定史籍集覧』第十四冊に所載。『蒲生氏郷記』はこれとは別物。

＊126頁10行　**近江日野町誌**　中川泉三編纂『近江蒲生郡志』全十巻（一九二二、滋賀県蒲生郡役所）をもとに滋賀県日野町教育会が編纂した全三巻の地誌（一九三〇）。正しくは「町志」。

＊126頁12行　**日本歌謡史**　国文学者・高野辰之（一八七六～一九四七）が著した、上古時代から近代の流行歌までのあらゆるジャンルの歌謡を研究した書物で、初版は春秋社から一九二六年（大正十五）一月に刊行され、『改訂日本歌謡史』が一九二八年（昭和三）九月に刊行された。高野は唱歌「故郷」「朧月夜」「もみじ」等の作詞も手がけている。

＊126頁13行　**室町殿日記**　楢村長教編。成立は慶長年間（一五九六～一六一五）頃。天文年間より文禄年間に至る雑史、逸話集。

＊126頁15行　**菊原検校**　菊原琴治（一八七八～一九四四）。大阪の生まれで、盲人の地唄箏曲家。新感覚の創作に挑む一方、三味線組歌の普及と保存にも尽力した。一九二八年（昭和三）三月から、本山村岡本好文園二号（現兵庫県神戸市東灘区岡本）の谷崎の自宅に、朝日新聞の松阪青渓を介して、週一回の地唄の出稽古に、娘の菊原初子に手を曳かれ訪れている。この体験が「春琴抄」（一九三三・六「中央公論」）ほかに活かされていることはよく知られている。琴治は「春琴抄」発表の二年後、佐藤春夫作詩による地唄箏曲「春琴抄」を作曲している。

＊126頁15行　**組歌**　『日本歌謡史』には、「三味線に合せて歌つた最古の歌」で、三味線の組歌は「何の聯絡もない小歌を七八首集め」たものとある。

＊126頁16行　**木幡山に行きくれて月を伏見の草枕**　『日本歌謡史』は、『閑吟集』から「今様や短歌の縮小した形」としてこの歌を掲載している。大意は〈木幡の山道で日が暮れた。伏見も近いことだし、ここでちょっと臥して月を見ることにしよう〉。「伏見」に「臥し」「見」を掛けている。木幡は京都府宇治市。『閑吟集』一〇七番の歌。

＊126頁17行　**長崎のサンタマリヤ**　『日本歌謡史』は、「長崎の歌七首の中」の一首として、「昔

より今に　渡り来る黒船　縁がつくれば　鱶の餌となる　サンタマリア」を挙げている。

＊127頁3行　**かんどころ**　勘所。三味線などで一定の音を出すために弦を押さえる位置。おさえどころ。つぼ。

＊127頁4行　**九里《くのり》道柳《どうりゅう》子《し》**　九里四郎（一八八六～一九五三）。東京の生まれ。志賀直哉と学習院の同級。東京美術学校西洋画科卒で文展にも入賞している。日本画や水墨画も手がけている。関東大震災（一九二三）以後、奈良に移住、谷崎とは大正時代からの知り合いであった。谷崎は「私の姓のこと」で、九里は「クノリ」と読むことを本人から聞いたと述べている。

＊127頁6行　**昭和辛未年**　かのとひつじ、昭和六年。西暦一九三一年。

＊127頁7行　**高野山千手院谷**　江戸時代、高野山の壇上伽藍の周辺地域は、高野十谷（西院谷、南谷、谷上院谷、本中院谷、一心院谷、五之室谷、千手院谷、小田原谷、往生院谷、蓮華谷）という。谷崎が一九三一年（昭和六）五月十八日から九月二十二日まで滞在した龍泉院内泰雲は千手院谷にあり、ここで「盲目物語」を書き上げた。また水原堯栄師について、密教の研究もした。

聞書抄

＊131頁5行　**改定史籍集覧第十三冊**　一九〇二年（明治三十五）、近藤活版所。同書に「第百三十一豊内記」が収載されている。谷崎が用いた典拠については、野中雅行「『聞書抄第二盲目物語』―その隠れたる一典拠と各節典拠の一覧表―」（一九八二「論輯」一〇）に詳しい。

＊131頁5行　**豊内記《ほうないき》**　豊臣内府秀頼の最期を記した軍記。

＊131頁7行　**石田三成**　一五六〇～一六〇〇。治部少輔《じぶのしょうゆう》。武将。佐和山城主。豊臣政権の五奉行の一人。徳川家康の東軍に関ヶ原で敗退し、京都で斬首された。

＊131頁7行　**隼人正重家**　?～一六八六。三成の嫡子。関ヶ原の戦いの後、出家。号宗享。『稿本石田三成』には「宗亨」とある。

＊131頁9行　**関原ノ合戦**　「盲目物語」註解356頁参照。

＊131頁15行　**高野山**　和歌山県伊都郡高野町にある真言宗の聖地。八一六年（弘仁七）に空海が真言密教の根本道場として真言宗の総本山金剛峯寺を創建。

＊132頁5行　**阿部野**　大阪市阿倍野区、住吉区一帯。

＊132頁7行　**瓜生野**　大和川の両岸にまたがる大阪市と堺市の境の古地名。

＊132頁12行　**境（堺）**　大阪府堺市。室町時代、商人（会合衆）の自治都市が形成され、日明《にちみん》貿易の港として繁栄した。

＊132頁16行　**逆徒**　謀反を起こした者たち。

＊133頁5行　**西山**　京都市西京区、向日市、長岡京市、乙訓郡大山崎町辺り。洛西にあたる。

＊133頁12行　**渡邊世祐《よすけ》**　一八七四～一九五七。室町から戦国時代を研究した歴史学者。著書に『稿本石田三成』（一九〇七、非売品）、『豊太閤と其家族』（一九一九、日本学術普及会）など。本作はこの両書に拠るところが多い。

＊133頁15行　**佐和山**　滋賀県彦根市の佐和山にあった石田三成の居城。関ヶ原の戦いののちに落城し、三成の父正継、正室皎月院も没したとされる。

＊133頁15行　**毛利輝元**　一五五三～一六二五。右馬守。武将、大名。豊臣政権五大老の一人であ

り、関ヶ原の戦いでは西軍の総大将となった。

＊133頁15行　**増田長盛**　一五四五～一六一五。右衛門尉。武将、大名。豊臣政権の五奉行の一人。子に盛次がいる。

＊133頁16行　**長束正家**　一五六二？～一六〇〇。大蔵大輔。武将、大名。豊臣政権の五奉行の一人。子に助信（半左衛門）がいる。

＊134頁3行　**妙心寺の寿聖院**　京都市右京区花園にある。一五九九年（慶長四）、三成が開創した石田一族の菩提寺。宗亨らが記した石田家の過去帳『霊牌日鑑』が伝わる。

＊134頁4行　**奥平信昌**　一五五五～一六一五。武将、大名。京都所司代。徳川家康に仕える。

＊134頁5行　**家康**　一五四二～一六一六。徳川家康。一六〇〇年（慶長五）、関ヶ原の戦いで、石田三成の西軍に勝利し、一六〇三年、征夷大将軍に任命され、徳川幕府を開く。初代将軍。

＊134頁7行　**貞享三年**　西暦一六八六年。

＊134頁13行　**岩淵夜話**　大道寺友山（一六三九～一七三〇）著の、家康に関する説話。

＊134頁15行　**遷化**　高僧の死去の意。

＊134頁16行　**古今武家盛衰記**　関ヶ原の戦いから将軍綱吉時代までの大名諸家の盛衰記。

＊134頁17行　**翁草**　京都町奉行所与力神沢貞幹（一七一〇～九五）編著による随筆。室町時代末期から一七九一年（寛政三）まで約二百年の歴史、伝説等を記す。

＊135頁6行　**戸田左門覚書**　戸田氏鉄（一五七六～一六五五）による戦国時代の見聞記。

＊135頁6行　**左吉**　三成の三男。佐和山落城後、出家。深長坊清幽。

＊135頁15行　**板坂卜斎覚書**　家康の侍医板坂卜斎（一五七八～一六五五）による諸家の見聞記。

＊135頁17行　**正澄**　?～一六〇〇。石田正澄。豊臣家の家臣。石田正継の長男、三成の兄。

＊136頁1行　**慶長十二年**　西暦一六〇七年。

＊137頁1行　**江村専斎**　一五六五～一六六四。江村宗具。儒医。字専斎。号倚松庵。

＊137頁1行　**老人雑話**　江村専斎の談話の聞書集。一七一三年（正徳三）刊。秀吉の頃の学問・学芸、能・茶の芸能の逸話集。

＊137頁15行　**安積《あさか》源太夫聞書**　谷崎の創った偽書で実在しない。

＊138頁5行　**長浜町**　「盲目物語」註解341頁参照。

＊138頁13行　**豊臣秀次**　一五六八～九五。秀吉の姉の子。一五九一年（天正十九）、秀吉の養子となり、関白になるが、後に秀吉と不和となり、自害させられた。

＊138頁13行　**悪逆塚**　京都市中京区の瑞泉寺にある塚で、碑に「秀次悪逆塚」とあったという（註解366、367頁参照）。

＊138頁16行　**寛永から天和の頃**　寛永年間は一六二四～四四年、天和年間は一六八一～八四年。

＊140頁1行　**霊筆**　麗筆。文章がすぐれて美しいこと。

＊141頁2行　**天和二歳次壬戌如月**　西暦一六八二年二月。

＊141頁5行　**寛永十八年**　西暦一六四一年。

＊141頁5行　**嵯峨の釈迦堂**　清凉寺。京都市右京区嵯峨にある浄土宗の寺。

＊141頁17行　**小瀬甫庵《おぜほあん》**　一五六四～一六四〇。儒医。秀次、堀尾吉晴らに仕える。『太閤記』『信長記』の著者。

＊141頁17行　**太閤記**　小瀬甫庵著で『甫庵太閤記』と呼ばれる。秀次に関する記述の多くは本書

（第十六、十七）に拠っている。「盲目物語」註解357頁参照。

＊141頁17行　**信長記**　太田牛一著『信長公記』に小瀬甫庵が加筆したもの。『甫庵信長記』。

＊143頁12行　**慶長五年**　西暦一六〇〇年。

＊144頁12行　**艮**《うしとら》　十二支の丑と寅の間。北東の方角。陰陽道では鬼門の方角。

＊144頁12行　**大沢の池**　京都市右京区嵯峨の大覚寺境内にある池。庭湖とも呼ばれる。

＊145頁7行　**「江東院正岫因公大禅定門」と記した位牌**　『稿本石田三成』に拠り、口絵に「江東院殿前禮部正岫因公大禅定門」と記された「石田正澄及び、同三成の位牌」の写真がある。

＊145頁10行　**大徳寺**　京都市北区紫野にある臨済宗大徳寺派の総本山。

＊145頁10行　**圓鑑国師**　一五二九～一六一一。春屋宗園《しゅんおくそうえん》。大徳寺の住持。

＊145頁12行　**三玄院**　大徳寺塔頭。三成が浅野幸長・森忠政と、圓鑑国師のために創建。

＊145頁13行　**偈**《げ》　仏教の真理を詩の形で述べたもの。偈頌《げじゅ》。

＊145頁15行　**自咲一炉焼返魂……十月桃花終不言**　『稿本石田三成』はこの詩について、「国師の三成に対する懇情、以て憶ふべきなり」と述べている。

＊145頁16行　**出世間**　俗世間の煩悩を解脱して悟りの世界に入ること。

＊148頁6行　**庶腹**　正妻以外から生まれること。妾腹。

＊149頁9行　**内府どの**　豊臣政権下に内大臣の官位に就いた徳川家康をさす。

＊151頁4行　**伊吹山**　滋賀・岐阜の県境にある山。標高一三七七メートル。『稿本石田三成』に拠れば、「三成は、戦場を逃れて伊吹山に入り（中略）機会を得ば、大坂に走り、再挙を謀らんとせり」とある。

＊151頁13行　**一、石田治部**　「それには及ばぬと断ったと云う」（162頁17行目）まで、三成らが捕縛されて、首が三条橋にかけられる逸話は『稿本石田三成』に拠る。

＊151頁13行　**備前宰相**　一五七二～一六五五。宇喜多秀家。武将、大名。豊臣政権の五大老の一人。関ヶ原の戦いで敗退し、八丈島に流された。

＊151頁13行　**島津**　一五三五～一六一九。島津義弘。武将、大名。関ヶ原の戦いで敗れ、薩摩に帰り剃髪。号惟新。

＊152頁14行　**小幡《おばた》助六郎信世**　一五七八～一六〇〇。三成に仕えた武士で、関ヶ原の戦い後、捕らえられ三成の所在を問われたが白状せず、自刃した忠義の士として有名。

＊154頁9行　**田中兵部大輔**　一五四八～一六〇九。田中吉政。武将、大名。秀次、秀吉、家康らに仕える。三成を捕らえる軍功をあげた。

＊155頁7行　**石橋山の頼朝公**　一一八〇年（治承四）、石橋山（神奈川県小田原市）の戦い（治承・寿永の乱）で平氏に大敗した源頼朝（一一四七～九九）は山中に逃げ込み、「伏木の洞に隠れても、驕る平家を討ち平らげ、天下の権を執り給ふ」（『石田軍記』）。『石田軍記』は註解371頁参照。

＊155頁10行　**秀次公の御謀叛**　一五九五年（文禄四）七月、秀次は鹿狩りと称して山中で謀反を企てていると、疑いをかけられた。

＊155頁14行　**摂津守**　一五五八～一六〇〇。小西行長。武将、キリシタン大名。関ヶ原の戦いでは西軍首脳として六条河原で斬首。三成らと晒し首に処せられた。

＊155頁14行　**安国寺**　一五三八？～一六〇〇。安国寺恵瓊《えけい》。僧。関ヶ原の戦いで西軍に属し、六

条河原で斬首、三成らと晒し首に処せられた。

＊158頁13行　**福島左衛門太夫**　一五六一〜一六二四。福島正則。武将、大名。賤ヶ岳の七本槍の一人。秀吉、秀頼、家康らに仕える。

＊159頁2行　**黒田甲斐守**　一五六八〜一六二三。黒田長政。黒田官兵衛（如水）の嫡男。武将、大名。秀吉、秀頼、家康らに仕える。

＊159頁4行　**筑前中納言**　一五八二〜一六〇二。小早川秀秋。武将、大名。秀吉、秀頼、家康に仕える。関ヶ原の戦いで東軍に寝返り、西軍敗戦の原因となった。

＊162頁10行　**七条河原**　『石田軍記』には「六條川原」、『稿本石田三成』には「六條河原の刑場」とある。六条河原は鴨川の六条と五条の間で、五条通（五条大橋）から正面通（正面橋）あたりの河原に刑場があった。

＊162頁16行　**七条道場の上人**　『稿本石田三成』に拠る。七条道場は下京区にあった時宗遊行派の寺院金光寺のこと。

＊163頁4行　**水口の城**　滋賀県甲賀市にあった城。一五九五年、長束正家が城主であった。

＊163頁6行　**三条橋**　三条大橋。鴨川にかかる三条通の橋。東海道五十三次の西の起点。

＊164頁10行　**銷磨**　消してなくすこと。消えてなくなること。

＊167頁1行　**治部殿の知行所は石田にて早となればみつなりもなし**　『石田軍記』には、三成らの首を晒した三条に、「何者かしたりけん、一首の落書を立て添へたり」とある。

＊167頁2行　**落書**　時事や人物を風刺、嘲弄した匿名の戯れ歌。落首。

＊169頁8行　**人体**《にんてい》　人のすがた、または人柄。

＊170頁11行　**順慶と云う行者が当時実在したことは他の文献にも記載がある**　この「文献」とは渡邊世祐の『豊太閤と其家族』のこと。このあとの「加茂の河原がそんなにひろがっていたのである」までの記述は、『豊太閤と其家族』「第四章豊臣秀次」の記述をそのまま用いている。そして、『豊太閤と其家族』の当該箇所は渡邊が『瑞泉寺志稿』（後述）をほとんど引き写したものである。その際、「慶順」とすべきところを「順慶」と渡邊が写し間違えていることを、瑞泉寺二十一世住職の中川龍晃（玄溪）が『関白秀次は朝廷に献金したか?』（二〇一八、リーフレット）で明らかにしている。谷崎は渡邊の誤記を踏襲した。京都府編纂の京都市主要寺院の寺誌である『京都府寺誌稿』（一八九三〜一九〇二、京都府行政文書）中に『瑞泉寺志稿』（京都府立京都学・歴彩館蔵）がある。これは編纂委員湯本文彦が寺から聞き取り編述した四十六頁の記録で、一八九三年（明治二十六）十二月に成立。渡邊は『瑞泉寺志稿』を写して『豊太閤と其家族』を書き、その「文献」に拠って谷崎は執筆したのである。ちなみに、同じ湯本文彦（編纂主事）が発議して成った一八九五年（明治二十八）十月刊行の『平安通志』（京都市参事会編纂発行）の「瑞泉寺」にも、「秀次悪逆塚ト刻ス、僧慶順其惨死ヲ悼ミ庵ヲ結ヒ菩提ヲ弔ヘリ」とある。

＊170頁12行　**三条河原**　主に六条河原で処刑した首を三条河原で晒し、見せしめにした。秀次を梟首した三成は五年後に同じ運命をたどることになる。

＊170頁12行　**秀次悪逆塚文禄四年七月十四日**　『瑞泉寺志稿』を写した『豊太閤と其家族』（一二一頁）に拠って谷崎は書いている。しかし、同じ渡邊の『稿本石田三成』では「七月十五日を以て自殺せり」とあるように、「十五日」が正しい。

＊170頁16行　**京都瑞泉寺縁起**　この呼称は『豊太閤と其家族』の記述「京都瑞泉寺の縁起」に拠っている。この呼称については『瑞泉寺志稿』には寺の「什宝」として『瑞泉寺絵伝　四帖』とあり、寺に伝わる「宝物什物台帳」には当寺の『絵縁起』、『絵伝記』とも記されている。渡邊は『豊太閤と其家族』執筆時にこれを直接には確認しなかったようである。

＊170頁17行　**角倉了以**　一五五四～一六一四。京都の豪商。土木家。京都の大堰川、高瀬川を開削した。

＊171頁1行　**誓願寺**　京都市中京区新京極通にある浄土宗西山深草派の総本山の寺。山号は深草山。

＊171頁3行　**瑞泉寺**　京都市中京区木屋町通にある浄土宗西山禅林寺派の寺。山号を谷崎は「慈周山」としているが、これは『豊太閤と其家族』を踏襲したもので、正しくは「慈舟山」。秀吉に謀反を疑われ、一五九五年（文禄四）七月十五日、高野山で切腹させられた秀次の首は三条河原へ運ばれ、八月二日、その首の前で妻子側女たち三十九名が公開処刑された。かつては鴨川の中洲で三条河原と呼ばれる刑場であった地に、秀次らの菩提を弔うために建立された寺。

＊171頁8行　**畜生塚**　江戸時代中期の読本『絵本太閤記』「畜生塚由来」に、秀次が一の台の局とその娘を共に寵愛していると聞きつけた秀吉が「あるまじき振まひかな親子の人を召具したるは只畜生に異ならず」と言ったことから、愛妾たちを埋めた塚を「畜生塚」と呼ぶようになったとある。同旨の話が『校訂太閤朝鮮軍記』巻之十六「畜生塚の由来」（一八九三、帝国文庫、博文館）にもある。

＊172頁4行　**陀羅尼**　曹洞宗でよく読まれる呪術的な経典に『大悲心陀羅尼』がある。

＊172頁12行　**天下は天下の天下なり**　『六韜』「文師」の「天下は一人の天下にあらず乃ち天下の天下なり」（天下は君主一人のものではなく、天下の人々の共有物である）に拠る。

＊172頁15行　**自由**　ここは「好き勝手」の意。

＊173頁2行　**不昧因果の小車**　因果は歴然とあらわれて、車輪のように繰り返される。

＊175頁14行　**したが**　であるが。けれども。

＊176頁6行　**文禄乙未**　文禄四年。一五九五年。

＊180頁1行　**讒言**　人をおとしいれるために、ありもしないことを目上の人にする告げ口。

＊184頁7行　**聚楽第**　秀吉が平安京大内裏跡（京都市上京区）に建てた城郭風の邸宅。一五八七年（天正十五）落成。一五九一年以降、家督と関白職を譲り受けた秀次が住まうが、秀次自刃（一九九五）後、破却された。

＊191頁5行　**細作**《さいさく》　忍びの者。間諜。間者。スパイ。

＊191頁10行　**伊豆圓一**　?〜一六二一。総検校。『平家物語』を語る琵琶法師の座（組合）である「当道」の最高責任者。一六〇三年（慶長八）に征夷大将軍になった家康から当道の保護を約束されていた。

＊192頁3行　**陶晴賢**《すえはるかた》　一五二一〜五五。陶隆房。大内氏の家臣。『常山紀談』に、毛利元就との駆け引きを「陶めくら法師人を間者として元就の謀をしる」とある。

＊192頁5行　**反間苦肉**　敵側を仲間割れさせるために、自分の身を苦しめて相手をあざむくこと。

＊192頁9行　**続々群書類従第十教育部**　一九〇七年（明治四十）、国書刊行会。

＊192頁9行　**北条幻庵覚書**　北条幻庵（一四九三〜一五八九）が記した婦女の作法心得書。

＊193頁9行　**北条氏康**　一五一五〜七一。武将、大名。後北条家三代目当主。

＊193頁10行　**吉良氏朝**　一五四三〜一六〇三。武将。家康に仕える。世田谷城城主。

＊194頁8行　**中山太郎**　一八七六〜一九四七。民俗学者。著書に『売笑三千年史』（一九二七、春陽堂）、『日本盲人史』（一九三四、昭和書房）など。

＊194頁8行　**日本盲人史**　盲人の生活の変遷、当道史・音楽史の研究書。

＊195頁6行　**阿茶の局**　一五五五〜一六三七。飯田直政の娘。家康の側室。雲光院。

＊195頁14行　**瞽官**《こかん》　盲人の官位。検校、別当、勾当、座頭等の区分がある。

＊196頁5行　**貴顕縉紳**《きけんしんしん》　身分高く教養や品位がある人物。

＊197頁15行　**碧蹄館**《へきていかん》**のたゝかい**　文禄の役（一五九二〜九三）の合戦の一つ。碧蹄洞（現大韓民国高陽市）で、南下する明軍を宇喜多秀家らの軍勢が打破した戦い。

＊198頁2行　**名護屋**　肥前国松浦郡名護屋（現佐賀県唐津市）に秀吉が文禄の役を始める前に築城した名護屋城。

＊198頁3行　**淀君**　「盲目物語」註解342頁参照。

＊198頁6行　**太閤殿下**　「盲目物語」註解342頁参照。

＊199頁15行　**天正十八年**　西暦一五九〇年。

＊199頁15行　**北政所**　秀吉の正妻高台院。「盲目物語」註解351頁「朝日」参照。

＊200頁4行　**秀頼**　「盲目物語」註解342頁参照。

＊200頁10行　**正親町**《おおぎまち》**上皇**　一五一七〜九三。第一〇六代天皇。一五八六年に後陽成天皇に譲位。

＊200頁11行　**諒闇の世**　天皇が父母の喪に服される期間。

＊201頁1行　**変成《へんじょう》男子の法**　産み分けの秘術。密教で、出産前に胎内の女児を男子に変じる修法。

＊201頁2行　**鶴松**　一五八九～九一。秀吉の嫡子、淀殿の第一子。幼名棄《すて》。享年三。

＊204頁2行　**木村常陸介**　?～一五九五。木村重茲《しげこれ》。通称隼人正。武将、大名。千利休の弟子。秀吉に仕えるが、秀次事件に連座して自刃。瑞泉寺に墓がある。

＊204頁2行　**粟野杢助**　?～一五九五。粟野秀用《ひでもち》。木工頭。武将。伊達政宗、秀吉、秀次に仕えるが、秀次事件に連座して自刃。瑞泉寺に墓がある。

＊204頁2行　**熊谷大膳**　?～一五九五。熊谷直之。別名直澄。武将。秀吉、秀次に仕える。秀次の高野山蟄居の責任を取り、京都の二尊院（右京区嵯峨野）で自刃。瑞泉寺に墓がある。

＊204頁2行　**白井備後守**　?～一五九五。白江成定。別名白井範秀。武将、大名。『聚楽物語』『石田軍記』は「白井」、『太閤記』は「白江」とする。秀次に仕えるが、秀次事件に連座して自刃。瑞泉寺に墓がある。

＊204頁2行　**隆西堂**　一五六〇～一五九五。虎岩玄隆《こげんげんりゅう》。臨済宗の僧。東福寺山内法雲寺の開基。秀次とともに高野山青巌寺で自刃。瑞泉寺に墓がある。

＊204頁9行　**仙千代丸**　一五九〇～九五。秀次の長男。母おわこの前とともに処刑された。

＊204頁13行　**百丸**　一五九二～九五。秀次の次男。母お辰の前とともに処刑された。

＊204頁14行　**土丸**　一五九五～九五。秀次の四男。母おちゃの前とともに処刑された。

＊204頁15行　**十丸**　一五九三～九五。秀次の三男。母おさこの前とともに処刑された。

＊205頁2行　**姫君**　一五八七～九五。秀次の娘。露月院。処刑された。

＊205頁11行　**御台様**　一五六二～九五。秀次の正室一の台の局。秀吉に奉公していたが、宿下がりしていた御台を父菊亭が秀次に「隠密にて進上候」（『川角太閤記』元和年間〔一六一五～二四〕）。谷崎は『豊太閤と其家族』「第四章豊臣秀次」掲載の図版「秀次夫人（一の台）画像」（瑞泉寺所蔵）に記された法号「徳法院誓威大姉」、享年「三十余」を用いたと思われる。

＊206頁9行　**菊亭右大臣晴季**　一五三九～一六一七。今出川晴季。公卿。「前大納言殿」（『聚楽物語』『石田軍記』）。秀次事件に連座して流刑。

＊207頁2行　**石田軍記**　黒川真道編の国史叢書『石田軍記　仙道軍記』（一九一四年、国史研究会）に所載。例言に拠れば、作者未詳、一七一五年（正徳五）の作。

＊209頁4行　**琵琶**　七、八世紀頃、中国から伝わった撥《ばち》で絃を弾奏する楽器。

＊209頁4行　**平家**　盲僧の琵琶法師が琵琶の伴奏で語る語り物。平曲。

＊210頁5行　**伏見築城**　『太閤記』に拠れば、一五九四年（文禄三）正月に、秀吉は六人の普請奉行を選び、築城を始めた、とある。

＊210頁13行　**松浦讃岐守**　松浦重政。『豊太閤と其家族』に、「吉田兼見卿の日記に拠れば、松浦讃岐守」は、「出雲に所領を有して居た人であるが、是が出産に当り彼是と世話をしたものと思はれる」とある。

＊211頁12行　**松永久秀**　一五〇八～七七。武将、大名、茶人。三好長慶、信長、足利義昭らに仕える。

＊211頁14行　**佐久間河内守**　一五六一～一六一六。佐久間政実。武将。秀吉、家康に仕える。

＊211頁14行　**瀧川豊前守**　一五五九～一六三五。瀧川忠征。武将。秀吉、家康に仕える。

＊211頁14行　**佐藤駿河守**　一五四八〜一六一三。佐藤堅忠。武将。秀吉、家康に仕える。

＊211頁14行　**水野亀助**　『太閤記』に「馬廻小姓与二千七百人之内より撰出されし」「普請奉行六人」として名前はあるが未詳。

＊211頁14行　**石尾与兵衛尉**　一五五七〜一六三一。石尾治一。下野守。武将。秀吉、徳川秀忠に仕える。

＊211頁15行　**竹中貞右衛門尉**　前項「水野亀助」に同じ。

＊212頁9行　**醍醐**　京都市伏見区の山科盆地南東部。醍醐山（標高四五四メートル）がある。

＊212頁9行　**山科**　京都市山科区。山科盆地の北部。東は醍醐山地が連なる。

＊212頁10行　**比叡山雲母坂**　京都市左京区修学院から比叡山四明ケ岳山頂に至る坂道。

＊212頁15行　**伏見**　京都市伏見区。木津川・宇治川・桂川の流れ込む水路の要所で、京都・大阪・奈良・近江の中継地で陸路の要所でもある。

＊212頁16行　**宇治川**　琵琶湖に発し、宇治市を流れ、京都市伏見区淀あたりで木津川・桂川と合流して淀川となる。

＊212頁16行　**長堤曲浦**　長いみぎわと曲がった浦が遠くまで続いていること。

＊213頁2行　**木津川**　鈴鹿山脈に発し、笠置、加茂を経て山城盆地を貫流し、淀川に入る。

＊213頁5行　**辰巳**　十二支の辰と巳の間。南東の方角。

＊213頁6行　**醍醐寺**　京都市伏見区にある真言宗醍醐寺派の総本山。一五九八年（慶長三）三月十五日、秀吉が約一千三百人を招いて催した花見が有名な醍醐の花見。

＊213頁7行　**喜撰法師**　平安時代前期の歌人。「わが庵は都のたつみしかぞすむ世をうぢ山と人

はいふなり」（『古今和歌集』巻十八、九八三番、『小倉百人一首』）の作者。

＊213頁7行　**喜撰ヶ嶽**　宇治市池尾の西にある宇治山。標高四一六メートル。

＊213頁7行　**三室戸**　宇治市菟道にある明星山の一角。三室戸寺がある。

＊213頁8行　**観音堂**　宇治市にある西国巡礼第十の札所、明星山、三室戸寺。本尊は千手観音。

＊213頁10行　**夜もすがら**　西国三十三所巡礼歌の第十番。御詠歌。

＊213頁13行　**平等院**　宇治市宇治蓮華にある天台宗と浄土宗を兼ねる寺。一〇五二年（永承七）に藤原頼道が創建。

＊213頁13行　**扇の芝**　平等院内にある源頼政（一一〇四～八〇）が自刃したといわれる場所。（謡曲『頼政』）

＊213頁13行　**塔の嶋**　宇治川の中州（宇治公園）。北が橘島、南が塔の島。

＊213頁13行　**山吹の瀬**　宇治川の平等院の対岸にある瀬。

＊213頁14行　**宇治おち、かたうらの蔵松**　正しくは「宇治おちかた、うぢの蔵松」。「宇治おちかた」は宇治市宇治乙方。宇治川の宇治橋の右岸。「うぢの蔵松」は、つぎにある鈎月庵、指月庵とともに月の名所「洛南の三勝」と呼ばれた「蔵勝庵」と推定される。

＊213頁14行　**真木の鈎月**　巨椋池の東側の中州槙島にあった月見の庵。

＊213頁14行　**伏見の指月**　伏見区桃山町にある指月山月橋院あたりは月の名所。

＊213頁15行　**八幡**　京都府八幡市。淀川の東岸。石清水八幡宮がある。

＊213頁15行　**山崎**　京都府乙訓郡大山崎町。淀川をはさんだ対岸（西岸）。

＊213頁15行　**狐河**　大山崎町を流れる小泉川下流の淀川との合流付近。淀川の渡し場があった。

＊213頁15行　**淀**　伏見区淀。註解372頁「宇治川」参照。
＊213頁15行　**一口**　京都府久御山町の巨椋池西岸一帯。
＊213頁16行　**遠浦の帰帆**　中国湖南省の、瀟《しょう》水と湘《しょう》水が合流する景勝地洞庭湖の風光を描いた瀟湘《しょうしょう》八景の一つ。南宋の画僧牧鶏《もっけい》作といわれる「遠浦帰帆図」がある。
＊213頁16行　**漁村の夕照**　同じ瀟湘八景の一つで牧鶏作といわれる「漁村夕照図」がある。
＊214頁9行　**珠光**　一四二三〜一五〇二。村田珠光。茶人。奈良流茶道の開祖。
＊214頁9行　**古市播磨守**　一四五二〜一五〇八。古市澄胤《ちょういん》。僧、武将、大名、茶人。村田珠光に師事。兄胤栄《いんえい》も茶道古市古流の茶人。大和国古市の城主でもあった。
＊214頁10行　**宗珠**　生没年未詳。村田宗珠。茶人。村田珠光の養子。
＊214頁10行　**宗悟**　?〜一五五二。十四屋宗悟。茶人。村田珠光の弟子で武野紹鷗の師。
＊214頁10行　**紹鷗**　一五〇二〜五五。武野紹鷗。堺流茶道の開祖。千利休の師。
＊214頁10行　**千宗易**　一五二二〜九一。千利休の法名。茶人。わび茶の大成者。秀吉の逆鱗に触れ、切腹を余儀なくされたといわれる。
＊214頁10行　**北向道陳**　一五〇四〜六二。荒木道陳。茶人。千利休の師。
＊214頁11行　**沈香**　ジンチョウゲ科の常緑高木。沈香や伽羅《きゃら》はこの木から採取する。
＊216頁6行　**殺生関白**　関白秀次が先帝の諒闇中に、また「殺生禁断の叡山」で鹿狩りをしたことを評して「せつしやう関白」という落書が掲げられた（『太閤記』）。「摂政」をもじって「殺生」と言った。
＊218頁3行　**益庵法印**　益庵宗甫。秀次の家臣。秀次の右筆駒井重勝（一五六八〜一六三五）の

『駒井日記』に「益庵」の名が散見される。

＊219頁1行　**お歌の会**　一五九四年（文禄三）二月二十九日、吉野山で御歌会があった。

＊219頁15行　**利家**　前田利家。「盲目物語」註解346頁参照。

＊220頁5行　**六田**　奈良県吉野郡大淀町北六田。吉野川の北岸。対岸の吉野山へ渡る渡津であり、六田の渡し、柳の渡しともいった。

＊220頁6行　**市之坂**　一の坂。『吉野山独案内』（一六七一）に「船よりあがり一の坂をのぼりゆけば」とあり、挿絵には「山口一ノ坂」とある。六田の渡しから山に入る最初の坂道。

＊220頁7行　**大和中納言秀俊**　一五八二〜一六〇二。小早川秀秋。木下家定（高台院の兄）の五男。秀吉の養子となり羽柴秀俊と名乗る。一五九四年、小早川隆景の養子になり秀秋となる。関ヶ原の戦いで東軍に寝返ったことは有名。

＊220頁11行　**千本の桜**　『吉野山独案内』に、吉野山下千本に「嵐山あり（中略）同所むかひのかたに千本《ちもと》の桜あり」とある。

＊220頁11行　**花園**　吉野山下千本の七曲坂の谷の向かいの花園山。

＊220頁11行　**桜田**　『吉野山独案内』に花園山の「下なる谷を桜田といふ」とある。

＊220頁12行　**ぬたの山**　吉野山の金峯山寺の後方にある山。『吉野山独案内』に「鳥居よりひがしに御船《みふね》山あり西にぬたの山ありすこしひだりに桜が嶽あり」とある。

＊220頁12行　**かくれがの松**　隠《かくれ》松。下千本の花園、桜田を過ぎたところにあった名物の松。

＊220頁15行　**関屋の花**　『吉野山独案内』に「隠れ松より金《かねの》鳥居までを関屋《せきやの》花という」とある。

＊221頁4行　**紹巴《しょうは》**　一五二五〜一六〇二。里村紹巴。連歌師。連歌界の第一人者。法橋《ほっきょう》。秀次

の連歌の師。秀次事件に連座して家財没収。

＊221頁4行　**昌叱《しょうしつ》**　一五三九～一六〇三。里村昌叱。連歌師。紹巴の娘を妻とする。法橋。

＊221頁5行　**かねの鳥居**　銅《かね》の鳥居。発心門。吉野山の金峯山寺の銅製の鳥居。

＊221頁5行　**仁王門**　金峯山寺の北門。

＊221頁5行　**蔵王堂**　金峯山寺の根本伽藍（本堂）。本尊は三体の蔵王権現。

＊221頁5行　**南朝の皇居**　『太閤記』には「後醍醐天皇の皇居」とある。天皇は金峯山寺本堂の西にあった実城《じつじょう》寺を皇居として、寺号を金輪王寺とした。現在は吉野朝宮址として南朝妙法殿が建つ。

＊221頁6行　**桜ヶ嶽**　金峯山寺の銅の鳥居の背後で、御舟山とぬたの山の間の山。

＊221頁6行　**今熊野**　『吉野山独案内』に、蔵王堂の「本堂より一町過ぎ稲荷の明神あり同じ所石垣のうち今熊野《いまくまの》うへなる山を駄天山《だてんさん》といふ」とある。

＊221頁6行　**たってん山**　駄天山。前項「今熊野」参照。現在は韋駄天山という。

＊221頁6行　**聖天山**　『吉野山独案内』に吉水院の「西のかたに聖天山とて古跡あり」とある。

＊221頁6行　**弁才天山**　桜本坊（五台寺桜本）の「東に弁財天のほこら」（『吉野山独案内』）があった。

＊221頁7行　**吉水の城**　寺僧派の僧坊。現吉水神社。『吉野山独案内』に「吉水院の城とて古寺あり」とある。

＊221頁15行　**醍醐の花見**　「醍醐寺」の註解372頁参照。

＊221頁16行　**朝鮮の戦**　秀吉が大陸進出を目論んだ文禄の役（一五九二～九三）・慶長の役（一

五九七～九八）をいう。朝鮮半島に二度侵攻したが、秀吉の死（一五九八）を機に撤退した。

＊222頁4行　**それなら秀次が**　これ以降、「その五」の終わり（本文232頁）までの秀次をめぐる話題は『聚楽物語』（註解377頁参照）に拠っている。

＊222頁16行　**中村式部少輔**　?～一六〇〇。中村一氏《かずうじ》。武将、大名。秀吉に仕えた。

＊223頁2行　**隼人佑**　生没年未詳。木村定重。武将。秀吉に仕える。

＊226頁4行　**宗益**　宗易（千利休）と同人物かと思われる。

＊226頁10行　**打物**　金属を打ち鍛えて作った器具。鍛金。

＊226頁16行　**聚楽物語**　作者未詳。寛永年間（一六二四～四四）刊。全三巻。聚楽第に居た秀次の謀反事件をめぐる物語。

＊227頁5行　**朝廷に白銀三千枚を上納し、……准三宮聖護院道澄に献じた**　『聚楽物語』に献金の記載はなく、ここは『豊太閤と其家族』に拠る。同書の、献金が「全く太閤の所意に背反し疑を招くべき口実ともなり、的となつたのであらう」という推測が、谷崎の「太閤の疑惑を招くには十分であって、軽率の咎は免れられない」という記述を導いたと思われる。「文禄四年七月三日に秀次は朝廷に金銀を献上したことがある。それは御湯殿上の記に見えて居る」という渡邊世祐のいう献金の事実は確認できない。

＊227頁16行　**伏見の里の秋の月は古より歌に名高う**　『新古今和歌集』巻四、二九二番に、藤原家隆の「明けぬるか衣手寒し菅原や伏見の里の秋の初風」がある。

＊228頁1行　**北山**　京都市北区の山間部。平安京から見て北の方角にあたるのでそう呼ぶ。

＊228頁1行　**広沢の池**　京都市右京区嵯峨にある観月、観桜の名所。

＊228頁3行　**八瀬小原**　京都市左京区北東部の大原近辺。
＊228頁16行　**浅野弾正**　一五四七〜一六一一。浅野長政。武将、大名。豊臣政権の五奉行の一人。
＊229頁10行　**讒者**　人を陥れるために、偽って、その人を悪くいう人。
＊233頁15行　**瑕瑾**　きず。欠点。
＊233頁17行　**関白殿を陥れようと、もう朝鮮にいらっしゃる時から**　『真書太閤記』十二編巻之二十一に、「石田三成は朝鮮に在りながらも秀次公を失なはんと予て計りし」とある。
＊234頁6行　**御感**　ほめることの尊敬語。
＊236頁7行　**桀紂**　桀王は古代中国夏王朝の最後の帝。紂王は古代中国殷王朝最後の帝で、周の武王に滅ぼされた悪王。紂王は谷崎の小説「刺青」（一九一〇・十一「新思潮」）にも登場する。「桀紂」は暴君の代名詞。
＊236頁17行　**返り忠**　もとの主君にそむいて、敵方の主君に忠を尽くすこと。裏切り。
＊237頁5行　**胡乱**　うさんくさいこと。疑わしいこと。
＊239頁6行　**蘭麝**　蘭の花と麝香《じゃこう》の香り。よい香り。
＊245頁1行　**嬖妾**《へいしょう》　寵愛されるお気に入りのめかけ。
＊245頁12行　**祗候**　つつしんでお側に仕えること。
＊247頁9行　**一分**《いちぶん》　一身の面目。職責。
＊247頁17行　**春琴抄**　谷崎が「中央公論」一九三三年（昭和八）六月号に発表した小説。
＊248頁3行　**小柄**　小刀。
＊249頁16行　**心の眼を以て見る**　『春琴抄』ではこれを「観念の春琴」と述べている。

＊250頁8行　**女人結界**　一定の区域を限定して、女性の出入りを禁ずること。女人禁制。

＊250頁10行　**南光坊**　延暦寺東塔の南坊。根本中堂。

＊250頁10行　**調美之体**　味を付け加えること。調味。

＊251頁2行　**北野**　京都市上京区。御所の北方にある野に由来する。北野天満宮がある。

＊251頁13行　**符節を合する**　割符を合わせるように、二つが全くに一致すること。符合する。

＊251頁16行　**孫彦**　孫と曽孫《ひまご》。

＊251頁17行　**皿のはたを廻り侍る**　「因果は皿の縁《ふち》」ともいう。因果は皿の端《はた》を一周するように、必ずめぐってくることをいう。

＊252頁2行　**篠部淡路守**　一五五九〜九五。雀部《ささべ》重政。秀次に仕えた。千利休の弟子。秀次の介錯をしたのち殉死。瑞泉寺に墓がある。

＊252頁2行　**浪游**　備前長船兼光の作った打刀（日本刀）。

＊252頁9行　**宮部善祥坊法印**　一五二五？〜九九。宮部継潤。武将。浅井長政、秀吉に仕える。

＊252頁9行　**前田徳善院僧正**　「盲目物語」註解350頁「前田玄以斎」参照。

＊252頁9行　**富田左近将監**　？〜一五九九。富田一白。武将、大名。信長、秀吉、秀頼に仕える。豊臣政権の奉行も務める。

＊253頁3行　**梵天**　帝釈天と並び称される仏教を守護する善神の一つ。

＊253頁3行　**帝釈天**　仏法の守護神の一つ。須弥山《しゅみせん》の頂上に住み、四天王を統率する。

＊253頁3行　**四大天王**　国家守護の四神。持国天（東方）、増長天（南方）、広目天（西方）、多聞天（北方）を四天王という。

＊254頁6行　**堀尾帯刀先生《せんじょう》吉晴**　一五四二〜一六一一。堀尾吉晴。武将、大名。信長、秀吉、徳川氏に仕える。

＊254頁6行　**山内対馬守**　一五四五〜一六〇五。山内一豊。武将、大名。信長、秀吉、徳川氏に仕える。土佐藩初代藩主。

＊255頁3行　**饅頭屋道徹**　塩瀬宗味（道徹）。饅頭屋塩瀬家に生まれた茶人。饅頭屋町（京都市中京区）の地名が今も残る。

＊255頁11行　**信濃守**　一五七八〜一六〇四。堀尾忠氏。武将、大名。父は堀尾吉晴。妻は前田玄以の娘。秀頼、家康に仕える。松江藩初代藩主。

＊256頁16行　**宥免**　罪を許すこと。大目に見ること。

＊257頁5行　**曖《あつかい》**　争いごとを解決するための仲裁。調停。

＊257頁15行　**俊寛**　一一四三〜七九。俊寛僧都。源雅俊の孫。平安時代後期の僧。平家討伐の謀議が露見して、薩摩国鬼界ヶ島に配流されたまま、その地で没した。

＊258頁1行　**吉田修理亮**　?〜一六一五。吉田好寛。武将。秀次に仕え、のち越前松平家の家臣となる。

＊259頁12行　**五条の橋**　鴨川にかかる橋。五条通の一部。下京区と東山区の境界。洛中から清水寺参詣に利用されていた。牛若丸と弁慶が出会った場とされる。

＊259頁12行　**大仏殿**　京都市東山区にある天台宗の寺院方広寺の別称。東山大仏。秀吉が発願した大仏（盧舎那仏）を安置するための寺として創建された。

＊259頁15行　**東福寺**　京都市東山区本町にある臨済宗東福寺派の総本山。

＊261頁14行　**武藤左京**　生没年未詳。武藤長門守の子。秀次に仕える。子に大宝寺義増（?〜一五八一）がいる。

＊261頁15行　**山岡主計頭**　一五七四〜一六四二。山岡景以。武将、御家人、旗本。秀次、秀吉、徳川氏に仕える。

＊261頁15行　**不破萬作**　一五七八〜九五。『太閤記』に「生国尾州十八才」とある。秀次の小姓。天下三美少年の一人。秀次と共に青巌寺で自刃。瑞泉寺に墓がある。

＊261頁15行　**山田三十郎**　?〜一五九五。『太閤記』に「生国播州三木之住十八才」とある。秀次の小姓。秀次と共に青巌寺で自刃。瑞泉寺に墓がある。

＊261頁16行　**山本主殿助**　?〜一五九五。『太閤記』に「十八歳」とある。秀次の小姓。秀次と共に青巌寺で自刃。瑞泉寺に墓がある。

＊261頁16行　**奈良坂**　奈良の般若寺を経て京都の木津へ出る主要な街道。般若寺坂。

＊261頁16行　**般若寺**　奈良市般若寺町、奈良坂にある真言律宗の寺。

＊261頁17行　**春日明神**　奈良市春日野町にある春日大社。

＊262頁1行　**三笠山**　春日大社東方にある御蓋《みかさ》山（春日山の一部）。標高二九七メートル。阿倍仲麻呂が「天の原ふりさけ見れば春日なる三笠の山にいでし月かも」（『古今和歌集』巻九、四〇六番、『小倉百人一首』）と詠んだ山。春日大社北方の若草山（標高三四二メートル）を三笠山と呼ぶこともあり、混同される。

＊262頁3行　**奈良中坊井上源五**　興福寺の宿坊。井上源五（生没年未詳）は、豊臣政権下、大和の領主だった秀吉の弟豊臣秀長から奈良代官に任命された。

＊262頁6行　**駒井中務《なかつかさ》少輔《しょうゆう》**　一五六八～一六三五。駒井重勝。武将。秀吉、秀次に仕える。秀次の右筆として『駒井日記』がある。

＊262頁7行　**益田少将**　生没年未詳。谷崎は本文283頁で『太閤記』巻十七「益田少将忠志之事」から、坊主であった益田が秀次の三奉行になったことを記している。

＊262頁10行　**当麻の寺**　奈良県葛城市当麻にある真言宗と浄土宗並立の寺。山号は二上山。本尊は当麻曼荼羅（本堂）。中将姫説話が有名。

＊262頁13行　**青巌寺**　一五九三年（文禄二）、秀吉の母大政所の菩提のために高野山に建立された寺。秀次は青巌寺柳の間で切腹、雀部重政以下侍臣も殉死した。一八六九年（明治二）、青巌寺と興山寺が合併して、現在の総本山金剛峯寺となる。

＊262頁17行　**木食上人**　一五三六～一六〇八。木食応其《おうご》。僧。青巌寺、興山寺を創建する。

＊263頁5行　**検使**　事実を見届けるための、また検死のための使者。

＊263頁14行　**福原右馬助**　?～一六〇〇。福原長堯。武将、大名。石田三成の妹婿。秀吉、秀頼に仕える。

＊263頁14行　**池田伊予守**　一五二八～九八。池田秀雄。武将。浅井長政、信長、光秀、秀吉に仕える。

＊264頁9行　**国吉**　鎌倉時代の刀工。粟田口国吉。

＊264頁9行　**安川藤四郎**　鎌倉時代の名刀工。粟田口国吉の子、吉光。

＊264頁10行　**しのぎ藤四郎**　鎬《しのぎ》藤四郎。粟田口吉光作の短刀。

＊265頁15行　**木村志摩助**　?～一五九五。木村常陸介の長男。瑞泉寺に墓がある。

＊267頁10行　**情誼**　友人や師弟などの付き合いから生まれる思いやり。よしみ。

＊268頁13行　**大雲院**　京都市東山区祇園町にある浄土宗系の寺。織田信長、信忠父子の菩提を弔うため創建された。

＊268頁13行　**粟田口**　「盲目物語」註解351頁参照。

＊270頁14行　**結願**　日を定めて催した法会・修法を終えること。また、その日。

＊271頁14行　**奇瑞**　めでたいことの前兆として起こる不思議な現象。

＊274頁3行　**丸毛不心**　?～一五九五。丸毛光兼。不心斎。信長、秀吉、秀次に仕える。秀次事件に連座して自害。

＊274頁3行　**相国寺**　京都市上京区今にある臨済宗相国寺派総本山の寺。足利将軍家ゆかりの寺で、五山文学の中心だった。

＊274頁5行　**延寿院玄朔**　一五四九～一六三一。曲直瀬《まなせ》正紹《まさつぐ》。医師。秀吉に従うが、秀次の侍医であったことで連座する。

＊274頁6行　**荒木安志**　一五三五～一六一〇。荒木元清。武将。荒木村重、秀吉、秀次に仕える。秀次事件に連座して流罪。

＊274頁6行　**木下大膳亮**　?～一五九八。木下吉隆。武将。秀吉に仕える。秀次事件に連座して流罪。

＊274頁9行　**一柳右近将監**　?～一五九五。一柳可遊。武将。秀吉に仕える。秀次事件に連座して切腹。

＊274頁10行　**服部采女正**　?～一五九五。服部一忠。武将。信長、秀吉、秀次に仕える。秀次事

件に連座して切腹。

＊274頁10行　**渡瀬左衛門佐**　一五五五～九五。渡瀬繁詮《しげあき》。武将。秀吉、秀次に仕える。秀次事件に連座して切腹。

＊274頁10行　**明石左近**　?～一五九五。明石則実。武将、大名。秀吉に仕える。秀次事件に連座して切腹。

＊274頁11行　**前野但馬守**　一五二八～九五。前野長康。武将、大名。秀吉に仕える。秀次事件に連座して切腹。

＊274頁11行　**長子出雲守**　?～一五九五。前野長康の子。武将。秀吉、秀次に仕える。秀次事件に連座して父とともに切腹。

＊275頁5行　**浅野右京大夫吉長**　生没年未詳。浅野吉長。浅野と水野新八郎の逸話は『石田軍記』巻之一「浅野吉長・六角義郷被讒言の事」に載るが詳細は未詳。同姓同名の安芸国広島藩浅野家五代藩主浅野吉長（一六八一～一七五二）とは別人。

＊276頁7行　**多羅尾道賀**　一五一四～一六〇九。多羅尾光俊。号道賀。武将。信長、秀吉、秀次に仕え、秀次事件に連座して改易。

＊276頁10行　**おまんの前**　?～一五九五。『聚楽物語』（於萬の前）、『石田軍記』（おまん御ぜん）では、近江国の多羅尾彦七（詳細未詳）の「娘」で二十三歳とある。多羅尾光俊の孫とする説もある。

＊277頁13行　**徳永式部卿法印**　一五四九～一六一二。徳永寿昌。武将、大名。秀吉、秀次、秀頼、家康らに仕える。

＊280頁4行　**やわか**　「盲目物語」註解344頁参照。

＊280頁13行　**身体髪膚を妄《みだ》りに毀《やぶ》り傷つくる**　『孝経』の「身体髪膚これを父母に受くあえて毀傷せざるは孝の始めなり」（身体や髪の毛皮膚に至るまで両親から戴いたものだから、傷つけないようにするのが親孝行の基本である）に拠る。

＊282頁13行　**丹波の亀山**　現京都府亀岡市荒塚町に城があった。亀岡城ともいい、明智光秀が丹波統治の拠点とした城。

＊283頁10行　**おひの坂**　老ノ坂。山城・丹波国境（現京都市西京区と亀岡市の境）の峠。標高約二〇〇メートルで、山陰街道の要衝。

＊285頁1行　**さゝへ**　障。支《ささ》え言《ごと》。人を中傷すること。讒言。

＊286頁11行　**筆硯**　筆と硯。文章を書くこと。

三人法師

＊289頁3行　**国史叢書**　黒川眞道編。一九一六年（大正五）刊、国史研究会。『三人法師』収載の巻には他に『安見太平記』『芳野拾遺物語』『櫻木物語』『細々要記』『底倉之記』を収める。

＊289頁15行　**座禅入定**　結跏趺坐《けっかふざ》もしくは半跏《はんか》趺坐で、精神を集中させて瞑想に入ること。

＊289頁15行　**念仏三昧**　一心に念仏（仏名）を唱えること。

＊290頁2行　**懺悔の徳**　懺悔にも念仏と同じ滅罪の功徳があるという。

＊290頁5行　**鉄漿《かね》**　歯黒ともいい、成人女性の化粧であったが、男子も院政の頃（十一世紀末）から眉払い、鉄漿の風習が生じた。

＊290頁9行　**尊氏将軍**　一三〇五～五八。足利尊氏。征夷大将軍。室町幕府初代将軍（在職一三三八～五八）。

＊290頁15行　**広蓋**　人に衣類などを贈るときに載せるための盆。漆塗りで縁があり、底が浅く方形のものが多い。

＊290頁15行　**小袖**　袖口が縫い詰まった着物。はじめ下着として用いられたが、鎌倉・室町頃から表着となる。

＊290頁17行　**練絹**　生織物を精練して柔軟性と光沢を持たせた絹布。

＊291頁1行　**染殿の妃**　八二九～九〇〇。藤原明　子《あきらけいこ》。藤原良房娘。文徳天皇女御。清和天皇母。『今昔物語集』に、「形チ美麗ナル事、殊ニ微妙《めでた》カリケリ」とある。

＊292頁5行　**いたつき**　労《いたず》き。病。

＊292頁10行　**御分《ごぶん》**　二人称。あなた。そなた。

＊292頁14行　**地下《じげ》**　宮中に仕える者以外の身分の称。農民や庶民。

＊293頁11行　**おもいざし**　思い差し。この人と思う相手を指定して盃をさすこと。

＊293頁13行　**八声の鳥**　夜明けにたびたび鳴く鳥。鶏。

＊293頁13行　**きぬ〴〵の別れ**　共寝した男女が翌朝別れること。

＊293頁15行　**かおばせ**　顔つき。かんばせ。

＊294頁7行　**北野の天神**　京都市上京区馬喰町にある旧官幣中社。祭神は菅原道真。道真の霊をしずめるため創建された。北野天神。天満宮。天満天神。

＊295頁11行　**おとがい**　頤《おとがい》。下あご。

＊295頁13行　**つまぐって**　爪繰る。爪先、指先でたぐること。

＊297頁17行　**張良韓信**　張良と韓信は蕭何《しょうか》とともに劉邦の天下統一を支えた漢の三傑といわれる。ともに中国、前漢の軍師、政治家で、漢王朝の基礎を作る。

＊298頁7行　**上刺袋**《うわざしぶくろ》　貴族が外出の際、衣服などを入れて持ち運ぶ綾や錦で作られた袋。

＊298頁15行　**無道**　道理に外れたふるまいをすること。

＊299頁9行　**こうかりょくよう**　紅花緑葉。紅色の花と緑色の葉。

＊300頁8行　**結縁**《けちえん》　仏教と縁を結ぶこと。縁故を結ぶこと。

＊300頁10行　**たくみ**　工、巧み。くわだて。計略。

＊300頁11行　**無間地獄**　五逆罪の大罪を犯した者が間断なく責め苦を受ける所。阿鼻叫喚地獄。

＊301頁1行　**玄恵法印**　？～一三五〇。南北朝時代の天台宗の僧・儒学者。玄慧。

＊301頁7行　**三宝**　仏の異称。

＊302頁2行　**道者**　仏道を修行する者。

＊302頁13行　**正成**　一二九四～一三三六。楠《くすの》木《き》正成《まさしげ》。武将。元弘の乱（一三三一）で後醍醐天皇を奉じ鎌倉幕府打倒に貢献。建武新政府にそむいた足利尊氏に敗北、自刃した。

＊302頁16行　**正行**　一三二六～四八。楠木正行《まさつら》。父正成の遺志を継いで、尊氏軍と戦うが敗退、自刃した。

＊303頁1行　**四条縄手のたゝかい**　一三四八年（正平三）、四条畷《なわて》の戦い。南北朝時代、四條畷（現大阪府四條畷市）における、南朝方の楠木正行らと、北朝方の高師直《こうのもろなお》らとの戦い。

＊303頁4行　**楠正儀**《まさのり》　生没年未詳。正成の三男。四條畷で正行自刃ののち、楠木一族の棟梁とな

る。南北両朝の和解に努めたが失敗。一時幕府方に走り、のち南朝方に復した。

＊304頁4行　**君、君たらずとも、臣を以て臣たり**　『古文孝経』序の「君君たらずとも臣臣たらざるべからず」に拠る。主君に徳がなく主君としての道を尽くさなくても、臣下は臣下としての道を守って忠義を尽くさなければならないということ。

＊304頁6行　**管領**　室町幕府において幕政を統轄する将軍に次ぐ最高の役職。当時は細川頼之。頼之の説得で正儀は幕府方に走ったという。

＊304頁8行　**善知識**　「盲目物語」註解353頁参照。

＊305頁6行　**尉**《じょう》　老いた男性のこと。

＊306頁14行　**荼毘所**　火葬場。埋葬する所。

＊308頁9行　**陀羅尼**　密教で、梵語を翻訳しないで、そのまま読経すること。陀羅尼経。

＊309頁6行　**懸子**《かけご》　ある箱をほかの箱の縁にかけて、その中にはまるように作られた箱。

＊309頁17行　**和歌の道はどんな恐ろしい鬼神をも和げ**　『古今和歌集』仮名序の一節。「目に見えぬ鬼神をもあはれと思はせ（略）歌なり」に拠る。

＊312頁15行　**元弘建武の動乱**　元弘の乱は鎌倉時代末期（一三三一～一三三三年頃）、鎌倉幕府打倒をめざす後醍醐天皇方と、幕府及び北条得宗家の間で行われた内乱。幕府を打倒した後醍醐天皇は、一三三三年七月、親政（建武の新政）を開始した。

＊314頁7行　**閻浮**《えんぶ》　閻浮提《だい》の略。仏教の世界観で、人間の住む世界のこと。現世。

＊314頁7行　**命不定**《みょうふじょう》　これに近い言葉として「生死《しょうじ》不定」（仏語で、いつ生まれていつ死ぬかわからない、人生ははかなくむなしいということ）、「老少《ろうしょう》不定」（仏語で、人間の寿命はわか

らないということ）がある。

＊317頁2行　**悪は善の裏**　善の裏は悪。よいことがあれば必ず悪いことがついて回ること。

紀伊国狐憑漆掻語

＊322頁3行　**狐に憑かれ**　狐の霊が取り憑く憑《ひょう》依《い》現象をいう。昔から狐は霊威ある動物とされており、農耕神としての稲荷神信仰などの信仰や習俗がある。

＊322頁7行　**明神さま**　稲荷大明神。本来は農耕神で稲荷神として広く信仰されている。

＊328頁6行　**棕櫚山**　棕櫚は空海が唐より持ち帰ったと伝わる紀州（和歌山県）の産物で、棕櫚山は棕櫚の木の生える山。

＊329頁11行　**有田郡**　和歌山県の中部、現有《あり》田《だ》市と有田郡辺り。

明里千章

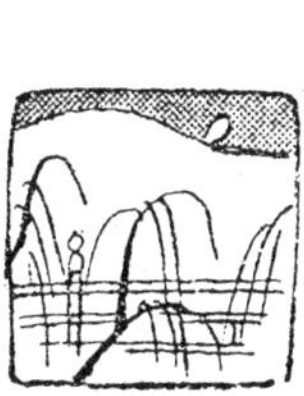

解説

千葉俊二

　谷崎潤一郎は一九二三年九月の関東大震災によって関西へ移住したが、関西移住後に最初に取り組んだ作品は『痴人の愛』だった。生島遼一は、マルセル・プルーストが『ドストエフスキー』ノートのなかで「ドストエフスキーの全小説は『罪と罰』と題されてよい。ちょうど、フローベールの全作品が――『ボヴァリー夫人』も――『感情教育』と名づけられてよいように」と記しているという（「解説」『フローベール全集』第三巻、筑摩書房）。この言い方を踏襲すれば、谷崎の全作品は『痴人の愛』と題されてもいいようだ。

　箱根で地震に遭遇した谷崎は、ひとまず大阪に向かい、大阪朝日新聞社へ飛び込んだ。そこで「手記」を口述筆記、長編の執筆約束をし、その原稿料を前借りして、神戸から船で横浜へ帰った。『痴人の愛』はその約束によって書かれた作品だが、ある意味、震災の直前に「東京朝日新聞」「大阪朝日新聞」に連載した『肉塊』という長編の焼き直しといっていい。『痴人の愛』の新聞連載の読者は関西圏に限られるので、谷崎は手慣れたテーマを、手軽な一人称の形式で書きすすめたものと思われる。

それが谷崎自身も自覚しないままに、谷崎文学の鉱脈を掘り当てることになったのである。『肉塊』は同じテーマを表現するにも、三人称による写実的な客観小説として、世の中にはこうした特殊なこともあり得るということを強くアピールしようとする。それだけにかえってリアリティにおいて追いつかないところもあったが、『痴人の愛』は一人称による語りの手法がとられることで、永遠に変わらない普遍的な真実を示すという意識は薄らぎ、「私」ひとりの主観における真実の世界が提示されることになる。

この根底に小説と物語との対立という文学上の大問題が隠されていることはいうまでもない。ベンヤミンの言葉を借りれば、小説は本質的に書物に依存しており、「孤独のなかにある個人こそ、小説の生まれる産屋《うぶや》」なのである（「物語作者」高木久雄・佐藤康彦訳『文学の危機』所収、晶文社）。小説家は自分の書斎の窓から世界をのぞき見し、「人間生活の描写を通じて、公約数になりえぬものを極限までおし進め」なければならない。つまり、現実に皆無ではないが、滅多に起こり得ない特殊な体験を、リアリティをもって描き出さなければならないのだ。

これに対して物語作者は、語ることを経験から引き出してくるが、それは「自分自身の経験であることもあるし、報告された経験ということもある」。物語の原初的な形態は、自分の経験のなかから他人へ伝えるに価すると判断された話や、遠方からやってきたものが語る珍しい話ということになる。私たちは物語を語ること、あるいは聞くことを通して、もろもろの経験を交換する能力をつちかっているのである。『痴人の愛』の語り手は「読者諸君」へ向かい、これが「何かの参考資料」になるだろうというが、物語という形式のもつ原初的な典型を示している。『痴人の愛』の成功に気をよくした谷崎は、引きつづき、『卍（まんじ）』を大阪言葉による一人称の語りによって展開する。ここには語り手とは別に「作者」が存在し、主人公の語りの合間に「作者註」というかたちで介入して、「作者」による聞き書きという体裁をとっている。

　こうした一人称による語りの技法が、関西移住後の谷崎文学に大きな転換をもたらしたのである。『痴人の愛』『卍（まんじ）』に成功した谷崎は、さらにその手法を『盲目物語』『聞書抄』といった歴史小説にも応用することになる。これらの物語は、基本的に書物に依存する印刷時代における語りによる手法が、いかに可能であるか、また不可能であるかを示す貴重な作品となっている。

　関西移住後の谷崎の動向を簡単に記しておこう。谷崎は阪神間に居を置き、京都や大阪の古い伝統的な街並みと、ハイカラな洋館の建ち並ぶモダン都市・神戸を、ふたつながらに享受した。はじめは「ほんの一時の避難のつもりで関西へ逃げて来た」（「東京をおもふ」）というが、いつしか関西にしっかりと根を下ろすようになり、一九二八年には『卍（まんじ）』と『蓼喰ふ虫』というふたつの長編を同時並行的に連載。前者では大阪言葉を用い、後者に、それまでの西洋崇拝の夢から醒めて、次第に関西の風土を通して伝統的な古典文化に魅せられてゆく主人公の姿を描き出している。

私生活的には妻の千代をめぐって佐藤春夫と絶交した小田原事件（一九二一年）以来、くすぶりつづけた夫婦問題を、一九二六年の佐藤との和解を経て、一九三〇年に谷崎と千代が離婚し、千代と佐藤が結婚するというかたちで決着させた。その翌年の一九三一年には、谷崎は二十一歳も若い古川丁未子《とみこ》と再婚。『盲目物語』は、その丁未子との新婚生活から間もない時期に高野山に籠もって完成させた作品である。

織田信長の妹で、はじめ浅井長政の妻となり、その滅亡後に柴田勝家と再婚して越前の北ノ庄に果てたお市の方の数奇な生涯と、そのお市の方への秀吉の執着を、弥市という盲人の遊芸人の視点を通して描き出している。語り手の弥市が、もみ療治をしながら、旦那に向かって問わず語りに、自分が経験したことを物語るというスタイルをとっている。

声として発せられた話を、文字をもって表現することになるが、このときひらがなを多用した文体を採用することで、できるだけ文字に音を取り戻そうとしている。漢字まじりの文章は、視覚的に意味をとりやすいが、ひらがなばかりの文章は、一字一字を音に置き換えなければ意味をとることができないので、とても読みにくい、速読を拒絶する文体である。読みにくい箇所は、ところどころひらがなに漢字のルビがふられるが、それは中世の写本の翻刻を読むような雰囲気を醸し出している。こうした文体が盲人の語る物語として読者の内なる聴覚を刺戟《しげき》し、文字から音を引き出して、語り手の声を喚起するのだ。

ひらがな表記は聴覚にかかわるばかりではない。『盲目物語』を最初に読んだとき、私はところどころ本文を指でなぞりながら読んだ記憶がある。こうした文体に馴れずに、文節の切れ目がどこにあるか分かりづらかったからである。白い紙に印刷されたひらがなを指でなぞりながら読むことは、ちょうど女性のもち肌をなぞるようなエロティックな感覚を喚起させる。物語の末尾に弥市がお茶々を戦場から救い出そうと背負い、お茶々の尻へまわした指の感触から若き日のお市の方を思い起こすという場面がある。女性的なまるみを帯びたひらがなも、それに似てきわめて触覚的であるといえる。

弥市によって語られる物語は、末尾に添えられた「奥書」からうかがわれるように、正史の記述の隙間には、こんな可能性があったかも知れないというものだ。英雄のひとりの女性への執着が歴史を大きく動かすという認識は、正史に組み込まれることはないとしても、個人の主観的な想像世界においては真実である。それは正史のもつ世間的な権威への異議申し立てで、その真実性を担保するものは作者自身の経験である。

『盲目物語』の想像世界をささえる弥市のお市の方への思慕には、一九二七年三月の初対面以来、親交を深めてきた根津松子、のちの松子夫人への谷崎の思いが重ねられていた。松子は、当時大阪の豪商根津清太郎に嫁《か》していたが、谷崎は初対面以来その魅力に強く惹かれて、このころより谷崎の作品は松子の強い影響下に書かれるようになる。新婚間もない谷崎の脳裏に去来していた理想の女性は松子だったが、彼女はすでに人妻であり、遥かな思慕の対象ではあっても、彼女との結婚はとてもかなわないことだった。

『盲目物語』は一面からいえば、秀吉のお市の方へのかなわぬ恋の形代《かたしろ》に、母に生き写しのお茶々を娶《めと》る物語である。谷崎はこの作品で、松子の形代として丁未子と結婚するにいたったみずからの心的経験を自己確認したかったのだろう。その後、清太郎の放蕩から根津家は崩壊し、谷崎と松子との親交はいっそう深まる。一方、丁未子との結婚生活に対する期待は、思いがけないほど早く失望と落胆に変わった。次作の『武州公秘話』には、そうした谷崎の松子への思慕の高まりと新妻丁未子への失望感が正確に反映している。

『聞書抄』は、「第二盲目物語」と副題されているが、『盲目物語』のように盲人のひとり語りをそのまま書き写すというかたちはとらない。作者は多くの史料によって考証を重ねながら、その合間をぬって「安積《あさか》源太夫聞書」という、谷崎自身が創作した架空の写本を紹介してゆく。これは前作の『春琴抄』において「鵙屋《もずや》春琴伝」なる架空の小冊子を提示しながら、物語を展開していったのと同工異曲である。

「安積源太夫聞書」は、安積源太夫なるものが石田三成の娘の老尼を訪ねて聞いた昔語りを、四十年もあとになって思い出しながら記したという設定になっている。それは関ヶ原の戦に敗れて、さらし首となった父の三成に、乳母に連れられて人知れず別れを告げにいった折に出会った順慶という法師が語ったもので、三成によって酷《むご》たらしく処罰された豊臣秀次とその姫妾たちの物語である。順慶は三成の家臣で、秀次の内情をさぐるために盲人の体を装って座頭になりすましたスパイだった。が、秀次の正室である一の台の局（御台様）の姿を見ては、その美しさに心を惑わされるので、その姿を見ないようにとみずから目を突く。が、「心の眼」をもって見るようになると、何らの拘束もなく、かえって飽かず自由に見つづけることができるようになったという。

　老尼の三成の娘が順慶から話を聞いたのは四五十年も前のことで、「安積源太夫聞書」は時間的にも隔たった「又聞きの又聞き」として提示される。『陰翳礼讃』において谷崎は、「文学といふ殿堂の檐《のき》を深くし、壁を暗くし、見え過ぎるものを闇に押し込め」て、陰翳の世界を文学の領域に呼び戻したいといっていた。幾重もの闇に真相を押し隠して、その奥に辛うじて輝きを発する真実を仄めかすというのは「陰翳礼讃」の美学でもあった。

　が、歴史における真実といったものも、きわめて不確かなものである。今回、本書の「註解」で明里千章氏がこの作品の典拠を事細かに調査したが、その結果、谷崎が典拠とした渡辺世祐《よすけ》の著書そのものが誤っていることが明らかになった。渡辺は秀次の姫妾たちを葬った京都の瑞泉寺に伝わる「瑞泉寺絵伝」によらず、一八九三年に京都府が調査した「京都府寺誌稿」の記述をそのまま写し、しかもそれを写し間違えていたという。

　私たちは歴史というものを客観的な事実によって確定されたものと、あまりに固定的にとらえすぎているのかもしれない。歴史もひとつの物語なので、歴史的な事実の隙間に小説家の想像力によって、もうひとつの架構の物語を創造することも可能である。いわば正史といった客観的な真実を伝える歴史とは次元を異にし、文学的な領域において普遍的な真実性を主張することのできる歴史小説においてである。『盲目物語』『聞書抄』において谷崎がめざしたのは、まさにそうした歴史小説であった。

『聞書抄』には順慶による御台様への思慕というモティーフが底流しているが、それ以上にこれを読んで強く印象に残るのは、順慶がつぶやく「世の中は不昧因果《ふまいいんが》の小車やよしあし共に廻りはてぬる」という、私たち人間世界に張りめぐらされ、逃れられない不条理な因果のつらなりということである。これは御伽草子を現代語訳したという『三人法師』においても強く感じさせられる。この『三人法師』の翻訳こそ関西移住後の語りの文体による歴史物を書き出すキッカケとなったものである。

　また高野山に滞在中に採取した話をそのまま書いたような『紀伊国狐憑漆掻語《きいのくにのきつねうるしかきにつくものがたり》』は中世の説話の形式をもって書かれた民間伝承風の短編である。日常を超えた何か面白そうな物語空間の魅力に抗しきれず、ついうかうかとその世界へ入ってみれば、漆掻きが脛をすりむいたり、狐の小便を飲まされたりしたと同じように、私たちもせずともよい喜怒哀楽に身をまかせたり、ありもしないものを信じ込まされたりもする。狐憑きとは私たちの物語体験の原点そのものなのかもしれない。

（ちば・しゅんじ）

本書は、一九九三年（平成五）五月に刊行された『盲目物語』（中公文庫）、二〇〇五年（平成十七）九月に改版刊行された『聞書抄』（中公文庫）を底本とし、『決定版谷崎潤一郎全集　第十五巻』（中央公論新社、二〇一六年二月）、『決定版谷崎潤一郎全集　第十八巻』（中央公論新社、二〇一六年五月）を適宜参照しました。

さらに、「三人法師」「紀伊《ノ》国《ノ》狐憑《ク》㆓漆掻《キ》㆒語」は『聞書抄』（中公文庫）を底本としました。

それぞれの初出は作品の扉裏に記載しました。

「付録」として収載した正宗白鳥「『盲目物語』」は「文藝時評」（初出「文藝春秋」一九三一年〈昭和六〉十月号）より抜粋したもので、『正宗白鳥全集　第二十三巻』（福武書店、一九八四年二月）を底本としました。

正字を新字にあらため（一部固有名詞や異体字をのぞく）、歴史的かなづかいを現代かなづかいにあらためましたが、当時の字面の雰囲気をいかすため、踊り字などはそのままとしました（付録を除く）。本文中で文語文を引用している箇所は歴史的かなづかいのままです。

註解と解説は書き下ろしです。

本書に収載された作品には、今日の人権意識からみて不適切と思われる表現が使用されておりますが、本作品が書かれた時代背景、文学的価値、および著者が故人であることを考慮し、発表時のままとしました。

（編集部）

中公文庫

盲目物語《もうもくものがたり》　他三篇《ほかさんぺん》

2021年12月25日　初版発行

著　者　谷崎潤一郎《たにざきじゅんいちろう》

発行者　松田陽三

発行所　中央公論新社
〒100-8152　東京都千代田区大手町1-7-1
電話　販売　03-5299-1730　編集　03-5299-1890
URL http://www.chuko.co.jp/

DTP　平面惑星
印　刷　三晃印刷
製　本　小泉製本

Published by CHUOKORON-SHINSHA, INC.
Printed in Japan　ISBN978-4-12-207156-8 C1193

定価はカバーに表示してあります。落丁本・乱丁本はお手数ですが小社販売部宛お送り下さい。送料小社負担にてお取り替えいたします。